KB100201

家

여성주체적 시각으로 읽는 고전 장편소설

욕망과 상상력

가족서사의

지은이

이지하 李芝夏, Lee Jee-ha

서울대학교 국어국문학과 및 동대학원을 졸업했으며, 성균관대학교 국어국문학과 교수로 재직하고 있다. 여성 주체적 시각에서 조선 후기 장편소설을 재평가하는 연구에 주력하고 있다. 우리 고전 『장화홍련전』, 『홍계월전』, 『금오신화』를 펴냈으며, 저서로 『옥원재합기연 연작 연구』가 있다.

가족 서사의 욕망과 상상력
여성 주체적 시각으로 읽는 고전 장편소설

초판인쇄 2023년 2월 20일 **초판발행** 2023년 2월 28일

지은이 이지하 **펴낸이** 박성모 **펴낸곳** 소명출판 **출판등록** 제1998-000017호

주소 서울시 서초구 사임당로14길 15 서광빌딩 2층

전화 02-585-7840 **팩스** 02-585-7848

전자우편 somyungbooks@daum.net **홈페이지** www.somyong.co.kr

값 31,000원 ⓒ 이지하, 2023

ISBN 979-11-5905-767-0 93810

家

가족 서사의 욕망과 상상력

여성 주체적 시각으로 읽는 고전 장편소설

DESIRE AND IMAGINATION
IN FAMILY NARRATIVE
KOREAN CLASSICAL NOVELS READ
FROM A WOMAN'S PERSPECTIVE

이지하 지음

책머리에

어느새 한번쯤 고전소설을 공부한 세월을 돌아볼 만한 나이가 되었다. 장편의 필사본을 읽어내는 일이 만만치 않음에도 불구하고 당대인들, 특히 여성들의 이야기에 매료되어 평생의 연구 과제로 삼아왔다. 우리 소설 속 여성들의 삶은 얼핏 숨 막힐 듯 가슴 답답한 이야기로 보일 수도 있다. 규율과 법도가 중시되는 사회에서 신분과 성별 조건에 따라 억압의 무게가 가중되었던 현실들이 녹록지 않기 때문이다. 그럼에도 불구하고 그와 같은 답답함에 공명하며 그 안에서 삶의 의미를 끌어올리고자 집중할 수 있었던 것은 여성으로서의 동질적 문제의식이 여전히 지속되고 있기 때문이 아닌가 싶다. 봉건적 전근대 시기와는 비교할 수 없을 정도로 삶의 제반 여건이 달라졌지만 여전히 차별과 억압, 타자, 소외 등의 개념으로부터 자유롭지 못하기에 소설 속 이야기가 나와는 거리가 먼 옛날이야기로만 객관화되지 않을 때가 많다. 결국 조선시대 가족과 여성을 연구하는 일은 지금 나의 현실을 반추하는 일이기도 하다.

관계 맺기를 통해 유지되는 인간의 삶에 있어서 가장 기초적이고 핵심적인 관계인 가족은 언제나 소설의 주요 관심사였다. 고전 장편소설에서도 가문 혹은 가족을 중심으로 한 이야기들이 중요하게 다루어진다. 유교적 가부장제에 기반한 조선의 가족 제도 속에서 여성들은 주도권을 지니기 어려웠다. 그러나 그들이 수동적 타자이기만 했던 것이 아니라는 사실을 소설을 통해 확인할 수 있다. 특히 여성과 깊은 친연성을 지니고 성장해온 고전 장편소설은 억압적 현실을 전경화하는 데 그치지 않고 그러한 현실 속에서도 주체성을 지키고자 고군분투했던 여성들의 이야기를 담아내곤 한다. 사회 활동에 제약을 받았던 조선시대 여성들에게 가족은 삶의 형식을 규정짓는 절대적 조건이었다. 소설을 통해 바람직한 가족의 일원이 되기 위해 많은 것들을 인내하지만 때로는 현실 탈주의 상상력을 발휘하기도 하면서 다양한 방식의 자아 찾기를 시도했던 여성들의 모습을 확인할 수 있다.

한편 여성적 시각에서 당대 가족의 제모습을 살피는 일은 비단 여성의 문제에만 국한되지 않는다. 헤게모니적 질서에 의해 당연시되거나 때로는 외면되었던 다양한 문제들이 여성이라는 상징적 화두를 통해 모습을 드러내기 때문이다. 그리고 그러한 문제들이 청산된 과거로서가 아니라 현재진행형으로서 여전히 우리 삶에 영향을 미치고 있다고 생각되기에 이 책에 실린 글들은 소설 연구자로서, 그리고 한 여성으로서 스스로의 정체성을 찾고자 하는 고민의 결과물이라고도 할 수 있다. 누군가에게는 비슷하게 반복되는 지루한 서사에 불과할 내용들에 싫증을 내지 않고 여전히 갈 길이 멀다고 느끼는 것도 아직 살펴야 할 문제들과 찾아야 할 답들이 많이 남아있기 때문일 것이다. 비슷한 문제의식을 지닌 학문적 동지들과 더 날카롭고 참신한 시각으로 이를 발전시켜줄 후배들 덕분에 남은 길이 외롭지 않고 든든하다. 부족한 글들이지만 작은 밑거름이 될 수 있기를 바랄 뿐이다.

학문을 하는 데 있어서의 기본뿐 아니라 사람을 대하는 태도에서도 많은 모범을 보여주신 스승님들과 선배님들께 감사드린다. 특히 얼마 전 하늘로 떠나신 완암 선생님께 막내 제자의 각별한 마음을 전하고 싶다. 자의식 강한 딸이자 아내이자 엄마를 둔 탓에 본의 아니게 어려움을 겪었을 가족들에게도 고마운 마음을 전한다. 가족의 문제를 탐구하면서도 정작 바람직한 가족을 꾸려나가는 데는 많이 미흡했던 것 같다. 이 책이 나오기까지 세세한 도움을 주신 동료 박진영 교수님 덕분에 모든 게 순조로울 수 있었기에 감사하다. 마지막으로 바쁜 일정에도 불구하고 최선을 다해서 도와주신 소명출판의 박성모 대표님과 노예진 편집자님을 비롯한 여러분들께도 감사 인사를 전한다.

2023년 2월 이지하

차례

제1부

가부장제라는 이념과 욕망

제1장

긍정적 가부장의 형상화와 소설 담당층의 인식

1. 유교적 가족제도와 가부장의 상징성

유교 이념에 기반한 종적 가부장 질서를 체제화했던 조선 사회를 온당히 이해하기 위해서는 가부장의 권위와 영향력에 주목할 필요가 있다. 유교적 가부장제는 부모와 자식 간의 수직적 효의 논리를 국가와 신하 혹은 국가와 백성 간의 충의 논리로 확장하고, 삼강오륜에 기반한 인륜을 내세워 개인보다는 집단의 일원으로서의 관계성을 강조했던 유교적 체제 질서의 가장 핵심적인 기제였다. 그리고 그 정점에 위치한 가부장은 유교적 가치를 현현하는 개인적 인격체임과 동시에 가문의 유지·발전을 주도하는 존재로서 유교 이념에 기반한 집단의 대표자이기도 했다. 특히 가족제도와 정치제도를 동일한 원리 속에 파악하고자 했던 경향이 강했던 당대의 분위기를 고려할 때 한 가문의 대표자로서 가부장이 지니는 의미는 당대 체제 및 그 체제를 유지시키는 이념적 가치와 필연적인 관련을 가질 수밖에 없다. 가부장이 지니는 이러한 권위와 상징적 의미는 그가 조상의 제사를 지내는 제사장의 역할을 수행한다는 점을 통해 극단

적으로 표출된다.[1]

조선조의 가부장제는 체제의 질서 유지를 위한 위계성과 남녀의 유별성에 입각한 역할의 분담과 보완이라는 원칙에 의해서 구축되었다.[2] 그 성격이 일방적이고 종속적이었는지, 아니면 상호 보완적이었는지에 관해서는 이론異論이 존재하지만[3] 가부장제가 남성 중심적 사회 질서의 근간을 이루었으며 체제 질서 유지에 있어서 가부장이 국가 체계와 가족 체계를 이어 주는 중간자로서 중요한 역할을 수행했음을 부인할 수 없다. 특히 상층 가문의 경우 가부장의 권위와 역할은 지배 체제와 이념에 대한 긍정적 수용 태도를 적극적으로 드러내는 기능을 한다.

고전소설 속에도 이와 같이 유교적 이념의 충실한 구현자로서의 가부장이 형상화되는 경우가 많다. 상층 벌열閥閱 가문을 둘러싼 다양한 사건들을 다루는 국문 장편소설과 충신 가문의 영웅적 주인공이 국가와 가문의 위기를 해결하는 단편 군담소설이 대표적이다. 이 두 가지는 고전소설의 다양한 유형 중에서도 상층 지향성과 체제 옹호적 성향을 강하게 드러내는 가운데 전반적으로 보수적 속성을 보이는 것으로 파악되어 왔다. 따라서 당대 지배 체제에 입각한 가문의 설정과 그 수장으로서의 가부장의 형상화에 적극적이고 긍정적인 태도를 취할 것임을 쉽게 짐작할 수 있다.

그런데 위의 두 소설 유형이 상층 가문의 바람직한 가부장상을 염두에 두고 있다는 공통적 기반에도 불구하고 작품 속에 구현된 구체적 형상화

---

1   김두헌, 『한국 가족제도 연구』, 서울대 출판부, 1969, 329면.
2   이순형, 「조선시대 가부장제의 유학적 재해석」, 『한국학보』 71, 일지사, 1993, 113면.
3   조혜정의 경우 전자의 입장을 고수하는 가운데 가족 내 남녀관계를 차등적으로 파악하여 남성의 여성 지배를 논의한 반면 이순형의 경우 후자의 입장에서 가족 내 상하, 남녀의 관계가 상호 견제와 보완의 기능을 수행한 점에 더 비중을 두고 있다. 조혜정, 『한국의 남성과 여성』, 문학과지성사, 1988; 이순형, 위의 글.

에 있어서는 뚜렷한 차이를 보이고 있다는 점에 주목할 필요가 있다. 유교적 가부장제의 원리 속에서 가부장의 형상화는 유교적 이념과의 친연성 여부와 밀접한 관련을 지닐 것으로 파악되는바 작품 속에 그려진 가부장상의 차이를 통해 소설 담당층의 층위와 인식 차이를 가늠할 수 있으리라 짐작되기 때문이다. 따라서 제1장에서는 먼저 그 차별성을 구체적으로 살펴 상층 지향적 의식을 드러낸다는 표면적 공통점 이면의 보다 본질적인 차이점에 주목하고, 그것이 작품 유형에 따른 소설 담당층의 경험 및 인식의 차이와 어떤 상관관계를 지니는지 탐색해보기로 한다.

2. 긍정적 가부장의 형상과 내적 분화

고전소설 속에 등장하는 가부장상은 크게 두 부류로 양분된다. 하나는 가문 구성원이나 사회로부터 권위를 인정받는 가운데 가문의 중추 역할을 하며 존경받는 경우이고, 나머지는 이와 반대로 가부장으로서의 권위가 실추된 채 조롱이나 비판의 대상이 되는 경우이다. 이때 양자를 구분 짓는 기준은 작품 안에서 가부장이 지니는 위상이라 하겠는데 이는 당대 사회 속에서 그들이 수행하는 역할과 그에 대한 평가, 가부장에게 부여된 사회적 혹은 이념적 위상과 가족관계 속에서 표현되는 실제적 위상 사이의 간극, 그리고 이러한 내용들을 통해 드러나는 담당층의 가치관 등을 살펴볼 수 있게 하는 요소로서 주목될 만하다. 이 절에서는 우선 긍정적인 가부장상을 형상화하는 작품들을 대상으로 하여 그 구체적 양상과 내적 차이를 살피고 그러한 차이가 발생하는 이유를 탐색해 보고자 한다.

고전소설의 하위 유형 중에 권위를 인정받으며 존경받는 대상으로서 가부장을 형상화하는 대표적인 경우가 국문 장편소설과 단편 군담소설이다. 이 두 유형은 여타의 소설들에 비해 체제 수호적인 경향을 강하게 드러내는 편인데 이러한 지향성으로 말미암아 지배 질서와 지배 이념에 충실한 가운데 유교적 가부장제에 대해서도 긍정적인 태도를 보인다. 따라서 주인공 가문은 충과 효의 논리로써 체제 질서를 수호하는 모범적 모습으로 그려지며 대부분의 경우 가문의 가부장들은 정치적인 면에서나 도덕적인 면에서나 흠결이 없는 존재로 미화되곤 한다. 예외적으로 가부장이 제 역할을 수행하지 못하여 가내의 분란을 야기하는 경우에도 제1세대 가부장의 잘못을 제2세대의 가부장이 시정하고 보완하여 더욱 모범적인 가문을 완성해 나가는 구조를 지니고 있어 궁극적으로는 주인공 가문을 통해 유교 질서를 바로잡아 가는 내용을 그리고 있다.[4]

이들 주인공 가문은 대개 개국공신의 후예나 충신열사의 후예로 대대로 당대 체제의 수호자로서 정치권에서는 요직을 차지하고 영향력을 행사하며, 물러나서는 처사로서의 삶을 통해 도학의 전파에 큰 역할을 담당하는 것으로 설정되어 있다. 국가와 사회의 혼란을 야기하는 인물들을 이들의 적대자로 설정해 갈등 구조를 이끌어 가는 가운데 궁극적인 승리와 영광을 주인공 가문에 부여함으로써 이념적으로나 도덕적으로나 주인공 가문이 지향하는 가치가 옳은 것이라는 사실을 지속적으로 강조한다. 그리고 이러한 모든 영향력의 정점에 위치하는 것이 가문의 수장인 가부장들이다.

---

4   대표적인 경우로 『유효공선행록』과 같은 작품을 들 수 있다. 유정경의 잘못된 판단으로 장자 계승권을 놓고 가내의 혼란이 야기되지만 결국은 군자의 덕성을 지닌 장자 유연이 충심과 효심으로 가문을 군건히 지켜 냄으로써 유교적 이념에 입각한 이상적 가부장의 자질이 매우 중요한 문제임을 시사하고 있다.

그런데 위와 같은 공통적 속성에도 불구하고 소설의 문맥을 통해 육화된 가부장의 모습은 단일하게 규정짓기 어려울 정도로 다양하다. 이들이 유교적 가부장제를 대표하는 상징적 존재이자 구심점으로서의 역할을 수행함과 동시에 가족이라는 구체적 관계 속에서 '남편' 혹은 '아버지', '할아버지'로서의 다양한 역할을 담당하고 있기 때문이다. 따라서 유교적 가부장제를 대표하는 이념적 존재로서의 가부장과 더불어 실제 가족관계 속 실존적 개인으로서의 가부장 역시 주목할 필요가 있다. 관계 속에서 구체성을 획득하며 재현되는 가부장의 모습을 통해 이념적 구속력을 넘어서는 당대인들의 가족관이나 인간관을 살필 수 있기 때문이다. 한편 이러한 구체성이 결여된 경우 역시 주의를 기울일 필요가 있다. 구체성의 유무는 소설 담당층의 경험치를 반영할 확률이 높기 때문이다. 이처럼 긍정적인 가부장을 형상화하는 데에서도 세부적인 차이가 발생하게 된 기저에는 다양한 사회 문화적 원인이 작동하고 있으리라 생각되므로 우선 그 차별화 양상을 살펴보기로 하자.

1) 이상적 가부장상의 현실적 구현

가문을 배경으로 삼아 주인공의 고난과 활약상을 그려내는 대부분의 고전소설이 가계를 중시하는 가운데 주인공 세대 이외에도 부모 세대와 자식 세대의 문제를 동시에 중요하게 다루며 이것이 가문의 영광을 지속하고자 하는 소설 담당층의 의식과 관련된다는 것은 주지의 사실이다. 특히 이미 확고한 기틀이 마련되어 있는 상층 벌열 가문을 중심으로 서사가 진행되는 국문 장편소설의 경우 이러한 지향성이 더욱 두드러진다. 주인공 가문은 세대 명문가로서 유교적 명분에 입각한 모범적 삶을 꾸려 나가고자 노력하는데 그 중심에서 가족 구성원을 이끌어 나가는 존재가 집안의 최고 어른인 1세대의 가부장이다.

『현씨양웅쌍린기玄氏兩熊雙麟記』의 현택지,『옥원재합기연玉鴛再合奇緣』의 소송,『완월회맹연玩月會盟宴』의 정잠,『현몽쌍룡기現夢雙龍記』의 조숙 등이 그러한 1세대 가부장이라 하겠는데, 이들은 가정적으로나 사회적으로나 안정기에 접어든 성숙한 어른으로서 자식 세대의 미숙함이나 일탈 행위들을 계도하고 가문 내외의 부조리들을 조정하는 역할을 한다. 사회적으로는 신념을 바탕으로 한 충신으로서의 절개를 보여주고, 가정적으로는 집안 대소사의 결정권자이자 정신적 지주로서 자식 세대와 손주 세대의 롤 모델 역할을 하며 유교 이념의 이상적 구현자로서 대내외적인 존경을 받는 것으로 그려진다. 즉 주인공 가문이 표상하는 유교적 모범이 이들 가부장을 통해 상징적으로 재현되고 있다고 하겠다.

현택지는 송나라 인종 시절에 이부상서의 벼슬을 하고 있으며 사람됨이 인후정직仁厚正直하여 일세의 기남자奇男子로 칭송받는다. 소송은 지극한 효자이며 국가의 대신으로서 송나라 신종 연간에 시행된 왕안석의 신법에 반대하다가 유배를 가게 된다. 정잠은 명나라 영종 시절의 재사才士로서 뛰어난 용모와 문장력을 갖추고 어린 나이에 재상의 반열에 올라 오래도록 벼슬자리에 있으면서도 교만하지 않고 청렴하여 세상의 칭송을 받는다. 조숙은 송나라 진종 시절의 승상으로서 일찍이 등과하여 관인정도寬仁正道한 어진 재상으로 명망이 높으며 편모에게는 지극한 효성을 다하는 효자이다.[5]

이처럼 작품 속 주인공 가문의 가부장들은 모두 뛰어난 재주를 바탕으로 벼슬길에 나아가 충심으로 왕을 보위하고 민생을 돌보는 어진 관료일 뿐 아니라 부모에게는 효심이 지극한 효자들로 형상화되고 있다. 현택지와 조숙의 경우에는 정치적으로 별다른 부침이 없는 것으로 그려지고 나머지 인물들은 국가가 혼란한 와중에 반대파에 의해 정치적 시련을 겪는 것으로 그려지는 차이는 있지만 그러한 정치적 시련 역시 이들의 충의와 절개를 보여주는 장치로서 기능하는바 이들 가부장의 인물됨에는 공통적으로 충신 효자로서의 유교적 이상이 투영되어 있다고 하겠다.

가문 내외적으로 구성원들의 존경을 받으며 도덕적 모범을 보이는 이들 가부장의 존재는 해당 가문의 정치적·도덕적 정당성을 천명하는 역할을 함과 동시에 가문 내외적 갈등과 위기에도 불구하고 복선화음福善禍淫의 상식이 구현될 수 있게 하는 구심점이 된다. 이처럼 이상화된 가부장들에게 인간적 약점이 될 만한 흠결은 부여되어 있지 않으며 작품 논리 속에서 이들은 이미 완성된 인격체로서 제시될 뿐이다.[6] 따라서 작품 속에서 갈등을 일으키고 그러한 갈등의 해결 과정을 통해 인격적으로 성숙해 가는 주체는 2세대인 자녀들로 설정되어 있으며, 이들 가부장은 그

---

5 그중『현몽쌍룡기』의 가부장인 조숙의 예를 대표적 사례로 인용해 보기로 한다. "대송 진종시절의 녕승상 평남후 조공의 명은 슉이오 자는 원첨이니 개국공신 무혜왕 조빈의 손이오 태흑스 조명의 지라. 조년등과ᄒᆞ여 풍녁과 긔절청망이 슉야근뇌ᄒᆞ여 관인정도로 군샹을 돕ᄉᆞ오매 치국목민과 니음양슌스시ᄒᆞᄂᆞᆫ 현샹이라. 치졍이 한시 졔갈노 가즉ᄒᆞ거ᄂᆞᆯ 그 긔샹이 엄슉ᄒᆞ며 얼골이 초득갓고 사름되믄 츈일화풍갓고 싁싁ᄒᆞᆫ 졀개ᄂᆞᆫ 셜만궁항의 고송가 독닙홈갓고 공이 북당이 가즉지 못ᄒᆞ여 엄졍을 조별ᄒᆞ고 편모를 밧드러 동측ᄒᆞᆫ 셩회 증삼을 ᄯᅩ로더라."『현몽쌍룡기』권지일.

6 작품 논리 속에서라는 단서를 단 것은 비록 작품 속에서 이들을 무결점의 도덕적 권위자로 미화하고 있음에도 불구하고 현실 맥락 속에서는 이들의 도덕적 엄숙주의나 과도한 결벽증 등이 달리 해석될 여지가 있기 때문이다. 대표적인 예로『완월회맹연』의 정잠이 동생에게서 적장자로 입양한 인성에게는 무한한 신뢰와 애정을 보이면서도 재취한 부인 소씨와 소씨 소생의 쌍둥이 아들들에게는 냉정한 태도로 일관하며 애정을 보이지 않는 행위를 들 수 있다. 작품 속에서는 정잠의 이러한 행위가 소씨의 품성이 간악함을 눈치챈 데서 기인하는 것이므로 지인지감의 혜안을 드러내는 것이라고 합리화하고 있다. 그러나 정잠의 냉대가 소씨와 그 아들의 악행을 더욱 부추기는 동기를 제공한다는 점을 감안할 때 사람의 기질을 꿰뚫어 보는 것으로 미화되던 정잠의 행위가 선입견으로 상대를 재단함으로써 부작용을 초래한 원인일 수도 있다는 이면을 동시에 고려할 필요가 있다.

러한 자식들의 성장에 도움을 주고 모범적 준칙을 제공하는 본보기이자 자식 세대의 미래상으로서 역할을 담당한다.

그런데 주목할 만한 점은 도덕적·이념적으로 완결된 인격체로 그려지는 국문 장편소설의 가부장들이 요약적 언술에 의해 이상화되는 차원에 머무는 것이 아니라 가족관계 속의 구체적 행위들을 통해 현실성을 획득하고 있다는 것이다. 몇 가지 대표적인 사례들을 살펴보기로 한다.

(가) 홀연 칭병ᄒᆞ여 슌여의 미ᄎᆞᄆᆡ 스스로 쳔명이 ᄃᆞᄒᆞᄆᆞᆯ 씌ᄃᆞ라 슬허ᄒᆞ디 아니ᄒᆞ며 놀ᄂᆞ디 ᄋᆞ니ᄒᆞᄃᆡ 쳥계형뎨 ᄎᆞ황민박ᄒᆞ미야 엇지 형언ᄒᆞ리오. 듀야 불탈의디ᄒᆞ고 시병ᄒᆞᄂᆞᆫ 졍셩이 샹텬을 감동ᄒᆞᄂᆞᆫ 비로디 공의 쉬 딘ᄒᆞᆫ지라 엇지 능히 이으리오. 일망디닉의 샹셔곤계 의형이 환탈ᄒᆞ여 몬져 위퇴로오니 (…중략…) 샹셔곤계 모뎐의 망극ᄒᆞᆫ 식을 나ᄐᆞ니미 불가ᄒᆞ여 즉위화식ᄒᆞ고 이셩디왈 대인이 셩휘 여러놀 ᄂᆞᆺ지 못ᄒᆞ시나 디단ᄒᆞᆫ 증휘 잇디 아니시니 깁히 념녀ᄒᆞ실 비 아니오 히ᄋᆞ 등이 일시 초민ᄒᆞ온들 엇지 폐식ᄒᆞ도록 ᄒᆞ리잇고.[7]

(나) 공이 굿ᄒᆞ여 물녀가라 아니ᄒᆞ고 냥ᄌᆞ를 다리고 밤을 지닐ᄉᆡ 비록 외모의 엄ᄒᆞ믈 뵈나 어린 아히 쳐음으로 듕쟝을 입으믈 앗기ᄂᆞᆫ ᄆᆞ음이 편티 아냐 잠이 오디 아니 ᄒᆞᄂᆞᆫ디라. 고요히 누어 ᄋᆞᄌᆞ의 거동을 보니 홍이 야야의 취침ᄒᆞ신 후 비로쇼 웃녁히 금니를 ᄎᆞᄎᆞ 벼기의 쓰러지믹 오릭디 아냐 잠드러 몽농ᄒᆞᆫ 가온디 통셩이 의의ᄒᆞ고 씌여실 졔ᄂᆞᆫ 긔운이 셰츤고로 알프믈 참으나 잠들믈 인ᄒᆞ여 ᄌᆞ연 통셩이 의의ᄒᆞ니 공이 뉘우쳐 이련지심이 뉴동ᄒᆞ매 이에 니러나 친히 그 옷슬 벗겨 누일ᄉᆡ 샹쳐를 슬피니 가티 샹ᄒᆞ여 뉴혈이 돌지ᄒᆞ고 혼

---

7 『완월회맹연』권지일.

혼ᄒ여 몸을 만지ᄂ 줄 모로ᄂ더라. 공이 크게 앗겨 년ᄒ여 겻히 누이고 어로만져 잠을 일우디 못ᄒ더라.[8]

(다) 상셰 ᄎ후ᄂ 무심치 아냐 ᄎ 의 금슬을 십분 상심ᄒ야 슬피더니 쥬쇼계 촉상ᄒ여 슉쇼의셔 치류ᄒ더니 상셰 문병진맥ᄒ고 그 비상흥졈을 보미 심을 불승통한ᄒ여 의약친집ᄒ여 쇼졔 쇼셩흔 후 심을 불너 다만 닐오디 고인은 부뫼 ᄉ랑ᄒ즉 견미라도 후디ᄒ거늘 너ᄂ 아븨 말을 홍모ᄀᆺ치 너겨 어진 쳐ᄌᆞ를 박디ᄒ미 비상지원의 밋게 ᄒ니 쥬시ᄂ 슉녀라 원한치 아니려니와 내게 젹불션이 되리니 네 얼골 보기를 원치 아니ᄒ노라.[9]

(가)에서는 정잠과 정삼 형제가 부친이 위독해지자 식음을 전폐한 채 주야를 곁에서 떠나지 않고 간병하느라 몸이 상할 지경에 이르지만 모친에게 걱정을 끼치지 않기 위해 얼굴색을 부드럽게 고치고 부친의 병세가 대단치 않은 것처럼 위로하며 염려를 덜게 하기 위해 애쓰는 모습을 상세히 그리고 있다.

(나)는 조숙이 쌍둥이 아들들을 크게 꾸짖은 후 남몰래 마음 아파하는 장면이다. 조숙은 큰아들 용홍이 어린 나이에 기녀와 동침하자 방자한 죄목으로 태장을 가하고, 작은아들 용창에게도 형을 잘못 보필했음을 크게 꾸짖어 엄부의 모습을 보인다.[10] 그러나 밤에 이들을 데리고 자면서 심하게 매를 맞아 잠결에 앓는 소리를 내는 용홍이 측은해 손수 옷을 벗

---

8   『현몽쌍룡기』 권지일.
9   『현씨양웅쌍린기』 권지이.
10 이 작품 속 쌍둥이 주인공의 경우 초반에는 조용홍과 조용창이라는 이름으로 지칭되다가 중반 이후 조무와 조성이라는 이름으로 불리고 있다.

겨 주고 상처를 어루만지며 잠을 이루지 못한다. 자식이 방자해질까 싶어 엄하게 꾸짖으면서도 속으로는 애처롭고 걱정스러워 함께 아파하는 부성애父性愛를 매우 절절하게 표현하고 있다.

(다)는 현택지의 며느리에 대한 사랑과 아들에 대한 훈계를 그리고 있다. 현택지는 작은아들 부부의 사이가 좋지 않음을 눈치채고 있던 차에 며느리 주소저가 과도하게 마음을 쓰다 병이 나자 손수 맥을 짚어 보고 약을 지어 간호한다. 가부장인 현택지가 자식들의 금슬을 세심하게 살피는 모습을 통해 며느리에 대한 사랑과 배려, 아들에 대한 훈육의 방법 등을 구체적으로 확인할 수 있다.

이처럼 이들 가부장이 근엄한 도덕의 화신으로서 인간미가 거세된 채 이념적으로 형상화되는 것이 아니라 상황에 따라 처신의 방법을 달리할 줄 아는 극진한 효자, 자식의 앞날을 위해 엄하게 야단을 치면서도 속으로는 가슴 아파하는 자애로운 아버지, 세심하고 자상한 시아버지 등의 현실적 얼굴을 가진 일상인으로 형상화되고 있다. 이 때문에 가부장에 대한 칭송과 미화가 공허하게 느껴지는 것이 아니라 현실 맥락 속에서 구체적으로 육화되는 가운데 사실성을 획득하게 되는 것이다.

뿐만 아니라 이들은 정치적인 상대들을 대하는 데 있어서도 모범적인 모습을 보인다. 간신의 무리에게는 준열한 비판을 가하면서 왕에게 직간直諫을 아뢰는 지조를 보여주면서도 무조건적으로 상대방을 배척하기만 하는 것이 아니라 포용력을 발휘할 만한 상대에게는 군자로서의 넓은 도량을 베풀곤 한다. 정치적 대립을 넘어서서 정적政敵의 인간적 장점이나 재주를 인정해 주기도 하고, 줏대 없이 흔들리는 소인배의 상황을 이해하고 감싸주는 아량을 보이기도 하는 것이다.[11]

이처럼 국문 장편소설의 경우 다방면의 모범적 행위와 태도를 통해 가부장의 권위를 추상화된 이념의 차원이 아니라 일상 속의 실제적 사례로 서 체험하게 함으로써 이상을 현실로 구현하는 힘을 발휘한다. 현실적 맥락에서 구체화되는 가부장의 모범적 행위들은 차세대의 가부장으로 성장해 나갈 자식 세대의 불완전성을 계도하여 유교적 이상의 구현자로 서 성숙해 나가도록 하는 데에도 큰 영향을 미친다. 다수의 국문 장편소 설에서 주인공들은 외부적 시련에 의해서만이 아니라 아직 인격적으로 미완인 상태에서 본인 스스로의 잘못이나 실수에 의해 다양한 갈등 상황 을 맞이하게 된다. 이들이 그러한 미숙함을 극복하고 군자로 성장해 가 는 과정에서 바람직한 미래상 혹은 본보기로서 제시되는 대상이 바로 가 부장들이다. 즉 국문 장편소설의 경우 가문의 중추 역할을 하며 도덕적 권위에 의해 유교적 이상을 구현하고 있는 가부장을 구체적으로 형상화 하고 그 영향 아래 자식 세대 역시 모범적인 가부장으로 성장해 가는 과 정들을 설득력 있게 그려내고 있는 것이다.

2) 명실名實 불일치와 가부장상의 약화

국문 장편소설과 더불어 주인공 가문을 명문가의 후예로 상정하고 가 문의 위기와 회복을 그리는 대표적 유형으로 단편 군담소설을 들 수 있 다. 이 소설들 역시 유교적 가부장제 이념에 입각한 국가관에 기대어 주 인공 가문을 형상화하는 가운데 이념적으로 충효의 가치를 선명하게 드 러내는 편이다. 따라서 국문 장편소설과 더불어 지배 이념의 자장 안에 강하게 견인되어 있다고 할 수 있다. 그러나 가문의 실상을 형상화하는

---

11 정병설, 『완월회맹연 연구』, 태학사, 1998; 이지하, 「『옥원재합기연』 연작 연구」, 서울대 박사논문, 2001 등을 통해 주인공 가문의 군자들이 정적이나 소인의 무리를 무조건 배 척하지 않고 포용하려는 의식을 지니고 있음을 확인할 수 있다.

데 있어서는 국문 장편소설과는 여러모로 차이점을 보이는데, 이러한 차이가 담당층과 소설 양식의 차이에서 비롯되는 것임은 그간의 연구사를 통해 짐작할 수 있다. 이 절에서는 유교적 가부장제의 상징적 존재인 가부장의 형상화를 통해 그 구체적 양상을 고찰해 보기로 한다.

먼저 작품 서두의 가부장에 대한 언급을 살펴보기로 하자. 유형성을 강하게 드러내는 대부분의 고전소설이 서두 부분에서 주인공을 소개하기 이전에 가계와 부모 세대를 먼저 언급하고 있는데, 이는 주인공이 독자적 개인으로서보다는 집단의 일원으로서 인식됨을 보여주는 것이면서 주인공의 정통성과 이의 후대적 계승을 암시하는 것이기도 하다. 대개 영웅적 주인공의 고귀한 혈통을 드러내기 위해 명문가의 후예임을 강조하고 주인공 부친의 정치적·도덕적 위상 역시 상당하다는 언술로 그 가문을 미화하고 있다.

『유충렬전劉忠烈傳』의 유심은 명나라 개국공신 유기의 13대손이자 전임 병부상서 유현의 손자로서 세대명가世代名家의 후예이다.[12] 정언주부의 직위를 지니고 있다가 정치적으로 대립 관계에 있던 정한담 일파와의 대결에서 패하여 유배를 가는 것으로 그려지고 있다. 『조웅전趙雄傳』의 조정은 송나라의 개국공신으로 남만南蠻이 황성을 침범했을 때 홀로 천자를 보호하고 적을 토벌한 공으로 금자광녹태후 좌승상에 봉해진다. 그러나 간신 이두병의 참소가 시작되자 스스로 약을 먹고 자결해 버리고 만다. 『소대

---

12 『유충렬전』은 단편 군담소설의 대표작으로서 주인공의 가계를 묘사하는 데 있어서도 전형성을 잘 드러낸다고 보이므로 이 작품의 본문을 예시로 제시한다. "잇씩의 조정의 한 신ᄒ 이스되 셩은 유요 명은 심이니 젼일 션조황졔 긔국공신 유기의 십삼딕 손이요 젼병부상셔 유현의 손자라 셰딕명가 후예로 공후작녹이 써나지 안이ᄒ더니 유심의 벼살리 졍언주부의 잇난지라 위인이 졍직ᄒ고 셩졍이 민쳡ᄒ며 일심이 츙셩ᄒ야 국녹이 즁즁ᄒ니 가산이 요부ᄒ고 작법이 화평ᄒ니 셰상공명은 일딕의 졔일이요 인간부귀난 만민이 츙송ᄒ되 다만 슬ᄒ의 일졈 혈육이 업시믹" 『유충렬전』 권지상.

성전蘇大成傳』의 소양도 소현성의 후예로서 대대로 공후작록公侯爵祿을 누리는 가운데 병부상서를 역임한다. 그러나 벼슬을 내놓고 고향으로 돌아간 후 소대성이 10세가 되었을 때 부부가 함께 세상을 떠나고 만다. 『홍계월전洪桂月傳』의 가부장인 홍무의 가계 역시 대대 명문거족으로 본인은 명나라 성화 연간에 이부시랑의 벼슬을 하다가 죄가 없음에도 불구하고 억울하게 삭탈관직되어 고향에 가 있는 것으로 그려진다. 이후 홍무는 장사랑의 난에 연루되어 처자식의 생사도 모른 채 벽파도로 유배를 가게 된다. 『방한림전方翰林傳』의 방공[13]은 명나라의 유명한 학자이자 충신인 방효유의 후예로서 선조의 충렬 도덕을 본받아 청정한 삶을 살다가 방관주가 8세 되었을 때 부부가 함께 세상을 뜨고 만다.

위의 가부장들은 공통적으로 명문거족의 일원으로 그려지고 있으면서도 그리 만족스러운 삶을 영위하지 못하는 것으로 파악된다. 우선 이들의 정치적 입지가 확고하지 못하다는 점을 들 수 있다. 이 때문에 정치적 부침을 겪다가 유배를 가거나 심지어는 자살을 감행하기까지 한다. 소양의 경우 본인이 벼슬을 내놓고 낙향한 것으로 그려지지만 요절하여 작품 문면에서 사라지며 방관주의 부친의 경우에는 아예 정치적 이력에 대한 언급 자체가 없다. 이는 문면에 그의 이름이 소개되지 않은 것과도 관련이 있다고 보이는데 그만큼 가부장의 위상이 약화되었다고 하겠다.[14] 요컨대 단편 군담소설 속 가부장의 사회적 위상은 국문 장편소설의 가부장들이 조정에서 요직을 차지하고 영향력을 행사하거나 재야에 물러나 후

---

13 『방한림전』의 경우 주인공 부친의 이름이 구체적으로 드러나 있지 않다. 이는 주목할 만한 현상으로 뒤에서 다시 언급할 것이다.

14 이 작품의 담당층이 대중화, 통속화에 입각하여 영웅소설의 유형성을 반복하는 가운데 작중 현실이 실제 상층의 삶과는 괴리된 채 구체성을 결여하고 있다는 사실에 대해서는 크게 의식하지 않았던 것으로 보인다.

학을 양성하며 도학자로서 명성을 날리는 것과는 큰 차이를 보인다.

다음으로 두드러지는 점이 가부장의 부재이다. 이들은 모두 주인공이 아직 어린 나이일 때 유배를 가거나 세상을 떠남으로써 주인공 가문에 가부장의 부재 상태를 야기한다. 이로 인해 가문이 몰락하고 가족 구성원들이 온갖 역경을 겪게 된다.[15] 이로 인해 단편 군담소설의 주인공들은 국문 장편소설의 주인공들이 가부장의 훈교訓敎 아래 도학군자이자 충신 효자로서의 인격을 완성해 나가는 것과는 다른 길을 걷게 된다. 이들에게는 가부장의 부재로 인해 롤모델 역할을 해 줄 만한 존재가 없다. 따라서 가계 계승의 의무만 있을 뿐 그 구체적 방법에 대해서는 전수받은 바 없이 오롯이 새로운 가족을 생성해 냄으로써 가문을 재건해야 하는 책무를 부여받게 된다. 이는 국문 장편소설의 주인공들이 부친으로부터 보고 배운 대로 가부장권을 이어받아 이미 확립된 가문의 전통을 계승하고 번영시키는 데 치중하고 있는 것과 비교된다. 뿐만 아니라 가부장의 부재로 인해 가족이 이산하게 됨으로써 물질적 결핍과 그로 인한 고난 역시 가중되어 도입부에서 화려하게 제시된 명문가의 후예라는 언급에 전혀 걸맞지 않은 비극적 상황이 빚어지고 만다.[16]

---

15 이 부분을 통해서도 단편 군담소설에서 그리고 있는 가문의 모습이 경험에 근거하지 않은 추상적이고 상투적인 것임을 짐작할 수 있다. 선행 연구들을 통해 이 유형의 작품들이 세력을 잃고 몰락한 계층과 관련이 있으리라는 점이 지적되어 왔다. 작품 서두의 언급처럼 이 가문들이 대대 명문거족이라면 가부장의 부재만으로 이렇게 심각한 타격을 입지는 않을 것이다. 벌열 가문들의 위상이 혼인과 교우관계에 의한 세력의 확장 속에 공고해진다는 점을 고려할 때 도움을 받을 만한 일가친척이나 지인들이 없어 홀로 세상과 맞닥뜨려야 하는 주인공의 처지는 이들을 명문거족의 후예로 그리는 작중 언술과 실상이 부합하지 않음을 보여주는 것이다.

16 '기아 체험의 유무'로 소설 유형 간 차이를 언급한 김종철의 선행 연구가 이에 대한 좋은 예시를 제공한다. 이 경우에는 19세기 한문 장편소설들이 영웅의 일생 유형을 계승하면서도 수용 계층의 현실적 경험과의 불일치로 인해 전승 유형 구조에서 분리 모티

한편 이들의 가부장적 자질에 대해서도 생각해 볼 필요가 있다. 유심, 조정, 홍무는 천자에게 직간을 아뢰거나 충신으로서의 임무를 감당하던 모습과는 다른 이중성을 드러낸다. 유심은 유배 도중 굴원이 빠져 죽은 곳을 지나다가 충동적으로 유서를 써 놓고 자결하려 한다. 영거사의 만류로 뜻을 돌이키기는 하지만 어린 자식과 부인을 남겨 놓고 온 한 가문의 수장으로서는 매우 무책임한 모습이라 하겠다.[17] 홍계월의 부친 홍무는 이와 상반되지만 결과적으로는 지조 없고 나약한 모습을 보인다는 점에서 공통적이다. 그는 목숨을 잃을까 두려워 도적의 무리에 가담했다가 도적이 소탕된 뒤 전임 대신으로서 지조를 지키지 못했다는 죄목으로 절도絶島에 유배당하고 만다.[18] 홍무의 경우 부인과 자식에 대한 책무를 의식하며 목숨을 부지하는 길을 택하기는 했으나 충신으로서의 명예를 저버리는 실책을 범하고 만 것이다. 뿐만 아니라 위기의 상황에 처할 때마다 의연한 모습 대신 눈물과 한탄으로 일관하는 모습을 보이고 있다. 조

브가 탈락됨을 언급하고 있는데 이를 통해 수용 계층의 경험과 작중 내용이 긴밀한 관계를 형성함을 재확인할 수 있다. 김종철, 「19세기 중반기 장편 영웅소설의 한 양상- 『옥수기』, 『옥루몽』, 『육미당기』를 중심으로」, 『한국학보』 40, 일지사, 1985, 96~97면.

17 비록 유심이 굴원의 충심을 본받고자 하는 것으로 그려지기는 하지만 굴원의 경우 유심이 처한 것보다 훨씬 막다른 상황에서 죽음을 선택했기 때문에 둘을 동일시하기는 힘들다. 굴원은 충정을 다해 모시던 회왕에게 버림받고 유배를 갔다가 회왕이 진의 포로가 되어 객사한 후 그 큰아들 경양왕이 즉위하자 다시 정계로 돌아왔다. 그러나 회왕을 객사하게 한 자란의 죄를 고하다가 모함을 받아 다시 강남으로 쫓겨나자 더 이상 희망이 없음을 깨닫고 멱라수에 투신 자결했다. 이처럼 굴원의 경우 오랜 세월 동안 지속적으로 충정을 아뢰었으나 왕들이 대를 이어 간신의 말을 따르며 올바른 정치를 구현하지 못하는 것을 보고 한탄하며 세상을 등졌으므로 유심이 처음 유배 가는 길에 쉽게 죽음을 감행하려 하는 태도와는 차별화된다. 유심의 행위는 감상적인 패배주의에 가깝다고 볼 수 있다.

18 "상이 그 말을 드르시고 자셔이 보시다가 왈 너는 일직 벼살을 하얏스니 차라리 죽을지언정 도적의 무리에 들리오. 죄를 의논하면 죽일 거시로듸 녯일을 싱각ᄒ야 원찬ᄒ노라 ᄒ시고 률관을 명ᄒ야 즉시 홍시랑을 벽파도로 뎡빈ᄒ라 ᄒ시니라"『홍계월전』.

웅의 아버지 조정의 경우는 가장 극단적이다. 그는 간신 이두병이 정권을 잡고 자신을 자주 참소하기에 이르자 약을 먹고 자결해 버린다.[19] 이러한 행위는 만조백관 중 유일하게 전란 중 왕을 호종하고 군사를 모아 적군을 물리쳤던 이전의 기개와 전혀 부합하지 않는다. 게다가 부인 왕씨가 잉태 칠 삭이었음에도 불구하고 처자식에 대한 의무나 가문의 안위를 무시한 채 화가 이르기도 전에 지레 죽음을 선택하는 것은 심각한 책임감의 결여를 의미한다. 이처럼 단편 군담소설의 가부장들은 정적에게 패하거나 위기의 상황에 직면했을 때 위상과는 배치되는 나약한 모습을 보이고 있다.

이와 더불어 『방한림전』의 경우 가부장이 유교 질서에 위배되는 행위를 방관 혹은 조장함으로써 이념적 측면을 현저히 약화시킨다는 점 또한 주목할 만하다. 방공은 늦도록 자식이 없어 걱정하다가 방관주를 낳아 남자처럼 키운다. 남복男服을 입히고 여공女工 대신 시서詩書를 가르치며 친척에게도 아들이라고 속인다.[20] 음양론에 입각한 남녀유별을 근간으로 하는 유교적 가부장제하에서 상층 가문의 가부장이 기본율을 어기고 있는 것이다. 그의 선조로 제시된 방효유가 천자 앞에서 경서를 강의했던 시강학사이자 유교적 충절을 위해 목숨을 바쳤던 인물임을 고려하면[21] 방공이 유교적 남녀관의 근본을 무시함으로써 가풍과 어긋나는 일탈을 행하

---

19 "여러히 되미 조정의 경시 살는ᄒ미 간신 두병이 견권ᄒ여 됴졍을 조로 춤쇼ᄒ니 승샹이 히를 면치 못홀 줄 알고 스스로 약을 먹고 죽으니"『조웅전』.

20 "방공 닉외 여아의 ᄯᅳᆺ슬 맛쵸아 쇼원티로 남복을 지어 입피고 아직 어린고로 여공을 가라치지 안코 오직 시서를 가라친이 (…중략…) 방젹슈션을 권ᄒ즉 스스로 폐ᄒ니 부모 쏘흔 여ᄋ의 직모 범인이 안이라 쏘흔 슬히 역이믈 굿티여 권치 안코 여복을 나오지 안이ᄒ고 친쳑으로 ᄒᆞ야곰 아달이라 ᄒ던이 불힝ᄒᆞ야 문백쇼졔 팔셰 되미 방공부부 일시의 쌍망ᄒ니"『방한림전』.

21 장시광 교역, 『조선시대 동성혼 이야기 방한림전』, 한국학술정보, 2006, 89~90면.

고 있다는 점은 매우 문제적이다. 유교적 이념에 근거하여 위상과 정체성을 보장받는 상층 가문의 가부장이 기본적 원칙들을 큰 고민 없이 위반하는 것은 방공이 작중에서 상층가의 일원으로 명명된 것과는 달리 이념적 자의식에 강하게 견인되지 않는 담당층의 의식을 대변함을 입증하는 요소일 수 있다.

이상에서 살펴본 것처럼 단편 군담소설의 가부장들의 경우 작품 서두에서는 국문 장편소설의 경우와 마찬가지로 명문가의 후예로서 내외적인 명망을 지닌 것처럼 묘사되지만 실상에 있어서는 그런 언술에 부합하지 않는 면모를 보여주고 있다. 정치권에서 큰 영향력을 발휘하지 못한 채 패배주의적인 나약함을 드러내고, 가문 내적으로도 가부장의 부재 상황을 야기함으로써 실질적 역할을 전혀 수행하지 못한 채 오히려 가문의 몰락을 초래하는 한편 유교 이념의 수호자여야 할 가부장이 기본 원칙들을 무시하기도 하는 것이다.

3. 가부장상에 투영된 소설 담당층의 인식 차이

조선의 가부장제는 음양론에 입각하여 남녀의 유별성을 내세우고 이를 통해 위계질서를 확립했다는 점에서 체제 질서 유지와 밀접한 관련을 가진다.[22] 음양의 논리에 따른 남녀유별은 근본적으로는 차이를 인정한

---

22 "조선조 가부장제의 위계성은 국가 조직의 단위세포인 가정을 관리하고 통치하기 위한 목적으로 통치 차원에서 효율적으로 행정 관리하기 위하여 그 대상에게 주어진 특성으로 간주된다." 이순형, 「조선시대 가부장제의 유학적 재해석」, 『한국학보』 71, 일지사, 1993, 113면.

바탕 위에서 역할의 분담과 보완을 도모하는 상호 보완적 성격을 지니고 있음에도 불구하고 이러한 역할 구분이 사회 제도적 측면에서 남녀의 차별과 가부장 중심의 위계 설정이라는 차등적 질서를 용인하고 있음 또한 부정할 수 없다. 이러한 가부장적 위계질서는 가족 단위를 넘어 국가 단위의 체제 유지를 위한 수단으로 확장될 가능성을 내포하고 있는 만큼 질서의 상징이자 구심점인 가부장에게는 막강한 권한이 부여되었다.[23] 그러나 권한의 부여뿐 아니라 가부장으로서의 의무 역시 요구되었는바 가족 구성원의 위법 행위에 대해 가장에게 책임을 추궁하는 조항 역시 존재했음을 예로 들 수 있다.[24]

이처럼 막강한 권력과 그에 준하는 의무를 지니고 가족 혹은 가문을 통솔해야 했던 가부장들의 소설적 형상화는 가부장제로 대표되던 당대 체제 질서와 이에 대응하는 담당층의 태도 및 인식 층위를 가늠하는 데 중요한 단서들을 제공한다. 여기에서 다루는 긍정적 가장의 형상 안에서도 앞에서 살펴본 것처럼 주목할 만한 차이들이 발견되므로 이 절에서는 그 원인과 의미를 고찰해 보자.

---

23 이광규에 의하면 부계 혈연 중심의 가부장제하에서는 가부장의 가독권(家督權)을 인정하고 있는데, 가독권이란 가족 성원을 지배하는 것으로 제지권(制止權), 결정권(決定權), 교령권(敎令權) 등을 포함한다. 김두헌 역시 가장에게는 공법적 통제권만이 아니라 사법적 통제권도 인정됨으로써 가장이 호주권(戶主權), 존장권(尊長權), 친권(親權), 종자권(宗子權), 가산권(家産權)을 겸비하고 있었음을 지적한 바 있다. 박병호도 처자(妻子)나 노비(奴婢)가 가부장을 해하는 행위에 대해서는 중죄시하여 무거운 형벌을 내리는 반면 가부장이 처자나 노비를 해치는 경우에는 현저히 가벼운 형벌로 다스리거나 아예 범죄로 인정하지 않는 경우도 있었음을 통해 가부장권이 형률(刑律)에 의하여 보장되고 강화되었음을 주장했다. 이광규, 『한국 가족의 구조 분석』, 일지사, 1984, 129~131면; 김두헌, 『한국 가족제도 연구』, 서울대 출판부, 1969, 329~330면; 박병호, 「한국에 있어서의 가부장제의 형성」, 『한일법학연구』, 한일법학회, 1988, 47~48면.
24 이순형, 앞의 글, 114면.

긍정적으로 형상화된 가부장들에게서 제일 먼저 주목하게 되는 것은 이들이 가족 내에서 절대적 권력을 행사할 수 있음에도 불구하고 강제적·물리적 힘을 행사하기 이전에 솔선수범하여 모범을 보임으로써 도덕적 교화에 의해 가족들을 통솔하고자 한다는 점이다. 잘못을 범한 가족 구성원들을 엄하게 다스려 벌을 가하는 경우가 있기도 하지만 이들이 가족 구성원들에게 절대적 권위를 인정받을 수 있는 것은 무엇보다도 유교적 인간관에 입각한 군자로서의 모습을 잃지 않고 예禮에 따라 올바로 처신하기 위해 늘 노력하기 때문이다. 『가례家禮』에서도 가장은 권력으로써 강제하기보다 예로써 통제하는 도의적인 교리를 따라야 한다고 강조한 것처럼[25] 제가齊家를 하기 위해 수신修身을 우선시했던 사대부들의 삶의 태도를 작품 전반을 통해 확인할 수 있다.

특히 국문 장편소설의 경우 최상층 가문을 배경으로 하는 만큼 지배계층으로서 이념적·도덕적 측면에서도 모범을 보여 유교적 이상의 실현에 다가가고자 하는 의식을 강하게 드러내고 있다. 따라서 유교적 예론禮論에 입각한 인간상의 모범 사례를 가부장을 통해 구현함으로써 가문과 국가가 추구하는 이념의 정당성을 천명하는 한편 체제의 결속을 강화하는 계기를 마련하게 된다. 그러나 성인군자의 삶을 추구하는 가부장의 모습을 상층 가문을 미화하기 위한 것으로 치부할 수만은 없을 듯하다. 물론 주인공 가문의 가부장들이 무흠결의 완성체처럼 이상화된 측면이 없는 것은 아니나 소설 속에 형상화되는 그들의 구체적 행위가 현실에 기반하여 인간을 이해하고 인仁과 정의正義를 실천하기 위해 꾸준히 자신을 수련하는 모습을 담아내고 있으며, 대를 이어 전개되는 소설 내용을

---

25 김두헌, 『한국 가족제도 연구』, 서울대 출판부, 1969, 330면.

통해 그러한 인격의 완성이 선험적인 것이 아니라 반성적 실천 속에서 달성되는 것임을 드러내고 있기 때문이다. 즉 상층 가문으로서의 기득권을 유지·확장시키려는 소설 담당층의 욕망 이면에는 그에 준하는 노력들과 그러한 노력 속에 이루어 낸 전통의 계승 의식 역시 잠재되어 있다는 사실을 환기할 필요가 있다. 이는 도학적 세계관의 구현에 강하게 견인되어 있는 소설 담당층의 의식이 문면에 반영된 것으로 볼 수 있는바[26] 이들이 작품을 통한 지배 이념의 현실적 구현에 관심을 가지고 있었으며 가부장을 통해 이를 집약적으로 표현해 내고 있다고 하겠다.

이와 더불어 이 소설들이 상층의 향유물이면서 동시에 여성 독자들의 향유물로서 여성적 친연성을 강하게 드러내고 있다는 점 또한 고려할 필요가 있다. 국문 장편소설이 상층 가문의 확대와 번영을 이야기하면서도 '규방'의 이야기에 초점을 두고 서사가 진행되는 가운데 여성적 관심을 반영하고 있음이 지속적으로 논의되어 왔다.[27] 또한 소설의 창작에 있

---

26 "조선시대 도학은 성리학적 세계관의 현실 적용을 지향하는 실천 철학을 의미하는 것으로 거기에는 성리학의 우주 및 인성론에 내재한 도덕적 원리에 대한 이해를 토대로 대의명분에 부합하는 정당한 실천이라는 조건이 주어져 있었다." 설석규, 『조선 중기 사림의 도학과 정치철학』, 경북대 출판부, 2009, 37면.

27 임형택이 '규방소설'이라는 명칭을 사용한 이래 국문소설, 특히 국문 장편소설이 '규방'의 여성들과 친연성을 보이는 가운데 여성적 의식을 강하게 드러내고 있음이 다각적으로 논의되어 온바 다음의 글들을 참고할 수 있다. 임형택, 「17세기 규방소설의 성립과 『창선감의록』」, 『동방학지』 57, 연세대 국학연구원, 1988; 송성욱, 「『명주기봉』에 나타난 규방에 대한 관심」, 『고전문학연구』 7, 한국고전문학회, 1992; 이지하, 「여성 주체적 소설과 모성 이데올로기의 파기」, 『한국고전여성문학연구』 9, 한국고전여성문학회, 2004; 이지하, 「고전 장편소설과 여성의 효 의식 ― 『유효공선행록』과 『옥원재합기연』을 중심으로」, 『한국고전여성문학연구』 10, 한국고전여성문학회, 2005; 이승복, 「『옥환기봉』 연작의 여성 담론과 소설사적 의미」, 『고전문학과 교육』 12, 한국고전문학교육학회, 2006; 장시광, 「『성현공숙렬기』에 나타난 부부 갈등의 성격과 여성 독자」, 『동양고전연구』 27, 동양고전학회, 2007; 최기숙, 「『현씨양웅쌍린기』에 나타난 '부부관계'와 '결혼생활'의 상상적 조율과 문화적 재배치 ― '현경문-주소저' 부부 관련 서사 분석 중

어서도 여성 작가의 가능성이 제기되고 있다.[28] 이 소설들은 상층의 가문 중심적 사고와 유교적 지배 이념의 영향을 강하게 받으면서도 여성적 친연성으로 인해 유교적 가부장제의 억압에 대한 반발과 저항을 드러내는 한편 인물이 현실 속에서 대면하게 되는 구체적 정황과 상대적 입장들을 형상화함으로써 인간 이해의 지평을 확장했다는 평가를 받는다. 국문 장편소설의 가부장들이 이념적이고 강압적인 태도가 아니라 교화를 통해 가족을 통솔하고자 하는 태도를 보이는 가운데 자상하고도 다정다감한 모습들로 형상화되는 데에는 여성적 친연성에서 기인하는 위와 같은 특징들이 투영되었을 가능성이 높다.

이에 비해 단편 군담소설은 이념적 실체가 많이 약화된 모습을 보인다. 이 소설들의 가부장 역시 충효열에 입각한 유교 이념의 교두보임을 자처하지만 구체성이 결여된 탓에 그들이 신봉하는 이념의 실체가 선명히 드러나지 않는다. 세대 명문가라고 서술되어 있음에도 불구하고 정치적 부침에 따라 취약함을 드러내는 가문의 위상과 그 가문의 수장으로서 가부장이 보이는 패배주의나 정신적 나약함 등으로 미루어 볼 때 국문 장편소설의 확고한 입지와 그에 기반한 신념과는 분명한 차이가 보인다. 뿐만 아니라 『방한림전』의 경우처럼 가부장이 남녀유별의 내외법內外法을 대수롭지 않게 위반함으로써 유교 이념의 근간을 부정하는 결과를 야기하기도 한다. 이러한 행위는 유교적 이념을 바탕으로 이상적 사회를 구현하고자 하는 태도와는 일정한 거리가 있다.

심으로」, 『한국고전여성문학연구』 20, 한국고전여성문학회, 2010.
28 정병설, 『완월회맹연 연구』, 태학사, 1998; 한길연, 「『백계양문선행록』의 작가와 그 주변—전주 이씨 가문 여성의 대하소설 창작 가능성을 중심으로」, 『고전문학연구』 27, 한국고전문학회, 2005.

이처럼 표면적 언술과는 달리 가부장의 행위나 작품 내용의 실상이 유교적 이상의 구현과는 거리를 보이는 단편 군담소설의 경우 수신을 통해 제가를 이루고 이를 치국治國의 기틀로 삼고자 하는 국문 장편소설과는 다른 지향을 드러낸다. 단편 군담소설 역시 유교 이념에 입각한 입신양명을 중요 화두로 삼고 있다. 그런데 그것을 실현하기 위한 자기 수양의 과정에 대한 관심보다는 주인공의 영웅성에 입각한 결과적 성취가 더 강조되며, 목적 달성을 위한 수단과 방법에서의 이념적 엄정성이나 일관성 등이 결여되어 있다. 이는 이 소설의 담당층이 그러한 이념적 자의식으로부터 어느 정도 자유로운 계층이었기 때문이 아닐까 싶다. 즉 지배층의 일원으로서 유교 이념의 구현에 강한 자의식을 지니고 이를 실천하기 위해 노력해야 했던 책무를 지닌 계층이 아니라 집권층의 권리에 대해서는 동경하나[29] 이를 획득하고 유지하기 위한 책무 등에 대해서는 무지하거나 크게 관심을 기울이지 않는 계층의 의식이 반영된 결과라 하겠다.

따라서 소설에 형상화된 가부장의 모습을 통해 그 정치적 위상을 좀 더 구체적으로 살펴보고 이를 담당층의 의식과 비교해 볼 필요성이 제기된다. 먼저 국문 장편소설의 경우 가부장들이 집권층 내에서도 변화나 개혁보다는 체제 유지를 중시하는 보수적 성향의 정치의식을 드러내는 경우가 많다. 가부장이 정치적 부침 없이 계속 요직을 차지하고 있는 『현씨양웅쌍린기』와 『현몽쌍룡기』의 경우는 말할 것도 없고, 송나라 철종 시절 신법당과 구법당의 대립 속에 주인공 가문이 부침을 겪는 『옥원재합기연』과 명나라 영종의 친정親征 문제에 연루되어 일시적 실세失勢를 경험하는 『완월회맹연』의 경우에도 구법당을 지지하고 친정 반대의 입장을

---

29 이 부분에서 유교적 이념과 이에 기반한 지배 세력에 대해 비판 의식을 드러내는 작품들과도 구별된다.

취한다는 점에서 개혁적 성향보다는 구질서의 유지를 추구하는 보수성을 드러낸다고 할 수 있다. 이는 상층 지배층으로서의 담당층의 의식이 반영된 결과라고 보인다. 그런데 이러한 정치 인식을 매우 구체적인 정황과 더불어 형상화하고 있다는 점이 흥미롭다. 정치적 대립상을 핍진히 담아내고 있는『옥원재합기연』과『완월회맹연』을 통해 이 부분을 살펴보기로 하자.

『옥원재합기연』의 경우 가부장 소송이 구법당의 일원으로서 당수인 사마광과 매우 친밀한 가운데 아들 소세경을 사마광 밑에서 수학하게 함으로써 구법당 중심의 당색黨色을 분명히 하고 있다. 그러나 정치적으로 보수적인 구법당의 입장을 취하여 신법당에 반대하면서도 신법당의 당수인 왕안석과는 개인적인 친분을 유지함으로써 공사를 구분하는 모습을 보인다. 이러한 태도는 군자당과 소인당의 이분법적 대립 구도를 벗어나 어느 당이나 군자와 소인이 공존할 수 있음을 인정하고 사적인 차원에서나마 상대 당의 군자들과 교류하려는 의식을 보여주는 것이라고 할 수 있다.[30] 이는 조선 중기 이후 사림들이 붕당朋黨에 대해 취했던 다양한 입장들 중에서 붕당 내부의 군자와 소인을 분별하여 군자 간의 조제調劑를 통한 화평을 지향하던 태도와 유사하다.[31]『완월회맹연』의 경우 학연·혈연에 있어서 거대한 인맥을 형성하고 정치권에서 영향력을 행사하는 벌열 가문의 대표적 모습을 보여주는데, 토목지변土木之變을 둘러싼 명

---

30 이지하, 「『옥원재합기연』 연작 연구」, 서울대 박사논문, 2001, 115면.

31 붕당에 대하여 정인홍으로 대표되는 북인 계열 학자들은 군자당과 소인당을 철저히 구분하고 소인의 척결을 내세웠는데 이는 훈척 정치의 잔재 청산이라는 시대적 과제와 관련된다. 한편 유성룡을 중심으로 하는 퇴계학파의 남인 계열 학자들은 군자당과 소인당의 이분법적 구별을 지양하고 각 정치 세력 내부의 군자와 소인을 분별하여 각 당의 군자를 발탁함으로써 현실 탄력적인 정국 운영을 도모해야 한다는 입장을 취했다. 설석규, 앞의 책, 167~194면.

영종 대의 역사적 사실을 구체적으로 서술하고 있다.[32] 황제의 친정을 주장하는 소인당과 이를 반대하는 군자당의 대립 상황에서 주인공 가문은 친정에 반대하는 입장을 취하고 있으면서도 충간忠奸의 이분법적인 구분을 지양하고 있다. 가부장 정잠은 당파가 다른 것이 파혼의 사유가 될 수 없음을 천명함으로써 사적인 부분에서는 상대 당과의 교류를 허용하는 입장을 취하며 상대 당에도 위국충심爲國忠心을 지닌 인물이 있음을 인정하여 포용적인 자세를 보인다. 이는 군자당과 소인당을 다층적으로 읽어내려는 시각을 드러내는 것으로써 이러한 소설들이 조선 후기의 복잡한 정치 현실을 이분법적이고 추상적인 수준이 아니라 다층적이고 구체적인 수준에서 반영하고 있음을 보여주는 것이라고 할 수 있다.[33]

이처럼 다수의 국문 장편소설이 중국의 역사적 사실을 끌어와 조선의 정치 현실을 그리고 있는데, 그 구체적 정황을 핍진히 묘사하는 가운데 소설 담당층의 정치 인식 역시 다각적으로 포착할 수 있는 단서들을 제공하고 있다.[34] 요컨대 이 소설들의 경우 당대 정치권에서 실제적인 세력을 형성하고 정치 현실에 대해 민감하게 반응하며 대응책을 고심하는 위치에 있던 소설 담당층이 집권층 사대부들의 정치적 입장을 구체적이면서도 다각적으로 형상화함으로써 가부장으로 대표되는 가문의 정치적 입장과 위상을 적극적으로 표출하고 있다고 하겠다.

한편 앞서 살펴본 단편 군담소설들의 경우 가부장의 정치적 입지를 크

---

32 정병설, 「조선 후기 정치 현실과 장편소설에 나타난 소인의 형상-『완월회맹연』과『옥원재합기연』을 중심으로」, 『국문학연구』 4, 국문학회, 2000.

33 정병설, 『완월회맹연 연구』, 태학사, 1998, 241~245면.

34 국문 장편소설 간에도 구체적인 정치적 성향의 차이가 발견되기도 하는데 이에 대해서는 한길연, 『조선 후기 대하소설의 다층적 세계』, 소명출판, 2009, 제4장 「가문 외적 갈등과 정치의식」을 참조할 수 있다.

게 세 가지로 분류할 수 있다. 정치권에서 요직에 있다가 정쟁에서 패해 목숨을 잃거나 유배를 가게 됨으로써 몰락하는 경우(『유충렬전』, 『조웅전』, 『홍계월전』), 요직에 있다가 고향에 물러나 은거하는 경우(『소대성전』), 자신의 대에서는 벼슬에 나가지 못한 경우(『방한림전』) 등인데 국문 장편소설의 경우에도 가부장이 실세失勢하여 유배를 가는 내용이 다루어지는 경우가 있으므로 가부장의 실세를 단편 군담소설만의 특징이라고 할 수는 없다. 그러나 국문 장편소설의 경우 작품 초반에 가부장들이 반대파에 의해 유배를 가거나 일시적인 실세의 경험을 하더라도 곧 복귀하여 더 탄탄한 입지를 굳히는 것으로 그려지거나(『옥원재합기연』, 『완월회맹연』) 아예 정권에서 소외되는 적 없이 확고한 세력을 유지하고 있어(『현씨양웅쌍린기』, 『현몽쌍룡기』) 한시적인 경우를 제외하고는 정치권에서 중요한 역할을 담당한 것으로 그려진다. 이는 단편 군담소설의 가부장들이 정치적 몰락을 겪음으로써 가문의 존립 자체가 위협당하거나 정치권을 떠나게 되는 것과 비교된다. 단편 군담소설의 경우 주인공의 영웅적 활약에 의해 가문이 회복되는 작품 말미에 이르기까지 주인공 가문은 지속적인 실세의 상황에 놓이게 되며 정치적 몰락 과정도 충신과 간신의 대립이라는 추상적 구도를 보여주는 것 이상의 구체적인 정치적 입장이 다루어지는 경우가 드물다.

이를 감안할 때 『유충렬전』의 유심이 전쟁을 반대하며 화친론을 주장하는 점은 주목할 만하다. 황제가 토번과 가달의 침입을 친정하려 하자 유심이 이를 반대하여 기병起兵하지 말 것을 간하다가 유배를 당하게 되는데[35] 이때 유심이 주장하는 바는 강성한 외적을 대적할 만큼의 힘이 없

---

35 이 사건은 명나라 시절에 영종이 몽골의 오이라트가 침략해 오자 친히 정벌에 나섰다가 오이라트에 포로로 잡힌 토목지변을 소재로 삼은 듯하나 이후의 작품 내용이 역사적 사건과 정확히 부합하지는 않는다.

는 상태에서 전쟁을 감수하면 국가가 위태로울 뿐 아니라 백성이 도탄에 빠진다는 것이다.[36] 이 부분 역시 더 이상 구체화되지 않아 유심의 정치적 입장을 온전히 파악하기는 힘들지만[37] 외적의 침입에 대하여 명분론보다는 실리를 도모하고자 하는 의식을 읽어낼 수 있다. 이 유형의 소설들이 전쟁을 소재로 삼아 주인공의 활약상과 성공담을 그리고 있으면서도 한편으로는 전쟁이 민생을 도탄에 빠뜨리는 폐해를 지적하고 불필요한 전쟁을 막아 보고자 하는 의식을 드러내는 점이 흥미롭다. 이는 전쟁 영웅과 같이 예외적인 공을 세우지 않고서는 출세하기 어려운 계층의 소망이 전쟁 영웅의 성공담을 통해 투영된 것이면서 한편으로는 전쟁의 피해를 체감하는 계층으로서의 경험과 두려움이 반영된 것이기도 하다. 또한 조선 후기 사회에서 명나라 영종의 친정을 주장하여 천자가 적군의 포로가 되는 국난을 야기한 왕진 등을 간신배로 규정하는 입장이 주류였던 점을 감안하면 이 작품 속 유심의 입장은 당대의 주류적 견해에 따라 주인공 가문을 충신화하려는 관습적 차원에서도 이해할 필요가 있다. 따라서 단편 군담소설 유형의 담당층은 성리학적 이념에 입각한 정치적 대립 구도보다는 전쟁과 같이 직접적인 사건에 더 민감하게 반응하며, 정권

---

36 "왕실은 미약ㅎ고 외적은 강셩ㅎ니 이늗 자는 범을 지름 갓고 ᄃ난 퇴ᄭᅵ를 노치미라. 흔낫 시알리 쳔근지즁을 견뒸가. ᄀ련흔 빅셩 목심 빅니 사장 고혼이 되면 근들 안이 젹악이요, 복원황상은 기병치 마옵소서." 『유충렬전』.

37 이 소설의 내용을 병자호란과 연관지어 정한담의 주전론과 유심의 주화론을 조선 조정의 척화파와 주화파의 대립으로 본 견해도 있으나 유심이 국가의 안위를 염려하여 일시적으로 전쟁을 반대하고 있기는 하지만 궁극적으로는 그의 아들 유충렬이 전쟁을 통해 호국을 무찌르고 명나라의 위상을 재정립하는 것을 볼 때 유심과 그 가문의 정치적 입장을 적극적인 주화론으로 해석하는 데 주저하게 된다. 이에 대해서는 서대석 교수 역시 "이와 같은 주화 긍정 의식은 순간적이었고, 이것이 곧 친청 의식은 아니었다"는 언급을 덧붙이고 있다. 서대석, 『군담소설의 구조와 배경』, 이화여대 출판부, 1985, 159~160·164면.

의 핵심 세력으로서의 경험을 작품화하기는 어려운 위치에서 충성스러운 인물들의 영웅적 활약이라는 전통적이고 관습적인 요소에 기대어 출세 욕망을 표출하고 있다고 하겠다.

한편 가부장의 위상 차이는 소설 담당층의 국가관 내지 정권에 대한 인식과도 밀접하게 연관된다고 보인다. 가부장제하에서 가부장 중심의 가족제도가 황제 중심 국가 제도의 기초 단위로서 기능한다는 점을 상기할 때 가부장의 위상을 통해 황제를 정점으로 하는 국가의 위상을 유추해 낼 여지가 마련되기 때문이다. 대체적으로 주인공 가문의 세력이 막강하고 가부장의 권위가 확고한 경우 국가나 황실 역시 안정적 상태를 유지하는 것으로 그려질 것임을 가정할 수 있는바 작품 내용을 통해 그 실상을 확인하고 이면적 의미를 탐색해 보아야 한다.

이 장에서 고찰한 소설들의 시공간적 배경은 모두 중국의 송나라나 명나라 시절로 설정되어 있다.[38] 작품 속에 형상화되는 시대적 배경은 주로 간신과 충신의 대립 속에 황제가 간신배에게 미혹되어 있거나 변방의 외적들이 강성해져 국경을 침범함으로써 국가가 혼란스럽다는 공통점을 드러낸다. 이는 내외적 갈등 상황을 유발하고 주인공들의 활약을 보여주기 위한 소설적 설정이라고 할 수 있을 것이다. 그런데 국가나 황실의 위기 상황을 그리는 태도에 있어서는 국문 장편소설과 단편 군담소설이 일정한 차이를 보여주고 있어 흥미롭다. 국문 장편소설의 경우 황제의 일시적 판단 착오로 간신배들이 세력을 얻거나 외적의 침입으로 조정에 위

---

38 『현씨양웅쌍린기』는 송나라 인종 시절, 『현몽쌍룡기』는 송나라 진종 시절, 『옥원재합기연』은 송나라 신종 시절, 『완월회맹연』은 명나라 영종 시절, 『유충렬전』은 명나라 영종 시절, 『조웅전』은 송나라 문황제 시절, 『홍계월전』은 명나라 헌종 시절, 『방한림전』은 명나라 무종 시절이다.

기 상황이 발생하더라도 이로 인해 황실의 존립 자체가 위협받지는 않는 다. 이에 비해 단편 군담소설의 경우 황제가 간신배의 농간에 휘말려 천 자의 자리를 위협받거나 외적의 침입에 의해 황실이 와해되고 황제의 존 망이 위태로운 지경에 이르는 모습이 자주 형상화된다. 이와 같은 차이 를 동시대를 배경으로 하고 있는『완월회맹연』과『유충렬전』을 통해 좀 더 구체적으로 살펴보도록 하자.

이 두 작품 모두 명나라 영종조에 일어난 토목지변을 배경으로 하고 있다. 주인공 가문의 주요 인물들이 오이라트의 침입에 영종의 친정을 주장하는 간신배들에 맞서다 화를 당하는 것도 비슷하다.[39] 그러나『완 월회맹연』이 역사적 사실을 보다 충실히 반영하여 영종이 오이라트의 포 로가 되었다 복귀하는 사건과 그 사이 보위에 올랐던 경태제를 폐위하고 다시 황제에 등극하는 사건을 주인공 일가 구성원들의 활약상과 결부시 켜 서사화하는 반면『유충렬전』의 경우 황제가 오이라트의 포로가 되는 내용 대신 정한담 일파가 반역을 도모하여 황제가 위기에 처하는 것으로 그려 역사적 사건을 차용하기는 하되 사실에 크게 구애받지 않는 모습을 보인다.[40] 전자가 작품의 초기에 이러한 위기 상황을 극복한 후 더욱 견 고해진 왕권과 주인공 가문의 번영을 그리는 가운데 안정적인 체제 유지 를 도모하고 있다면 후자는 간신 일파에 의해 황제가 두 번씩이나 궁을 버리고 피난하는 상황과 백사장에서 용포 자락을 뜯어 혈서로 항서를 쓰

---

39 『완월회맹연』의 경우 가부장 정잠의 종형제인 정흠이 이 일로 사사(賜死)되고 그 외 다
    수 인물이 조정에서 물러나게 되는데, 정잠과 정삼 형제도 이 일을 계기로 낙향하게 된
    다.『유충렬전』의 경우에는 유심이 유배를 당한다.
40 역사적 사실에 대한 민감성 역시 담당층의 의식 차이를 보여주는 좋은 사례라 할 수 있
    다. 상층 사대부들이 역사적 사실을 중시한 반면 하층으로 내려갈수록 무관심이나 무
    지 등으로 인해 이에 덜 구속되었을 것이기 때문이다.

라고 협박을 받는 상황들이 작품 후반부까지 지속되는 가운데 실추된 왕권과 황실의 미약함이 부각된다.

이처럼 단편 군담소설에서 국가의 가부장에 해당하는 황제가 그 역할을 제대로 수행하지 못함으로써 왕권의 위기뿐 아니라 국가 전체의 혼란과 붕괴 위험을 야기하는 것은 주인공 가문의 가부장이 제 역할을 수행하지 못함으로써 가문이 몰락하는 것과 이미지가 중첩된다.[41] 즉 가부장의 위상이 약화되어 있는 소설들의 경우 가문적 차원에서만이 아니라 국가적 차원에서도 구심점 없이 위태로운 현실을 그려내고 있는데, 이는 가부장제와 이에 기반한 체제 질서에 대한 소설 담당층의 인식이 그리 긍정적이지 않음을 반영하는 것이라고 할 수 있다. 이는 확고한 가부장상을 지속적으로 구현하면서 체제 안정을 도모하고자 하는 국문 장편소설 담당층의 인식과는 분명 층위가 다른 것이라고 하겠다. 단편 군담소설들이 비록 주인공의 성공을 통해 가문의 재건을 도모하고 있다고 하더라도 이것이 올바른 가장 상과 국가 상을 현실화하여 체제 안정적인 지향성을 드러내고자 하는 것은 아니다. 오히려 주인공의 영웅적 행위 이면에 지배 체제의 불안정하고 모순적인 측면이 부각되고 있다. 요컨대 확고한 가부장상을 제시하고 이들에 의해 유교적 체제 질서 역시 조화롭게 유지될 수 있다는 믿음을 드러내는 국문 장편소설과 명실名實이 상부하지 않는 가부장상을 추상적으로 제시하면서 체제와 이념에 대해서도 표면적으로는 충효를 강조하지만 실상은 이에 크게 구속되지 않거나 회의적 시

---

41 엄태웅도 『방한림전』을 통해 국가가 오랑캐의 침입에 풍전등화의 위기에 놓인 것은 가부장의 근본적 부재로 인해 가부장 중심의 질서가 흔들리고 있음을 말해 주는 것이라고 지적한 바 있다. 엄태웅, 「『방한림전』에 나타난 가부장의 부재와 재현의 양상」, 『우리어문연구』 39, 우리어문학회, 2011, 105면.

각을 드러내기도 하는[42] 단편 군담소설의 경우 긍정적인 가부장상을 그리고 있다는 공통점에도 불구하고 소설 담당층의 의식과 그에 기반한 문학적 형상화에 있어서 주목할 만한 차이를 보여주는 것이다.

이상의 내용을 바탕으로 살펴볼 때 국문 장편소설과 단편 군담소설이 상층의 유력한 가문을 중심으로 주인공의 활약상을 그린다는 공통점에도 불구하고 그 구체적 형상화에서는 주목할 만한 차이점들을 지니며, 이는 소설 담당층의 기반 차이와 그에서 비롯되는 인식의 차이에 기인하는 것임을 알 수 있다. 국문 장편소설 담당층의 경우 유교적 봉건 체제 내의 기득권층으로서 체제 내적 질서 유지에 대한 보수성을 견지하면서도 한편으로는 주 담당층이 여성이었다는 점으로 인해 상황과 관계 속에서 열린 시각으로 인간을 이해하고자 하는 면모를 드러내기도 했다. 그런 점에서 국문 장편소설의 가부장들이 권위적이고 억압적인 모습이 아니라 도덕적으로 솔선수범하는 가운데 자상하고도 인간적인 모습으로 형상화된 것은 당대 상층 여성들이 희망했던 바람직한 인간관계와 그에 입각한 가부장상이 반영된 결과라고도 할 수 있다.

한편 단편 군담소설의 경우 담당층이 최상층의 일원은 아니었던 것으로 짐작된다. 이 소설의 작가층으로 몰락 양반층과 관련된 직업적 작가군이 언급되어 온 것처럼[43] 소설의 구체적 내용, 특히 이 장에서 주목한 가부장의 정치적 위상과 역할 등을 통해 볼 때 상층의 삶이나 정치적 경

---

42 단편 군담소설의 주인공들은 노골적으로 황제를 비난하면서 국가적 권위에 회의를 표하는 경우가 많다. 이에 비해 국문 장편소설의 경우 상소 등을 통해 충언(忠言)을 아뢰기는 해도 황제나 국가의 권위를 무시하는 경우는 드물다. 이는 담당층의 예법 습득과도 관련이 있겠지만 근본적으로는 국가·체제·이념에 대한 인식 차이에서 연유하는 것으로 보아야 할 것이다.

43 이상택 외, 『한국 고전소설의 세계』, 돌베개, 2005, 92~96면.

험이 없는 계층의 산물임이 재확인된다. 유교적 봉건 지배 체제를 받아들이고 그 핵심을 차지하는 상층의 삶을 동경한다는 점에서 이 소설의 담당층 역시 체제 수호적인 보수성을 지니고 있음을 부인할 수 없다. 그러나 허약한 왕권과 간신배에 휘둘리는 정치권에 대해 일정한 비판 의식을 드러냄으로써 미약하나마 지배 체제에 대해 회의적인 시각을 노출하기도 한다. 이는 이 소설의 담당층이 기득권층에 속하지 않은 계층이며 그로 인해 이념적·제도적으로 비판적 거리를 형성할 수 있는 입장에 있었음을 의미하는 것이기도 하다. 그럼에도 불구하고 그러한 비판 의식이 좀 더 예각화되지 못한 채 체제 질서를 수호하는 주인공의 승리담으로 귀결되고 마는 것은 이러한 이야기들을 오락적인 차원에서 흥미의 대상으로 인식했던 담당층의 대중적 속성과 그에 바탕을 둔 소설관에 기인하는 것이라 하겠다.

4. 맺음말

고전소설 속에 그려지는 가부장의 형상은 꽤 넓은 스펙트럼을 보인다. 막강한 권한을 지닌 경우부터 권위가 실추된 경우까지 다양한 가부장상이 등장하는 가운데 권위가 긍정되는 가부장의 경우에도 작품 속에 형상화되는 구체적 모습에 있어서는 주목할 만한 차이를 보이기도 하는바 이 장에서는 그러한 차이에 주목하여 가부장의 위상과 실제 모습 여부, 그러한 가부장을 통해 소설 담당층이 그리고자 하는 바를 살펴 가부장적 이념의 침윤 정도와 담당층의 인식 차이를 고찰했다.

조선조 사회는 유교적 사유에 기반한 강력한 가부장적 질서를 신봉하고 있었다. 한 가정 혹은 가문 내에서 가부장을 중심으로 형성되는 위계질서는 효라는 윤리를 절대적 지주로 삼아 수직적 관계를 형성하고 있었고, 이것이 국가적 차원으로 확대되면 충이라는 덕목하에 '왕-신하-백성'으로 이어지는 종적 질서를 형성하게 된다. 이러한 가부장적 통치 원리는 유교적 이념에 기반을 둔 사대부의 역할이 '수신제가치국평천하修身齊家治國平天下'로 대표되는 것에서도 확인할 수 있다. 한 집안의 가부장으로서 제가齊家를 바로 하는 것은 곧 세계를 도모하는 일과도 밀접한 관련을 가지는 것이다. 따라서 소설 속에 형상화된 가부장의 위상과 행위 등은 담당층의 현실 조건과 이를 바탕으로 한 이념적 지향을 반영하는 것으로서 고전소설의 계층적 다양성을 확인하는 데 중요한 지표가 될 수 있다.

국문 장편소설의 경우 고전소설 유형 중에서 가장 이상적이고 모범적인 가부장상을 제시한다. 상층 벌열 가문을 배경으로 하는 이 소설군의 경우 가문의 주재자로서 막강한 권위와 그에 걸맞은 능력과 인품을 겸비한 가부장들을 형상화하고 있다. 이들은 능력 면에서뿐 아니라 도덕적 측면에서도 타의 모범이 되는 인물로서 뚜렷한 정치적 입장을 지니고 국가와 가문을 이끄는 역할을 담당한다. 이러한 가부장의 형상화 속에는 유교 이념에 대한 강한 신뢰와 자신감이 내포되어 있으며, 지배 이념을 바탕으로 한 기득권의 유지·확대를 지향하는 의식이 결부되어 있는 것으로 보인다.

그러나 이 소설들의 가부장상이 이념적 차원에서 미화됨으로써 현실성을 결여한 채 추상적으로 그려지기만 하는 것은 아니라는 점 역시 주목해야 한다. 상당수의 국문 장편소설 속에서 가부장들이 강한 부성애를 표출할 뿐 아니라 가문 구성원들의 입장을 헤아리는 자상하고 세심한 인물로 형상화되고 있다. 이는 이러한 소설들이 지배 이념에 강하게 경도되어 있는 것 같으면서도 이면적으로는 인간의 본성을 긍정하는 가운데 현실적 차원의 문제들에 구체적인 관심을 가지고 접근하고 있다는 점을 확인하게 해 준다.

단편 군담소설의 경우 가부장의 형상화가 추상적 차원에 머물고 있다. 이 소설 유형에서 가부장은 작품 초반에 짧게 언급된 후 죽는 것으로 처리되거나 작품 말미에 유배지에서 풀려나 가문과 정치권에 복귀하는 것으로 그려질 뿐이다. 이 때문에 작품의 서두에서 묘사하는 이들의 우수한 혈통과 재능, 인품 등이 구체적 현실과 결부되지 못하고 관행적 언술의 차원에 머물고 만다. 이는 힘 있는 가부장과 그를 기반으로 한 가문의 번영을 꿈꾸면서도 권위 있는 가부장의 실상을 그려내지 못하는 담당층의 실존과 인식의 한계 및 특수성을 반영하는 것이다.

그러나 이 소설 유형의 가부장들이 유교적 이념이나 체제에 크게 구속받지 않고 때로는 이를 위반하기도 하는 모습은 상층 경험의 유무나 정치적 인식의 불철저함이라는 결여적 관점과는 다른 각도에서 바라볼 필요가 있다. 그러한 내용들을 통해 유교적 가부장제와 이에 기반한 지배 체제에 대해 회의적인 시각이 간접적으로나마 노출되고 있기 때문이다. 표면적으로 파악되는 체제 지향적 성격과는 달리 내적으로는 그와 상반된 인식을 보이기도 하지만 그것을 본격적으로 비판적 차원으로 상승시키지는 못하는 애매하고도 절충적인 입장이 이 소설들의 특징이라고 하겠는데, 이는 이 유형이 유통되던 상업적 향유의 맥락과 담당층의 특성에서 기인하는 것이다.

제2장

가부장적 권위의 추락과 가치관의 변모

1. 조선 후기 가부장의 위상 변화

조선 사회의 근간은 유교적 가부장제에 기반을 둔 가족제도에 의해 유지되었다고 할 수 있다. 가족은 사회 구성의 가장 기초적 단위로서 중요성을 지닐 뿐 아니라 이념적으로도 부모와 자식 간의 수직적 효의 논리가 국가를 향한 충의 논리로 확장될 수 있다는 점에서 유교 질서에 입각한 중세 사회의 핵심적 기제로서 중요한 위치를 차지했다. 특히 집안의 수장인 가장은 의무와 권리를 동시에 행사하며[1] 유교적 사회제도의 주축을 이루는 상징적 존재로 인식되었다. 그런 점에서 가장들에게 부여된 권위는 유교적 가부장제에 대한 공식적 지지를 표명하는 것이기도 했다.

고전소설 역시 이러한 사회상을 반영하여 가족 또는 가문을 중심으

---

[1] 조선시대의 유교적 가부장제하에서 가장들이 누리던 권리와 이를 담보하기 위한 의무 사항에 대해서는 다음의 글들을 참조할 수 있다. 김두헌, 『한국 가족제도 연구』, 서울대 출판부, 1969; 이광규, 『한국 가족의 구조 분석』, 일지사, 1984; 박병호, 「한국에 있어서의 가부장제의 형성」, 『한일법학연구』, 한일법학회, 1988; 이순형, 「조선시대 가부장제의 유학적 재해석」, 『한국학보』 71, 일지사, 1993.

로 한 서사를 구축하는 가운데 가장의 역할에 대해 진지한 성찰을 지속해 왔다. 특히 상층 가문을 중심으로 체제 수호적 성향을 드러내는 작품들의 경우 가장의 권위를 극대화하고 그들을 통해 가문과 국가가 안정을 누리는 것으로 형상화하는 경우가 많다.[2] 이 경우 가장은 대내외적으로 모든 방면에서 모범을 보이는 존재로서 그에 걸맞은 능력과 책임감을 겸비할 것으로 기대되었다. 따라서 가문 혹은 가족의 핵심 인물인 가장의 부재 여부가 소설 속 갈등의 유발과 밀접한 관련을 지니게 되며,[3] 가장이 복귀하거나 새로운 가장이 그 자리를 이어받았을 때 비로소 그러한 문제들이 해결되고 가문의 평화와 번영이 지속되는 것으로 그려진다. 요컨대 고전소설 속에도 당대 사회에서 가장이 지니는 무게감과 중요성이 다양하게 반영되고 있는 것이다.

그런데 이와는 상반된 입장에서 가장의 모습을 형상화하는 소설들도 상당수 존재한다는 점에 주목할 필요가 있다. 가장이 제 역할을 수행하지 못하는 가운데 명분 없는 권위만 뽐내려고 하거나 아예 권위가 무시된 채 비루한 모습으로 전락한 경우들이 존재하는 것이다. 다수의 가정소설과 세태풍자소설, 판소리계 소설 등에 이러한 가장의 모습이 자주 등장한다. 이 소설 유형들은 주로 하층의 현실 비판적인 의식을 담아내는 가운데 풍자적이고 골계적인 성향을 드러낸다는 점에서 상층 가문 구성원의 이야기를 다루는 국문 장편소설이나 단편 군담소설과는 다른 특징들을 보이며 중세적 지배 이념의 침윤도 덜한 편이다. 이로 인해 가부장

---

2   이에 해당하는 대표적 소설 유형으로 국문 장편소설과 단편 군담소설을 들 수 있다.
3   단편 군담소설의 경우 주인공 가문의 가장이 죽거나 유배를 당함으로써 가문의 몰락을 초래하며, 다수의 국문 장편소설에서도 유배나 출정, 변방의 순무 등으로 가장이 집을 비웠을 때 가문 내의 분란이 야기된다. 이는 가내 질서의 유지와 가문의 대외적 위상에 가장이 차지하는 역할이 그만큼 크다는 것을 말해 주는 것이다.

권에 대한 인식 역시 국문 장편소설이나 단편 군담소설과는 다른 양상을 보인다. 특히 이 유형들이 가문 의식에 크게 구애받지 않는다는 점에서 가족과 가장의 문제를 그리는 데 있어서도 상층의 권위 있는 가장 상과는 다른 모습을 보일 것임을 짐작할 수 있다.

그럼에도 불구하고 이 소설들 역시 가부장적 가족제도가 당연시되던 조선 후기 사회의 산물로서 중세 봉건적 가족제도의 자장 안에 존재했다는 사실을 간과해서는 안 된다. 상층만큼 가계 계승과 가문의 번영을 염두에 둔 견고한 가장권家長權을 상정하지는 않았을지라도 이 시기 사회 전반에 걸쳐 집안의 어른으로서 가장의 권위는 존중되어야 할 미덕으로 인식되었으며 이와 더불어 가장에게는 계층을 막론하고 가족을 이끌어 가야 하는 대표자로서의 책무가 암묵적으로 부여되어 있었다. 이를 고려할 때 이 소설들이 가족의 구성과 유지에 심각한 변화를 초래할 정도로 제 역할을 수행하지 못하는 가장을 형상화하고 있다는 점은 유교적 가부장제에 입각한 전통적이고 규범적인 가족관에 균열이 일어나고 있음을 반영하는 것으로서 주목할 필요가 있다.[4] 이러한 내용을 통해 당대의 가족과 결부

---

4   국문 장편소설과 단편 군담소설에도 부정적인 가부장상이 형상화되는 경우가 있다. 『유효공선행록』의 유정경이나 『옥원재합기연』의 이원의 등이 그 예이다. 그러나 이들을 통해 그려지는 부정적 가부장상이 유교적 가부장제에 입각한 가족제도의 모순을 드러내지 않는다는 점에서 이 장에서 다루고자 하는 작품들의 경우와 구별된다. 오히려 이들의 부정적 행위는 가부장권의 올바른 행사가 가문의 존속에 필수적인 것임을 깨우치는 역할을 한다는 점에서 본질적으로는 유교적 가부장제의 구현에 도움을 주는 요소로 활용되고 있다고 보아야 한다. 이는 이 소설들이 유교적 가부장제를 기반으로 한 상층 가문 내부의 문제들을 통해 부분적으로 제도적 모순을 드러내고 있음에도 불구하고 궁극적으로 유교적 지배 이념에 바탕을 둔 상층 지배층의 삶을 지향하고 있다는 점과 관련된다. 이에 비해 하층 소설들의 경우 지배 이념과 제도적 관습에 대한 구속력으로부터 상대적으로 자유로웠기 때문에 그 균열의 지점을 보다 적극적으로 포착하고 반영할 수 있었다고 하겠다.

된 문제들을 검토하고 그 소설사적 의미를 탐색해 볼 수 있기 때문이다.

제2장에서는 고전소설에 형상화된 가부장적 권위의 추락에 대해 살펴보고 이를 야기하는 사회적 동인과 담당층의 인식 등을 고찰하고자 한다. 이러한 시도는 당대 가족제도를 통해 구현되던 유교적 지배 이념이 변화하는 현실 속에서 다양한 요인에 의해 어떻게 변주되는지, 그리고 그 안에 담긴 사회 문화적 의미는 무엇인지 천착할 수 있게 해 준다는 점에서 의의를 지닐 것이다.

논의의 대상으로 삼은 작품은 『이춘풍전』, 『게우사』, 『장화홍련전』, 『콩쥐팥쥐전』, 『심청전』, 『장끼전』 등이다. 이들은 조선 후기 중하층의 세태와 사회상을 그리는 소설 유형들의 대표적 작품들이며, 가장이 제 역할을 수행하지 못한다는 공통점을 지니고 있으면서도 그 구체적인 양상에서는 차이를 보인다는 점에서 함께 고찰할 만하다. 이 작품들을 통해 가부장적 권위가 추락하는 다양한 사례들을 검토함으로써 당대 가족이 직면했던 제 문제와 이의 소설적 재현을 다각도로 살펴볼 수 있다.

2. 가부장적 권위의 추락

가부장제 사회에서 가장의 권위는 사회적 규율 속에 강제화되는 측면이 있지만 가장에게도 그러한 권위를 유지할 수 있을 정도의 일정한 책무가 부여되어 있다. 가부장적 권위의 준거가 된다고 생각되는 요소들을 대략적으로 상정해 보자면 윤리적 모범을 보여 도덕적으로 권위를 획득할 수 있도록 행동하는 것, 가족에 대한 책임감을 지니고 그들을 통솔할 수 있는 지도력을 발휘하는 것, 경제적으로 가족을 부양할 만한 능력을 갖추는 것[5] 등을 들 수 있다. 물론 계층에 따라 가장에게 요구되는 책무의 성격이나 엄격성에 있어서 차이가 존재했을 것이다. 그러나 보다 근본적인 차원에서 가장에게 요구되었던 윤리적·경제적 책임감은 가부장제 사회의 공통적인 기대치로서 공유되었다. 가장이 이러한 책무를 제대로 수행하지 못할 경우 가족의 삶에 부정적 영향을 미침과 동시에 그의 권위 역시 하락할 수밖에 없다.

따라서 가장이 역할을 제대로 수행하지 못함으로써 가족 내에 심각한 문제들이 야기되는 작품들을 대상으로 그 구체적 양상을 살펴보고 가장의 무능과 무책임을 초래하는 요인들을 고찰해 보기로 한다. 이를 통해 우선적으로 고전소설 속에 등장하는 부정적 가부장상의 다양한 면모와 그에 대한 가족 구성원들의 반응을 포착할 수 있을 것이며 이를 토대로 제3절에서 그 사회사적 의미를 탐색하기로 한다.

1) 가장의 책임 방기와 가족 내 위상

(가) 춘풍이 본디 친척이 없어 뉘라서 경계하리. 용전여수하여 부모의 조업 수만금을 마음대로 남용할 제 장안춘풍 화류시와 구월단풍 황국시의 화조월석 빈 날 없이 주사청루의 향료를 진취하고 절대가인을 인혼하여 청가묘무로 노닐 적에 남북촌 왈자 벗님네와 한가지로 협실에서 매일 장취 노닐 적에 청루미색 작첩하여 좋은 노래 맑은 술로 권하며 너비아니 갈비찜을 매일 장취 노닐다가 원앙금침 놓고 나니 일이백 냥 돈을 푼전같이 남용하여

---

5 사대부들은 직접적인 경제활동에 종사하지는 않았지만 그럼에도 불구하고 관직 진출에 의한 수입이나 재지사족(在地士族)으로서의 가산 상속 등에 의해 경제적으로 가족 부양의 기반을 마련하고 있었다. 그 이외의 계층에 있어서는 가장의 경제적 능력이 가족생활의 영위에 더욱 중요한 요소가 되었을 것이다.

잡기방에 다다르면 삼사백을 잃고 나니 집안의 그 무엇이 남을손가 (…중략…) 아내의 말을 아니 듣고 수틀리면 두드리기와 전곡 남용 일삼으니 이런 병이 또 있는가. 이리저리 놀고 나니 집안 형용 볼 것 없다.[6]

(나) 허씨 그것을 가지고 온갖 흉담을 늘어놓으니 용렬한 좌수는 흉계를 모르고 놀래며 이르되, "이 일을 장차 어찌하리요?" 흉녀 가로되, "저 애를 죽여 흔적을 없애면 다른 사람들은 이런 줄 모르고 첩이 불측하여 애매한 전처 자식을 모해하였다 할 것이니 첩이 먼저 죽어 모르느니만 같지 못할 것이로다" 하며 거짓 자결하는 체 하거늘 미련한 좌수는 그 말을 곧이듣고 급히 붙들어 말하기를 "그대의 진정한 덕을 내 이미 아나니 빨리 계책을 가르쳐 주면 저를 지금 처치하리라" 하며 울거늘 흉녀 이 말을 듣고 제 소원을 이룬지라 기뻐하며 겉으로 탄식하며 말하기를 (…중략…) 좌수 옳게 여겨 장쇠를 불러 계교를 일러주고 장화를 부르니[7]

(다) 우리 망처 살았더면 조석 근심 없을 것을, 다 커가는 딸자식을 사동네에 내놓아서 품을 팔고 밥을 빌어다가 근근이 호구하는 중에 공양미 삼백 석을 호기 있게 적어놓고 백 가지로 생각한들 방책이 없구나. 빈 단지를 기우린들 한 되 곡식 바이없고 장롱을 수탐한들 한 푼 전이 왜 있으리. 일간두옥 팔자 한들 풍우를 못 피커든 살 사람이 뉘 있으리. 내 몸을 팔자 하나 푼전 싸지 아니하니 나라도 사지 아니하랴거든 어떠한 사람을 팔자 좋아 이목구비 완전하고 수족이 구비하여 부부해로하고 자손이 만당하고 곡식이 진진하고

---

6 김기동 편, 『필사본 고전소설 전집』 6, 아세아문화사, 1980, 495~496 · 499~500면에 수록된 『이춘풍전』을 저자가 현대어 맞춤법에 준하여 인용했다.
7 구인환 편, 『장화홍련전』, 신원문화사, 2003, 17~18면.

재물이 영영하여 용지불갈 취지무궁 그리운 것 없건마는 애고 애고 내 팔자야 나 같은 이 또 있는가[8]

(가)에는 이춘풍이 부모로부터 물려받은 누만금의 가산을 유흥과 도박 등으로 다 탕진해 가는 모습이 압축적으로 잘 묘사되어 있다. 이춘풍은 조실부모하고 친척마저 없어서 잘못된 행위에 대해 제대로 가르침을 받을 길이 없다. 기방과 노름방을 드나들며 돈을 물 쓰듯 하는 그에게 충고를 할 수 있는 사람은 오직 아내뿐인데 춘풍은 그 말에 귀를 기울이기는커녕 가장의 권위를 내세워 폭력을 행사하곤 한다. 그에게서 한 가족을 돌보아야 하는 가장으로서의 책임감을 찾아볼 수 없을 뿐만 아니라 더 나아가 한 사회의 구성원으로서도 바람직한 미덕을 발견하기 어렵다. 생산적인 활동과는 담을 쌓은 채 주색잡기에 탐닉하는 이춘풍의 모습은 19세기의 변화하는 사회 속에서 향락에 빠져 타락해 가는 불건전한 인간상을 대변하고 있다.[9]

이춘풍을 통해 표현되는 왜곡된 가장 상은 부유해도 근검절약을 잊지 않고, 높은 자리에 올라도 교만하지 않는 가운데 도덕적 권위로 가족에게 모범을 보이고자 했던 사대부 가문의 전통적 가장 상과 배치될 뿐 아니라 가난 속에서도 가족을 위해 자신을 희생하고자 애쓰는 하층의 평범한 가장 상과도 매우 다른 모습을 보인다. 그에게서는 가족 부양에 대한 자의식을 찾아보기 힘들다. 이 점에서 향락에의 탐닉과 그로 인한 타락상에 있어서 매우 비슷한 행태를 보이는 『게우사』의 김무숙과도 약간의 차이를 보

---

8   최운식 편, 『심청전』, 시인사, 1984, 59면.
9   이지하, 「고전소설에 나타난 19세기 서울의 향락상과 그 의미」, 『서울학연구』 36, 서울시립대 서울학연구소, 2009, 176~177면.

인다. 둘 다 가족을 돌보지 않고 자신의 향락만을 일삼는 생활을 하다가 무일푼이 된다는 점에서 공통적이지만 김무숙이 배고픔에 시달리는 처자식을 창 너머로 엿보며 죄책감을 느끼고 개과천선하는 반면[10] 이춘풍은 시종일관 자기반성 없이 지속적이고 이기적인 탐닉에 몰두하는 것이다.[11]

요컨대 이춘풍은 개인적인 차원에서나 사회적인 차원에서나 올바른 가치관을 확립하지 못한 채 부유하는 인물로서 한 가족을 책임질 만한 자질을 전혀 보여주지 않는다. 연이은 일탈 행위마다 김씨가 남편을 구제해 주지만 이 과정에서 이춘풍이 크게 깨닫고 달라진 것 같지는 않다. 작품의 결말 부분에서조차도 이춘풍은 비굴하고도 희화적인 태도로 부인에게 용서를 구할 뿐이고 부인 김씨의 덕으로 이 가족이 행복을 누리는 것으로 마무리되는 점으로 미루어[12] 이춘풍은 도덕적·윤리적 차원에서뿐 아니라 경제적·사회적 차원에서도 가장으로서 함량 미달의 모습을 보이는 대표적 인물이다.

이처럼 세태풍자소설에서는 주로 사치와 향락에 빠져 가족을 돌보지 않는 가장의 방탕함을 문제 삼고 있다. 『이춘풍전』 유형의 소설들이 변화

---

10 "쥬글 마음 간절ᄒ되 불승ᄒ 쳐ᄌ식을 심방쥬션 못ᄒ고셔 늬가 쥭거드면 구쳔의 도라간들 죄악니 읍실손냐. ᄉ름의 ᄌ식되고 쳐ᄌ의 비러온 밥 웃지 먹고 안져씨리. 귀골지인져 무슉이 품팔기로 ᄌ싱ᄒ다." 김종철, 「『게우사』 자료 소개」, 『한국학보』 17-4, 일지사, 1991, 245면.

11 이 점에서 이춘풍에게 자식이 없다는 것과 그의 부인 김씨가 치산 능력이 뛰어난 여성으로 그려지고 있다는 것에 주목할 필요가 있다. 무자(無子)는 개인적 욕망에 충실한 가운데 가족 윤리로도 제어되지 못하는 방탕의 상징적 결과물일 수 있으며, 능력 있는 아내가 파탄 난 가장의 역할을 대신하는 것이다.

12 "대저 일개 여자로서 손수 남복하고 호계 비장 내려가서 추월도 다스리고 춘풍같은 낭군도 데려오고 호조돈도 수쇄하고 부부 둘이 종신토록 살았으니 만고의 해로한 일인고로 대강 기록하여 후세 사람에게 전하나니 만일 여자 되거든 이런 일 효측하압소서." 김기동 편, 『필사본 고전소설 전집』 6, 아세아문화사, 1980, 549면.

하는 시대상, 특히 경제상에 주목하여 새롭게 대두된 사회적 문제와 가치관의 혼란 등 과도기적 현상들에 주목하고 있음을 고려할 때 이춘풍이나 김무숙의 타락은 일차적으로는 개인적인 부도덕성에 기인하는 것으로 지탄받을 만한 것이지만 한편으로는 불안정한 사회가 배태한 부산물이기도 하다는 점 역시 고려되어야 할 것이다.

(나)는 『장화홍련전』의 배 좌수가 후처 허씨의 모함으로 장화의 정절을 의심한 채 죽음을 명령하려는 대목이다. 허씨가 껍질 벗긴 쥐를 장화가 낙태한 아이라고 속이자 배 좌수는 이를 곧이곧대로 받아들이고 장화의 처치를 고민하는데 이 과정에서 매우 우유부단한 모습을 보인다. 장화의 낙태 현장을 접한 배 좌수는 스스로 사태를 판단하고 해결하려는 의지보다는 당황하여 허씨에게 의존하는 모습을 보인다. 장차 어찌해야 하는지를 허씨에게 묻고 허씨가 거짓 자결하려는 척까지 하며 가문을 위한 자신의 마음을 강조하자 "그대의 진정한 덕을 내 이미 아나니 빨리 계책을 가르쳐 주면 저를 지금 처치하리라"고 울면서 전적으로 허씨에게 매달린다.

진상을 조사하고 딸의 해명을 들어볼 생각도 하지 못한 채 소문이 나면 집안 망신이 될까 봐 전전긍긍하면서[13] 판단력을 잃고 아내의 처분을 기다리는 것이다. 배 좌수가 장화의 실절失節이 문호에 화가 되리라는 사실을 심각하게 받아들이고 있는 것으로 보아 그에게 가문 혹은 가족의 명예를 책임져야 하는 가장으로서의 의무감이 있음을 짐작할 수 있다. 그러나 그에게서 가족을 통솔하고 이끌어야 하는 가장으로서의 권위와

---

13 "우리 집안이 대대 양반으로 만일 누설되면 무슨 면목으로 살아가리요." 구인환 편, 『장화홍련전』, 신원문화사, 2003, 17면. 이 말은 허씨가 배 좌수를 획책하기 위해 한 말인데 허씨는 이후에도 계속 문호를 들먹이며 배 좌수의 마음을 흔들어 놓는다.

그에 부합하는 행동을 찾아보기는 힘들다. 주체적인 판단하에 사태를 공정하게 해결하는 것이 아니라 아내에게 좌지우지되어 감정적이고 즉흥적인 결정을 내리고 마는데, 그의 그러한 태도가 딸의 목숨과 직결된다는 점에서 이는 매우 심각한 문제라 하겠다.

만약 배 좌수가 가장으로서의 책임감과 통솔력을 제대로 발휘할 수 있는 인물이었다면 이러한 모함에 쉽게 동요되지도 않았을 것이고, 설령 장화를 오해하고 죽일 결심을 했더라도 당당히 딸의 죄목을 밝혀 꾸짖고 자결을 명하는 태도를 보였어야 할 것이다. 그런데 배 좌수는 끝내 장화에게 이유를 알려주지도 않은 채 야밤에 갑작스레 외가에 가라는 명령을 내리고 장쇠를 시켜 몰래 연못에 빠뜨려 죽이는 방법을 선택한다. 더군다나 뒤늦게나마 장화가 억울하게 죽었음을 알고도 한탄하며 서러워할 뿐 허씨의 모함에 대한 어떤 처분도 없이 무기력한 태도로 일관할 뿐이다.

이처럼 가장이 통솔력을 상실하고 무기력한 태도로 일관함으로써 가족 간 불화를 야기하는 사례를 『콩쥐팥쥐전』에서도 발견할 수 있다. 최만춘은 후처 배씨에게 빠져 콩쥐에게 가해지는 부당한 처우를 눈치채지 못할 뿐 아니라 함께 구박하기까지 한다. 가장으로서 중심을 잡고 전실 자식과 후처 간 관계를 바람직하게 이끌어 가면서 콩쥐를 보호해 주기는커녕 오히려 계모와 한통속이 되고 만 것이다. 그의 가장답지 못한 태도는 콩쥐의 고난을 지켜보던 주변 사람들의 입을 통해서도 비판받고 있다.[14] 배 좌수와 최만춘의 경우를 통해 책임감과 통솔력을 갖추지 못한 가장으로 인해 가족 내에 불화와 혼란이 야기되고 구성원의 안위마저 심각하게 위협받을 수 있음을 확인할 수 있다.

『장화홍련전』과 『콩쥐팥쥐전』 같은 가정소설의 경우 새로운 구성원을 맞이하여 가족관계가 재정립되어야 하는 시점에 가장이 중심을 잡고 가족을 올바른 방향으로 통솔하지 못함으로써 발생하는 문제들을 다루고 있다.[15] 즉 가부장제 사회에서 바람직한 가족관계를 유지하기 위해서는 무엇보다 가장의 역할이 중요하다는 것을 인식하고 있는 것이다. 그러나 이 소설들의 경우 가장이 그 역할을 수행하지 못함으로써 가족 구성원이 죽음에 처하고 그 결과 가족이 풍비박산하게 되는 비극이 초래된다. 죽었던 주인공들이 재생하여 악인을 징계하고 가족 질서를 회복하는 결말을 그리고 있기는 하지만 이는 낭만적인 바람일 뿐 가장의 책임 방기 속에 가족이 분열된 책임을 후처나 첩 등의 새로 편입된 가족 구성원에게 전가한 것이 실상에 가깝다.

(다)는 심 봉사가 자신의 처지를 한탄하는 대목이다. 심학규는 원래 명문가의 자손이었으나 이십 세가 되기도 전에 눈을 못 보게 되어 향촌에 외로이 묻혀 사는 신세가 되었다.[16] 부인 곽씨 생전에는 비록 가난해도 행복한 가정을 이룰 수 있었으나 젖먹이 딸을 남겨 놓고 곽씨가 사망하자 졸지에 거렁뱅이 신세로 전락하고 만다. 장애인인 심 봉사로서는 생산 활동을 할 수 없으므로 가장의 중요한 책무 중 하나인 경제적 부양의 의무를 다할 수 없다. 겨우 동냥을 통해 딸과 목숨을 연명해 나갈 뿐인데 그마저도 심청이 육칠 세가 된 이후에는 아비를 대신하여 동냥을 자처함으로써 심 봉사는 딸의 보호를 받는 존재가 되고 만다.

---

14 "저렇듯이 고생을 은근히 당하는데도 부친은 전연 모르는 것 같으니 어찌하였든 그 부친이 그른 사람이라." 구인환 편, 「콩쥐팥쥐전」, 『장화홍련전』, 신원문화사, 2003, 65면.
15 이는 처첩 쟁총형 가정소설에서도 마찬가지다. 가장이 중심을 잡지 못하고 첩에게 현혹되어 정실을 박대함으로써 집안에 우환이 생기기 때문이다.
16 심봉사에게 문식이 있다는 점으로 미루어 그가 양반의 후예로서 교육을 받았음은 인정할 수 있으나 안맹 이후 무일푼에 일가친척도 없이 향촌에서 부인과 고단하게 살아가는 것을 보면 누대 명문가의 자손이라는 언급은 고전소설의 상투적이고 관습적인 표현일 뿐이고 사실은 몰락한 양반의 후예라고 보아야 할 듯하다.

심 봉사의 이러한 처지는 당대 가난한 사람들의 처참한 상황을 극대화 시켜 보여주는 측면이 있다. 즉 가족 부양을 위한 최소한의 조건도 충족시킬 수 없을 만큼의 절대적 빈곤이 장애라는 상징을 통해 표현되고 있는 것이라 하겠다. 가난으로 경제력을 상실한 가장의 권위가 온전하지 못할 것임은 당연하다. 심청이 효성을 다하여 아버지를 봉양하지만 심 봉사로서는 가장으로서 할 수 있는 일이 아무것도 없으며 오히려 섣불리 공양미 삼백 석을 약속하는 바람에 딸과의 이별까지 초래하고 만다.

극심한 가난 속에 가장의 역할을 제대로 수행하지 못하는 또 다른 예를 『장끼전』을 통해 살펴볼 수 있다. 장끼는 가족을 이끌고 눈밭에서 먹을 것을 찾아 헤매다가 콩 한 쪽을 발견하고는 아내의 만류를 뿌리치고 먹으려 하다가 덫에 치여 죽고 만다. 콩 한 쪽을 탐내어 고집을 부리다가 죽어가는 장끼의 모습을 통해 가족을 먹여 살려야 하는 책임은 방기한 채 권위만 앞세우는 무능력하고 무책임한 가장의 모습을 읽어낼 수 있다. 그러나 장끼가 그처럼 부정적인 모습을 보이게 된 데에는 개인적 결함뿐 아니라 그를 둘러싼 사회적 상황이 함께 고려될 필요가 있다. 수탈을 견디지 못해 유랑민으로 전락한 조선 후기 하층민들의 생활상이 장끼 가족의 고난에 반영되어 있으며 그러한 경제적 궁핍이 장끼의 부정적 면모를 형성하는 요인이 되었을 가능성이 농후하기 때문이다.[17]

이와 같이 판소리계 소설에서 절대적 빈곤으로 인해 가족 부양의 책무를 다하지 못하는 가장들을 그리는 것은 경제적인 차원에서의 생계유지가 가족의 유지에 있어서 가장 필수적이라는 인식을 보여주는 것이다. 그러나 이들이 경제적으로 무능하게 된 것은 게으름이나 방탕 등 개인적

---

17 정출헌, 「조선 후기 우화소설의 사회적 성격」, 고려대 박사논문, 1992, 195면.

요인보다는 안정된 경제 환경을 구축하지 못하고 백성을 기아에 허덕이게 만든 국가 제도적 요인이 더 크게 작용한 결과라고 보아야 한다. 특히 심 봉사의 경우 장애인으로서 경제적 자립 능력을 갖출 수가 없으므로 사회나 국가로부터 보살핌을 받아야 하는 대상임에도 불구하고 그 책임을 가부장제 사회의 최약자인 어린 여성이 감당하고 있다는 사실은 매우 의미심장하게 당대 사회의 구조적 모순을 반영하는 것이다.

이상에서 가장이 역할을 제대로 수행하지 못하는 사례들을 살펴보았는데 편의상 대표적인 측면을 부각하여 분류해 놓기는 했지만 실상 그중 어느 한 가지 요인만으로 가장의 책임 방기를 설명하기는 힘들다. 가장으로서 올바른 가치관을 정립하지 못한 채 비도덕적인 일탈 행위를 일삼거나 책임감이나 통솔력을 발휘하지 못하거나 경제적 부양의 의무를 이행하지 못하는 것들이 기실은 복합적으로 작동하고 있기 때문이다. 이는 가장의 책임 방기와 그로 인한 가부장적 권위의 추락이 다양한 요인들의 총체적인 결과물로서 야기되었으며 이러한 문제들은 개인적 차원을 넘어선 사회적 차원의 문제임을 이야기해 주는 것이다.

한편 가장들이 역할을 수행하는 데에서 심각한 결함을 보이면서도 가장으로서의 권위를 행사하는 데 있어서는 여전히 가족의 위에 군림하려는 이중적인 모습을 보이고 있다는 점 또한 주목할 만하다. 이춘풍과 장끼가 아내에게 행사하는 가부장적 폭력과 배 좌수가 자식의 생사여탈권을 행사하는 것 등이 대표적이다. 이들은 가장으로서의 역할에는 무능하나 여전히 유교적 가부장제의 관습적 권위를 누리려고 한다. 이는 가장의 역할 유무에 따른 위상의 변화에도 불구하고 아직도 가부장적 권위가 당연시되는 사회 분위기가 지속되고 있음을 의미한다.[18] 상층만큼 가부장권에 강하게 영향을 받지 않는 하층의 소설에서도 가장의 권위를 당연시하는 태도가 발견되는 것은 가부장제적 관습에 길들여진 당대의 보편적 사회 분위기 때문이라고 해야 할 것이다. 그러나 가장으로서의 책무를 다하지 못하는 이들이 행사하는 권위는 부당한 폭력으로 인식될 것인데, 이러한 행위를 부정적으로 묘사하는 작품 문면을 통해서도 부당하게 가부장적 권위가 행사되는 것에 대한 비판적 의식을 읽어낼 수 있다. 이러한 측면을 통해 당대의 사회적 실상과 제도적 관습 사이의 갈등과 균열을 포착할 수 있다.

2) 가부장적 권위 추락의 요인

위에서 고전소설 속 가장들이 제 역할을 하지 못해 권위가 실추되는 실상들을 다양하게 살펴본바 이제는 이들이 가장으로서의 책임을 다하지 못하게 된 요인들은 무엇이며 그에 결부된 사회적 맥락은 무엇일지에 대해 생각해 보자. 가장의 책임 방기가 개인적인 차원에서 그려지고 있기는 하지만 그 이면에는 당대의 사회적 요인들이 영향을 미치고 있을 것이라 여겨지기 때문이다.

우선 가장들이 무책임하고 무능한 행동을 하게 되는 일차적 요인은 개인적인 결함에서 찾아볼 수 있다. 이춘풍과 김무숙은 생산적 행위와는

---

18 18세기 이후 변화하는 사회 분위기에 위기의식을 느낀 집권층에서는 역으로 보수적 움직임들을 강화함으로써 대응하고자 했음을 가문 의식과 가부장권의 강화, 열(烈) 의식의 강조와 확산 등을 통해 확인할 수 있다. 가문 의식을 강하게 드러내는 국문 장편소설들의 경우 이러한 맥락에서 이해할 수 있다. 그러나 다수의 국문 장편소설들에서는 오히려 가부장제의 이면적 모순들을 문제 삼고 있기도 하다. 이러한 점들을 종합해 볼 때 조선 후기 사회에서 유교적 가부장제를 비롯한 봉건적 체제에 대한 문제의식들이 제기되었음에도 불구하고 이를 보수적 논리로 무마하려는 움직임도 거세지는 한편 오랜 기간 관습화된 의식이나 태도가 쉽게 청산되지 못한 채 지속됨으로써 복잡다기한 양상이 전개되고 있었다고 하겠다.

담을 쌓은 채 개인적 향락만을 추구하면서 가족을 돌보지 않는 불건전한 가치관의 소유자들이다. 사치를 일삼지는 않지만 가족의 안녕보다는 자신을 우선시하는 태도는 장끼에게서도 마찬가지로 발견된다. 즉 가정의 비도덕적·비윤리적 가치관과 행위가 문제인 것이다. 배 좌수와 최만춘은 줏대 없는 인물들이다. 재혼 가족의 평화를 유지하기 위해서는 가장의 역할이 더욱 중요함에도 불구하고 이들은 순간적인 감정들에 치우쳐 올바른 판단력을 발휘하지 못하고 균형감을 상실하는 모습을 보인다. 배 좌수가 후처 허씨를 맞아들였음에도 불구하고 전실 자식들과 함께 전처를 그리워하며 위화감을 조성하다가 장화의 사건이 터지자 허씨에게 전적으로 의존하고 마는 나약한 모습을 보이는 것이 가장의 성격 결함과 자질 부족의 대표적 예다. 한편 심 봉사는 신체적 장애라는 결함 때문에 가장의 역할을 제대로 수행할 수 없다.

그런데 이와 같은 결함들이 일차적으로는 개인적 특성에 말미암아 발현되는 것이라 하더라도 그러한 결함이 제어되거나 시정되지 못하고 오히려 더 큰 부작용들을 조장하는 지경으로 심화되는 이면에는 개인의 차원을 넘어서는 사회 구조적인 문제들이 작동하고 있는 것으로 보인다. 가장 먼저 눈에 띄는 것이 사회 경제의 불건전성이다. 한쪽에서는 막대한 부가 사치와 향락을 위해 소비되는 반면 다른 한편에서는 생계를 위협당할 만큼 극심한 가난이 문제가 된다. 부의 편재偏在는 역사적으로 늘 중요한 화두가 되어 왔지만 특히 사회적 격변기에는 극단적 양극화를 야기함으로써 심각한 위기를 초래하곤 했다.

이 소설들이 창작·향유되었던 18세기 이후의 조선 후기 사회 역시 경제적으로 큰 변화를 겪으면서 사회적 양극화가 심화되는 문제를 안고 있었다. 농업 생산력의 발달이 대지주층을 형성시킨 반면 농민을 토지로부터 분리시킴으로써 부의 양극화가 심화되었다. 또한 화폐경제의 발달이 상업화와 도시화를 촉진시키는 가운데 독과점 등의 부도덕한 상행위, 권력과의 유착 등 부작용이 초래되었다. 아울러 서울을 중심으로 한 물가 상승과 불안정한 시정 상황이 임노동자 등 하층민의 경제적 상황을 더욱 악화시켰으며 여기에 부도덕한 지배층의 수탈까지 더해져 전 사회적으로 빈부의 차이가 극심해진 가운데 사회적 불안 요소도 증대되어 갔다.[19] 공양미 삼백 석에 자신의 몸을 팔아야 했던 심청이 이 시기 하층민의 곤궁상을 비극적으로 대변하는데 이와 같은 인신매매가 비단 소설 속의 이야기만은 아니었던 것이 당대 조선의 현실이었다.[20] 이춘풍이나 김무숙 가족의 경우처럼 경제적 풍요와 빈곤의 양극화가 한 가족 내에서조차 극단적으로 발현되는 것은 곧 부의 불균등한 분배에 의한 사회의 양극화를 상징적으로 보여주는 것이다.[21]

물적 토대의 변화는 필연적으로 가치관의 변화를 초래하는바 이와 같은 경제적 혼란상이 사회 구성원들의 가치관 형성에도 영향을 미쳤을 것이다. 이춘풍이나 김무숙이 부의 소비에만 탐닉하는 가운데 물신주의에 빠져 가족 윤리나 사회적 책무에 소홀하게 된 이면에는 급격한 경제적 변화와 이로 인한 가치관의 혼란이라는 사회적 문제가 내재되어 있다.

---

19 18세기 이후 조선의 경제 상황에 대해서는 다음의 글들을 참고했다. 이윤재, 「18세기 화폐경제의 발전과 전황(錢荒)」, 『학림』 18, 연세대 사학연구회, 1997; 고동환, 『조선시대 서울 도시사』, 태학사, 2007.

20 18세기 중반에서 19세기 후반에 이르는 기간 동안 조선 정부는 흉년과 기근으로 인한 기민(饑民) 구제책으로 양인들이 자신이나 가족을 파는 자매(自賣)를 허용했다. 이 경우 가장이 스스로 매매 대상이 되는 경우도 있었지만 그보다는 처자식을 파는 매매 주체가 된 경우가 더 많으며 부모가 자식을, 손윗사람이 손아랫사람을 매매하는 주체가 되는 것이 보편적 현상이었다. 박경, 「자매문기(自賣文記)를 통해 본 조선 후기 하층민의 가족 질서」, 『고문서연구』 33, 한국고문서학회, 2008.

21 이지하, 앞의 글, 176면.

반면에 그와 반대로 장끼의 경우 극심한 가난이 인륜을 폐하게 만드는 지경에 이르고 있음을 보여주는데, 이 역시 장끼 개인의 문제이기보다는 사회적 문제로서의 성격이 짙다.

이처럼 이 시기 조선 사회는 전통적인 유교적 사고를 벗어나 경제적 관념이 더 지배적인 위치를 차지하는 가치관의 변모를 겪고 있었다. 사회 경제적 조건의 변화는 이념적 토대인 주자 성리학의 명분론적 교조주의에 대한 반성과 반발을 불러일으켰으며 사족士族 중심의 향촌 지배 체제에도 균열을 가져왔다.[22] 신분제에 기반을 두고 유지되던 사회 질서가 경제적 요인에 의해 크게 요동치게 되었으며 신흥 부호층이 사회적 실세로 부상하는 것과 더불어 반상班常의 구별이 제도적 엄정성을 확보하지 못하고 부의 획득 유무와 연동되어 자의적으로 해석되는 현상을 초래하기도 했다. 배 좌수나 최만춘 같은 경우가 이와 관련된다고 하겠는데 이들이 소설 속에서 좌수座首 혹은 퇴리退吏로 지칭되고 있는 것으로 보아 신분상으로는 양반 계층에 속한다고 할 수 있으나 이들의 행적이나 가계 정황은 그에 부합하지 못하는 부분이 많다. 배 좌수의 경우 경제적으로는 부유하나 그마저도 전처가 가지고 온 재산 덕이며,[23] 최만춘의 경우는 경제적으로도 궁핍하여 동냥젖을 먹여 콩쥐를 키운다. 이들을 몰락한 양반 계층으로 볼 수도 있지만 그보다는 주인공의 가계를 미화하는 소설

---

22 이러한 체제 동요와 이념의 붕괴를 막아내기 위해 당대 관료층이 탕평책의 실시, 조세 체제의 정비 등 다양한 대응책을 내놓았지만 영정조 시대의 개혁이 19세기로 이어지지 못하고 외척 세력의 세도정치에 발목을 잡힘으로써 사회 혼란을 잠재우는 데 실패하고 만다. 정만조, 「18세기 조선의 사회체제 동요와 그 대응론」, 『한국학논총』 27, 국민대 한국학연구소, 2005, 154~156면.

23 "우리는 본래 가난하게 지내왔는데 전처의 재물이 많아서 풍족하게 살고 있으며 그대가 먹는 것도 다 전처의 재물임에 그 은혜를 생각하여 저 어린 장화와 홍련을 심하게 굴지 마라." 구인환 편, 『장화홍련전』, 신원문화사, 2003, 16면.

관습과 신분제의 동요 속에 형성된 '양반열兩班熱'[24]의 영향을 받은 인물 설정이라고 보는 것이 더 적합할 듯하다.

이와 같은 신분제도의 변화로 말미암아 사회를 지탱하던 유교적 명분론의 영향력 역시 급격히 쇠퇴하는 가운데 유교 이념에 입각한 가족제도에도 일정한 변화가 있었던 것으로 보인다. 그 대표적 사례가 바로 이 소설들의 가장에게서 발견되는 가부장적 권위의 붕괴라고 할 수 있다. 가장들이 더 이상 유교적 명분론에 의해 권위를 보장받지 못하고, 가장들의 위상에서도 정신적 지주로서의 역할보다는 경제적 부양의 측면이 더 중시되는 경향을 보이는 것이다. 즉 도덕적 교화력 못지않게 가족 부양의 능력이 가장의 중요한 덕목이 되었으며 이를 제대로 수행하지 못할 때 전통적으로 가장에게 부여되었던 권위 역시 유명무실하게 전락할 수 있음을 확인할 수 있다. 특히 하층민의 경우 이념적 명분보다 실제적 경제력이 삶의 유지에 있어서 더 중요한 요소였을 것이므로 급변하는 세태 속에 가장의 경제적 능력이 중요하게 부각되었을 것이다.

그런데 제 역할을 못 하는 가장의 자리를 대신하는 존재들로서 여성들이 부각되고 있다는 점을 주목할 필요가 있다. 『이춘풍전』에서는 춘풍의

24　'양반열'은 양반 지향열을 뜻하는 용어로서 18세기 중반에서 19세기에 이르는 사회 상황을 반영하는 것이다. 이 시기에 중하층에서 새롭게 양반으로 편입되는 비율이 급격히 증가했으며 이들을 본래 양반과 구별하기 위해 '별유호', '신유호'라고 지칭하기도 했다. 이와 같은 현상을 통해 당대에 계층 분화가 극심하게 일어났으며 다수의 사람들이 양반이 되고자 하는 욕구를 강하게 표출하고 있었음을 확인할 수 있다. 김성우, 「조선 후기의 신분제」, 『역사와 현실』 48, 한국역사연구회, 2003, 21~27면. 그러나 비양반층이 직역상 신분 상승을 이루었다고 할지라도 사회적 기능이나 역할에 있어서 정통 사족 양반층과는 다른 모습을 보이는 경우가 많았다. 한편 이러한 신분 상승 추세는 국가가 공동납 제도의 원활한 시행을 위해 수령과 향리들이 하층민들의 신분 상승 욕구를 악용하도록 방조한 것과도 관련이 있다. 이태진, 「18세기 한국사에서의 민의 사회적·정치적 위상」, 『진단학보』 88, 진단학회, 1999, 253면.

처 김씨가 남편 대신 경제적 활동을 하여 가산을 회복하는 한편 남편의 잘못된 행실을 교정하는 역할을 하고 있고,『게우사』에서는 김무숙의 첩인 기생 의양이 주도하여 무숙을 개과천선하게 만들고 집안을 지켜 낸다.『장끼전』에서는 까투리가 민중적 생명력의 표상처럼 인식되고,『심청전』에서도 어린 여성인 심청이 아비 대신 실질적 가장의 역할을 해낸다. 가족을 실제적으로 이끌어 가는 것이 가장이 아니라 여성들인 것이다. 이들은 경제적 치산治産 활동뿐 아니라 정신적인 측면에서도 가족을 이끌어 가는 데 모범적으로 앞장서고 있다. 특히 의양과 같은 기생이나 심청처럼 어린 여성이 유교적 가부장제의 가족제도 속에서 실질적 가장의 역할을 해내고 있다는 사실은 매우 의미심장하다. 이는 유교적 가부장제에 입각한 가족제도에 의해 규범화되던 사회적 구속력이 약화되고 있음을 보여주는 것임과 동시에 지위에 의해서보다 실질적 능력과 역할에 의해서 가족 내 입지가 재조정되는 가운데 여성의 역할이 증대되고 있음을 드러내는 것이다. 한편『장화홍련전』의 계모 허씨나『콩쥐팥쥐전』의 배씨의 경우에도 비록 부정적 영향력을 행사하고 있다는 점에서는 차이가 있지만 가족 내에서 남편을 좌지우지하는 힘을 행사하고 있다는 점에서는 여성에 의한 가장권 약화의 사례를 반영하고 있다.

이상에서 살펴본 것들을 종합하면 18세기 이후의 사회 변동 속에서 경제적 척도가 유교적 이념에 기초한 기존의 전통적 규범들을 동요시키는 원인으로 작용하는 가운데 가족관의 변화를 초래하는 한편 가치관의 변모 속에 가족 윤리가 파괴되는 현상들이 빈번히 일어났던 것으로 짐작된다. 이 와중에 가장의 무능·무책임과 그로 인한 가장의 권위 추락이 가속화되는 한편 여성들이 가족 내에서 가장의 역할을 대신함으로써 새로운 지위를 획득해 나간 것으로 보인다.[25]

3. 가족제도에 대한 인식 전환

소설이 직간접적으로 당대 사회를 반영해 내고 있다는 사실을 상기할 때 가부장적 권위가 실추된 내용을 그리고 있는 고전소설들 역시 유교적 가부장제의 이념이나 가치가 제대로 구현되지 않는 현실을 반영하는 가운데 사회적 모순을 포착해 내고 있다. 특히 사회 구성의 기초 단위이자 유교 윤리 실현의 핵심 단위인 가족제도를 통해 가장으로 상징되는 유교적 권위가 붕괴되어 가는 모습을 형상화하고 있는데 이러한 내용을 담아 내는 소설들의 경우 세태풍자소설, 가정소설, 판소리계 소설처럼 주로 하층적 사고에 입각하여 현실의 모순들을 포착하는 유형에 속한다는 점에 유의할 필요가 있다. 이 소설들은 국문 장편소설이나 단편 군담소설 등의 상층 지향적이고 체제 수호적인 성향을 보이는 유형들과 비교할 때 이념적 구속력으로부터 상대적으로 자유로운 모습을 보이는 가운데 당대 사회의 실질적인 문제들에 보다 민감하게 반응한다는 특징을 지닌다.

---

25   이와 관련하여 『소현성록』의 양부인처럼 국문 장편소설 등에서 가장의 빈자리를 주인공의 모친인 여성이 대신하는 경우는 다른 각도에서 바라볼 필요가 있다. 양부인의 경우 일시적으로 여성에 의해 가장권이 행사되는데 이는 가장이 부재한 상태에서 가문을 지켜 내기 위해 어머니가 집안의 어른으로서 아버지의 자리를 대신하고 있는 것일 뿐 여성이 가장의 역할을 대신하는 행위가 가부장제에 입각한 가족제도의 모순을 드러내는 가운데 새로운 가족 질서를 모색하는 것과는 거리가 멀다. 오히려 양부인의 가장권 행사가 가부장제에 입각한 가문의 존속을 위한 것이며 결국 가부장적 역할을 해낼 만큼 성장한 아들 소현성에 의해 가장권이 확고히 계승된다는 점으로 미루어 볼 때 가부장제의 논리를 강화하는 측면이 있다. 즉 양부인을 통해 여성의 능력과 역할이 적극적으로 부각되고 있다는 점을 인정하면서도 그 궁극적인 지점이 가부장제의 수호로 환원되고 있다는 점을 간과할 수 없다. 이에 비해 이 글에서 다루고 있는 소설들의 경우 여성들이 가장의 역할을 대신하는 행위가 남성 중심 가부장제의 허상을 드러내는 역할을 하고 있다는 점에서 유교적 가부장제를 비롯하여 기존의 질서에 대한 인식의 전환을 촉구하고 있다고 하겠다.

이로 인해 사회적 변화 속에서 당대인들의 삶과 의식이 어떠한 영향을 받고 있으며 그것들이 기존의 질서나 전통적 가치관과 어떻게 충돌하고 있는지를 상층의 소설과는 다른 각도에서 포착해 내고 변화의 양상을 생동감 있게 그려내고 있다.

유교에 기반을 둔 전통 사회에서 가장의 권위는 정도의 차이는 있을지언정 신분의 고하를 막론하고 존중되는 것이 일반적이었다. 그런데 이 소설들에서 가장이 실질적 자질 문제와 더불어 재평가받는 가운데 권위를 상실하고 있다는 사실은 사회적으로 견고하게 유지되었던 유교적 가부장제에 균열이 생기고 있다는 증거이며, 더 나아가 가부장제에 기반을 둔 국가 체제 혹은 구질서에 대한 회의가 일고 있다는 것으로도 받아들일 수 있다. 신분적 위계질서에 입각한 차별의 논리가 무력화되고 경제적 측면 등이 부각되면서 명분보다는 실제적 능력이 더 중요시되는 사회 변화를 무시한 채 당위적 도덕률로서 구성원들을 강제하고자 하는 구질서에 대한 반발이 가장이라는 상징적 존재를 통해 표면화되는 것이다.

가장은 한집안의 대표자일 뿐 아니라 유교적 가부장제로 대표되는 사회 질서의 구심점으로서 중요한 의미를 가진다. 그런데 조선 후기의 사회상을 반영하는 상당수의 소설에서 그들이 더 이상 가족의 대표자로서 존경받는 것이 아니라 오히려 가족 구성원들을 곤란에 빠뜨리는 부정적 존재로서 그려지거나 가족을 부양할 능력을 상실한 존재로 형상화되고 있다. 이를 통해 일차적으로는 가장이 제 역할을 수행했을 때 그 권위도 보장받을 수 있는 것임을 보여줌으로써 가장의 올바른 역할에 대해 강조하고 있지만 그와 더불어 가장이 제 역할을 해내지 못하는 이유가 사회 변화에 부응하는 능력과 통찰력을 결여하고 있기 때문임을 보여줌으로써 이전 시기처럼 당위성에 입각한 권위의 유지가 더 이상 불가능해진 현실을 반영하고 있다.[26] 오히려 실질적인 가장의 역할을 여성들이 대신하는 경우가 많다는 것은 삼종지도三從之道의 논리에 입각한 가족 내 위계질서가 현실적 능력과 역할 유무에 의해 재조정될 수 있는 것임을 암시하는 것이기도 하다.

이와 같은 인식의 전환은 궁극적으로 가부장제에 입각한 사회체제에 대한 전면적인 반성을 촉구할 가능성을 지닌다. 가부장제에 기초한 국가체제에서 국왕은 국가의 아버지 격으로서 한집안의 아버지인 가장과 비슷한 상징성을 가지는바 가장의 권위 추락이 가부장으로 표상되는 구체제의 동요로 확대될 수 있기 때문이다.[27] 가부장의 권위는 질서와 서열의 존중으로부터 비롯되며 이러한 질서와 위계는 중세적 사회체제에 의해 고안되고 보장된 것이다. 그런데 가부장적 권위가 추락하고 있다는 것은 중세적 질서가 이전만큼 견고하지 못하다는 것을 의미한다.

20세기 초에 이르면 유럽뿐 아니라 동아시아에서도 서열에 의한 질서

---

26 이 점은 전통적인 사고 속에서는 비록 가장이 그릇된 행위를 하는 경우가 있을지라도 가장으로서의 권위를 행사하며 여전히 가족 구성원들에 의해 존중받고 있었다는 사실과 비교할 만하다. 『사씨남정기』나 『유효공선행록』과 같은 작품에도 가장이 제 역할을 하지 못함으로써 가내에 분란이 야기되는 내용이 그려지지만 이 경우에는 가장이 과오를 시정하거나 새로운 가장인 아들이 훌륭한 자질로 그 역할을 계승함으로써 궁극적으로는 유교적 가부장제에 기초한 가족 질서 유지의 중요성을 설파하고 있다고 하겠다. 이에 비해 이 글에서 다룬 소설들은 가장의 권위 상실이 전통적 가족제도의 균열을 보여주는 가운데 가족에 대한 인식의 전환을 촉구한다는 점에서 차이를 지닌다.

27 이는 근대적 변화를 맞이하던 서구의 가부장적 문화권에서도 마찬가지였던 것으로 보인다. 프랑스혁명에서 루이 16세가 처형된 것은 아버지 살해에 상응하는 사건으로 인식되며 혁명의 아이콘이 여신으로 설정된 것도 국왕이 부권과 동일시되었기 때문이다. 이런 점에서 괴테의 소설에서 주인공이 가부장의 자리에서 밀려나 파멸에 이르는 과정은 전통적인 가부장적 권위의 몰락인 동시에 가부장으로 표상되는 구체제의 몰락을 의미하는 것이기도 하다. 임홍배, 「사회소설로서의 괴테의 『친화력』 1—부권의 해체와 구체제의 몰락」, 『독일문학』 111, 한국독어독문학회, 2009, 45~46면.

가 무너지고 평등한 인간관계를 요구하는 변화가 일어나는데, 이를 상징적으로 보여주는 것이 가부장의 몰락이다. 시대 변화를 거부하고 구질서를 고수하고자 한 가부장들이 패배하고 자손들이 새로운 시대에 적응해 나가는 다양한 모습들이 각국에서 소설화되었는데, 이 소설들에서 다루는 가부장의 죽음이 가부장으로 대표되던 구시대의 몰락과 시대 변화의 불가피성을 상징적으로 잘 드러내고 있다.[28] 신소설『은세계』,『혈의누』,『추월색』 등에서도 부권父權의 권위가 약화되고 부권이 통제하는 전통적 가족제도가 공격받는 가운데 그 자식 세대가 해외 유학이라는 수단을 통해 근대적 사고에 입각한 새로운 시대의 가능성을 모색하는 내용들이 중요하게 다루어진다.[29] 염상섭의 작품들에서도 봉건적 이데올로기에 의해 유시되던 억압적인 아버지의 권위가 붕괴되고 그 자리를 개인과 개인 간의 자유로운 관계가 대체함으로써 새로운 가족 개념이 형성되는 사례들이 등장한다.[30]

이처럼 18~19세기 고전소설에서 단초를 보이기 시작하던 가장의 권위 붕괴가 신소설이나 근대소설의 시기에 이르러 본격적으로 다루어지는 가운데 봉건적 가족제도에 대한 비판과 근대적 개념의 새로운 가족제도에 대한 모색들이 시도되었다. 특히 식민지화된 조선의 현실 속에서 가장의 위상은 더욱 심각하게 타격을 받을 수밖에 없었다. 봉건적 가부장제 사회에서의 국가와 가장의 상징적 관계를 상기할 때 국가의 상실은 가족

---

28   조동일,「동아시아 소설이 보여준 가부장의 종말」,『국제지역연구』10-2, 서울대 국제학연구소, 2001, 99~100면.

29   박상익,「근대계몽기 가족 내 부권의 변동과 외국 유학-신소설『은세계』,『혈의 누』,『추월색』을 중심으로」,『한민족문화연구』32, 한민족문화학회, 2010, 63~64면.

30   김성연,「가족 개념의 해체와 재형성-염상섭 장편소설『삼대』,『무화과』,『불연속선』을 중심으로」,『인문과학』44, 성균관대 인문과학연구소, 2009, 39~40면.

의 해체 내지는 파괴와 관련이 되며 이로 인해 가장의 권위를 지탱할 만한 내적 동력 역시 사라지고 만 것이다. 조선총독부가 여전히 법적으로 남편의 권한을 보장·강화하고 있었지만[31] 삶의 터전을 잃고 인간관계가 파편화되어 가는 현실 속에서 경제적 능력을 상실한 가장의 자리를 어머니 등 여성이 대신하는 경우가 늘어났다.[32] 이러한 상황 속에서 가족의 경계가 가문적 차원이 아닌, 부부와 자녀로 좁혀지고 애정이 중시되는 가운데 가부장적 권위가 거세된 친밀한 아버지 역할이 강조되었다.[33]

근대소설에서 확인되는 가족제도의 변화와 가장의 위상 변화는 이 장에서 주목한 고전소설들의 경우와 비교되는 가운데 중요한 시사점들을 제공한다. 근대기에 이르러 전통적 가족 체제의 해체 양상이 본격적으로 논의되는 것에 비해 고전소설에서는 균열의 양상은 포착되나 이를 바탕으로 기존의 가족제도를 해체하고 새로운 가족제도를 수립하고자 하는 모색이 구체화되지는 않는다. 오히려 가장이 무능력을 드러내며 권위를 상실했음에도 불구하고 다른 가족 구성원의 노력이나 희생에 의해 기존의 가족 공동체를 유지하려는 경향을 보인다. 이춘풍의 아내나 기생 의양이 무능한 남성의 역할을 대체하고 있으면서도 여전히 가부장적 질서에 순응하는 모습을 보이는 점과 자식의 생사여탈권을 함부로 행사하여 장화를 죽음으로 내몰았던 배 좌수가 가장이라는 이유로 용서를 받는 점 등을 예로 들 수 있다. 이러한 점은 이 소설들이 가장의 역할과 권위에 대해 심각한 문제를 제기함으로써 유교적 가부장제의 모순들을 포착했음

---

31 전미경, 「1920~1930년대 '남편'을 통해 본 가족의 변화-『신여성』과 『별건곤』을 중심으로」, 『한민족문화연구』 29, 한민족문화학회, 2009, 411~412면.

32 양윤모, 「1930년대 소설에 나타난 한국의 사회 문제 연구-가족 문제를 중심으로」, 『극동복지저널』 6, 극동대 사회복지연구소, 2010.

33 김성연, 앞의 글, 35~40면.

에도 불구하고 이를 새로운 가족관계의 모색으로까지 발전시키지 못하는 한계를 드러내는 것이다. 이러한 절충적이고 과도기적인 모습은 이보다 후대의 구활자본 소설들에서도 여전히 발견되는바[34] 고전소설들이 사회적 변동 속에서 가부장제에 기초한 기존 질서의 모순을 인식하고 있으면서도 이를 여성의 순종과 효라는 전통적 윤리관에 의해 해결하고자 함으로써 미봉적 해결책을 도모하는 것은 소설 담당층의 인식적 한계임과 동시에 시기적 한계이기도 함을 확인할 수 있다.[35]

이와 더불어 이 소설의 담당층이 가장을 형상화하는 태도도 주목할 만하다. 이 소설들에서 가장은 매우 희화화된 인물로 그려지는 경우가 많다. 권위를 상실한 가장들이 골계적으로 형상화됨으로써 문제의 심각성에도 불구하고 작품의 전반적인 정조가 무겁거나 비장하게 인식되지 않는다. 철없는 남편의 모습을 대표하는 이춘풍이나 김무숙의 경우는 말할 것도 없고 어린 심청의 희생적인 효성을 통해 숭고와 비장의 미감을 보여주는 『심청전』에서조차도 심 봉사가 비극적으로만 그려지지 않는다.[36] 이러한 성격은 골계와 해학을 중시하는 우리의 민중적 정서와 관련이 있

---

34 『유화우』,『금국화』,『춘외춘』 등의 구활자본 소설 속에서 가족 내 혼란이 그동안 가정사에 무관심했던 가장의 적극적인 개입으로 해결되어 행복한 결론으로 귀결되고 있는데 이 시기 소설이 이처럼 가부장적 규율 강화라는 전통적 가족 윤리로 회귀하는 원인은 근대적 제도와 규범이 지닌 가치를 철저히 실현하지 못한 채 절충적으로 수용했기 때문이라고 할 수 있다. 김현주,「구활자본 소설에 나타난 '가정 담론'의 대중 미학적 원리」,『반교어문연구』27, 반교어문학회, 2009, 266~267면.

35 부도덕하고 무능한 가장에게도 아내가 순종적 도리를 지키고 자식이 효성을 극진히 하는 내용이 가장과 가솔의 전치된 역할을 통해 역설적으로 가장에 대한 반성과 비판을 도출하는 측면이 있기도 하지만 궁극적으로는 전통 윤리의 강조가 기존 질서를 유지하는 데 일정한 기여를 함으로써 구조적 비판의 걸림돌이 되고 있다고 하겠다.

36 완판본의 경우에는 뺑덕어미를 등장시켜 희극적이고 골계적인 요소를 더 극대화하고 있다.

는 것으로서 소설 담당층의 미적 특질을 반영하는 것이라고 할 수 있을 것이다. 하층의 향유물이었던 이 소설들의 경우 그러한 골계적 태도를 통해 당대의 핵심 권위인 유교적 가부장제를 희화화하며 그 허위를 풍자하고 있다.

이상으로 가부장제하에서 보장받던 권위를 상실해 가는 고전소설 속 가장들을 통해 봉건적 가족제도의 모순이 노출되며 이를 바탕으로 구체제와 구질서에 대한 인식의 전환이 시작되는 단서들을 포착할 수 있었다. 그런데 제 역할을 해내지 못하는 비난의 대상으로서 논의의 중심에 서 있는 가장들 역시 유교적 가부장제의 수혜자이기만 한 것은 아니라는 점을 기억할 필요가 있다. 가부장적 사회에서 남성들 역시 가부장 중심의 사회적 전통을 지키기 위해 인간의 자연스러운 욕구를 부정해야 하는 억압적 상황을 받아들여야 했으며,[37] 특히 상층 가문의 가부장들은 개인이기보다는 집단의 대표자로서 과도한 책무와 중압감을 감내해야 했다. 하층의 가장들은 상층 가문의 가장들에 비해 이념적 구속력을 덜 받은 반면에 가족의 생존을 책임져야 한다는 경제적 압박에 시달려야 했다. 이런 점에서 유교적 가부장제의 엄격한 구속력을 벗어난 새로운 가족제도의 모색은 여성만이 아니라 남성에게도 개인의 삶을 재발견하게 해 주는 긍정적 가치를 지니고 있다고 하겠다.

---

[37] 역할의 강조와 이를 위한 자기 통제는 동서양을 막론하고 가부장적 이념이 지배적인 사회에서 여성뿐 아니라 남성에게도 억압적인 요소로서 강요되었음을 토마스 만의 소설을 통해서도 확인할 수 있다. 김륜옥, 「'가부장적 가문의 몰락', 혹은 토마스 만의 장편 『부덴부로크 일가』에 그려진 젠더 상－문화학으로서의 독문학 읽기」, 『뷔히너와 현대문학』 22, 한국뷔히너학회, 2004, 158면.

4. 맺음말

전 세계적으로 공고했던 가부장제 이데올로기가 근대에 가까워질수록 여러 방면에서 도전받는 가운데 이러한 사회상을 반영하는 소설 속 가장의 모습 또한 전통적인 가장 상과는 다른 모습으로 형상화되고 있음이 다양한 문학 작품을 통해 확인된다. 우리 고전소설 속에도 유교적 가부장제의 핵심 구현자로서 존경받던 가장이 변화하는 시대에 부응하여 모범적으로 가족을 선도하지 못한 채 오히려 무능하고 무책임한 면모를 보임으로써 그 권위를 상실해 가는 모습이 다각적으로 그려지고 있다.

가장이 올바른 가치관을 정립하여 시대 변화에 대응하며 가족을 이끌어 나가는 역할을 하지 못한 채 오히려 비도덕적이고 비윤리적인 행위를 일삼거나 경제적 무능으로 인해 가족의 생계를 책임지지 못하는 상황들을 통해 가장의 역할과 위상에 대한 반성이 도출된다. 한편 가장이 책무를 방기하는 동안 그 빈자리를 가부장제의 수동적 존재로 치부되어 왔던 여성들이 대리하여 가족을 재건함으로써 가부장제의 모순을 폭로함과 동시에 그 대안으로서의 새로운 가족관계에 대한 단초를 마련하고 있다. 즉 경제력이라는 실질적 능력을 중심으로 재편되는 새로운 시대상을 통해 구체제의 성리학적 질서에 입각한 유교적 사유가 지니는 한계를 드러내는 한편 남성 중심 가부장제의 불합리와 모순적 측면을 보여줌으로써 가족제도에 대한 인식 전환의 필요성을 제기하는 것이다.

그러나 이러한 소설들이 유교적 가부장제에 입각한 가족제도에 대해 비판적 문제의식을 보여주면서도 전통적인 순종과 효의 미덕으로 가내 갈등을 봉합함으로써 봉건적 가족제도를 해체하고 근대적 대안을 모색하는 데까지는 나아가지 못한 것으로 파악된다. 사회 경제적 변동과 가치관의 혼란 속에 중세 체제의 모순들에 당면하여 반성적 성찰을 시작했음에도 불구하고 그 결과가 기존의 질서를 복구하는 쪽으로 귀결됨으로써 미래를 향한 전망이 약화되고 만 것이다. 이러한 한계는 근대기의 소설들이 기존의 가문 중심 집단 체제인 구가족제도 대신 부부 중심의 가족제도를 지향하는 가운데 가부장적 권위를 자상한 아버지상으로 대체함으로써 새로운 가족을 창출하고 있는 것과 비교된다. 하지만 신소설에서도 여전히 구질서에 강하게 견인되는 사례들이 다수 발견되는 것으로 미루어 조선 후기 고전소설들이 더 급진적인 변모와 모색을 그려내지 못하는 것은 시기적 한계일 가능성이 크다고 하겠다.

한편 시기적 측면과 더불어 이 소설의 담당층과 당대의 관습적 태도 등이 함께 고려되어야 할 것이다. 가부장의 권위 추락을 그리는 내용들이 주로 세태풍자소설, 가정소설, 판소리계 소설 등에서 발견되는바 이 소설 유형들은 지배 이념에 강하게 견인되어 있는 상층의 향유물이 아니라 주로 중하층에 의해 향유된 것으로 논의되어 왔다. 따라서 일반 백성들의 생활상을 핍진하게 그리면서 시대적 모순을 포착하는 데 힘을 발휘하고 있는데, 이러한 맥락 속에서 가장의 역할과 권위에 주목하여 당대 가족제도의 문제점을 포착했으면서도 가부장제 자체에 대해서 전면적인 재인식을 촉구하는 지점까지는 나가지 못하고 있다. 유교적 가부장제의 이념으로부터 상대적으로 구속을 덜 받았던 하층의 소설에서조차 가장의 권위가 여전히 중요하게 취급되는 가운데 적극적으로 부정되지 못하는 모습은 당대에 가부장제가 모순들을 노출하면서도 여전히 사회적으로 지속적인 영향력을 행사하고 있었음을 반증하는 것이기도 하다. 전통적인 가장의 권위가 와해되고 새로운 가족제도의 모색이 시작되는 것은 20세기 이후 근대기에 이르러서야 가능했다.

제3장

여성 주체적 소설과 모성 이데올로기의 파기

1. 모성 신화에 대한 의문

인류에게 있어 '어머니'라는 용어는 신성불가침한 영역인 것처럼 인식되어 왔다. '어머니' 또는 '모성'은 가장 숭고한 가치를 드러내는 것으로서, 부정되거나 비판받을 수 있는 대상이 아닌 것처럼 다루어졌다. '어머니'는 결코 침범할 수 없는 초월적 존재로 인식되어 페미니즘 논쟁에서조차 오랫동안 논쟁의 한가운데 놓여 있던 것은 '여성'이었지 '어머니'가 아니었다.[1]

특히 유교적 가부장제에 의해 여성의 지위가 결정되었던 시기에 '모성'은 가부장제의 지속을 위해 더욱 신성화되었다. 여성은 '어머니 되기'를 통하여 한 가문의 후계자인 아들을 낳아 가부장적 대代를 이어 주는 역할을 함과 동시에 '어머니 노릇 하기'를 통하여 자식들을 훌륭하게 길러냄으로써 가부장적 질서를 공고히 하는 역할을 하도록 요구되었다. 그러나

---

1   서강여성문학연구회 편, 「'딸'의 서사에서 '어머니/딸'의 서사로」, 『한국문학과 모성성』, 태학사, 1998.

아들을 낳고 기름으로써 가부장제의 지속에 핵심적인 기능을 함에도 불구하고 여성은 그 중심에 서지 못하고 늘 주변적 존재로서 소외되어 왔다. 남성의 가부장적 문화에 의해 소외되었을 뿐만 아니라 자신을 독자적인 존재로서 인식하고 행동하지 못한 채 '모성' 안에 갇힌 존재로서 받아들이도록 교육받음으로써 자기 자신으로부터도 소외되었다. 여성은 삼종지도에 의해 '딸-아내-어머니'라는 관계 속에서만 의미를 지니는 것으로 인식되었다. 여성을 '현모양처'라고 지칭함으로써 그 위상을 확고히 하려 했던 전통 속에서 이를 잘 확인할 수 있다.

고전소설에서 어머니를 전면적으로 문제 삼아 다루는 경우가 흔치 않았다는 지적처럼[2] 소설 속에서 여성은 어머니로서보다 아내로서의 역할에 더 큰 비중을 두고 그려지는 경우가 많다. 비록 주변적이거나 부수적인 차원에서 다루어질지라도 대부분의 고전소설에서 묘사하는 어머니는 우리의 보편적 기대에 부응하는 희생적이고 이타적이고 자애로운 어머니이다. 이에 위배되는 어머니상은 악한 것으로 인식되어 주인공을 위해危害하는 반동적 인물로 표현되곤 한다. 고전소설이 향유되었던 시기가 어느 때보다도 강한 가부장적 이데올로기에 의해 지배되었던 점을 감안한다면 희생적 어머니상을 강조함으로써 여성을 가문 유지를 위한 수단적 존재로서 형상화하고자 한 사실들은 일면 아주 자연스럽게 받아들여지기까지 한다.

그런데 이런 신성불가침의 영역을 침범하는 고전소설들이 있어 주목된다. 『현씨양웅쌍린기』, 『옥원재합기연』, 『창란호연록昌蘭好緣錄』 등이 그 대표적 예이다. 이 소설들에는 이상적인 어머니상에 위배되는 행동을 하는

---

2   정하영, 「고소설에 나타난 모성상」, 『한국고전여성문학연구』 4, 한국고전여성문학회, 2002, 223면.

여성 인물들이 등장하는데, 그들이 악을 대표하는 인물로서가 아니라 선한 주인공으로 그려지고 있다는 점에서 주목을 요한다. 가장 신성한 금기를 깨는 인물들이 긍정되고 있다는 사실을 통해 우리가 신성화하고 금기시했던 대상에 대하여 반성적으로 재인식할 필요성을 제기할 수 있다. 즉 여성의 모성 본능은 생래적인 것이며 절대적인 것이라는 명제, 여성을 가장 아름답게 드러내는 덕목은 모성애라는 명제를 거스르는 여주인공들을 통해 여성과 모성에 대한 새로운 고찰의 계기를 마련하게 되는 것이다.

그간 고전소설 속의 어머니에 대한 연구는 주로 계모형 소설에 국한되어 일반적인 어머니와는 거리가 있었다. 계모라는 한정된 영역을 넘어서서 어머니를 다룬 선행 연구로는 박영희와 정하영의 논문을 들 수 있다. 박영희는 계후繼後 갈등형 장편 가문소설에서 적극적 역할을 하는 어머니에 주목하여 친생자를 계후자로 만들기 위해 가부장권에 도전하는 그들의 행위가 부정적으로 그려지고 있기는 하지만 이를 통해 당대 여성의 현실을 확인할 수 있다고 보았다.[3] 정하영은 고소설의 어머니상이 신화적 전통의 '어머니 되기'와 설화적 전통의 '어머니 노릇 하기'를 수용하고 있으며, 주로 부정적 어머니를 형상화함으로써 경계를 삼고 있다고 보았다.[4] 그러나 이들이 다룬 어머니 역시 소설 속에서 부정적으로 인식되는 인물이라는 점에서 이 장에서 다루고자 하는 어머니와는 구분된다.

이 글에서 다룰 어머니들은 어머니로서의 신성한 의무를 제대로 이행하지 않고 있음에도 불구하고 부정적으로 인식되지 않는다. 고전소설의 여주인공들이 현모양처의 표상으로 형상화되어 온 점을 감안할 때 이

---

3   박영희, 「장편 가문소설에 나타난 모(母)의 성격과 의미」, 『한국 고전소설과 서사문학』, 집문당, 1998.
4   정하영, 앞의 글.

에 위배되는 여성 인물들을 긍정적인 관점에서 주인공으로 설정하고 있다는 점은 주목할 만하다. 그러나 아직 이 부분에 착안한 연구는 진행된 적이 없는 듯하다. 『현씨양웅쌍린기』, 『옥원재합기연』, 『창란호연록』 등은 여성적 인식이 강하게 드러나는 것으로 파악되어 왔는데, 여주인공들이 모성 의무에 대한 책임을 소홀히 한다는 점에서도 공통점을 보이므로 주의 깊게 다룰 가치가 있다. 이 여주인공들의 행위를 구체적으로 살펴보고 그러한 행위의 동기와 의미에 대해 살펴봄으로써 우리 소설에서 어머니를 다루는 다양한 방식 가운데 그간 주목하지 못했던 새로운 측면을 밝히고 여성적 문제를 새로운 각도에서 조명하는 계기를 마련할 수 있다.

2. 여성 주체적 소설에 드러난 모성 의무의 포기

여성을 부모-남편-자식 사이에 관계된 타자로서 인식하지 않고, 주체적 개인으로서 인식하고 여성의 정체성에 관심을 기울이는 소설을 여성 주체적 소설이라고 지칭할 때 이 장에서 다루고자 하는 소설들 역시 가부장제하에서 억압된 여주인공들의 자아에 대한 인식이 강하게 드러난다는 점에서 여성 주체적 소설의 범주에 든다.[5] 이 소설들의 여주인공들

---

5   조선 후기에 창작된 가문소설을 대상으로 '여성주의적' 관점을 논하는 것에 반대하는 견해도 있다. 이 경우 조선 후기에 창작된 다수의 국문 장편소설들을 가부장적 질서를 고양하는 가문소설로 규정하고자 하는 의식이 전제된다. 그러나 저자는 이러한 전제에 쉽사리 동의할 수가 없다. 물론 이 소설들이 가문을 중심으로 전개되며 가문과 관련된 의식들을 일정 부분 드러내고 있다는 사실을 부인하는 것은 아니다. 그럼에도 불구하고 가문소설이라는 용어로 이 소설들을 지칭하는 것에 주저하게 되는 이유는 이 소설들이 다루는 내용이나 내포하고 있는 문제의식이 가문 또는 가문 의식을 넘어서는 차원으로까지 확대될 여지가 있다고 판단되기 때문이다. 이러한 관점에서 여성적 의식에

은 며느리-아내-어머니로서의 역할보다는 주체적 자아로서의 정체성 찾기에 더 집착하는 듯이 보인다. 그로 인해 그들의 독자성을 무시하거나 억압하는 대상들과 갈등을 일으킨다. 이들이 혼인 전에 친정아버지, 혼인 후에는 남편과 갈등을 겪는 과정을 통해 여성들의 입장과 문제의식이 다각도로 표출된다. 이 장에서는 그중 어머니 역할에 초점을 맞추어, 당연시되어 온 모성 의무가 소설 속에서 방기되는 구체적 상황을 살펴보고 그 의미를 탐색함으로써 이 소설들에 드러나는 여성적 문제의식을 새로운 각도에서 조명하고자 한다.

1) 자애로운 어머니상의 파열

흔히 어머니를 대표하는 이미지는 자애, 희생, 이타성 등으로 표상되어 왔다. 어머니는 무한한 사랑으로 자녀의 결점을 포용하고 이해해 주는 존재이며, 지친 심신을 이끌고 되돌아가 안기고픈 근원적 고향과도 같은 존재로 인식된다. 이는 만물을 생성하고 양육하는 대모신大母神 혹은 지모신地母神으로서의 신화적 어머니의 이미지와 밀접한 관련을 가진다. 흔히 어머니는 '대지', '고향', '생명의 원천'으로 은유되는데 이러한 상징을 통해 어머니에 대한 신화적 이미지가 생성되어 왔다. 대지는 출산성과 풍요로움이라는 측면에서 생명을 잉태하고 양육하는 어머니의 속성과 연결된다. 고향은 태어난 곳, 생명의 시작, 존재의 뿌리라는 의미에서 어머

도 관심이 미치게 되었는데 이 소설들이 창작되었던 조선 후기라는 시대적 한계를 감안하여 '여성주의적'이라는 표현은 의도적으로 사용하지 않았다. '여성주의적'이라는 용어가 현대 페미니즘의 급진적 의미로 파악되어 이 글의 의도를 왜곡할 우려가 있기 때문이다. 이 장에서 사용하는 '여성 주체적'이라는 용어는 소설 속의 여성이 주체적 자아로서 자신을 인식하고 있으며 소설 전편에 걸쳐 여성의 문제와 여성에 대한 인식이 주요하게 다루어지고 있다는 것을 의미한다.

니와 관련되며 안식처, 본원으로의 회귀 등의 이미지를 파생해 낸다.[6]

고전소설에서도 어머니의 모습은 이러한 범주에서 크게 벗어나지 않는 것으로 그려지고 미화된다. 고전소설 속에서 모성은 성스럽고 고귀한 것으로 그려지며 소극적이고 피동적인 모습으로 나타난다. 간혹 적극적이고 능동적인 어머니 역할이 그려지는 경우가 있지만 이는 어디까지나 아버지의 역할이 상실되거나 제약을 받았을 때만 발휘되는 임시적인 것이다.[7] 자신의 감정을 절제하며 온화하고 자애로운 모습으로 집안을 돌보는 어머니의 미덕에 대한 강조와 찬사는 내훈류의 부녀 교양서와 당대 유명인들의 어머니에 대한 회고록 등에서 쉽게 확인할 수 있다.[8]

그런데 여주인공이 이와는 상반되게 냉정하고 무심한 어머니로 그려지는 경우가 있어 주목된다. 『현씨양웅쌍린기』의 주소저는 자존심이 강한 인물로서 감정을 잘 드러내지 않으며 이성적 판단을 중시하는 것으로 그려지는데, 이러한 성격 때문에 남편인 현경문과 갈등을 겪게 된다. 비슷한 성격의 현경문이 주소저의 재색才色을 못마땅해하는 가운데 처가와의 불화까지 더하여 아내를 냉대하자 주소저 또한 자존심에 상처를 입고 남편에게 마음의 문을 닫아건다. 이후 긴 이별의 시간을 통해 현경문이 아내에 대한 사랑을 확인하고 관계를 회복하기 위해 노력하는 것과는 달리 주소저는 시댁에 돌아와서도 끝내 남편을 향해 마음을 열지 않는 것으로 그려지고 있다. 그녀의 귀가는 당대 여성에게 부여된 운명대로 결혼

---

6   조성숙, 『'어머니'라는 이데올로기―어머니의 경험 세계와 자아 찾기』, 한울, 2002, 101~105면.

7   정하영, 「고소설에 나타난 모성상」, 『한국고전여성문학연구』 4, 한국고전여성문학회, 2002, 242~244면; 박영희, 「장편 가문소설에 나타난 모(母)의 성격과 의미」, 『한국 고전소설과 서사문학』, 집문당, 1998, 264면.

8   소혜황후, 육완정 역주, 『내훈』, 열화당, 1984; 박석무 편역 해설, 『나의 어머니, 조선의 어머니』, 현대실학사, 1998; 최강현, 『조선시대 우리 어머니』, 박이정, 1997.

한 여자의 도리를 다하기 위함일 뿐이기 때문이다. 그녀의 소망은 오히려 속세를 떠난 운유자雲遊者로서 살아가는 것이다. 남성보다 뛰어난 능력을 지닌 그녀에게 부녀자라는 이유로 한 남성의 아내 역할에 만족해야만 하는 처지가 쉽게 용납되었을 리 없다. 전장戰場에서 보여준 주소저의 신비한 능력은 그녀가 남편에게 종속된 존재로서 가정에 속박되어야 한다는 사실의 부당함을 드러내 준다. 그러므로 시댁에 돌아온 후에도 남성적 권위로 자신을 제압하려는 남편에게 순종하지 않고 자신의 주체성을 드러내고자 하는데, 이러한 태도로 인해 남편의 강제적인 친압親狎에 의하여 임신한 사실도 치욕적으로 받아들인다. 삼자일녀三子一女의 자식을 낳은 후에도 자애롭고 따뜻한 어머니로서 자식들을 보살피는 모습에 대한 언급은 전혀 없이 엄하고 냉정한 어머니로서의 모습만 언급될 뿐이다.[9]

이처럼 자식에게 냉정한 어머니상은 『옥원재합기연』의 이현영이나 『창란호연록』의 한난희 등에게서도 공통적으로 드러난다. 이 두 여주인공은 주로 자신의 부모를 업신여기는 남편과 불화를 겪게 되는데, 이 과정에서 결혼에 의해 생성된 이차적 관계보다는 결혼 이전의 일차적 관계를 더 중시하고 자신을 삼종지도라는 관계 속에 타자화된 존재가 아니라 주체적 개인으로서 정립하고자 하는 의식을 강하게 드러낸다.[10] 이들에게 임신은 기쁘거나 자랑스러운 일이 아니라 수치스럽고 숨기고 싶은 일로서 받아들여진다. 남편에 대한 애정의 결여와 강제적인 동침에 대한 분노가 새 생명의 잉태를 축복으로 받아들이지 못하게 가로막는 것이다.

---

9   사실 『현씨양웅쌍린기』에서는 자녀들의 출생과 더불어 작품이 종결되기 때문에 어머니가 된 여주인공들의 모습은 후속편인 『명주기봉』에서 확인할 수 있다.

10   이에 대하여 이지하, 「『옥원재합기연』 연작 연구」, 서울대 박사논문, 2001; 이지하, 「『창란호연록』의 갈등 구조와 의미」, 『한국문학연구』 4, 고려대 민족문화연구원 한국문학연구소, 2003에서 자세히 논한 바 있다.

때문에 산월이 다가오도록 남편이나 시아버지조차 여주인공의 임신 사실을 알지 못하다가[11] 출산을 당해서야 그간의 사정이 드러난다.

이들이 임신 사실을 숨기는 것을 부끄러움 때문이라고 보기는 힘들 듯하다. 시부媤父와 남편이 2세를 간절히 기다리는 상황이고, 특히 『옥원재합기연』의 소세경의 경우 독자로서 대를 잇는 일이 무엇보다도 시급한 상황이기 때문이다. 이러한 경우 부끄러움보다는 집안의 경사를 알려야 한다는 며느리로서의 임무가 더 앞설 것으로 보인다. 따라서 임신 사실을 숨긴 이들의 행위는 임신 자체에 대한 부정적 인식 때문이라고 파악되는데, 출산 후 이들이 보이는 태도가 이를 뒷받침한다. 두 여주인공 모두 출산 후 몸을 돌보지 않고 죽고 싶어 하는 심리를 드러내는데 이는 남편이 자신을 떳떳한 아내로서 인격적으로 존중하기보다는 부친의 명을 따라 마지못해 부부의 연을 맺고 있으며 소년 풍정으로 탐하는 것이라고 생각하는 데서 비롯되는 것이다.[12] 갓 낳은 핏덩어리에 대한 걱정보다는 자신들의 실추된 명예로 인한 모멸감에 죽기를 바라는 이들에게서 본능적인 모성애라는 것을 찾아보기 힘들다. 오히려 이들의 극단적 언사에 유모들이 갓 태어난 아기의 처지를 들어 만류하나 두 여주인공은 아들을 낳아 며느리로서의 의무를 다했으니 다행일 뿐이라며 아이에 대해서는

---

11 "싱도 아야의 뜻을 조차 농장을 밧비 넉이되 쇼져의 쳐변이 신긔ᄒ여 임의 님산ᄒ믈 공과 싱이 젹연 망각ᄒ더라." 『옥워재합기연』 권지육. "명연 졍월의 이르니 쇼졔 잇써 산월이로딕 공이 모를 쑨 아야 싱도 쏘흔 아지 못ᄒ야 다만 쇼졔 나히 차믹 긔뷔 실ᄒ가 ᄒ엿더니" 『창란호연록』 권지이.

12 이에 대한 언급 중 장황함을 피하기 위하여 좀 더 간략한 『창란호연록』의 예를 옮겨보기로 한다. "장싱이 부명이 잇시므로 직희고 년소츈졍으로 나의 흰 낫츨 인ᄒ야 부부의 졍이 잇다ᄒ나 그 마음의 우리집을 미온ᄒ야 풀 날이 머러 날노 외친닉소ᄒ니 닉 스라 욕되미 죽음만 못ᄒ지라 닉 임의 아들 나ᄒ 존구의 은의을 져바리지 아아시니 닉 병이 이러ᄒ적 아조 곡긔을 ᄯᅳᆫ코 죽으려 ᄒ노라" 『창란호연록』 권지이.

그리 연연해하지 않는다.[13]

이후에도 이현영과 한난희는 자애로운 어머니로서 자식 위주의 삶을 살아가기보다는 자신의 감정에 충실하여 자식의 처지를 돌아보지 않는 모습으로 그려지곤 한다. 친정 부모를 용납하지 않는 남편에 대한 원망과 부모에 대한 그리움으로 슬픔에 빠져 식음을 전폐하고 세상사를 돌아보지 않는데 한 집안의 가정주부로서 대소사를 책임져야 하는 의무를 방기할 뿐만 아니라 옆에서 젖에 주려 울부짖는 아이마저 돌보지 않을 정도로 자신의 감정에 충실하다. 이러한 모습이 일회성으로 그치는 것이 아니라 수차례에 걸쳐 반복적으로 제시되고 있다는 데서 이들이 자애로운 어머니상과는 거리가 멀게 형상화되고 있음을 확인할 수 있다. 대표적인 예를 몇 가지 들어 보기로 한다.

(가) 한님이 심히 불열ᄒ고 ᄯ 민망ᄒ여 닉당의 드러가보니 부인이 상의 업듸여 싱인의 모양이 아니오 두 아히 겻히 이셔 ᄋᄌ 봉희는 죽그릇슬 밧드러 권간ᄒ고 녀ᄋ 난쥬는 고고히 우러 유즙을 구ᄒ듸 도라보지 아니ᄒ거놀 갓가이 나아가니 (…중략…) 언파의 오열ᄒ여 크게 우니 희이 심히 수척ᄒ여 화긔 업거늘 손을 잡고 눈섭을 찡긔여 녀ᄋ를 나와보니 형영ᄒ 긔질이 비훌 듸 업ᄉ듸 져즐 주려 효체ᄒ여시니 참이ᄒ여 이에 아회ᄒ여 달래더니[14]

(나) 쇼졔 박브득이 망궐샤은ᄒ 후 실듕의 도라와 운환을 팀두의 더디고 쵸

---

13 "유뢰 우러 왈 쇼져 말숨이 불가ᄒ이다. 쇼져 형셰 쥬공 노야 봉양과 쥬군 의지가 업ᄉ믄 니ᄅ디 말고 쇼공ᄌ를 엇디ᄒ리오." 쇼졔 희허 왈 "존구의 호텬망극지은을 갑습디 못ᄒ니 흔이어니와 농장을 기ᄃ리시던디라 강보를 기치니 죄를 가히 쇽ᄒ리니 부모의 텬디ᄀ흔 대은을 싯ᄎ니 유ᄌ를 무슨 권념ᄒ리오." 『옥원재합기연』 권지육.

14 『옥원재합기연』 권지구.

연이 인수를 바렷더니 녀ㅇ 난쥐 져즐 먹고져 ㅎ디 거두어 아회ㅎ미 업스니 유이 고고히 우러 그치디 아닛는지라[15]

(다) 네 어미는 즈쇼로 불쵸무상ㅎ여 즈도를 아디 못ㅎ니 부모의 실덕을 간티 못ㅎ고 불효대죄예 싸딘다라 금일 희ㅇ의 어미 간절ㅎ믈 드르매 엇디 즈참ㅎ디 아니ㅎ리오 모즈의 친으로 소회를 은닉ㅎ미 불가ㅎ고 혹쟈 니르디 못ㅎ여 유명지간을 격ㅎ대 스흔이 될 거시로되 인즈의 츠마 니르디 못홀 배니 텬일지하의 언티 못홀디라 너는 다만 여뫼 텬디의 일죄를 져 죽으믈 알디어다 원컨대 가군의 환향ㅎ시기 젼의 죽어 면목 아니뵈기를 브라노라[16]

(라) 셜파의 영칙을 지쵹ㅎ여 공주을 즁계의 세우고 픠라홀시 혹시 봉안이 습열ㅎ여 흔천셜풍ㅈㅊㅎ지라 영칙 감히 인졍을 두지못ㅎ야 힘을 다ㅎ여 스오쟝의 이르러 피육이 드르ㄴ니 츄셩이 본듸 조부의 자이을 바다 조금이나 틱장의 괴로오믈 보아시리오 (…중략…) 혹시 노긔 발ㅎ여스나 즌잉이련ㅎ되 쇼져는 혹스 츄셩을 슈죄ㅎ는 말을 듯고 불연닝쇼ㅎ여 좌을 믈녀 도라안져 안식이 즈약닝담ㅎ니 혹스 비록 상하의 죾인들 공겁ㅎ는 안식을 지을 지리오 혹스 쇼져의 가열ㅎ미 씐지 아냐시믈 보니 딍취즁이라 아즈의 이련ㅎ미 지극ㅎ나 노긔 오히려 가득ㅎ고 본듸 발노ㅎ즉 긋치기 쉽지 아니흔지라 인ㅎ야 고츨슈죄ㅎ니 십여쟝의 밋쳐는 츄셩이 츠마 견디지 못ㅎ야 슬피 고ㅎ여 왈 소즈 죄을 아옵ㄴ니 잠간 쉬여 마질리이다 ㅎ는 쇼릐 즌잉흔지라 쇼져는 도라보지도 아니ㅎ는지라[17]

---

15 『옥원재합기연』 권지십.
16 『옥원재합기연』 권지십.
17 『창란호연록』 권지십.

(마) 한부인이 (…중략…) 현성을 보고 노긔 가득ᄒ야 왈 네 이제 어룬의 말을 젼ᄒ며 아모 두미 모르는 거시 먼저 부언을 즐겨 즁인 침시의 죠모 허물을 창셜ᄒ니 저듸로 ᄌ라면 무어시 쓰리오 실하의 **금척**을 드러 치니 현성이 견듸지 못ᄒ야 (…중략…) **좌편 팔리 닷쳐거놀 연연혼 긔부 푸라고 부어는지라**[18]

(가)와 (나)는『옥원재합기연』중 이현영이 자신의 처지를 한탄하여 상심한 가운데 젖먹이 아이조차 돌보지 않아 아이가 젖에 주려 초췌해진 경상을 그린 부분이고, (다)는 이현영이 자기 부모의 실덕失德을 알게 되어 괴로운 나머지 부모의 죄를 대신하여 굶어 죽으려 결심한 후 이유를 몰라 옆에서 안절부절못하며 간호하는 어린 아들 봉희에게 자신의 죽을 결심을 알리는 대목이다. (라)는『창란호연록』중 한난희가 남편이 오랜 객지 생활 끝에 돌아왔는데도 친정에서 핑계를 대며 머물다가 뒤늦게야 집에 오자 화가 난 남편 장희가 아들 봉희에게 대신 죄를 물어 매를 치는 장면이다. 자식을 야단침으로써 부인에게 화풀이를 하려 한 의도이나 당사자인 장희는 매 맞는 어린 아들의 측은함에 어쩔 줄 모를지언정 어머니인 한난희는 얼굴빛 하나 변치 않고 모른 척하는 태도가 "상하의 죽인들 놀라고 겁내는 안색조차 짓지 않을 자"로 표현될 정도로 냉담하다. (마)는 사오 세 된 작은 아들 현성이 예의염치가 모자라 남의 비웃음을 사곤 하는 외조모의 흉내를 내어 좌중을 웃기자 이에 화가 난 한난희가 쇠자로 아들을 때리며 야단치다가 남편의 제지를 받는 장면의 일부분이다.

위에 제시된 여주인공의 모습들은 자애로운 어머니상과는 거리가 멀다. 오히려 어머니로서의 자격을 의심케 할 정도로 냉정하거나 매정한

---

18 『창란호연록』권지십이.

모습을 보인다. 젖에 주려 우는 자식을 거들떠보지 않거나 어린 아들 앞에서 함부로 자신의 죽음에 대해 발설해 버리는 이현영의 모습에서 자식을 최우선시하는 모정보다는 자신의 문제에 침잠한 이기적인 측면을 발견할 수 있다. 자신으로 인해 죄없이 매를 맞고 피를 흘리는 어린 아들을 보고도 개의치 않고 자신의 분에 겨워 훈계라는 명목으로 쇠자로 직접 어린 아들을 때려 멍들고 붓게 만드는 한난희 역시 무섭도록 쌀쌀맞은 모습으로 그려진다. 이들의 모습은 분명 좋은 어머니상이라고 보기 어렵다. 어찌 보면 가정소설에 흔히 등장하는 비난 받아 마땅한 계모의 행위와 닮아 있기까지 하다.

그러나 이들은 비난받아 마땅한 악인이나 인격적 결함이 있는 부도덕한 인물이 아니라 공감을 형성하고 동정받는 여주인공으로서의 위치를 차지하고 있다. 작품 내에서도 비록 너무 강렬한 성정으로 부녀의 온화함을 잃었다고 남편이나 시부의 걱정을 사기는 하지만 그들의 행동이 그럴 수도 있는 것으로 이해되며, 그로 인해 남편이나 시부의 사랑이 감하지도 않는 것으로 그려진다. 오히려 자신과 자식을 돌보지 않는 과격한 행동 앞에 남편을 위시한 집안사람들이 어쩔 줄 모르고 달래느라 애를 먹고 자상한 시아버지는 며느리의 속마음을 헤아리고 위로해 주기도 한다. 분명 엄격한 가부장제하에서 상식적인 부녀자의 행동으로는 용납되기 힘들 만한 모성 의무의 방기가 그럴 수도 있는 일로 받아들여지고 그런 행동을 하는 여주인공이 비난받기는커녕 일면 이해받기까지 하는 것은 매우 특기할 만한 것으로서 주목할 필요가 있다.

이에 대해 여주인공의 부덕한 부분마저 이해하고 감싸 안는 남편과 시아버지를 부각시킴으로써 가부장의 권위와 영향력을 강화시킨다고 해석할 여지도 있다. 실제로 작품 내에서 여주인공들의 모성 의무 방기가 가부장적 질서에 대한 심각한 도전으로 받아들여지지 않는 가운데 남성 주역군의 아량이 부각되어 있기도 하다. 그러나 이를 가부장의 권위 강화에 기여하는 것으로 파악하기에는 작품 속에서 지속적으로 제기되는 여성적 문제의식이 너무도 진지하다. 여주인공들은 비단 모성의 문제만이 아니라 친정아버지에 대한 불순종, 남편과의 불화 등을 통해 다각도로 여성적 의식을 드러내며, 그것들이 작품 내적 논리에 의해서도 긍정적으로 수용되고 있다. 즉 여주인공들의 행위와 심리가 때로는 너무 지나치다고 우려를 사기도 하지만 대체적으로는 그럴 만한 것으로 이해되는 가운데 매우 핍진하게 그려지고 있는 것이다. 가부장권의 건재함을 과시하기 위해 가부장제의 피해자인 여성의 입장을 이토록 구체적으로 형상화할 필요가 있었으리라고 보기 어렵다. 따라서 여주인공들의 모성 의무의 방기는 남성 인물들의 입장이 아니라 여성 인물들의 입장에서 파악되어야 더 설득력을 가질 수 있다. 특히 작품 속에서 그러한 행위가 죄악시되지 않는다는 점에서 여성을 어머니로서 파악하기 이전에 결점을 가진 한 인간으로서 받아들이고 있는 것이라 생각된다.

2) 주체적 자아와 모성애의 충돌

모성을 본능으로 인식하든 현대 페미니즘에서의 논의들처럼 사회적 강요로 인식하든 이 소설들이 향유되었던 조선 후기 당대에 여성에게 있어 어머니로서의 의무가 매우 중요시되었다는 점을 고려할 때 이의 기피 또는 무시는 주목할 만한 일임이 틀림없다. 따라서 여주인공들이 모성 의무를 저버리게 되는 정황과 심리를 분석함으로써 이러한 파격적 행위 안에 담긴 의미를 탐구할 필요가 있다.

앞에서 살펴본, 모성이 결여된 듯한 여주인공 주소저, 이현영, 한난희는 자의식이 매우 강한 인물들이라는 공통점을 지닌다. 삼종지도에 적응하며 현숙한 여인의 삶을 살아가도록 교육받아 온 유교적 가부장제하의 여성들에게 강한 자의식은 축복이기보다는 화근이 될 가능성이 컸다. 체제에 순응하지 않고 자신의 주체적 의지를 내세운 결과 자신이 고난을 겪게 될 뿐 아니라 친가와 시가에까지 큰 근심을 끼치게 되기 때문이다. 위의 여주인공들 역시 그로 인해 고된 시련을 겪고 그리 행복하지 못한 삶을 '지속'할 수밖에 없는 처지에 놓인다. 비록 외면적으로 볼 때 문면에서는 이들이 하늘이 정해 준 운수에 따라 시련의 과정을 거친 후 부귀 복록을 누리는 것으로 그려지고 있으나 그 내면을 들여다보면 사정은 그리 간단치 않다. 이들이 소망한 것이 작품 말미에 언급되는 화려한 영달과는 거리가 있는 것처럼 보이기 때문이다. 여주인공들은 세상 사람이 부러워 마지않을 세속적인 영화를 누리면서도 별로 만족스러워 보이지 않는다. 모든 사건이 종결되고 가내가 평안한 가운데 가문이 부귀 번창한다고 해서 이를 쉽사리 해피엔딩이라고 결론짓는 것은 피상적인 파악일 뿐이다. 작품 전편에 걸쳐 남편과 불화하던 여주인공들이 끝내 진심으로 남편을 용납하고 받아들이지 않은 채 작품이 종결되기 때문이다. 주인공 부부의 화합은 가문 내에 더 이상 물의를 일으키지 않는 차원의 외적인 화합일 뿐 여주인공들이 제기했던 문제가 해결된 가운데 내적 화합이 이루어진 것은 아니다. 즉 사건은 종결되었지만 문제의식은 지속되는 형국이라 하겠다.

  그렇다면 여주인공들이 지닌 문제의식은 무엇이었을까? 남성보다 뛰어난 능력을 지녔으나 여성으로서 가정 안에서 남편에 종속되어 자존심을 굽히고 순종해야 하는 현실에 불만을 품은 주소저, 혼인한 여성에게 부과된 효는 오직 시부모에게만 해당된다는 사실을 받아들이지 못한 채 자신과 자신의 부모를 인격적으로 대접하지 않는 남편과 불화를 일으키는 이현영과 한난희 모두 가부장제하에서 자신의 삶이 독자적이지 못하고 종속적일 수밖에 없다는 사실을 인식하고 괴로워하는 인물들이라 할 수 있다. 이들의 독자적 자아 찾기는 부모나 가족 구성원으로부터의 분리라는 단계를 거쳐 더욱 성숙하게 되는데,[19] 복귀 후 이들이 맞이하게 되는 현실이 자아를 실현할 수 있는 공간이 아니라는 데에 문제가 있다. 즉 개인적으로는 시련을 거쳐 자아 정체성을 찾아갈 수 있었지만 그들이 속한 집단 내에서는 여전히 그것이 받아들여지지 않는다는 점에서, 작품의 행복한 결말에도 불구하고 여주인공들의 내면은 여전히 비극적일 수 있는 것이다.

유교적 가부장제에서 요구하는 순종적인 여인으로 살기에는 자의식이 너무 강했던 이들 여주인공들은 현실적 삶을 거부함으로써 이러한 운명에서 벗어나고 싶어 한다. 주소저는 속세의 연을 끊고 운유자로 살고자 소망하며, 이현영과 한난희는 차라리 죽기를 희망하며 곡기를 끊는다. 그러나 이들의 절박한 요구는 완강한 가부장적 질서 속에서 작은 해프닝 정도로 인식되며, 결국 가부장적 질서를 대표하는 시아버지의 권고에 의해 무화되고 만다. 어쩌면 이들이 제기한 문제의식은 당대의 유교적 가부장제하에서는 결코 해결될 수 없는, 문제 제기 자체로만 의미 있는 것일지도 모른다. 그렇다면 유교적 가부장제의 요구와는 배치되는 이들의 행동에 관심을 기울이고 이를 통해 감지되는 문제의식에 주목할 필요가 있다. 그 점에서 이들의 모성 의무 기피도 일관성 있게 이해될 수 있을 것이다.

---

19 주소저의 경우 타의에 의해 부모와 분리된 채 죽을 고비를 거치고 구조되어 도술을 습득하는 과정이 그려지고, 이현영과 한난희는 자의에 의해, 불의를 강요하는 부모로부터 탈출하여 시련을 겪고 정혼자를 만나는 과정이 설정되어 있다.

우선 위의 여주인공들이 '어머니 되기'의 과정에서 겪게 되는 공통점을 인식할 필요가 있다. 이들은 모두 원하지 않는 임신을 하는 것으로 그려진다. 사랑하지 않는 남편의 강제적인 동침에 의해 잉태가 이루어지기 때문이다. 비록 남주인공들의 입장에서는 아내에 대한 사랑을 깨닫고 진정으로 화락하고자 하지만 아내가 그것을 몰라주는 것에 애가 달아 있는 상태에서 주위의 비웃음까지 사고 보니 어쩔 수 없는 선택이었다고 강압적인 동침을 합리화할 수 있을지 몰라도 여주인공들에게는 이러한 행위가 자신들을 인격적으로 대접하지 않는 증거로 인식되기에 새로운 생명의 잉태를 축복으로 받아들이지 못하는 것이다. 이 때문에 임신 초기 단계에서부터 '어머니 되기'에 대한 거부감을 간직한 채 출산을 새로운 생명의 창조라는 자연적이고 긍정적인 측면에서보다는 시댁을 위하여 가문의 대를 잇기 위한 의무의 이행이라는 제도적이고 부정적인 측면에서 받아들이게 된다.

한편 출산 후에 이들이 자식에게 보이는 무관심과 냉정함은 종속적 존재로서의 여성적 삶에 대한 회의와 관련이 있는 것으로 파악된다. 앞서도 살펴보았듯이 이들은 모두 자의식이 강한 인물들로서 그려지고 있는데, 이 때문에 당대의 이데올로기가 요구하는 순종적인 여인상과는 거리가 먼 행위를 하곤 한다. 이들은 여자의 미덕은 침묵이라는 당대의 불문율을 깨고 당당히 자신의 견해를 표출할 줄 알며 때로는 남편과 맞서 논쟁을 벌이기도 한다. 또한 당대 사대부가의 여인들이 인내로써 개인적 감정을 절제하고 온화함을 갖추도록 요구받은 것과는 달리 자신의 분노나 슬픔을 숨기지 않고 표출한다. 집단 내의 종속적 구성원으로서의 삶에 만족하지 않고 개인의 목소리나 감정에 충실한 것이다. 자신의 주체적인 삶을 영위하지 못한다는 자각 속에 슬픔에 겨워 신세를 한탄할 때는[20] 자기 몰입의 정도가 너무 심하여 그들 앞에 울부짖는 자식들조차도 돌아보지 않는다. 이들에게 모성애가 없다기보다 이 순간만큼은 자기애가 모성애를 앞서는 것이라 할 수 있다. 즉 자신들의 주체적 자아가 모성 의무와 상충할 때 자아에 충실한 쪽을 선택한 것이다.

이들은 자신을 모성의 의무를 지닌 어머니로서 인식하기 이전에 자기 감정에 충실하고 자아를 실현하고 싶어 하는 한 인간으로서 인식하고 있는 것이다. 그 과정에서 이들이 보여주는 성급함과 냉정함은 어머니로서의 인내와 자애라는 미덕에 위배될 뿐만 아니라 개인적 인격 차원에서도 그리 바람직해 보이지 않는다. 그러나 그런 결함으로 인해 이들이 비난받거나 부정적 대상으로 인식되지도 않는다. 오히려 인격적으로 미성숙한 측면을 드러내며 갈등하고 고뇌하는 이들에게서 현실감을 느낄 수 있다. 작품 내에서도 이들의 부족한 점을 지적하고 성정이 강렬함을 걱정하고 있기는 해도 그들의 행위를 현실적인 차원에서 개연성 있는 것으로 받아들이고 있다. 즉 이상화된 비현실적 인물들이 아니라 결점을 지닌 불완전한 존재로서의 현실적 인물들을 설정하고 그들이 실제 당면할 수 있는 문제들을 제기하고 있는 것이다. 그런 점에서 이들이 보여주는 모성 거부의 상황이 더 현실적이고 심각한 문제로 인식되며, 이를 통해 작품 전반에 걸쳐 제기되는 유교적 가부장제하의 여성적 문제들이 더욱 구체화될 수 있는 것이다.[21]

---

20   이는 주로 여주인공의 친정 부모에 대한 효의 문제와 관련하여 다루어진다.
21   근대 이후 최근에 이르기까지 모성 거부가 가부장제적 질서를 전복하고자 하는 여성 작가들에게 가부장제 이데올로기를 거부하고 비판적으로 바라보게 하는 유효한 방식임을 고려할 때 가부장제의 보수성이 극에 달했던 조선 후기 사회에서 이러한 내용의 작품들이 산출되었다는 사실은 큰 의미를 지니는 것이다.

3) 모성을 대신하는 부성

흔히 모성에 대한 이데올로기화는 남성은 아동을 양육할 수 없고, 여성은 자신의 정체성을 갖기 위하여 어머니가 되어야 하며, 여성의 모성다움의 자질은 사회적·경제적·정치적 영역에서 여성의 능력과 한계를 규정하는 본질이라는 것을 함의한다.[22] 새 생명의 탄생과 양육에 있어 절반의 의무를 져야 할 남성의 역할은 무시한 채 여성의 역할만이 강조될 경우 모성만이 부각되고 부성에 대해서는 언급하지 않는 경우가 많다. 이 경우 모성에 대한 과다한 의미 부여가 여성들을 힘겹게 하는 것만큼 역으로 남성들을 아버지 역할에서 소외시킬 수도 있다.

전통적으로 아버지의 역할은 한 가정을 지키는 정신적 지주이자 경제적 주체로서 주로 대외적인 측면과 관련된 일을 담당하는 것으로 받아들여졌다. 그러나 실상은 그러한 부성의 역할까지도 여성들이 떠맡아야 하는 경우가 빈번했다. 우리나라 여성들의 가정 역할에서 경제적으로 부성 대신하기는 이미 조선시대부터 시작된 것으로서 남성들은 한 가문이나 집안의 주인이라는 의식만 있었고 가족 구성원들의 생계나 집안의 대소사는 여성들의 몫이 되곤 했다.[23] 이러한 과정 속에 여성에게는 모성 의무와 더불어 가정 경제에 대한 책임이라는 이중고가 부여되었음에도 불구하고 그 어떤 역할에 대해서도 정작 여성 자신이 주체적 지위를 확보하지는 못한 채 가부장제로 대표되는 가문의 유지를 위한 부수적 존재로서만 인식되는 경우가 많았다.

그런데 위의 소설들에서는 여주인공이 어머니 역할을 방기하는 자리

---

22   조성숙, 앞의 책, 55면.
23   김현숙, 「한국 여성 소설문학과 모성」, 『여성학논집』 14·15, 이화여대 한국여성연구원, 1998, 19면.

를 아버지가 대신하는 경우가 언급되곤 한다. 즉 부성의 모성 대신하기가 그려지고 있는 것이다. 주소저, 이현영, 한난희 등의 여주인공들이 자애로운 어머니의 이미지와는 거리가 먼 냉정하고 엄한 어머니들인 반면 그 남편인 현경문, 소세경, 장희 등이 세심하고 자애로운 아버지 역할을 하는 것으로 그려진다. 자녀들에 대한 애처로움이나 연연함에 있어서 어머니보다 아버지의 안타까움이 더 적극적으로 표현되고 있다. 엄부자모嚴父慈母의 역할이 전도되어 있다고 하겠다. 특히 소세경과 장희는 성격 자체가 정이 많고 자상한 것으로 묘사되는데 이는 선천적으로 그 부친인 소송과 장두의 인자함을 닮은 데다가 그들의 교육적 영향이 더해져 형성된 성격으로 파악된다. 소송과 장두는 홀아비로서 아내 없이 어머니의 역할까지 해 가며 자식들을 키워 냈다는 공통점을 지닌다. 특히 소송과 외아들 소세경의 부자지정父子之情은 남달라 "텬디 ᄉ이의 뉘 부지 업ᄉ리오마ᄂ 소공의 ᄌ이와 공ᄌ의 대효ᄂ ᄌ고로 흔치 아니터라"고 표현되고 있으며, 유배로 인해 헤어졌다가 우여곡절 끝에 해후하는 과정에서도 부자지간의 애끓는 사랑이 곡진히 그려지고 있다. 소송과 장두는 자식들을 위해 재취도 마다하고 홀로 지내다가 자식들을 출가시킨 후에야 첩을 들이는데 이 역시 자식들의 부담과 걱정을 덜어 주기 위한 것으로 그려진다.

어머니의 빈자리를 부친인 소송과 장두가 대신하는 모습을 통해 모성의 역할을 부성이 대신할 가능성을 확인하게 된다. 그들의 자식에 대한 사랑을 어머니의 모성에 뒤지는 것이라고는 결코 말할 수 없을 것이다. 더군다나 자녀의 양육뿐 아니라 봉제사奉祭祀를 포함하는 집안의 대소사를 여성의 중요 임무로 규정하던 당대에 사대부가의 남성이 홀몸으로 이를 감당하며 자식을 양육하는 것은 매우 이례적인 것이라 할 수 있다. 비록 이 소설들이 유교적 가부장제의 영향을 강하게 받고 있지만 작품 곳

곳에서 표현되는 부성의 강조는[24] 내외법에 의해 남녀의 역할을 엄격하게 구분 짓던 관습에 대해 반성할 수 있는 계기를 제공한다.

그런데 『창란호연록』에는 이에서 더 나아가 남성이 자녀의 출산 과정에 깊이 개입하는 삽화가 등장하고 있어 주목을 요한다. 출산의 과정은 생물학적 차원에서 여성에게 모성 본능을 부여하는 가장 중요한 요소라고 할 수 있는데 이 삽화는 자녀의 양육에 있어서 부성이 모성과 대등한 역할을 하는 차원을 넘어서서 바로 그 출산의 영역에서까지 적극적 역할을 하는 것으로 그리고 있다는 점에서 특기할 만하다.

> 명일 아히을 보미 일신이 칠규 겨우 어리여 싱도 어려온지라 공의 경악흠과 싱의 앗기미 측양업셔 유명흔 의원을 뵈이고 구싱흘 도리을 무른디 의원이 가로디 예도 이런 아히 잇다 흐더니 그 즈모되니 삼칠일을 품어 지니면 십삭 치와 나흔 아이 갓흘지라 공이 디열 왈 산모 병드러스니 능히 품어 보호치 못할 거시니 그 아비 소임을 당흐여도 히롭지 아니랴 의원 왈 즈모 품지 못흐면 아비도 디신흐련이와 장부 보호지졀이 소루할가 두리노라 공이 학스을 도라보아 왈 네 능히 디신흐여 아들 흐나흘 으들소냐 싱이 디왈 부즈유체 막디흐오니 엇지 괴롭기로 구흘 도리 잇슨즉 소루이 흐오릿가 아히을 속품의 품고 쥬야로 안즈시니 유모 졋 먹일젹 졋부리을 드리미러 먹이고 물너느면 더욱 단단이 품어 쥬야로 안즈시니 밤이라도 흔번 움작여 조을미 업고 낫지라도 그러흐니 쇼져 비록 철셕갓치 견고흐나 엇지 염치의 안심흐리오 (…중략…) 싱이 아히을 품어 삼칠일 츠미 과연 긔골이 단단흐여 옥골셜부 범아와 다르니 부지 디열흐여 비로소 유모을 맛기니라[25]

---

24 이 경우의 부성이란 가부장제하의 아버지의 권위를 표상하는 것이 아니고, 어머니와 마찬가지로 자녀를 사랑하고 보살피는 현실적이고 구체적인 감정과 행위를 지칭하는 것이다.

한난희가 기질이 허약하던 차에 둘째 아들을 잉태하여 열 달을 못 채우고 조산하게 되었는데 너무 일찍 세상에 나온 아이가 살아나기 어려울 듯하자 세속의 풍습대로 삼칠일을 어머니가 품에 품고 지내야 한다고 한다. 그러나 한난희의 건강 상태가 이를 감당할 형편이 아니기에 장희가 대신하여 삼칠일 동안 아이를 품고 지냄으로써 아이가 엄마 뱃속에서 못 다 한 날수를 채우고 만삭둥이처럼 건강해지게 만든다. 그동안 장희는 아버지로서의 책임을 다하여 밤낮을 가리지 않고 아이를 품고 지내는 고된 생활을 잘 견뎌 낸다.

이 삽화는 모성과 부성에 대해 많은 점을 시사한다. 아이가 달수를 못 채우고 세상에 나왔다는 것은 어머니가 열 달 동안 뱃속에 생명을 잉태하여야 한다는 생물학적 조건이 충족되지 못했다는 것을 말한다. 그리고 그러한 생물학적 조건의 결여를 보충하기 위해 어머니가 아이를 모자라는 날수만큼 품어 주어야 한다는 또 다른 조건이 제시된다. 즉 어머니의 품이 어머니의 자궁과 동질적인 것으로 인식되는 것이다. 그런데 그 역할을 어머니가 아닌 아버지가 대신할 수도 있다는 것은 생물학적 조건으로 인하여 어머니만의 역할이자 의무로 받아들여지던 일을 아버지도 수행할 수 있다는 것을 의미한다. 비록 남성에게 생물학적 자궁은 결여되어 있을지라도 그것이 모성에 버금가는 부성의 결여를 뜻하는 것은 아니며, 아버지 역시 자녀의 출산과 양육에 관여할 권리와 의무가 있다는 사실을 명백하게 보여주는 것이다.

이런 의식과 행위는 자녀에 대한 책임을 어머니에게 한정함으로써 모성을 이데올로기화하는 입장과는 배치되는 것이다. 여성만이 자녀 양육

---

25 『창란호연록』, 권지오.

에 적합하고 여성만이 모성 본능을 지녔다는, 생물학적으로 입증되지 않은 신화적 상상에 대해 아버지로서의 남성 역시 그 역할을 똑같이 수행할 수 있다는 사실을 보여줌으로써 일침을 가하고 있는 것이다.

이상에서 살펴본 바와 같이 이 작품들은 여성들이 자신의 자아를 중시하여 모성 의무를 방기하는 현실을 자연스럽게 드러낼 뿐 아니라 더 나아가 모성의 역할이라고 치부되었던 일들을 남성에 의해 수행하게 함으로써 통념을 깨뜨리고 있다. 자식을 낳고 사랑으로 양육하는 일은 분명 숭고한 일이며, 그러한 의미에서 모성 또한 찬미되어야 한다. 그러나 그것이 모성만의 의무도, 모성만의 권리도 아니라는 것 역시 기억되어야 한다. 이를 망각하고 모성만을 강조할 때 그것은 더 이상 숭고한 가치가 아니라 여성을 억압하는 모성 이데올로기로 변질될 가능성이 있다. 그런 점에서 위의 작품들에 보이는, 자애롭지는 못하나 비난받지도 않는 어머니상은 모성에 대한 규범적 인식을 넘어서고 있다고 할 수 있다. 그리고 이러한 인식의 확장은 여성을 어머니로서만이 아니라 한 인간으로서 바라보는 시각에 의해 가능한 것이다. 이는 위의 여주인공들이 딸, 아내, 어머니라는 이름을 벗어 버리고 온전한 주체로서 자신을 인식하고 행동하는 것과 깊은 관련을 가진다. 여성에 대한 주체적 인식이 당시 유교적 가부장제하에서 강조되던 모성 이데올로기를 극복하고 새로운 시각에서 여성과 모성이라는 문제를 바라볼 수 있게 한 것이다.

3. '어머니 되기'에서 '자기 자신 되기'로

이 절에서는 가부장적 질서를 옹호하는 데 기여한 소설과의 비교를 통해 여성 주체적 의식이 강한 소설에 드러나는 모성 이데올로기의 거부와 그 의미를 종합해 보자. 비교 대상으로는 처첩 갈등을 통하여 가부장적 질서 유지의 중요성을 강조한 결과 당대에 교훈적인 차원에서도 적극 권장되었던『사씨남정기謝氏南征記』를 꼽을 수 있다. 이 작품의 경우 가부장권을 둘러싼 문제의 핵심에 계후로 인한 갈등이 놓여 있어서 어머니로서의 여성이 중요하게 부각되기 때문이다.

『사씨남정기』에서는 여성 주인공 사씨의 어머니 되기가 매우 중요한 문제로 다루어진다. 모든 문제의 발단이 사씨가 계후를 위한 아들을 낳지 못한다는 데서 비롯되기 때문이다. 가문의 대를 잇는 것은 가부장제에서 여성에게 부여된 가장 중요한 임무이므로 사씨의 불모성不母性은 모든 불행의 원인이 된다. 따라서 그 불행이 해소되고 주인공이 행복한 결말을 이루기 위해서는 사씨가 자신의 존재 가치를 입증해 줄 아들을 생산하는 것이 필수적이다. 이는 전통 사회에서 어머니들이 아들에게 의존하여 자신의 지위를 확보해 왔던 사실과 관련된다.[26]

자녀의 출산과 계후의 문제가 중심에 놓여 있기 때문에『사씨남정기』의 여성들도 철저히 이런 관점에서 다루어진다. 첩 교씨는 자신의 아들로 계후하지 못할 경우 가문 내에서 자신의 존재 가치가 무의미할 것임

---

26 가부장제에서 아들을 낳지 못하는 어머니가 죄인으로 인식되었다는 것은 주지의 사실이다. 사씨 역시 아들을 낳지 못하여 죄인임을 자처하면서 죄의식을 덜기 위하여 첩 들이기를 강권한다. 그러나 그것만으로는 죄가 완전히 씻어지는 것이 아니기에 작품에서는 사씨 본인이 아들을 낳아 적처 소생으로 대를 잇게 함으로써 비로소 가부장제하의 여성에게 부여된 임무를 완수할 수 있도록 그리고 있다.

을 알기에 온갖 악행을 저지르면서도 이를 확보하고자 한다.[27] 그러나 적 장자 우선의 원칙을 중시하는 가부장제 내에서 교씨의 패배는 이미 예정 된 것이기에 그녀에게는 악인의 역할이 맡겨질 수밖에 없다.

사씨와 교씨의 경우 선악의 분별에도 불구하고 남성적 질서에 의거하 여 자신들의 존재를 확립하려 한다는 점에서 공통점을 지닌다. 이들은 아 들의 계후 문제를 놓고 대립함으로써 가문 내 남성의 권위에 기대어 자신 의 입지를 확고히 하려는 의존적 모습을 보인다. 이들의 실존적 가치는 집단 구성원으로서 그 집단에 기여하고 받아들여질 때만 의미를 지닌다. 사씨와 교씨는 늘 가부장제에 의해 규정된 관계 속에서 자신들을 인식하 게 되는데 그 핵심이 바로 계후할 아들을 둔 '어머니'로 표상되는 것이다.

이에 비해 여성 주체적 인식이 드러나는 소설의 여주인공들에게 어머 니 되기는 그리 중요하거나 심각한 문제로 인식되지 않는다. 그들에게는 '어머니 되기'보다 '자기 자신 되기'가 더 중요한 것처럼 보인다. 이들에 게 문제가 되는 상황은 자식을 낳아 대를 잇는 것이 아니라 남편과의 자 존심 대결이다. 왜냐하면 이들이 자신을 가부장제의 요구대로 삼종지도 를 따라야 하는 종속적 존재로 받아들이기를 거부하고 자신의 주체적 자 아를 확립하고 싶어 하기 때문이다. 이를 위해서는 자신의 행위에 대한 주체적 결단과 자아 정체성 확립이 가장 중요한 문제로 대두된다. 그리 고 실제로 혼전의 친정아버지와 혼인 후의 남편으로 대표되는 가부장적 권위가 이들의 주체성을 억압할 때 이에 맞서 부당함을 설파하거나 과감

---

27 박영희는 계후 갈등형 장편소설에 등장하는 어머니들이 계후 갈등을 둘러싸고 벌이는 투쟁이 부도덕한 것으로 부정되기는 하지만 그들이 제기하는 문제의식은 혈통 중심적 종통주의를 내세워 정통론적 종통주의를 고수하는 가부장권에 대해 도전하는 것으로 서 의미 있다고 보았다. 박영희, 「장편 가문소설에 나타난 모(母)의 성격과 의미」, 『한국 고전소설과 서사문학』, 집문당, 1998.

히 거부하는 것으로 자신들의 의지를 실천에 옮긴다.

그러나 '과격'하고 '강렬'한 이들의 성품은 가부장제에서 미화하는 온순하고 침묵하는 여성상과 일치하지 않는다. 같은 맥락에서 이들은 자애로운 어머니와도 거리가 멀고 자식의 문제에 큰 관심을 기울이지도 않는다. 작품이 문제 삼는 여성 고민의 중심이 자아에 집중되어 있기 때문에 여성 주인공의 모성에 대한 강조는 상대적으로 희박하다. 이 경우 여성들이 '어머니'로서 인식되는 것이 아니라 '독자적 개인'으로서 인식되고 있는 것이다. 『사씨남정기』의 여성 인물들이 '어머니'로 대변되는 것과 비교할 때 위 작품들의 여성에 대한 인식이 당대의 가부장적 이데올로기의 규범을 넘어서고 있음이 더 선명히 부각된다.

위에서 살펴본 여성 주체적 소설들의 사례를 통해 모성의 문제가 여성에게 부과된 필연적 과제가 아니라 선택의 문제라는 것을 확인할 수 있다. 그 어느 때보다도 견고한 모성 이데올로기에 의해 여성의 역할을 한정하던 시대에도 모성 이데올로기가 하나의 신화임을, 그리고 그 신화는 구체적 현실에 의해 파기될 수도 있는 것임을 드러내는 작품들이 존재했다는 사실은 매우 의미심장한 대목이다. 이러한 문제의식을 통해 현재까지도 널리 퍼져 있는 모성 이데올로기를 반성하고 여성의 존재에 대해 열린 시각으로 재검토해 볼 수 있는 계기를 마련할 수 있다.

4. 모성의 재인식과 소설사적 의의

어머니에게 부여되는 숭고함, 포용성, 자애로움 등의 이미지는 그 자체로 아름다운 미덕이기는 하나 그것이 여성의 전 존재를 대변하는 것으로 왜곡될 경우에는 여성을 도구화·종속화시키는 결과를 가져올 수도 있다. 제도화된 모성 이데올로기에 의해 여성은 자식을 낳아야만 의미 있는 존재로 전락할 수 있다. 또한 이상적인 어머니상을 구현하기 위해 이성적 판단보다는 무조건적 사랑을 베풀어야 하고, 변함없는 자애를 드러내기 위해 희로애락이라는 감정을 극도로 억압하도록 권고받는다. 이는 아버지의 이미지가 진취적·외향적·이성적인 것으로 표상되는 것과 대조를 이룬다.

가부장제의 정착 이후 모성에 대한 강조가 가부장제를 정당화하는 데 이용되어 왔다는 논의들이 제기된 바 있다. 제도화된 모성은 임신·출산·수유라는 생물학적 측면, 자녀의 양육이라는 사회적 역할, 자애롭고 희생적인 존재로서의 이미지 등을 여성의 중요한 자질로 강조해 왔다.[28] 그 가운데 독립적 자아로서의 여성은 상실되고, 관계 속에서 규정된 '어머니'라는 개념만 부각될 우려가 있다. 여성은 어머니가 됨으로써만 비로소 완전한 존재가 될 수 있다는 생각은 여성을 가부장제의 지속을 위해 아들을 생산하고 양육하는 존재로서만 한정하는 이데올로기와 관련을 가진다.

여성이 아이를 잉태하고 열 달의 기간을 아이와 한 몸이 되어 지낸 후 출산을 하게 되는 과정은 여성에게만 부여된 매우 특별한 경험이고, 그 경험이 여성에게 남성과는 다른 강렬한 감정을 심어 줄 수 있으며, 그러한 감정을 모성이라는 용어로 지칭할 수도 있다는 사실을 부인할 수는 없다. 분명 모성은 생명을 창출하는 데 있어서 지대한 역할을 한다는 점에서 찬미되어야 한다. 그러나 그렇다고 해서 모성이 여성의 전 존재를 대

---

28   조성숙,『'어머니'라는 이데올로기—어머니의 경험 세계와 자아 찾기』, 한울, 2002, 54면.

변하는 것으로 확대될 수는 없다. 모성은 여성적 특성의 한 부분일 뿐 모성이 지속적이고 총체적으로 여성의 정체성을 대변할 수는 없는 것이다.

불변하는 것이라 여겨 온 어머니에 대한 이미지도 영원한 것이 아니라 역사적인 것이다. 사회적 통념과는 달리 여성들이 늘 어머니로서의 자신에 가장 큰 가치를 부여했던 것은 아니며, 또 어머니가 늘 가정 안에서 헌신적으로 자녀만을 돌보는 수동적 존재였던 것도 아니다. 오히려 고대와 중세의 어머니들은 경제적 활동에 동원되어 한가로이 자녀만을 돌볼 여유를 가지지 못하는 경우가 많았고, 그 과정에서 종종 자식은 마냥 사랑스럽기만 한 존재가 아니라 버거운 대상으로서 방치되곤 했다. 여유가 있는 가정에서조차 어머니가 스스로 아이를 양육하기보다는 남의 손에 아이를 맡기는 유모 제도가 전 사회적으로 확산되기도 했다.[29] 이를 통해 시대에 따라 어머니에 대한 긍정적인 상이 변화해 온 사실을 확인할 수 있다.

그러나 가부장적 질서의 정비와 강화 속에 점차 모성이 이상화·신비화되고 여성의 필수적인 미덕으로 강조되어 갔다. 이러한 과정 속에서 관습적으로 규정된 자기희생적인 모성성이 그렇지 못한 어머니들에 대한 비난의 기제로 작용하기도 하고, 전능한 어머니에 대한 믿음이 완벽한 어머니에 대한 환상을 낳기도 한다.[30] 즉 어머니에 대한 찬양이 여성에 대한 찬양으로 연결되는 것이 아니라 오히려 여성을 구속하고 억압하는 도구로 역이용될 수 있는 것이다. 따라서 여성의 생물학적 조건이나 사회적 역할 분담이 가부장적 이데올로기를 옹호하기 위한 수단으로 남용

---

29 섀리 엘 서러, 박미경 역, 『어머니의 신화』, 까치, 1995에 의하면 전 시대의 부모들이 다양한 이유로 자신의 아이들을 포기했다는 사실과 당대 사회가 그런 부모들을 도덕적으로 수용했었다는 사실을 확인할 수 있다고 한다. 그리고 이런 맥락에서 유모 관행 역시 어머니들이 유아 상태의 자녀를 기꺼워하지 않았다는 것으로 이해된다는 것이다.

30 서강여성문학연구회 편, 앞의 책, 5면.

되어서는 안 된다는 주장에 귀 기울일 필요가 있다.

　그런 점에서 유교 이념에 의해 가부장적 이데올로기가 더욱 맹위를 떨쳤던 조선 후기 사회에서 이를 거스르는 여주인공을 그린 소설들이 창작되었다는 사실은 분명 주목할 만한 일이다. 특히 신성불가침의 영역으로 인식되어 온 모성을 다루는 데 있어서 사회적 통념을 깨뜨리고 있다는 것은 매우 파격적이라고 하겠다. 나아가 작품 내적 논리에서 그들의 파격적인 행위가 놀라움이나 비판의 대상으로 치부되지 않고, 여성의 입장에 대한 고려 속에 이해받을 만한 것으로 그려지고 있다는 것은 이 소설들의 주체적 여성 인식이 당대 여성들이 처한 현실을 비판적으로 반성하는 가운데 마련된 것임을 짐작케 한다.

　17~18세기 이후 다양한 작품군을 형성하며 우리 소설사의 중요한 위치를 점했던 장편 국문소설들은 인간사의 다양한 문제를 담고 있어 대하소설이라 지칭되기도 한다. 그 다양한 문제의식 가운데 여성의 문제도 큰 비중을 차지하는데 다수의 작품들이 남녀 간의 갈등을 중심으로 전개된다는 점과 이 소설들의 주 독자층이 여성들로 추정된다는 점 등이 여성 문제가 부각되는 주요인으로 작용했으리라 짐작할 수 있다. 특히 최근에는 여성 작가의 존재 가능성에 대한 논의들도 대두되는 점을 감안할 때 이러한 소설들에 어떤 방식으로건 여성적 인식이 반영되었으리라는 점은 부인할 수 없을 듯하다.

　그러나 당대의 유교적 가부장제하에서 여성의 문제가 제기되는 데에는 당연히 일정한 한계가 존재했으며, 이로 인해 소설 속에서 여성을 형상화하는 방식에도 다양한 편차가 존재한다. 특히 대다수의 장편소설들이 상층 가문을 배경으로 삼고 당대의 지배적인 질서를 긍정하는 내용으로 전개되기 때문에 봉건적 이념에 대한 파격적 비판 의식을 기대하는 것은 무리이다. 그런 점에서 이 작품들의 문제의식을 보다 섬세하게 파악하려는 시도가 필요하다고 생각되며 여성적 문제들도 이러한 관점하에 다루어져야 할 것이다. 이 장에서 다룬 작품들은 여성 주인공의 행위와 심리 묘사를 통해 유교적 가부장제하에서 갈등하는 여성상을 드러낸다는 점에서 문제적이라 할 수 있다. 주어진 체제에 순응하지 못하고 내적 갈등을 겪는 여주인공들은 그 자체로 문제의식을 내포하고 있다고 하겠다. 그들의 고민이 다양한 형태로 표출되는 가운데 모성의 문제도 그 일부분으로서 그려진다. 비록 모성과 관련된 문제가 핵심에 놓여 있지는 않으나 그 파격적 형상화가 이 작품들의 여성 인식과 관련된다는 점과 모성에 대한 사회적 통념을 깨뜨렸다는 점에서 이 작품들의 소설사적 의의를 찾을 수 있다. 즉 여성적 문제의식을 드러내는 소설들 가운데도 세부적인 층위가 존재할 터인데, 모성에 대한 인식이 이를 파악하기 위한 하나의 잣대로 활용될 수 있는 것이다.

5. 맺음말

우리는 모두 훌륭한 어머니에 대한 일종의 환상을 지닌 채 살아왔다. 일반적인 공감대를 형성하는 훌륭한 어머니상이란 자신의 욕망을 드러내지 않는 가운데 자녀들을 격려하는 충실하고 종속적이며 정숙한 기혼 여성으로 대표된다.[31] 그러나 우리가 알고 있는 훌륭한 어머니상은 영원한 진실이 아니라 역사적 산물로서, 특히 가부장제에 의해 강화되어 온

---

31 새리 엘 서러, 앞의 책, 206면.

결과물일 수도 있다. 자녀를 향한 어머니의 사랑은 숭고한 것임이 틀림없다. 그러나 그것이 제도화될 경우 모성이 가지는 순수한 가치는 상당 부분 퇴색할 수밖에 없다. 가부장적 가문 이데올로기와 그 안에서 자신의 위치를 확고히 하고자 했던 여성의 생존 전략 등이 타협하여 형성된 모성 이데올로기 역시 그런 점에서 여성과 모성을 왜곡하는 역할을 해 왔다고 할 수 있다. 가부장제하에서 여성이 남성의 부계 가족에 편입되면서 가장 낮은 지위에서 출발하여 가족 구성원으로서 확고한 지위를 획득하고 사회적 인정을 얻을 수 있었던 유일한 방법이 아들의 어머니 되기였기 때문에 조선시대 여성들 역시 규범적 요구보다 적극적으로 어머니의 역할을 수행했던 것으로 보인다.[32]

그런데 앞에서 살펴본 여성 주체적 소설들에서는 훌륭한 어머니에 대한 환상을 깨뜨리는 여주인공들을 만날 수 있었다. 보수적이고 규범적인 이념에 의해 여성의 존재가 강하게 구속받던 시대에 이러한 내용이 다루어졌다는 것은 매우 중요한 의미를 지닌다. 모성 의무의 방기로 보이는 이들의 일탈적 행위를 통해 여성과 모성의 관계에 대해 재인식하고 여성의 정체성에 대해 고민하는 계기가 마련된다. 여성의 정체성이 모성으로 온전히 대변될 수는 없으며, 때로는 보편적 인간으로서 여성의 주체성과 모성이 충돌할 수도 있다는 사실을 확인하고 그 의미를 탐색해 보는 과정은 여성에 대한 올바른 이해에 도움을 준다. 자애롭지도 희생적이지도 않으며, 종속되기를 거부하고 자신의 문제에 몰두하는 이들은 '어머니'로서가 아니라 '독자적 인간' 자체로서 이해되어야 할 것이다.

이러한 논의는 고전소설 속의 여성 인물들을 충효열忠孝烈의 이념적 화

---

32 윤택림, 『한국의 모성』, 미래인력연구원, 2001, 25면.

신으로서 가부장적 이데올로기에 의해 이상화된 존재로서가 아니라 생명력을 가진 현실적 인물로서 이해할 수 있게 하는 데 보탬이 된다. 앞으로 더 많은 작품들을 대상으로 다양하게 형상화된 어머니들을 살펴보고 모성에 대해 종합적으로 검토해야 할 일이 과제로 남겨져 있다.

제4장

『소현성록』의 이중성에 내재된
욕망의 실체

1. 욕망의 주체에 대한 의문

『소현성록蘇賢聖錄』은 17세기에 창작된 것으로 추정되는 초기 국문 장편소설로서 많은 주목을 받아 왔다. 이 작품에 대한 우선적 관심은 소설사의 전개라는 거시적 관점에서 국문 장편소설의 발생과 관련하여 촉발되었다. 옥소玉所 권섭權燮의 문집에 이 작품의 필사와 관련된 상황이 언급됨으로써[1] 국문 장편소설이 적어도 17세기 중후반에 출현했으리라는 단서를 제공하고 있기 때문이다.[2] 이로써 이 작품을 준거로 삼아 17세기의 시대 변화를 반영하며 상층 가문을 중심으로 창작·향유되었던 국문 장편소설의 특징적 면모들이 다각도로 연구될 수 있었다.

그 과정에서 『소현성록』에 대한 내외적 연구들도 축적·심화되었다.

---

1   권성민, 「옥소 권섭의 국문 시가 연구」, 서울대 석사논문, 1992.
2   박영희는 권섭의 어머니 용인 이씨가 『소현성록』을 필사한 시기를 50세 전후(1686~17
    00)로 보고, 이로 미루어 이 소설의 창작 시기를 17세기 중후반으로 추정했다. 박영희,
    「『소현성록』 연작 연구」, 이화여대 박사논문, 1994, 44~45면.

장편으로서는 다양한 이본이 존재하고 있으며, 『소현성록』과 『소씨삼대록蘇氏三代錄』의 연작으로 이어지면서도 선·후본이 합본되어 있는 특징을 지니는 이본 관계 검토를 비롯하여[3] 작품의 주제적 측면 및 서술 의식,[4] 향유층 및 사회적 함의,[5] 인물론,[6] 소설 기법 및 서술 방식,[7] 유불 대립 및 초월성에 대한 관심에[8] 이르기까지 다양한 연구 성과가 도출되었다. 국문 장편소설 중 단일작으로는 가장 많은 연구가 이루어졌다고 해도 과언

---

3 이 작품의 이본이나 연작 관계에 대해서는 다음의 연구들을 참조할 수 있다. 박영희, 위의 글; 임치균, 『조선조 대장편소설 연구』, 태학사, 1996; 이주영, 「『소현성록』 인물 형상의 변화와 의미─규장각 소장 21장본을 중심으로」, 『국어교육』 98, 한국국어교육연구회, 1998; 노정은, 「『소현성록』의 인물 형상화 변이 양상─이대본과 서울대 21권본을 중심으로」, 고려대 석사논문, 2004.

4 정창권, 「『소현성록』의 여성주의적 성격과 의의」, 『고소설연구』 4, 한국고소설학회, 1998; 양민정, 「『소현성록』에 나타난 여가장의 역할과 사회적 의미」, 『외국문학연구』 12, 한국외대 외국문학연구소, 2002; 임치균, 「『소현성록』에 나타난 혼인의 양상과 의미」, 『한국고전연구』 13, 한국고전연구학회, 2006; 박일용, 「『소현성록』의 서술 시각과 작품에 투영된 이념적 편견」, 『한국고전연구』 14, 한국고전연구학회, 2006; 서정민, 「가권 승계로 본 『소현성록』 가문 의식의 지향」, 『국문학연구』 30, 국문학회, 2014.

5 박영희, 앞의 글; 조광국, 「『소현성록』의 벌열 성향에 관한 고찰」, 『온지논총』 7, 온지학회, 2001; 지연숙, 「『소현성록』의 공간 구성과 역사 인식」, 『한국고전연구』 13, 한국고전연구학회, 2006.

6 백순철, 「『소현성록』의 여성들」, 『여성문학연구』 1, 한국여성문학학회, 1999; 정선희, 「가부장제하 여성으로서의 삶과 좌절되는 행복─『소현성록』의 화부인을 중심으로」, 『동방학』 20, 동방학회, 2001; 장시광, 「『소현성록』 여성 반동인물의 행위 양상과 그 의미」, 『여성문학연구』 11, 한국여성문학학회, 2004; 서경희, 「『소현성록』의 석파 연구」, 『한국고전연구』 12, 한국고전연구학회, 2005; 조혜란, 「소현성과 유교적 삶의 진정성」, 『고소설연구』 36, 고소설학회, 2013.

7 조혜란, 「『소현성록』의 보여주기 서술과 그 의미」, 『한국고전연구』 17, 한국고전연구학회, 2008; 이주영, 「『소현성록』의 농담 기제와 그 의의」, 『개신어문연구』 32, 개신어문학회, 2010.

8 박대복·강우규, 「『소현성록』의 요괴 퇴치담에 나타난 초월성 연구」, 『한민족어문학』 57, 한민족어문학회, 2010; 이주영, 「『소현성록』의 유불 대립과 공간 구성의 함의」, 『국문학연구』 23, 국문학회, 2011; 서정현, 「『소현성록』의 유불 대립에 나타난 조선조 여성 신앙의 현실과 그 의미」, 『어문논총』 58, 한국문학언어학회, 2013.

이 아니다. 이는 『소현성록』이 지니는 소설사적 중요성과 그에 대한 관심을 반영하는 것임과 더불어 이 작품의 성격이 단순 명료하게 규정되기 어려움을 보여주는 것이기도 하다.

그 가운데 가장 대표적인 논쟁점을 내포하는 부분이 이 작품의 주인공이 누구인가 하는 점이다. 작품의 표제는 『소현성록』이라고 되어 있지만 주인공인 소경 못지않게 그의 어머니인 양부인의 작중 역할이 부각되어 있기 때문에 일찍부터 여가장으로서의 양부인의 형상에 주목한 연구들이 제출되었다.[9] 이와 같은 관심은 작품의 주제 의식과도 관련을 가질 수밖에 없는데 『소현성록』이 가문 의식을 강하게 드러내는 작품이라는 입장과, 반대로 여성주의적 성격이 강한 작품이라는 입장이 대립한다.[10]

이러한 입장 차이는 박일용이 "다처제의 문제점에 초점을 맞추고 해석할 경우 가부장제에 대한 비판 의식을 표현한 작품으로 읽어내게 되고, 다처제적 갈등이 해결되는 과정과 그것을 이끌어 나가는 서술 시각에 초점을 맞추고 해석할 경우 가문 창달 의식을 표현한 작품으로 읽어내게 된다"[11]고 지적한 것처럼 작품의 핵심 요소를 무엇으로 파악하고 어느 부

---

9 박영희가 여가장으로서의 양부인이 가문의 존립과 부흥을 위해 고군분투하는 모습과 그 의미를 포착한 이래 양민정이 문학적 전통 속에서 찾아지는 여가장의 형상화를 확인하고 그러한 바탕 위에서 이 작품의 여가장 형상화가 지니는 여성적 의미를 적극적으로 개진한 바 있으며, 최근에는 이 작품의 가권(家權)이 양부인에서 소월영으로 모녀 간에 계승되고 있음을 주목한 연구도 제출되었다. 박영희, 앞의 글, 1994; 양민정, 앞의 글, 2002; 서정민, 앞의 글, 2014.

10 전자의 경우 박영희, 임치균, 조광국 등을 대표적으로 들 수 있으며, 후자의 경우 양민정과 정창권을 대표적으로 들 수 있다. 이러한 대극적인 입장을 고려하는 가운데 이 작품이 표면화하고 있는 가부장제 이념의 표출 이면에 양부인으로 대표되는 향유층의 소망이 투영됨으로써 가부장제의 이념과 가부장제의 질곡이 공존하는 특징에 주목하거나(박일용), 모녀간 가권 승계를 통해 이 작품의 가문 의식이 부계 직계 중심의 후기적 관계가 아닌, 양계를 아우르는 방식을 취하고 있음에 주목하여(서정민) 논의의 확장을 시도한 경우들도 있다.

분에 관심을 기울이는가에 따라 비롯되는 것이라 하겠다. 작품의 핵심 내용인 소씨 가문의 창달도 소경의 효성과 유가적 자질에 입각한 것으로 파악하느냐, 양부인의 권위와 계도에 의한 것으로 파악하느냐에 따라 작품이 전달하고자 하는 심층적 의미가 달라질 수 있다. 이처럼 다충적 해석의 가능성을 열어 놓고 있다는 점에서 이 작품의 복합적이고도 심오한 위상을 재확인하는 가운데 작품의 실체 규명을 위해 여전히 다양한 각도에서의 새로운 접근법이 시도될 필요가 있음을 확인하게 된다.

따라서 이번 장에서는『소현성록』의 서사 속에서 일관성이 결여되어 있거나 상호 모순되는 국면들을 포착하고 그 이면을 탐색할 것이다. 국문 장편소설의 경우 여타의 소설 유형들에 비해 등장인물들의 성격이 일관성을 유지하는 가운데 합리적인 서사 전개를 지향하는 편이며 이를 위해 세세한 부분에까지 관심을 기울여 상세한 설명을 하는 경우가 많다. 그런데『소현성록』의 경우 주인공 소경의 성격이나 행적을 비롯하여 여러 지점에서 일관성을 유지하지 못하고 심하게는 극단적으로 모순되는 양상들이 발견된다.[12] 이러한 불일치의 국면들이 우연적이고 무의식적

---

11 박일용, 앞의 글, 8면.
12 선행 연구에서도 이러한 모순들을 언급한 바 있다. 이주영은 "소현성록은 허점이 많은 소설이다. 딸에게 죽음을 강요했던 어머니가 자애로운 성품을 지닌 것으로 묘사되는가 하면, 아내의 허물을 꾸짖던 이상적인 남편은 자신의 허물이 지목되었을 때는 머뭇거린다. 출가한 딸이 친정에서 지내는 모습은 자세하게 기술하면서도 정작 시집에서 겪은 일은 관심을 두지 않으며, 공주를 며느리로 맞아 죽음에 이르게 하고서는 딸은 황비로 궁중에 들여보낸다"고 지적했다. 이주영,「『소현성록』의 유불 대립과 공간 구성의 함의」,『국문학연구』23, 국문학회, 2011, 187면. 그러나 글의 결론 부분에서 몇 가지 사례를 단편적으로 언급하고 있을 뿐 그 이유나 의미를 탐색하지는 않았다. 이 책은 이 외에도 주목할 만한 모순들이 존재하며 이러한 부분들이 중요한 의미를 내포하므로 본격적으로 검토해 볼 필요가 있다는 입장이다. 조혜란도 이 작품의 반복 서술 양상을 분석한 결과 벼슬, 재물, 훈육, 내외법 등에 걸쳐 서술이 일관성을 유지하지 못하고 상호 모순되는 경우들을 노출시키며 이를 통해 작품의 세속적 욕망과 가문 이기주의를 확인할

인 실수라기보다는 작품 논리 속에서 불가피하게 혹은 의도적으로 발생한 것이라고 보는 입장에서 이를 작품의 복합적 성격을 내포하는 '이중성'으로 파악하여 주목할 필요가 있다.

이러한 이중성을 제대로 포착하고 해석하기 위해서는 작품이 서술하는 바가 "누구의 이야기인가"와 "누구의 욕망을 담아내는가"가 구분될 필요가 있다. 이 작품이 주인공의 모친인 양부인의 역할을 부각시키고 있기는 하지만 소경의 출세 과정과 혼사 문제들을 중심으로 서사가 진행된다는 점에서 작중 서사를 이끌어 가는 핵심 주인공은 소경임이 분명하다. 그러나 소경의 서사가 소경의 입장과 욕망[13]을 담아낸다고 단정 짓기는 어렵다. 서사에 투영된 시선이나 입장, 태도 등의 여하에 따라 욕망의 주체가 달리 해석될 수 있기 때문이다. 이러한 접근법을 통해 그간 선행 연구들을 통해 축적되어 온 『소현성록』의 다층적 성격을 재검토함으로써 작품의 지향성을 규명해야 한다.

분석 대상으로는 『소현성록』의 이본 가운데 선본善本으로 인정받아 온 이대본 15권을 주 자료로 삼고 서울대본 21권과 4권의 국립중앙도서관본을 보조 자료로 삼는다. 이 작품의 경우 『소현성록』이라는 표제하에 본전에 해당하는 『소현성록』 부분과 별전에 해당하는 『소씨삼대록』이 합본되어 있는데 본전과 별전의 연속성에 대해 상이한 의견이 도출되어 있

수 있다고 보았다. 조혜란, 「『소현성록』에 나타난 가문 의식의 이면반복 서술을 중심으로」, 『고소설연구』 27, 한국고소설학회, 2009. 이 책 역시 상호 모순된 언술 이면에 서술자가 의도한 주제와 서술자가 의도하지 않았던 욕망의 충돌이 존재한다는 기본 입장에는 공감한다. 그러나 이 선행 연구가 연작 전체를 대상으로 삼아 주로 말하기 양상에 주목하고 있는 데 비해 이 글의 주 관심사는 본전 『소현성록』에 드러나는 이중성과 그 의미의 탐색이므로 이중성 혹은 모순이라는 지점에서 공유하는 부분이 있을지라도 그 이면적 의미의 탐색에 있어서는 접근 방법이나 결론에서 차이를 지닌다.

13   또는 소경으로 표상되는 사대부 남성의 입장이나 욕망.

다.[14] 국문 장편소설의 연작화에서 본전과 별전이 각각 개별작으로서의 독립성을 지니는 것으로 간주되어 왔으며, 이 장의 주 관심사가 연작 전체를 다루는 것이기보다는 본전에 해당하는 『소현성록』의 분석을 심화하는 것이므로 논의가 분산되거나 불필요한 혼선이 발생하는 것을 막기 위해 연작 간의 문제는 다루지 않고 본전 『소현성록』만을 대상으로 삼기로 한다.

2. 『소현성록』의 이중적 요소들

1) 주인공의 이중적 면모

『소현성록』의 주인공 소경은 고전소설의 남성 주인공 가운데 바람직한 군자상을 구현하는 대표적 인물이다.[15] 그는 유교적 지식인이자 군자이며 효자로서 지행합일을 실천하기 위해 노력하고 수양하는 인물이기 때문에 가문을 유지하고 창달하는 데 위배되는 행동이나 기존 질서를 부정하는 행동은 하지 않는다.[16] 유복자로 태어나 집안의 가장이 부재하는 상태에서 어머니에 의해 유지되던 가권家權을 물려받아 소씨 가문의 위상

---

14 이 연작이 단일한 문제의식을 중심으로 전후편이 긴밀하게 응집되어 있다고 본 논의가 존재하는 반면 본전의 경우 가문 의식에, 별전의 경우 여성 의식에 경도되어 있다는 선행 연구도 도출된 바 있어 논쟁의 여지가 있다고 하겠다. 장시광, 「『소현성록』 연작의 여성 수난담과 그 의미」, 『우리문학연구』 28, 우리문학회, 2009; 임치균, 「『소현성록』 연구」, 『한국문화』 16, 서울대 한국문화연구소, 1995.

15 선행 연구들에서도 소경의 이러한 특성을 주목하여 정인군자형, 인후군자형, 효의 화신, 절제와 금욕의 군자상 등으로 지칭했다. 조혜란, 「소현성과 유교적 삶의 진정성」, 『고소설연구』 36, 고소설학회, 2013, 169~170면.

16 위의 글, 194면.

을 정립하기 위해 수기치인(修己治人)의 모범을 보인다. 작품 속에서도 소경의 예사롭지 않은 군자적 면모를 여러 사람의 입을 통해 칭송하고 있다.

그런데 이처럼 한결같이 군자의 행실을 지향하는 것으로 설정된 소경이 도덕성이나 인격적 자질에 치명적 결함이 될 만한 행위들을 보여주고 있어 주목된다. 대표적 사례 두 가지를 들어 보기로 한다. 먼저 문제가 될 만한 사건으로 과거장에서의 부정행위를 들 수 있다. 소경은 14세가 되자 어머니 양부인의 뜻을 받들어 과거 시험에 응한다.[17] 소경이 별 고민 없이 짧은 시간에 일필휘지로 답안지를 작성하고 장원으로 급제하는 모습은 영웅적 주인공의 상투적 형상화에서 벗어나지 않는다. 그런데 이 작품 속에는 과거 시험과 관련하여 색다른 서사가 부기되어 있다. 소경이 능력 부족으로 답안지를 작성하지 못하고 있는 유한, 경수, 경환, 성우경, 임수보 등 다섯 사람의 답안지를 대신 작성해 주고, 그 결과로 소경과 이 다섯 명이 1등부터 6등을 차지하게 되는 내용이다. 즉 소경이 작성한 6편의 글이 상위 등수를 차지하고 그 뒤를 이어 소경의 매부인 한생이 일곱 번째로 참방(參榜)한 것으로 되어 있다.

이러한 내용은 얼핏 소경의 뛰어난 능력을 부각시키기 위한 삽화 정도로 치부될 수도 있다. 그러나 조선 후기 사회에서 과거 시험의 부정행위가 국가적 차원의 고민거리로 심각하게 다루어졌음을 고려하면 이 문제를 안이하게 다루는 작품의 서술 태도는 생각해 볼 여지가 있다. 조선 후

---

17   조선시대의 과거는 시행 방식에 따라 다양하게 구분되었다. 대표적인 것으로는 3년마다 정기적으로 치르는 식년시(式年試)를 비롯하여 조선 초기부터 시행되어 온 별시(別試), 증광시(增廣試), 알성시(謁聖試) 외에도 17세기 이후 도입된 정시(庭試), 춘당대시(春塘臺試), 외방별과(外方別科) 등을 들 수 있다. 박현순, 『조선 후기의 과거』, 소명출판, 2014, 37면. 이 중에서 소경이 응시한 것은 "텬지 놉히 구룡 금상의 어좌ᄒᆞ시고 (…중략…) 어필노 글뎨를 내시고 (…중략…) 금일 알셩ᄒᆞ디"(『소현성록』 이대본 1권, 22면)의 내용으로 미루어 국왕이 문묘에 참배한 후 친림(親臨)했던 알성시로 보인다.

기에 이르러 서얼과 양인에게까지 과거 응시 자격이 주어져 응시 인원은 증대한 데 비해 사족층의 사회적 진출 기회는 축소됨으로써 과거 응시가 관료가 되기 위한 수단을 넘어서 사족층의 '생존'의 문제로 인식되어 치열한 경쟁이 빚어졌다.[18] 이 과정에서 다양한 부정행위들이 자행되어 사회 문제로 대두되었다. 일례로 숙종조에만 세 차례의 과옥科獄이 발생했으며, 이것이 개인적 부정행위 차원이 아니라 노론과 소론 붕당 간의 정치적 이해관계와 맞물린 집단적 문제였다는 사실을 들 수 있다.[19] 이러한 사례를 통해 당대 과거를 둘러싼 과열 양상을 짐작할 수 있다. 부정행위의 방법도 시험장의 자리다툼부터 시험관의 매수에 이르기까지, 혹은 개인적 차원에서부터 집단적 공모에 이르기까지 다양한데[20] 『소현성록』에서 소경이 다섯 유생의 답안지를 대신 작성해 주는 대리 시험의 경우도 대표적인 부정행위로 간주되었다.[21]

이와 같은 시대 상황을 고려할 때 소경이 남의 시험지를 대신 작성해

---

18 위의 글, 85~87면.

19 숙종 25년의 기묘과옥(己卯科獄), 숙종 28년의 임오과옥(壬午科獄), 숙종 38년의 임진과옥(壬辰科獄)을 통해 과폐(科弊)의 다양한 측면과 이를 둘러싼 정치적 이해관계를 확인할 수 있다. 우인수, 「조선 숙종조 과거 부정의 실상과 그 대응책」, 『한국사연구』 130, 한국사연구회, 2005.

20 과거 시험에서의 부정행위들에 대해서는 18세기의 문인인 윤기(尹愭)가 『무명자집(無名子集)』에 담아낸 과거 관련 내용들과 다음의 논문들을 참조할 수 있다. 김혈조, 「과장의 안과 밖―18세기 한 지식인이 본 과장의 백태」, 『대동한문학』 38, 대동한문학회, 2013; 이규필, 「18~19세기 과거제 문란과 부정행위」, 『한문고전연구』 27, 한국한문고전학회, 2013.

21 남의 시험지를 대신 작성하는 거벽(巨擘)과 글씨를 베껴 쓰는 사수(寫手) 등이 조직적으로 활동했는데, 숙종 때 과장에서 사수로 이름을 날렸던 김필정(金必禎)의 필적으로 급제한 사람이 너무 많아 문제가 되는 바람에 합격이 취소되고 김필정 본인은 지명 수배되었던 사례(김혈조, 위의 글, 115~116면)와 소경이 다섯 사람의 답안지를 혼자 작성하여 모두 급제시키는 내용을 비교해 볼 만하다.

주는 행위는 분명 문제적인 것이다. 치열한 경쟁에도 불구하고 합격 인원이 한정되어 있는 시험에서 소경의 대리 행위로 인해 다섯 명의 유생이 합격하는 대신 누군가는 억울하게 탈락했을 것이기 때문이다. 더 나아가 과거에서의 부정행위는 관리로서의 도덕성에 흠결이 된다. 이는 남의 실력에 힘입어 능력에 걸맞지 않은 관직을 얻은 다섯 유생에게만이 아니라 능력을 남발한 소경에게도 해당되는 것이다.

따라서 소경이 다섯 유생의 시험지를 대신 작성해 주는 서사의 이면을 좀 더 따져 볼 필요가 있다. 처음 소경은 답안지를 작성하지 못하는 다섯 사람을 목도하고 가소로워한다.[22] 그러나 이들이 편모와 늙은 아버지의 소망을 저버리게 되었다고 탄식하는 소리를 듣고 태도를 바꾼다.[23] 그들이 부모를 위하는 사정을 불쌍하게 여기며 급한 사정을 구하겠노라고 결심하는 것이다.[24] 여기에는 편모슬하에서 자란 자신의 처지를 유생들에게 투영하여 동일시하는 감정이 작동한 것으로 보인다. 즉 홀몸으로 자식을 기르는 편부 혹은 편모의 애틋한 정황과 그에 대한 자식의 효심이 부각되면서 대리 시험이라는 부정행위가 남의 급한 상황을 구하는 군자적 행위로 치환되어 버리는 것이다. 공평무사한 관리로서의 도덕적 자질을 훼손시킬 만한 행위가 '효'의 논리에 의해 군자적인 것으로 무마되었다고 하겠다. 이와 같은 효성의 강조가 이 작품 전체를 관통하는 중요 화두라는 점에서 소경이 과거 시험 부정행위를 통해 보여준 부적절한 면모

---

22 "다솟 사름이 안자 됴희를 어르만지며 긔식이 창황ᄒ거늘 심하의 탄왈 뎌런 지조를 가지고 과댱의 참예ᄒ미 실노 가소로온디라." 이대본 1권, 23면.

23 이들은 각기 편부와 편모를 모시고 있는데 유한의 경우 편모가 아들의 합격을 간절히 바라고 있고, 경수와 경환 형제의 경우에도 편부가 위독한 와중에도 약을 마련할 돈으로 과거 비용을 대신할 정도로 과거 급제를 소망한다.

24 "공지 흔번 드르매 뎌의 위친ᄒᄂ 졍스를 잔잉히 녀겨 쏘흔 함누ᄒ고 쳑연히 싱각ᄒ디 군지 셰샹의 쳐ᄒ매 사름의 급흔 거슬 구티 아니리오." 이대본 1권, 25~26면.

가 부모를 위해 입과^{入科}한 사람들의 효성과 이에 감동한 소경의 효성에 의해 정당화되는 장면에 주의를 기울일 필요가 있다.

또한 과거 시험의 부정을 이처럼 대수롭지 않게 다루는 것은 소설 담당층의 정치 인식과도 관련이 있다고 보인다. 당대의 정치적 사안에 민감한 입장이었다면 과거 비리의 심각함을 인식하고 그것이 주인공의 정치적 위상에 흠집을 낼 수 있음에 주의를 기울였을 것이다. 그러나 이 작품이 이 부분을 다루는 데에는 그러한 주의나 심각함보다는 인정적이고 능력 과시적인 태도가 더 부각되어 있다. 이러한 서술 태도는 정치권의 현실에 밝은 상층 사대부 남성과는 거리가 있는 것이다. 정치적 사안들에 민감하지 않으면서 편의적이고 추상적인 차원에서 정치권력의 획득을 그려내고 있기 때문이다.

한편 가정 내에서 소경이 가장으로서 보여주는 이중적 면모 역시 간과할 수 없다. 서술자의 발화나 등장인물들의 언급을 통해 표상되는 소경은 여러 부인들 사이에서 치우침 없이 공평하고 예의를 갖추어 자상하게 상대방을 배려하는 바람직한 가장의 모습을 지니고 있다. 그가 세 부인의 침소에 머무는 날수를 정해 놓은 것은[25] 편벽되지 않게 노력하는 모습을 강조하기 위한 것이다. 물리적인 숫자로 표현되는 취침 일수가 다처제하에서 애정이라는 감정마저도 공평하게 조정하고자 하는 소경의 의지를 상징적으로 보여준다. 이러한 행위가 가장의 공정성을 과시하면서도 가문 내적 위계질서를 세우고자 하는 것임을 소경이 원비인 화씨를 우대하여 화씨 침소에서만 8일을 머무는 것으로 정하여 석씨나 여씨와

---

25 소경은 둘째 부인 석씨를 맞은 후 서당에서 열흘, 화씨 숙소에서 열흘, 석씨 숙소에서 열흘씩 머문다. 이후 셋째 부인 여씨를 맞은 후에는 서당에서 열흘, 화씨 숙소에서 여드레, 석씨 숙소와 여씨 숙소에서 각각 엿새씩 머무는 것으로 그려진다.

차등을 두고 있다는 점에서 확인할 수 있다.[26] 이처럼 소경은 여러 아내들 사이에서 부자연스러울 정도로 기계적인 분배를 내세우면서까지 중심을 잃지 않고 가문을 조화롭게 이끌어 나가고자 노력하는 모습으로 그려진다. 이러한 과정 속에서 소경은 감정에 치우치지 않고 흔들림 없이 한결같은 모습을 보이는 군자로 형상화된다.

그런데 여씨의 개용단改容丹에 의해 그간 소경이 구축해 놓은 이미지가 크게 훼손된다. 소경이 개용단에 속아 석씨를 친정으로 쫓아 보내면서 자결을 명한 것이다. 뿐만 아니라 석씨가 잉태한 아이를 자신의 아이가 아니라며 부정한다. 당대의 숙녀로 칭송받던 석씨를 한순간에 음녀로 오해하고 내쳐버리는 것은 진중하게 사리를 판단하고 사람의 속마음을 헤아리는 인물로 그려지던 소경의 평소 모습에 부합하지 않는다. 이 순간의 소경에게는 사람의 겉모습이 아니라 속마음을 꿰뚫어 보는 능력과 상황을 종합적으로 분석하여 사태를 파악하려는 노력이 결여되어 있다. 자신의 핏줄까지도 의심하는 지경에 이르러서는 올바른 판단력마저 상실한 듯하다. 이 사건은 소경의 안목과 처신에 심각한 회의를 불러일으킨다. 더군다나 사태의 본질이 드러나고 자신의 잘못이 분명해진 후에도 석씨에게 사과하기는커녕 섭섭함을 표현하는 장인에게 도리어 성질을 부리는 모습은 무책임하기까지 하다.[27] 결국 소경과 석씨의 화해는 석씨의 양보에 의해 이루어지며 소경은 끝내 자신의 잘못을 인정하지 않는다.

---

26   전성운은 이를 성적 행위의 공평성으로 보고 소경의 성적 배분이 위계질서에 맞게 균형 있게 이루어졌다고 보았다. 전성운, 「『소현성록』에 나타난 성적 태도와 그 의미」, 『순천향 인문과학논총』16, 순천향대 인문학연구소, 2005, 75면.

27   선행 연구에서도 소경의 이러한 모습을 남편으로서의 폭력으로 해석하고 이와 같은 아내 길들이기가 소씨 가문의 이기적인 측면을 드러내는 것이라고 보았다. 정선희, 「『소현성록』에서 드러나는 남편들의 폭력성과 서술 시각」, 『한국고전여성문학연구』14, 한국고전여성문학회, 2007, 472~474면.

이처럼 개용단 사건은 미사여구로 포장되었던 소경의 군자적 자질에 큰 훼손을 가한다. 작중 인물들과 서술자에 의해 이상적 인간형으로서 미화되던 인물이 성급함으로 판단 착오를 일으키고 자존심과 이기심으로 고집을 부리는 결함들을 노출시킴으로써 그동안 구축되었던 이미지에 균열이 생기는 것이다. 공평무사한 가운데 온화와 절제를 체화한 소경과 악인의 흉계에 휘둘리며 균형감을 상실하고 실수를 저지르는 소경 사이의 간극을 어떻게 이해해야 할까? 전자가 그렇게 되도록 기대되고 또 그에 부합하고자 노력하는 소경의 모습이라면 후자는 있는 그대로의 현실적이고 인간적인 소경의 모습이라고 할 수 있다. 즉 이상 속의 소경과 현실 속의 소경, 두 요소가 한 인물 안에 이중적으로 투영되고 있는 것이다. 이 경우 후자만이 소경의 진면목이고 전자가 허상이라고 치부할 수는 없다. 기대에 부응하기 위해 노력하는 모습도 소경이 지닌 면모임이 분명하기 때문이다.[28]

주인공으로서 소경은 이상적 인물로 표상된다. 군자가 될 만한 기본적인 자질도 갖추고 있다. 그러나 완성된 인물이 아니라 성장하는 인물이다. 그가 비록 영보도군靈寶道君의 환생일지라도 현실의 시험적 요소들을 체험하고 극복해야 진정한 군자가 될 수 있다. 개용단 사건은 그러한 과정을 겪어나가는 미성숙한 상태의 소경을 그리고 있다고 하겠다. 그런데 이후 소경의 성숙된 모습을 어떻게 그려내는지 주목할 필요가 있다. 소경이 자신의 과오를 반성하고 인격적 성숙을 이루는 것으로 귀결된다면 작품이 그의 가부장적이고 자기중심적인 태도를 비판적으로 인식한 것이라고 할 수 있을 것이다. 그러나 소경은 사건의 전모가 밝혀진 후에도

---

28 조혜란도 소경을 '실천하려고 노력하고 수양하는 인물'이라고 평한 바 있다. 조혜란, 앞의 글, 194면.

별다른 태도의 변화를 보이지 않는다. 대신 소경이 개용단을 제조한 도화진인을 찾아내 다시는 약을 팔지 못하게 한다는 내용이 이 사건의 궁극적 해결책으로 제시되고 있다. 이는 소경의 능력을 확인하는 것일 뿐 부인과의 관계 개선을 위한 노력이나 깨달음과는 상관없는 일이다. 이 사건의 핵심은 소경의 석씨에 대한 오해와 부당한 처분임에도 이에 대한 반성은 이루어지지 않는다.[29] 소경의 이와 같은 모습과 그것을 크게 문제삼지 않는 서술 태도로 미루어 이 작품이 소경의 결함과 그로 인해 고통을 받는 석씨의 입장에 주목하고 있다고 보기는 어려울 듯하다. 소경의 이중적 면모가 이러한 방식으로 형상화되는 이유에 대해서는 다음 절에서 따져 보기로 한다.

2) 방탕과 풍류에 대한 이중 잣대

(가) 양구 후 즈운산의 도라오매 술이 극취ᄒ고 신식 혼곤ᄒ니 잠간 셔당의셔 쉬여 부인쯰 뵈오니 (…중략…) 졀칙 왈 "네 비록 아비 업시 즈모지하ᄒ나 이 곳 인심이어늘 아직 쟉위 쳥고ᄒ고 년유약관이니 민식 미거티 아닐 쎄어늘 엇디 나갓다가 외당의 드러와 머물고 어미 보기를 게얼리ᄒ며 술을 취토록 먹어 브졍ᄒᆫ 거동을 감히 내 안졍의 뵈ᄂᆞᇰ. 셜니 나가고 드러오디 말나."[30]

(나) ᄉ인이 모다 와 소시 좌우로 ᄒ야금 숑뎡 아래 농문셕을 비셜ᄒ고 버러

---

29   소경은 석씨가 자신의 병간호를 위해 집으로 돌아온 후에도 석씨가 마음에 맺힌 것이 있어 자기에게 온순하지 않을까 하여 먼저 쌀쌀한 태도를 취하는 이기적이고 옹졸한 모습을 보인다. 이들의 관계 개선은 소경의 마음을 눈치챈 석씨가 온순한 태도로 자신을 낮춤으로써 가능해졌을 뿐이다.
30   『소현성록』 이대본 2권, 62면.

안자 쥬과를 나오니 셕쇼졔 술을 먹디 못ᄒᆞᆫ디라. 쇼윤 낭인이 핍박ᄒᆞ야 권ᄒᆞᆫ대 강잉ᄒᆞ야 일비를 먹으매[31]

위의 예문들은 술과 관련된 내용들이다. 이 작품에서는 술을 마시는 행위에 대해 경우에 따라 매우 상반된 태도를 보이는데, (가)와 (나)를 통해 그러한 모습을 파악할 수 있다. 먼저 (가)의 경우 양부인이 소경의 음주를 엄격히 금하며 꾸짖고 있는 내용이다. 소경이 칠왕에게 이끌려 처가에 갔다가 강권하는 술을 받아 마시고 취해서 돌아오자 양부인이 심하게 책망한다. 소경이 평소에 도학에 매진하며 술을 먹지 않았던 정황을 헤아리면 모처럼 장인과 술을 마신 것마저도 용납하지 않는 양부인의 엄격함이 과도하게 보일 정도다. 작중에서도 의매義妹인 윤씨가 칠왕의 강권을 어찌 사양할 수 있었겠느냐고 변론해 주지만 양부인의 입장은 단호하다. 총재직을 맡은 벼슬아치로서 태도가 엄숙하고 바르다면 칠왕이 함부로 보채지 못했을 터인데 소경이 용렬하여 처신을 잘못했다는 것이다. 이처럼 양부인은 아들에게 늘 바른 수행을 강조하며 매우 절제된 행동을 요구한다.[32]

(나)의 경우는 소씨 집안의 젊은 여성들이 서모들과 함께 술자리를 벌여 한바탕 웃고 즐기는 대목의 앞부분이다. 소경에게는 사회생활을 위한 음주와 풍류마저도 엄하게 금했던 소씨 가문에서 여성들의 술자리가 아

---

31 『소현성록』이대본 2권, 65면.
32 음주 사건 외에도 손님을 접대하느라 기생을 불러 풍류를 즐긴 것 때문에 양부인이 소경을 심하게 질책한 적이 있다. 소경이 기생들과 엄격히 거리를 두었음에도 불구하고 양부인은 "네 쇼년의 닙신ᄒᆞ야 텬은이 듕ᄒᆞ시니 당당이 경심계지ᄒᆞ야 톄면과 위의를 뎡히 홀 거시오 외로온 어미를 ᄃᆞ리고 자최 쳐량ᄒᆞ니 호화ᄒᆞᆷ이 가티 아니려든 과부의 문뎡의 챵악과 붕우를 어ᄌᆞ러이 모호리오. 다시 방ᄌᆞᄒᆞ미 이시면 결연히 용셔티 아니리라"고 절책한다. 『소현성록』이대본 1권, 45~46면.

무 제재 없이 흥겨운 분위기 속에 펼쳐지고 있는 것이다. 이에 대한 양부인의 반응이 구체적으로 서술되지는 않았지만 양부인의 권위에 복종하는 이들의 평소 태도로 미루어 이러한 술자리가 양부인의 허용하에 이루어진 것임을 짐작할 수 있다. 이 술자리 직전에도 이들이 양부인을 모시고 투호 놀이를 하며 풍류를 즐겼던 것을 감안하면 이러한 행위가 예외적이거나 일탈적인 것이 아니라 자연스러운 친목 행위 정도로 받아들여지는 듯하다. 양부인이 자녀들을 거느리고 친정 잔치 자리에 나가 함께 술을 마시는 장면을 아름답고 화기애애한 광경으로 묘사하는 경우를 보더라도[33] 소씨 가문 여성들에게 술이 특별한 금기 품목은 아니었던 것으로 보인다.

요컨대 이 작품에서는 소경에게는 음주를 비롯하여 풍류에 해당하는 일체의 행위를 방탕한 것으로 치부하며 엄격히 금하면서도 가중 여성들에게는 허용하는 이중적 태도를 취하고 있는 것이다. 이로 인해 소경은 고전소설의 주인공 중 가장 절제된 군자로 표상될 정도로 음주 가무를 비롯한 일체의 풍류와 담을 쌓고, 부부 생활에서도 매우 금욕적인 태도로 일관한다. 당대 사회 분위기가 남성 주인공들의 성적 욕망과 풍류에 대해서는 비교적 관대한 태도를 취했고 고전소설 역시 이를 반영하고 있음을 고려할 때 소경의 이와 같은 형상화는 부자연스러울 정도로 이상화된 것이다.[34] 그런데 이와 같은 절검節儉의 강조가 소씨 가문의 신조로서 일

---

33 서르 한훤을 파ㅎ고 술이 두어슌 디ᄂᆞ매 쇼윤화셕 등이 쥬긔룰 씌여시니 취식이 마치 삼식 도홰 죠로룰 머금고 빅옥의 연지룰 비쵬 ᄀᆞᆺ고 셩안이 ᄀᆞᄂᆞ라시며 쥬슌이 더욱 불그며 봉관이 잠간 기우러시니 쇼쇄ᄒᆞᆫ 풍치와 절셰ᄒᆞᆫ 용뫼 진실로 빙옥의 직질이 션아의 얼골이라. 『소현셩록』 이대본 4권, 64면.

34 조혜란도 이에 대해 "부부관계에 대한 철저한 질서 유지, 여색에 대한 경계, 그리고 그의 이 같은 부자연스러움 등이 소현성의 경직된 이미지를 만드는 데 일조하는 것으로 보인다"고 언급한 바 있고, 전성운은 소경의 성적 행동이 '공식적이고 도덕적'이라고 평

관되게 유지되는 것이 아니라는 점을 상기할 필요가 있다. 양부인을 비롯한 소씨 가문의 여성들은 가내에서 투호나 바둑 놀이 등을 즐기고 술자리도 가질 뿐 아니라 황제가 사냥하는 모습을 구경하기 위해 외출하기도 한다. 이들의 행위가 사치나 향락에 속하는 것은 아니지만 적당한 놀이와 풍류를 수용한다는 점에서 소경에게 강요되는 절제와 검약의 태도와 비교된다.

그러므로 작품 속에서 동일한 행위가 소경에게는 방탕한 것으로 금지되는 반면 양부인 이하 여성들에게는 풍류로 허용되는 이중적 잣대에 의해 그려지고 있다고 하겠다. 그런데 그 이중성의 중심에는 양부인이 존재한다. 이러한 행위들을 판단하고 금지하거나 허용하는 주체가 양부인이기 때문이다. 양부인이 아들에게는 매우 엄격한 자세를 요구하며 수행을 강조하는 반면 자신을 포함한 가내 여성들에게는 적당한 풍류를 허용하는 것은 아들에게 주어진 책무를 인식하고 독려하기 위한 것이라고 할 수 있다. 양부인이 아들에게 관리로서의 소임에 충실하면서 가내를 공평하게 다스리기 위해서는 남다른 수행이 필요하다는 점을 지속적으로 강조하는 모습 속에 이러한 기대가 잘 반영되고 있다. 그러나 과도한 기대에 의해 소경이 인간적 욕망을 거세당한 인물처럼 형상화되는 측면이 있다.

3) 다처제를 바라보는 이중적 시선

『소현성록』의 핵심 갈등은 소경의 세 부인 사이에서 벌어지는 대립이다. 조강지처인 화씨, 둘째 부인이자 여주인공의 위상을 지니는 석씨, 황

한 바 있다. 조혜란, 앞의 글, 186면; 전성운, 앞의 글, 75면. 개인적이고 본능적인 차원의 성 문제를 공식적이고 도덕적으로 그려내고 있다는 점에서 소경이 매우 이념적으로 형상화되고 있음을 짐작할 수 있다.

제의 늑혼에 의해 맞이한 셋째 부인 여씨 사이에 남편을 둘러싼 쟁총爭寵이 벌어지는 것이다. 그중 선악의 대결 구도를 보이며 가내에 심각한 문제를 불러일으키는 것은 여씨에 의한 석씨 축출이지만 작품 속에서 더 여러 차례 자세히 다루는 것은 화씨의 투기이다. 전자가 악인의 음모와 선인의 고난을 다루는 사건의 서술에 중점을 두고 있다면 후자는 다처제하 여성의 심리를 그리는 데 중점을 두고 있다. 화씨는 숙녀로서의 자질이 부족한 탓에 남편에 대한 독점욕을 드러내며 작은 분란들을 빚어내기는 하지만 양부인과 시누들에게 이해와 동정의 대상이 되기도 하므로 화씨의 투기가 무조건적으로 죄악시되는 것은 아니다. 작품 속에서 그녀의 심정에 대해 꽤 상세히 묘사하면서 그 처지에 동정의 시선을 보내고 있다는 점도 화씨에 대한 평가가 부정적이지만은 않다는 것을 반증한다.[35]

이처럼 화씨의 처지에 관심을 기울이며 공감의 정서를 표출하는 것은 다처제하 조강지처들이 경험했을 상실감에 공감의 시선을 보내는 것이라고 할 수 있다. 양부인이 화씨에게 소경의 관복을 입히라고 명령해 놓고도 화씨가 떨리는 손으로 겨우 일을 마친 후 예의를 갖춰 인사를 올리고 물러나자 애달파하며 "츄연히 감창ᄒ야 눈물을 ᄂᆞ리오"는 장면은 다처제를 받아들이면서도 여성적인 아픔에 공감하는 모습을 핍진하게 형상화하고 있다. "겨집의 ᄆᆞᆷ이 오늘날을 됴히 너기리 이시리오마ᄂᆞᆫ"이

---

35 화씨의 한탄과 처량한 모습, 분노 등에 대한 묘사와 더불어 양부인과 소경, 소월영 등 소씨 집안사람들이 화씨를 위로하고 다독거리며 신경을 쓰는 모습이 상세히 그려지고 있다. 석씨와의 혼례에서 입을 남편의 예복을 손수 지어야 하는 화씨의 처지를 이파와 소월영이 애처로워하며 다독이고, 양부인 역시 겉으로는 화씨의 조협함을 꾸짖으면서도 속으로는 '그윽이 애달프게' 여긴다. 소경은 석씨와 혼인한 날 밤에 석씨의 침소 대신 화씨의 침소에 먼저 들렀다가 마음고생으로 혼절한 화씨를 간호하고 위로하느라 신방에 가지 않는다. 또한 화씨를 가련히 여기며 새 부인을 얻은 것이 어머니의 뜻을 따르기 위한 것일 뿐 색을 밝혀서가 아니니 앞으로도 공평한 처신을 하겠노라고 다짐한다.

라는 양부인의 말을 통해 당대 여성들에게 다처제를 받아들여야 하는 상황이 고통이었음을 확인할 수 있다. 소경의 누이이자 이 집안의 맏딸인 소월영 역시 자신이 비록 동생과 석씨의 혼인을 바라기는 했지만 막상 혼인이 성사되고 보니 화씨가 더 가깝게 느껴진다며 첫째 부인으로서의 위엄을 갖추라고 진심 어린 충고를 건넨다.[36] 소월영이 화씨에게 이런 말을 전하는 것은 화씨를 경계하기 위함이지만 그 이전에 진심으로 화씨를 이해하고 존중하기 때문임이 거듭 강조된다. 남편의 방탕함으로 여러 첩실을 거느리고 있는 소월영 역시 조강지처로서의 처지를 십분 이해할 수 있었을 것이다. 이와 같은 여성적 공감대는 후사를 잇기 위해 두 첩을 들일 수밖에 없었던 양부인이나 남편의 첩실들을 용납해야 하는 소월영을 비롯하여 처첩제하에서 비슷한 처지에 놓여 있던 당대의 여성 향유층 모두에게 적용될 수 있는 것이다.[37]

그런데 작품 속에서 화씨에 대한 심정적 공감과는 별개로 그녀의 투기

---

36 소시 드러와 아름다온 말솜을 위로ᄒᆞ고 우쇼 왈 "(…중략…) 당초의 내 ᄯᅩᄒᆞᆫ 석시를 보고 인연코져 ᄡᅳ디 적디 아니터니 이제 경의 쳬 된 후는 믄득 새 사름이 소ᄒᆞ고 그ᄃᆡ를 친ᄒᆞ며 냥 딜ᄋᆞ를 도라보건대 더욱 범연티 아닌디라. 그ᄃᆡ ᄉᆞ숄 편히 ᄒᆞ야 원비의 위를 가지매 빙긔도 일ᄏᆞ기를 샹원은 덕이 잇고 둘재는 ᄉᆡᆨ이 잇다 찬양ᄒᆞ려니와 그러티 못ᄒᆞ면 믈읫 칭찬ᄒᆞᄂᆞᆫ 거시 신부의게 도라가리니 므어시 쾌ᄒᆞ리오". 『소현성록』이대본 2권, 49면.

37 선행 연구에서도 "화씨의 투기심은 여성 독자층이라면 누구나에게 공감이 갈 수밖에 없는 것"이라고 하면서 "화씨를 소씨 가문의 욕망이 투사된 가부장제의 희생자로 그리려는 서술자의 의도가 은연중 투영된 것"이라고 보았다. 박일용, 앞의 글, 28면. 여성 독자층의 공감이라는 측면에는 동의하나 작품 속에서 화씨의 처지를 동정하면서도 다처제하 여성의 도리를 엄격히 요구하는 또 다른 측면이 중요하게 다루어져야 한다는 이장의 입장에서 보면 이 작품의 서술자가 화씨를 소씨 가문의 욕망이 투영된 가부장제의 희생자로 그렸다고 해석하기에는 주저된다. 이 작품은 철저히 소씨 가문의 입장에서 서술되었다고 보이는바 화씨의 처지를 이해하고 동정하기는 하나 다처제를 당연시하며 투기를 금하는 내용이 이 가문의 핵심 인물인 양부인을 위시하여 소월영 등의 가내 여성들에 의해 지속적으로 강조되고 있음을 고려해야 한다.

를 질책하며 다처제를 용인하고 이에 순응하는 모습이 더욱 중요하게 다루어지고 있다는 점을 간과해서는 안 된다. 우선 소경이 여러 아내를 맞이할 수 있었던 것은 집안의 최고 권위자이자 여성인 양부인의 허락이 있었기 때문이다. 소경도 석씨와의 혼인이 자신의 뜻이 아니라 어머니의 말씀을 따르기 위함이라고 말한 바 있다. 양부인은 아들이 새장가를 들 때마다 기존의 며느리들에게 길복吉服을 짓게 한다. 양부인이 여성적 입장에서는 잔인하게 느껴질 수도 있는 명을 내리는 이유는 며느리들의 투기를 경계하기 위해서인 것으로 그려진다.[38] 투기의 엄금은 궁극적으로 다처제를 체화하고 받아들이라는 요구이다. 즉 양부인 이하가 화씨의 처지를 동정하기는 하지만 그것은 어디까지나 심정적인 것일 뿐 다처제에 대한 근본적 문제의식에 기인한 것은 아니며 오히려 이러한 현실을 당위로 인식하는 측면이 강하다. 다처제하 여성의 애환은 인정하되 제도적 모순을 직시하는 수준은 아닌 것이다.

오히려 최고 권위자인 양부인과 그녀의 분신이라고도 할 수 있는 맏딸 소월영에 의해 소경의 중혼重婚이 주도된다. 또한 소월영의 입을 통해 여성의 도리가 장황하게 나열되는데 그 내용이 여성적 시각에 입각해 있다기보다는 다처제를 옹호하기 위한 남성들의 시각에 더 가까워 보인다.[39] 이를 작품 내에서 보수성을 드러내는 인물들에 의한 입장 표명일 뿐이

---

38 선행 연구에서도 투기의 경계가 이 작품을 관류하는 핵이라고 보았다. 장시광, 「『소현성록』 연작의 여성 수난담과 그 의미」, 『우리문학연구』 28, 우리문학연구회, 2009, 140면.
39 "므릇 녀지란 거시 복어인이라 유슌ᄒ오미 큰 덕이니 쇼녀는 싱각건대 사ᄅᆷ이 지아비게 혼자 통을 입고 므릇 일을 젼일코져 ᄒ미 그 탐심과 욕심이 무궁ᄒ야 긋칠 줄을 모르미라 (…중략…) 가뷔 여러홀 취ᄒ도록 원위예 거ᄒ여 ᄆᆞᄋᆞᆷ을 평안이 ᄒᆞ고 내 힝실만 믈게 닷가 사ᄅᆷ의게 붓그러오믈 뵈디 말디니 (…중략…) 셰쇽 녀ᄌ ᄉ의ᄅᆞᆯ 모로고 ᄒᆞᆫ갓 투기와 악언으로 칠거ᄅᆞᆯ 범ᄒ고 구고ᄭᅴ 불슌ᄒᆞ며 가부와 결위 화긔ᄅᆞᆯ 일흐니 실로 그 뜻을 모르리러이다."『소현성록』이대본 2권, 84~85면.

라고 간주하기에는 양부인과 소월영이 지니는 위상이 너무 크다. 이 작품 속에서 고난의 대상이 되는 여주인공은 석씨로 그려지지만 소씨 가문의 핵심 인물로서 정신적 지주 노릇을 하는 사람들은 양부인과 소월영이므로 이들의 시각을 무시한 채 작품의 여성 의식을 논하기 힘들다. 따라서 화씨의 번민이나 석씨의 고난을 통해 다처제하 여성의 애환이 드러나는 부분이 있다고 하더라도 이것이 다처제의 모순을 폭로하는 수준은 아니라고 보인다. 석씨가 현숙한 아내로서의 도리를 체화한 인물로서 모든 것을 포용하며 가부장제에 순응하는 모습을 보이는 것도 같은 맥락에서 이해될 수 있다.

요컨대 이 작품은 다처제하 여성들의 심정을 이해하고 동정하는 태도를 보이면서도 궁극적으로는 다처제를 용인하며 오히려 가부장적 이념을 체화하여 현숙한 여성의 도리를 다할 것을 강조하는 가운데 그 구현자라고 할 수 있는 양부인과 소월영을 최고의 숙녀로 미화함으로써 가부장적 다처제에 대한 이중적 시선을 드러내고 있다. 이러한 이중적 시선은 이 작품이 다처제를 수용하고 있으며 단지 그로 인한 여성들의 애환에 대해 경험의 공유 차원에서 공감을 표하는 입장을 견지하는 데서 비롯된 것이다.[40]

---

40 이러한 점에서 이 작품을 가부장제적 모순을 폭로하는 여성적 시각이 두드러진 작품으로 파악하는 것에 동의하기 어렵다. 당대 현실을 서사화하는 과정에서 의도치 않게 시대적 모순이 표출되는 부분이 있기는 하지만 작품의 서술 태도가 그러한 시대 모순을 적극적으로 포착하는 가운데 가부장제를 비판하고 여성 의식을 드러낸다고는 보이지 않기 때문이다. 이는 여성 의식이 두드러지는 작품으로 인정되는 『현씨양웅쌍린기』 등에서 여주인공들의 행위나 의식을 통해 가부장제의 모순이 적극 비판되는 것과 비교된다.

3. 이중성에 투영된 시선과 의미

1) 어머니와 아들의 서사

『소현성록』에서 중심을 이루는 이야기 축은 크게 세 가지로 분류된다. 소경의 뛰어난 능력과 성공에 대한 이야기, 석씨의 수난담, 양부인의 치가治家 이야기이다. 이 중에서 갈등 요소를 내포한 채 서사적 흥미를 견인하는 역할은 석씨의 수난담이 담당하고 있다. 그러나 석씨의 이야기에서 과연 석씨가 주인공인지 의심스럽다. 남편의 부당한 처분과 친정과의 갈등 관계 속에서 여타의 여주인공들이 보여주었던 내적 번민과 남편에 대한 반발감, 그리고 이를 통한 여성 의식 등이 석씨에게서는 뚜렷하게 찾아지지 않기 때문이다. 석씨가 불만을 드러내는 경우가 있기는 하지만 여성 의식의 발현이라고 하기에는 미미하고 그간의 순종적 태도에 비추어 오히려 일관성이 결여된 것처럼 보일 정도이다.[41] 요컨대 석씨의 수난은 사건 전달에 치우칠 뿐 여성 심리의 전달 면에서는 부족한 편이다. 오히려 여성의 심리는 화씨를 통해 더 상세히 다루어지고 있다.

그런데 이 작품이 부부간의 갈등을 다루는 과정에서 유난히 어머니인 양부인의 비중을 크게 그리고 있다는 점에 유의할 필요가 있다. 양부인은 아들의 혼사 과정에 깊숙이 개입할 뿐 아니라[42] 부부 갈등의 국면에서

---

41 남편의 부당한 처사에도 불구하고 자진해서 시댁으로 돌아왔던 석씨가 마음속의 유감을 드러낸 경우를 말한다. 석씨가 아들의 혼인에 빗대어 "숙녀를 맞이하여 혼서를 불지르고, 없는 일을 했다고 구박하여 내쫓는 일이 있을까 두렵다"며 남편의 과거 행사에 대한 섭섭함을 드러낸 것이다. 이 장면에서 석씨가 소경의 잘못을 따지며 자신의 억울함을 토로하고 있기는 하지만 이러한 갈등 상황이 지속되지는 않는 것으로 미루어 작품에서도 석씨의 억울함에 공감을 표하는 것 이상의 의미를 부여하지는 않은 듯하다.

42 부모에 의한 중매혼이 일반적이었고, 남편이 없는 상황에서 집안의 최고 어른인 어머니가 아들의 혼사를 주관하는 것이 당연하다고는 해도 이 작품의 양부인은 세 번에 걸

도 중요한 역할을 한다. 여씨가 석씨를 모함하는 수단으로 양부인을 공격하기 때문이다. 이는 소경에게 가장 민감한 문제인 효심을 자극하기 위한 것이다. 뿐만 아니라 앞서 살펴보았던 것처럼 소경의 모든 행위가 효심에 의해 추동되며 심지어는 과거 시험에서의 부정행위마저도 효성이라는 이름으로 미화된다.

이처럼 이 작품의 서사에는 늘 양부인이 매개되어 있다. 표제와 작중 서사의 핵심 인물로서 소경을 내세우고 그의 행적을 그리고 있지만 소경의 서사 뒤에는 항상 양부인의 그림자가 드리워져 있는 것이다. 최고의 효자로 표상되는 소경이 과도하게 금욕을 내세우며 성적 본능마저도 억압하는 것이나 작은 일탈도 허용하지 않은 채 수행에만 전념하는 모습이면에는 어머니 양부인의 기대와 훈계가 작동하고 있고, 소경은 어머니의 기대에 보답하고자 최선을 다하는 모습으로 그려지는 것이다. 요컨대이 작품은 아들과 어머니의 이야기라고 할 수 있다. 소경이 서사의 주동자이기는 하지만 그의 서사가 양부인에게 강한 영향을 받고 있다는 점에서 소경은 어머니의 욕망을 대리하는 인물이라고 할 수 있다.[43]

친 아들의 혼사에서 특별히 며느리들의 투기를 경계하며 예복을 짓게 하고 며느리들의 손으로 직접 그 예복을 입혀 혼례청에 오르도록 감찰하는 등 구체적인 행동 지침들을 제시하면서 적극적으로 개입하고 있다는 점에서 유별하다고 할 수 있다.

43 이 점에서 양부인이 아들에 대해 부정적 인식을 지닌 채 딸에게 가권을 승계한다고 보고 이 작품을 부계 적장자 중심의 가문 의식에서 벗어난 것이라고 파악한 선행 연구(서정민, 앞의 글, 2014)에 동의하기 어렵다. 작품 속에서 소월영이 친정에 영향력을 행사하며 중요한 역할을 하고 있기는 하지만 이는 소경의 누이로서 양부인과 며느리들의 중간자 역할을 하는 것이며, 양부인이 소월영에게 가권을 승계했다는 것은 여성들에게 주어진 집안 내 대소사를 관할하는 권리를 의미하는 것이지 가문을 총괄하는 권리를 뜻하는 것은 아니다. 이는 같은 내용을 다루는 서울대본 21권에서 이 부분을 "네 맛당이 내 딕신의 가스롤 보솔펴 즈손의 드스리기를 금ᄒ고 녯법을 곳치지 말나. 네 죽은 후 화시괴 ᄂ리오고 위시 쏘 이 소임을 니을지니"(50면)라고 표현한 부분을 통해 확실해진다. '가사'를 주관하다가 나중에 총부인 화씨에게 위임하라는 것일 뿐이다. 집안

이 점에서 앞에서 제기한바 이 작품이 누구의 이야기이며, 누구의 욕망을 담아내는가에 대한 답은 '소경의 이야기를 통해 양부인의 욕망을 담아내는 서사'라고 할 수 있다.[44] 이에 대해서는 박일용이 이 작품의 서술 시각에 주목하여 "『소현성록』의 주인공 소경은 홀어머니 양씨의 소망이 투영된 존재"라고 간파한 바 있다.[45] 양부인의 소망이 작품을 지배하고 있다는 점에 대해서는 전적으로 동의한다. 그러나 양부인의 소망이 무엇인지에 대해서는 보다 구체적인 논의가 필요하다.

양부인은 남편의 요절로 두 딸과 유복자를 거느린 과부가 된다. 이러한 상황의 양부인에게 어렵게 얻은 아들 소경은 평범한 아들 이상의 의미를 지닐 수밖에 없다. 자신이 보호해야 할 어린 자식일 뿐 아니라 가문의 대표자가 되어야 할 인물이며 더 나아가 남편 대신이기도 할 것이다.

의 가장은 소경이며 양부인조차도 소경이 장성한 후에는 내당의 일을 총괄할 뿐 외당의 일에는 전혀 관여하지 않음이 여러 차례 언급되고 있다. 따라서 이 작품이 가장이 부재한 상태에서 양부인의 역할을 강조하기는 해도 남성 중심의 가문 의식을 벗어나지는 않은 것이라고 보인다.

44　선행 연구 중 이 작품이 여가장이나 여성 인물을 부각시켜 여성주의적 의식을 강하게 드러낸다고 파악한 경우들이 있다. 정창권, 앞의 글, 1998; 양민정, 앞의 글, 2002. 이 책은 여가장 양부인이 이 소설의 핵심 인물로서 큰 영향력을 미치고 있다는 점에는 동의하나 양부인을 통해 구현되는 것이 여성적 문제 제기는 아니라고 보는 관점이므로 이 작품이 여성주의적 성격을 드러내는 작품이라는 해석에는 동의하지 않는다. 이 부분은 뒤에 이어지는 양부인의 정체성에 의해 뒷받침될 것이다.

45　박일용, 앞의 글, 22면. 한편 박일용은 양씨의 소망과 이념적 편견은 가부장제적 질곡을 체험하면서도 그것을 벗어나지 못하는 사대부 부녀층의 꿈과 이념적 편견에 대응되는 것이라고 보면서 이 작품을 통해 "가부장제의 질곡을 누구보다도 깊이 이해하면서도 그것을 넘어설 수 없는 현실 상황 때문에 오히려 가부장제적 이념의 이상적 실현을 통해 질곡의 해소를 꿈꾸는"(37면) 향유층의 의식을 해석했다. 이 글 역시 양부인을 통해 가부장제하 사대부가의 여성이 처한 이중적 상황이 제시되고 있다는 점에 대해서는 공감하나 양부인의 소망이 애매한 여성적 처지를 반영하는 것이라고 하기보다는 분명한 지향성을 지니는 것이라고 보는 입장이므로 이 부분에 대해서는 논의를 좀 더 예각화시킬 필요가 있다고 생각한다.

이와 같은 복합적 인식이 양부인의 태도에 반영되어 있다. 소경이 어린 시절부터 너무 비범한 면모를 보이자 양부인은 단명할까 걱정하여 공부를 금한다.[46] 이러한 태도에는 아들마저 자신의 곁을 떠날까 두려워하는 과부 어미로서의 심정이 담겨 있다. 그러나 소경이 무사히 고비를 넘기고 장성하자 양부인은 아들에게 과거를 통해 가문을 중흥시킬 책임을 부여한다. 뿐만 아니라 다처제를 활용하여 아들의 중혼을 통해 가문의 권세를 확장해 나가고자 한다.[47] 그러면서도 풍류를 금함으로써 아들의 성적 방종을 경계한다. 작품 속에서는 소경이 스스로 여색을 금하여 부인들과의 잠자리를 조심하는 것처럼 그리고 있지만 이러한 상황이 지속적으로 양부인에게 보고되고 양부인이 이를 흡족해 한다는 내용이 공존하는 것으로 보아 소경의 성적 금욕주의에는 과부 어머니인 양부인의 영향력이 작용하고 있다고 보인다.[48]

소경이 양부인의 훈육 아래 훌륭한 군자로서 성장해 가지만 여전히 어머니의 계도를 받아야 하는 존재임을 드러내는 것이 개용단 사건이다. 여씨의 모략 과정에서 소경의 미숙함에 줄곧 대비되는 것이 양부인의 현철함이다. 효성을 앞세워 올바른 판단을 하지 못하는 소경에 비해 양부인은 신중하게 사태를 파악하고 아들을 훈계한다.[49] 이를 통해 양부인의

---

46 "소경이 임의 두 설이 못ᄒᆞ여셔 글ᄌᆞ를 히득ᄒᆞ고 삼셰예 셩경을 낭낭이 외오ᄂᆞᆫ다라. 양부인이 크게 근심ᄒᆞ고 두려 힝혀 당원티 못홀가 ᄒᆞ야 유모로 ᄒᆞ야곰 셔당 갓가이 가셔 칙을 보디 못ᄒᆞ게 ᄒᆞ라 ᄒᆞ니" 『소현셩록』 이대본 1권, 13~14면.

47 석씨처럼 좋은 집안과 사돈을 맺음으로써 인척 관계를 통해 가문의 대외적 위상을 확보해 나가는 모습을 예로 들 수 있다. 박일용, 앞의 글, 23면.

48 작품 속에서 양부인은 여러 차례에 걸쳐 과부인 자신의 처지를 들먹이며 아들을 경계하고 있다.

49 양부인은 쉽게 악인의 의도에 휘말리지 않고 함구하며 진상이 드러나기를 기다리는 태도를 취한다. 이는 사람의 인성을 바탕으로 사리를 따질 줄 아는 경륜에 힘입은 것이다. 이에 비해 소경은 효성을 앞세워 성급한 판단을 하고 석씨를 축출함으로써 미숙함을

존재 가치가 성인이 된 아들에게도 여전히 유효하다는 사실이 천명된다. 그러나 아들이 실수하는 주요인인 효성 또한 양부인에게는 바람직한 것이다. 즉 이 사건 속에는 아들의 효성을 받으며 영향력을 유지하고픈 양부인의 심리가 반영되어 있다고 하겠다.

한편 남편이 없는 양부인에게 소경은 남편의 대리자이기도 하다. 소경이 자상하고 어진 남편으로 그려지는 것도 이와 관련되어 있다. 그러나 가문의 최고 어른이자 며느리를 본 시어머니로서의 지위로 인해 양부인이 아들에게 투영하는 시선이 복잡해진다. 자상한 남편에 대한 소망 이면에 시어머니로서의 경계가 함께 작동하고 있는 것이다. 이로 인해 소경은 속으로는 자상하지만 엄정한 태도로 아내들과 일정한 거리를 유지하는 것으로 그려진다. 그리고 며느리들과 아들 사이의 문제는 늘 아들 중심으로 해결된다. 소경이 석씨를 비롯한 처가와의 갈등에서 끝내 사과하지 않은 채 소씨 가문 위주의 화해가 이루어지는 것도 이러한 양부인의 입장에서 바라보자면 납득 가능하다. 이와 대조되는 것이 양딸인 윤씨가 오해로 부부 갈등을 일으키는데 일방적으로 그 남편 유생이 애를 태우며 달래고 사과함으로써 화해가 이루어지는 일화이다. 아내 사랑이 지극한 남편에 대한 소망이 아들 부부 대신 딸의 부부에게 투사되어 있는 것이다.[50]

드러낸다. 그 과정에서 아들을 훈계하고 화해를 유도하는 양부인의 현철함이 더욱 부각된다.

50 이 점에서 친딸인 소월영의 경우 그 남편이 호색한이라 속을 썩는 설정에 대해 짚고 넘어갈 필요가 있다. 이 경우 왜 양딸인 윤씨에게는 사랑받는 아내의 모습을 부여하면서 친딸인 소월영에게는 고난받는 아내상을 부여하는가가 문제될 수 있기 때문이다. 그러나 소월영은 남편의 외도와 첩실의 문제를 호방하게 받아들이는 여중군자로서 양부인의 또 다른 자랑거리로 형상화된다는 점을 기억해야 한다. 이러한 소월영의 모습은 양부인의 자식 교육이 훌륭했음을 입증하면서 며느리들에게는 모범을 보이고 세상 사람

이처럼 이 작품은 어머니와 아들의 이야기를 통해 어머니 양부인의 소망을 적극적으로 형상화하고 있는 작품이다. 이는 서두를 비롯한 작품 내용 속에서 지속적으로 어머니에 대한 효성을 강조한 것을 통해서도 확인할 수 있는바[51] 이러한 서사적 특성은『구운몽九雲夢』이나『창선감의록彰善感義錄』등의 창작 동기를 통해서도 드러난 것처럼 당대에 소설이 어머니에 대한 위로물로 존재했던 소설사적 정황과도 관련되는 것이다.

2) 어머니의 정체성과 작품의 지향 의식

이 작품이 양부인의 욕망을 담아내고 있다면 그 욕망의 실체인 양부인이 어떤 정체성을 드러내느냐에 의해 작품의 성격이 분명해질 수 있으므로 이 절에서는 양부인의 정체성과 그것이 지향하는 바를 고찰해 보자.

양부인은 고전소설의 수많은 어머니 중에서도 매우 막강한 권위를 지닌 어머니로서의 위상을 지니고 있다.『소현성록』본전 말미의 내용으로 미루어 볼 때 수명이 다할 때까지 집안에서의 권위를 유지한 채 실질적 권력을 행사한 것으로 보인다.[52] 양부인이 이러한 위상을 지니기까지 지

들에게는 소씨 가문의 우수함을 과시하는 역할을 한다. 뿐만 아니라 소월영은 어머니인 양부인의 분신이기도 하므로 다처제에 의연하게 대응하는 소월영의 모습에는 두 첩을 어질게 건사하고 있는 양부인의 모습이 투영되어 있기도 하다. 따라서 직계 혈통인 소월영을 통해서는 소씨 가문의 도덕적 우월성을 드러내고 대신 양녀인 윤씨를 통해 대리 만족적 욕망을 투사하는 것이라고 할 수 있다.

51 "여러 권 셜화를 셰샹의 뎐흐믄 대개 사름의 어미 되야 공의 효힝 ㄱ트믈 권흐미라. 희라, 이 셜화를 보면 방탕무식ㅎ야 부모 혜디 아닛는 불효진들 감동티 아니랴."『소현성록』이대본 1권, 3면.

52 작품 말미에 양부인이 5대손까지 보았어도 집안일을 놓지 않았다고 하면서 모든 일에 양부인의 허락을 얻는 모습을 그려 놓았는데 그릇에서 비단에 이르기까지 재물에 대한 관리를 여전히 양부인이 주도하고 있다. 가정경제권의 확보가 여성들의 권력 구도와 관련 있음을 상기할 때 양부인은 끝까지 며느리들에게 이러한 권리를 양도하지 않음으로써 가문 내 위상을 확보하고 있다고 하겠다.

난한 풍파를 겪었음을 고려하여 그 과정에서 양부인이 자신의 정체성을 어떻게 확립하여 갔는지 살펴보자.

작품 속에서 그리는 양부인의 정체성은 크게 가장, 어머니, 여성으로 나누어 짚어 볼 수 있다. 먼저 양부인은 남편의 요절로 인하여 세 아이와 두 첩을 거느린 가장으로서의 역할을 떠맡게 된다. 여기에는 경제적 생존의 문제뿐 아니라 가문의 유지와 창달 책임까지도 포함된다.[53] 소씨 가문이 한나라와 당나라 시절에 대대로 재상을 배출한 명문가였으나 소처사는 송나라 태조의 부름에 응하지 않고 은거했다는 서두의 내용은 소경의 한미한 집안을 미화하기 위한 수식에 불과할 가능성이 크다. 경제적 어려움을 달리 언급하지는 않으나 소씨 가문의 정치적 위상은 내세울 만한 것은 아니었던 것으로 파악된다.[54] 차녀 교영의 시가가 역모죄로 멸문지화를 입은 것과 소경이 주로 한미한 인물들과 교우관계를 맺고 있다는 것도 그 증거라 하겠다.[55] 사돈가의 역모로 소씨 가문 역시 위태로워질

---

53 소 처사는 둘째 딸의 탄생에 향로를 박차며 화를 낼 정도로 대를 잇는 일에 압박을 느끼던 중 결국 아들을 보지 못한 채 임종을 맞이하게 되자 양부인에게 태몽으로 미루어 배 속의 아이가 아들임이 분명하니 영화롭고 귀하게 될 것이라며 이름을 지어주고 눈을 감는다. 소 처사의 유언 속에는 아들을 잘 길러 가문의 영광을 이루어 달라는 암묵적 요구가 담겨 있다고 보아야 할 것이다.

54 선행 연구에서 '자운산'이라는 소부의 입지에 주목하여 이것이 세속, 현실, 정치, 권력 등에 대해 적당한 거리를 두면서도 멀어지지는 않으려는 소부 인물들의 태도와 관련된다고 파악한 바 있다. 지연숙, 「『소현성록』의 공간 구성과 역사 인식」, 『한국고전연구』 13, 한국고전연구학회, 2006, 55면. 이 책에서는 이것이 소씨 가문의 정치적 위상과도 관련된다고 본다. 즉 아직 정치권의 핵심으로 부상하지 못한 상태에서 진입을 소망하는 정황이 도성에서 그리 멀지 않은 자운산이라는 물리적 공간으로 표상됨과 동시에 자운산의 탈속적인 분위기가 미약한 정치적 위상을 대신하여 소씨 가문의 부상을 합리화하기 위한 도덕적 우월성을 상징하는 것이라고 할 수 있다.

55 『소현성록』을 벌열 성향으로 파악한 선행 연구가 있는데(조광국, 앞의 글), 이 작품이 벌열 지향을 지니고 있으며 후편이 벌열의 모습을 그리고 있기는 하지만 본전에 해당하는 부분은 아직 벌열이라고 하기는 힘들고 벌열에 대한 지향이 양부인의 주도하에

수 있는 상황에서 양부인은 실절失節한 딸을 희생시키면서 도덕성을 근거로 가문의 위상을 대외에 천명하는 한편 아들을 관직에 진출시키고 권세가의 며느리들을 맞이함으로써 남편의 유지遺志를 받들어 자신에게 부과되었던 임무를 훌륭히 달성해 낸다.[56]

한편 양부인은 집안에서 자식들에게 존경받는 어머니이자 대외적으로도 훌륭한 어머니로서 칭송을 받는 존재이다. 다양한 어머니의 모습이 존재하겠지만 이 경우에는 권위를 지닌 채 자식들의 효도를 받는 가부장제의 어머니상에 주목해야 한다. 가부장제하의 여성들이 시집살이의 고생을 겪은 대가로 노년에 누릴 수 있었던 최고의 혜택이 어머니로서의 존경과 권위였는데 양부인 역시 인고의 세월을 통과한 후 훌륭한 어머니상으로 자신을 정립하는 데 성공했다고 볼 수 있다. 양부인은 어머니로서 가문을 지키기 위해 딸에게 죽으라는 명령을 해야 하는 고뇌도 감당해야 했지만 달리 보면 딸의 생사여탈권을 행사할 수 있을 정도로 막강한 권력을 지니고 있다. 집안에서 최고 어른으로서의 권위를 누리면서 효도를 받는 대상이기도 하다. 이 작품의 주요 화두가 소경의 지극한 효성이라는 점은 양부인의 이러한 정체성에서 말미암은 것이다.

마지막으로 양부인 역시 제도적 억압으로 고통받는 가부장제하의 여성이다. 아들을 낳지 못해 두 첩을 들여야 했던 경험이 그녀의 여성적 처지를 극명하게 보여준다. 이러한 경험이 소경의 조강지처 화씨에 대한 동

표출되는 것이라는 점에서 전후편의 경우가 달리 해석될 필요가 있다고 본다.

56 당대의 기록물들을 통해서 숙종조의 환국으로 대표되는 17세기의 정치적 격동 속에서 양부인처럼 남성을 대신하여 가장의 역할을 해내는 여성들의 행적을 확인할 수 있다. 김명숙, 「『이부인행록』을 통해 본 조선시대 양반가 여성의 삶」, 『동양고전연구』 39, 동양고전학회, 2010; 한희숙, 「조선 후기 양반 여성의 생활과 여성 리더십—17세기 행장을 중심으로」, 『여성과 역사』 9, 한국여성사학회, 2008.

정과 며느리나 딸들의 처지에 대한 이해를 가능케 했을 것이다. 그러나 가장이나 어머니로서의 위상보다 수난받는 여성으로서의 의식이 더 크게 작용하고 있지는 않은 듯하다. 자신도 동일한 여성적 고민들을 지닌 적이 있지만 소설 속 양부인의 시각은 이미 여성으로서보다는 남편과 아들을 대신하여 가장의 역할을 수행함으로써 얻어 낸 어머니로서의 입장에 입각해 있다. 따라서 며느리의 처지를 알면서도 그 입장을 두둔하기보다는 시어머니로서 가문의 안위를 우선시하는 태도를 취하는 것이다.

요컨대 양부인은 위태로운 가문을 지켜 내고 자녀들을 군자 숙녀로 키워 낸 자랑스러운 어머니로서의 정체성을 지니고 있으며 이 소설은 그러한 양부인의 욕망을 반영하여 창작된 것이라고 하겠다. 성공한 아들의 신화를 통해 효성을 매개 삼아 투영되어 있는 양부인의 욕망은 가부장제를 체화한 채 노년의 영광을 꿈꾸는 상층 사대부가 여성들의 욕망과도 통하는 것이다. 그런 점에서 이 소설이 작품 말미에서 찬양하고 있는 양부인의 영화로운 모습은[57] 당대 상층 여성들의 소망이기도 할 것이다.

이와 같은 양부인의 정체성으로 미루어 이 작품이 가부장적 제도를 인정하는 가운데 그 안에서 적극적으로 자신의 위상을 확보해 나가고자 한 의식의 소산물임을 확인할 수 있다. 양부인을 비롯한 여성들의 고난사를 통해 가부장제의 현실 속에서 여성들이 직면해야 하는 어려움들이 형상화되기는 하지만 이것이 가부장제의 모순을 인식하고 이를 비판하는 내용으로 전개되지는 않는다. 오히려 그 제도 속에서 자신에게 주어진 역할을 충실히 이행함으로써 양부인처럼 성공한 어머니로서의 영광을 누

---

57 "일노조차 양부인의 거록흔 일홈이 만셩의 텬힝흐고 또흔 부듕이 고요ᄌ늑ᄒᆞ여 화긔ᄀᆞ득ᄒᆞ며 소윤 등이 츌가ᄒᆞ야 마양 ᄌ운산의셔 열낙ᄒᆞ니 시졀 사롬이 블워ᄒᆞᄂᆞᆫ 배라." 『소현셩록』 이대본 4권, 99면.

릴 수 있음을 강조하고 있다. 따라서 이 작품이 보여주는 여성적 인식은 가부장적 다처체하에서 여성들이 공통적으로 경험하는 억압적 현실에 대한 동정과 공감의 시선 이상을 넘어서지 않는다. 요컨대『소현성록』은 가부장제 속에서 위상을 정립한 어머니의 서사와 욕망에 충실하다는 점에서 가부장제의 질곡을 고발하며 여성적 의식을 강하게 표출하는 작품들과는 다른 지향을 지닌 것으로 평가되어야 할 것이다.

4. 맺음말

『소현성록』은 소설사적으로 중요성을 인정받는 작품이며 그에 걸맞게 다양한 연구 성과가 축적된 가운데 그 실체가 다각도로 구명되었다. 그러나 작품의 궁극적 지향성에 대해서는 아직도 상반된 견해들이 제기되고 있다. 이는 이 작품이 지니는 복합적인 특성에 말미암은 것이기도 하다. 따라서 이 장에서는『소현성록』의 서사에서 발견되는 이중적 면모들에 주목하여 그러한 서사를 추동하는 이면을 탐색함으로써 작품의 성격을 재조명하고자 했다.

『소현성록』의 서사 속에는 일관성이 결여되거나 모순처럼 보이는 이중적 요소들이 존재한다. 첫째, 작중에서 가장 중요한 역할을 하는 주인공 소경의 형상이 이중적 면모를 보인다. 소경은 훌륭한 관리이자 어진 남편으로 표상되는데 작중에서 과거 시험에서의 부정행위와 오해로 인한 아내 축출 행위를 그림으로써 그의 군자적 자질에 균열을 일으키고 있다. 둘째, 소경에게는 술을 비롯한 풍류 행위가 방탕으로 치부되며 엄격히 금지되는 반면 소씨 가문의 여성들에게는 너그럽게 허용된다. 셋째, 다처제하에서 여성들이 느꼈을 고뇌에 대해 공감하는 시선을 보내면서도 다처제를 인정하는 가운데 투기 행위를 엄격히 금지함으로써 여성에 대한 인식의 이중성을 드러낸다.

이와 같은 이중적 요소들이 발생하게 된 이면에는 소경의 어머니인 양부인의 욕망이 관련되어 있다. 이 작품은 소경의 이야기를 통해 양부인의 욕망을 담아내는 서사이다. 양부인은 효성의 강조와 엄격한 훈육을 통해 아들을 가문의 대표자로 양성하고자 하며 가문의 번영을 위해 다처제를 용인하고 활용한다. 이러한 과정 속에는 아들을 통해 가문을 중흥시키고 영예로운 어머니의 자리에 오르고자 하는 양부인의 욕망이 자리 잡고 있다. 양부인이 지향하는 것이 가부장제 속 영예로운 어머니라는 점에서 이 작품의 성격을 여성주의적이라고 부르기는 어렵다. 오히려 당대의 가부장적 질서를 적극 수용하면서 그 안에서 자신의 위상을 확보하고자 한 의식이 강한 것으로 보인다. 그러므로 이 작품이 보여주는 여성 인식 역시 가부장제에 입각한 가문주의적 관점을 넘어서지 않는다고 하겠다.

작품 서두나 말미의 기록, 당대 소설 창작의 동기와 향유 관습을 고려할 때 『소현성록』은 유교적 가부장제 사회에서 상층 가문의 여성들, 특히 어머니의 지위를 지닌 여성들의 욕망을 대변하는 작품이라고 할 수 있다. 따라서 며느리의 입장에 입각한 소설들과는 성격을 달리한다고 보인다. 가부장제 사회의 여성들이 다양한 처지와 입장에서 각기 다른 욕망을 지니고 있었을 것임을 감안할 때 여성 의식을 다루는 데에도 이러한 차이들이 보다 섬세하게 고려되어야 할 것이다. 한편 이 소설이 연작으로 구성되어 있으므로 후편인 『소씨삼대록』에서 여성 의식이 어떻게 계승되는지에 대해서도 앞으로 더 논의될 필요가 있다.

제2부

전통적 가족관계의
균열과 위기

제5장

『천수석』의 독특한 가족관계와 현실 인식

1. 『천수석』의 문제적 성격

『천수석泉水石』은 완질본인 9권 9책의 장서각 소장본과 낙질본인 국립중앙도서관본만 전해지다가 최근에 낙질이긴 하나 기존 작품을 보완해 줄 수 있어 주목되는 『텬싱셕』이 발견되어 총 세 가지의 이본이 전해지고 있다. 당나라 말기를 시대적 배경으로 실존 인물인 위보형과 동창 공주, 이극용, 이사원 등을 등장시키면서도 허구적 내용을 창조해 낸 국문 장편소설로서 후편 『화산선계록華山仙界錄』으로 이어지는 연작형 소설이다. 내용 면에서도 가문 구성원을 중심으로 주로 부부간의 문제를 포함한 가문 내외적 사건들을 다루고 있다는 점에서 국문 장편소설의 보편적 서사 구조를 공유하는 것처럼 보인다. 그러나 구체적 국면을 검토해 보면 여러 가지 면에서 국문 장편소설 내에서 독특한 위상을 지니는 것으로 평가된다.

『천수석』에 대한 연구는 정병욱이 낙선재본 소설들을 정리하고 국적 문제를 언급하는 데에서부터 시작되었다.[1] 이후 이상택에 의해 작품의 교주와 함께 해제 작업이 이루어졌고[2] 조동일에 의해 소설사적 관점에서의 특성이 언급되는 가운데 천상계의 약화와 욕망의 부각 등이 주목되었다.[3] 그러나 『천수석』을 작품론의 차원에서 본격적으로 연구한 것은 박순임의 논문부터이다.[4] 이 논문에서는 당나라 말기라는 시공간적 배경과 소설 내용의 동이점을 살펴 국내 창작 소설임을 밝히고, 작품 내용의 분석을 통해 중세적 지배 질서와 유교의 이원적 윤리관이 붕괴되고 초세속에서 세속으로 이행해 가는 작품으로 파악했다.

이후 『천수석』의 서사 구조와 『화산선계록』의 연작 관계에 주목한 논문들이 제출되었으며[5] 작품 성격에 대한 연구도 심화되었다. 우선 역사적 인물을 차용하고 있으면서도 국문 장편소설의 전형적 인물들과는 차별화되는 인물 형상화에 주목한 경우이다. 김정숙은 『천수석』이 영웅의 일대기 구조와 여성의 수난 구조에 입각한 인물을 형상화하고 있다고 보았다.[6] 장시광은 악인들의 발호가 두드러지는 것으로 평가받아 온 작품의 특성을 염두에 두고 여성 반동인물들에 주목하여 이들의 악행이 서사적으로 긴장감을 고조시키는 동시에 부조리한 현실 세계를 고발하는 역할을 한다고 보았다.[7] 이수경은 작품 속 인물 유형을 이념형 인물, 세속적

1   정병욱, 「낙선재문고 목록 및 해제를 내면서」, 『국어국문학』 44 · 45, 국어국문학회, 1969.
2   이상택, 「『천수석』 해제」, 『영인교주 고대소설 총서』 2, 이화여대 한국어문학연구소, 1972.
3   조동일, 『신소설의 문학사적 성격』, 한국문화연구소, 1973.
4   박순임, 「『천수석』 연구」, 한국정신문화연구원 석사논문, 1981.
5   서정민, 「『천수석』과 『화산선계록』의 대응적 성격과 연작 양상 연구」, 서울대 석사논문, 1999; 강은해, 「『천수석』과 연작 『화산선계록』 연구」, 『어문학』 71, 어문학회, 2000; 김정숙, 「조선 후기 대하소설의 서사 구조 − 『천수석』과 『화산선계록』을 중심으로」, 『반교어문연구』 34, 반교어문학회, 2013.
6   김정숙, 「『천수석』에 나타난 인물 형상화의 양상과 그 의미」, 영남대 석사논문, 1994.

욕망형 인물, 역사 속 인물로 분류하고 이 작품이 다양한 인물형 제시를 통한 인간 탐구와 인물의 극단적 대비를 통한 흥미 추구를 도모하고 있다고 보았다.[8] 채윤미는 무기력한 영웅형으로서의 위보형과 나약한 영웅형으로서의 이사원이 실패한 영웅으로서 현실 도피적으로 형상화된 것은 오히려 낭만적 해결을 모색하지 않음으로써 문제적 성격을 드러낸 것일 수 있다고 보았다.[9]

한편 송성욱은 『천수석』이 다른 장편들에 비해 파격적인 내용과 산만한 구성, 중국 역사에 대한 지나친 의존도 등에서 연의소설演義小說과 우리 소설의 전통을 접목하려고 시도했으나 작품의 완성도에서는 어설픈 측면을 보인다고 지적하고 그 이유로 여러 가지 텍스트 결함을 들었다.[10] 이후 『천수석』의 이본이면서 보다 상세한 내용을 담아내고 있는 『텬싱셕』이 발굴됨으로써 『천수석』의 미진한 점들을 어느 정도 보완할 수 있게 되었다.[11]

초기 논의들에서부터 이 작품의 현실적이고 세속적인 측면이 주목되었고 이와 같은 관점은 후속 연구들에서도 유지되었다. 먼저 진경환이 이 작품의 현실성을 추동하는 특징으로 세속적 관계와 욕망에 대한 천착을 들고 이는 19세기의 사회적 의식과 연관된다고 본 바 있다.[12] 정종대는

---

7   장시광, 「『천수석』 여성 반동인물의 행동 양상과 그 서사적 의미」, 『동양고전연구』 18, 동양고전학회, 2003.

8   이수경, 「『천수석』의 인물 성격 연구」, 충북대 석사논문, 2013.

9   채윤미, 「『천수석』에 나타난 영웅의 문제적 형상」, 『국문학연구』 27, 국문학회, 2013.

10   송성욱, 「『천수석』의 텍스트 결함에 대하여」, 『한국고전연구』 10, 한국고전연구학회, 2004.

11   『텬싱셕』은 총 일곱 권 중 네 권만이 발견된 낙질로서 다른 모본을 토대로 필사된 것으로 추측되는 작품이다. 박재연·채윤미 교주, 『텬싱셕』, 학고방, 2013. 축약이 심했던 기존의 『천수석』에 비해 상세한 내용을 갖추고 있어 송성욱이 지적했던 문맥의 오류들을 바로잡을 수 있게 하고 나아가 정밀한 작품 분석에 있어서도 중요한 역할을 한다.

이 작품이 비관적 현실론에 입각해 있으나 현실의 혼란 속에서 가문을 보존하고자 하는 가족 의식이 강조되고 있다고 보았다.[13] 이에 반해 장시광은 이 작품의 특징 중 하나로 가문 의식의 약화를 들고 이는 가문 의식이 크게 부각되지 않았던 시기의 산물임을 반영하는 것으로 보았다.[14]

한편 이 작품의 두드러진 특징으로 악인의 애욕에 주목한 연구들이 있다. 강문종은 이초혜가 대표적 악인으로 설정되어 있지만 작품을 관통하는 주요 인물이라고 보고 그 욕망에 주목하여 작품이 불륜의 서사를 핍진하게 형상화하는 가운데 윤리와 도덕에 길들여지지 않는 인간의 욕망을 현실주의적 시각에서 그려내고 있다고 보았다.[15] 조혜란도 작품 속에서 이초혜가 음녀로 매도되고 있지만 그 이면에는 이루지 못한 첫사랑에 대한 집착과 감정적 갈구가 자리 잡고 있다고 보았다.[16] 조광국은 『천수석』이 에로스를 전방위적으로 형상화한 작품이라고 보고 육신적 에로스에 의한 파멸과 그에 대한 대안으로서의 정신적 에로스 추구를 그려내되 그런 정신적 에로스의 근원을 도가적 초월계와 무위자연의 삶에 둔 작품이라고 평했다.[17] 그 밖에도 『천수석』의 서술 문체나 묘사 담론에 주목한 연구,[18] 도선적 성격에 주목한 연구,[19] 작품의 설화 수용 양상을 살핀 연구[20]

---

12 진경환, 「『천수석』 소고」, 『어문논집』 29, 안암어문학회, 1990, 114면.

13 정종대, 「『천수석』의 가정소설적 성격」, 『국어교육』 85, 한국국어교육연구회, 1994.

14 장시광, 앞의 글, 66~67면.

15 강문종, 「불륜으로 읽는 『천수석』」, 『영주어문』 28, 영주어문학회, 2014.

16 조혜란, 「한국 고전문학에 나타난 불륜의 사랑」, 『일본학연구』 49, 단국대 일본학연구소, 2016.

17 조광국, 「『천수석』에 구현된 에로스의 양상과 작가의 비판 의식」, 『고소설연구』 43, 한국고소설학회, 2017.

18 정하영, 「낙선재본 소설의 서술문체 서설 - 『천수석』을 중심으로」, 『정신문화연구』 14-3, 한국정신문화연구원, 1991; 강은해, 「『천수석』의 서술 구조와 묘사 담론 연구」, 『국어국문학』 113, 국어국문학회, 1995.

등이 있다.

이상의 선행 연구들을 통해 『천수석』이 국문 장편소설 중에서 현실주의적 성격을 강하게 드러내는 작품이라는 점이 주목되었음을 알 수 있다. 특히 인물 형상화에 대한 관심이 지속되는 가운데 최근에는 현실적 욕망 추구에 주목하여 악인들의 애정욕을 천착한 연구들이 다수 도출되었다.

이 장에서는 이와 같은 연구 성과들을 바탕으로 가족관계의 측면에서 『천수석』의 특징을 살펴보기로 한다. 가문 의식에 대해서는 논자에 따라 의견이 나뉘지만 이 작품 역시 여타의 국문 장편소설처럼 가문과 그 가족 구성원을 중심으로 전개되는 서사 구조를 지니고 있다. 사회의 근간을 이루는 기본 단위로서 가족이 지니는 의미는 동서고금을 막론하고 중시되었지만 특히 중세 봉건 체제에서 상층 가문을 중심으로 형성된 가족관계는 국가의 기틀을 마련하고 지배 윤리를 생성하는 중요한 준거로서 기능했다. 따라서 상층 가문을 중심으로 전개되는 다수의 국문 장편소설에서 가족관계는 서사의 핵심 요소로서 가치관 및 세계관을 엿볼 수 있게 하는 단서들을 제공한다. 그중 유형성을 보이는 다수 국문 장편소설들의 경우 가족관계가 비슷한 패턴을 그리며 당대 사회를 반영해 내는 경우가 많다. 부계 혈족 중심의 가문 구도, 일부다처의 상황 속에서 부인 간 혹은 자녀 간 위계의 구별 등을 통해 소설에서 바람직하게 생각하는 가족의 모습을 구현해 내는 것이다.

그런데 『천수석』의 경우 그와 같은 구도에서 벗어나는 독특한 가족관

---

19 김재웅, 「가문소설에 나타난 도가 사상-『천수석』을 중심으로」, 『국문학과 도교』, 한국고전문학회, 1998; 강은해, 「『천수석』과 연작 『화산선계록』 연구」, 『어문학』 71, 어문학회, 2000.

20 변우복, 「『천수석』의 설화 수용 양상」, 『청람어문교육』 7-1, 청람어문학회 1992.

계를 형상화하고 있다는 점에서 주목된다. 그 이면에는 가족을 근간으로 하는 인간관계에 대한 성찰과 현실 인식이 자리 잡고 있다. 따라서 이 작품의 가족관계가 지닌 특성을 살피고 그 의미를 고찰함으로써 새로운 관점에서 『천수석』의 성격과 소설사적 의미를 검토할 것이다. 대상 자료로는 완질로 전하는 9권 9책의 한국학중앙연구원본과[21] 낙질이지만 더 상세한 내용을 수록하고 있는 『텬싱셕』을[22] 함께 참고했다.

2. 가부장제의 모순과 가족관계의 동요

1) 파행적인 가계 계승

가문 의식을 드러내는 소설들에서는 가문의 창달과 관련하여 가계 계승 문제를 중요하게 다룬다. 적장자의 자질에 대해 진지한 고민을 담아내는 『창선감의록』, 계후를 둘러싼 친형제 간의 갈등을 그리는 『유효공선행록柳孝公善行錄』, 입양자의 가계 계승 문제를 그리는 『완월회맹연』 등을 통해 상층 가문의 계후 문제가 매우 중요하게 취급된 사례들을 확인할 수 있다. 『천수석』 역시 위보형을 중심으로 위씨 가문을 둘러싼 이야기를 전개하고 있다는 점에서 국문 장편소설의 가문 중심 서사와 맥을 같이 하는 것처럼 보인다. 그러나 좀 더 세밀히 따져보면 특출난 인물인 위보형을 내세워 위씨 가문의 부침을 그리기는 하되 그것이 가계 계승이나 가권 획득의 문제와 연결되지 않는다는 점에서 다수의 국문 장편소설과는 다른 면모를 보인다.

---

21 『필사본 고전소설 전집』 23, 아세아문화사, 1980.
22 박재연·채윤미 교주, 『텬싱셕』, 학고방, 2013.

우선 작품의 주인공이자 위씨 가문의 미래를 짊어질 인물로 부각되는 위보형은 위광미의 셋째 아들로 설정되어 있다. 위광미는 세 명의 부인을 두었는데 첫째 부인인 한씨가 원형과 경형, 한씨 사후에 맞이한 이씨가 보형, 양씨가 진형, 중형을 낳아 총 다섯 명의 아들이 있다. 따라서 애당초 위보형은 적장자 중심의 승계 구도에서는 거리가 먼 편이다. 위보형 스스로도 외삼촌이자 스승인 이 처사의 탈속적 삶을 동경할 뿐 가문과 개인의 영달에 큰 관심이 없다. 본인의 의지와는 무관하게 사혼교지 賜婚敎旨를 받고 동창 공주와 혼인함으로써 정계의 주목을 받게 되고 위씨 가문의 주축이 되지만 이것이 가내 권력 구도와 연계되지는 않는다. 배다른 어머니인 양씨가 보형과 그 아내들을 공격하는 이유도 시기와 질투에 기인하는 것으로 그려질 뿐 가계 계승 문제와 연결되는 것은 아니다. 이처럼 이 작품은 전반적으로 계후의 문제에 민감하지 않은 편이다. 가문 구성원 중 가장 잘난 위보형이 부각되기는 하나 서사에서 가문의 계승자 및 가권에 대한 인식이 두드러지지 않는다.

이러한 특징은 위보형과 설옥영의 아들 사원의 경우 더욱 독특한 양상으로 전개된다. 사원은 친모인 설옥영이 악인들의 공격으로 인해 위기에 빠짐으로써 더불어 목숨이 위태로운 처지였으나 동창 공주에 의해 보호받으며 양육된다. 친모가 아닌 동창 공주의 품에서 자란 사원에게는 혈연관계는 아닐지라도 동창 공주가 어머니와 같은 존재이다. 그러나 동창 공주마저 요절하고 위씨 가문이 혼란에 빠진 와중에 사원은 악인들에게 유괴되었다가 이극용에게 구출되어 그의 양자 이사원으로서 성장한다. 이후 진왕이 된 이극용의 슬하에서 당말唐末 오대五代의 혼란기를 겪은 끝에 명종으로 추대되는데, 이처럼 복잡한 성장기를 겪는 과정에서 사원에게는 위씨와 이씨의 두 가지 정체성이 공존하게 된다.

그가 위보형과 설옥영, 동창 공주에게 음해를 가한 세력들에게 복수를 하는 것은 혈육에 입각한 위사원으로서의 행동이지만 황제의 지위에 추존된 것은 이극용의 아들 이사원으로서 쌓아 온 업적과 명망 때문이다. 그런데 엄밀히 따지자면 사원에게는 위씨로서의 정체성보다는 이씨로서의 정체성이 더 크다고 보인다. 유아기 이후 본 가족과는 단절된 채 이사원으로서의 삶을 살아온 그에게 위씨는 잃어버린 혈육으로서의 고향, 본원과 같은 의미를 지닐 뿐이다. 따라서 친부모를 찾은 후에도 위씨 가문 구성원으로서의 지위를 회복하지 않고 양부 이극용의 아들로서 정치권에서 활약하다가 보위에 오르는 등 이사원으로서의 삶을 지속한다. 이처럼 고전소설에서 주인공의 장남을 다른 가문의 양자가 되어 성을 바꾼 채 살아가도록 설정하는 것은 매우 이례적인 일이다.

그런데 작품에서는 이사원의 자식 대에서 또 한 번의 파격을 보인다. 이사원은 두 명의 양자를 들인 후 친아들 복성에게는 위씨 성을 잇게 하여 동창 공주의 제사를 모시게 한다. 후사 계승과 관련하여 자신의 친아들에게 본인이 일궈 놓은 정치적 기반을 계승시키고자 하는 의식이 없는 것이다.[23] 이러한 설정을 위씨 가문의 계승을 위한 가문 중심적 사고 때문이라고 보기도 어렵다. 이사원이 아들에게 위씨 성을 따르게 한 주된 이유가 자신을 길러 준 동창 공주에 대한 추모와 제사 때문인 탓이다.[24]

---

23 아직 이사원이 황제에 등극하기 이전의 일이므로 이 문제를 황권의 문제로 확대하기는 곤란하지만 이사원이 황제의 지위에 오르기까지 다져 놓은 정치적 기반 역시 무시할 수 없다.

24 이극용의 양자로서 이사원이 된 그가 자신의 아들 복성에게 위씨 성을 하사하는 데에는 아들을 통해 위씨 가문의 명맥을 잇겠다는 가문 중심적 사고보다는 자신을 길러준 어머니로서 불행하게 생을 마감한 동창 공주의 제사를 모시도록 하겠다는 동기가 더 크게 작용한 것으로 파악된다. "싱남ᄒ니 용뫼 청슈ᄒ고 긔골이 비범ᄒ더라. 명을 복성이라 ᄒ여 동창공쥬 졔스을 닛고져 ᄒ더라."『천수석』권지구;『필사본 고전소설 전집』

게다가 군이 셋째아들인 위보형의 자식이자 다른 가문의 양자가 된 이사원이 위씨 가문의 계승에 대한 책임 의식을 지닐 이유도 없다. 위광미의 장남인 원형과 차남인 경형이 존재하기 때문이다. 이에 위복성이 위씨 가문의 은거지인 화주로 돌아가는 것으로 작품이 종결되고 후편『화산선계록』에서는 위복성과 그 자식들을 중심으로 한 서사가 전개된다.

이처럼『천수석』의 중심축에는 "위광미의 셋째 아들인 위보형→그의 장남이지만 이극용의 아들로 성장한 이사원→이사원의 친자로서 위씨 성을 물려받은 위복성"으로 이어지는 독특한 계승 형태가 자리 잡고 있다. 정통성을 중시했던 조선 후기의 가계 계승 관습에 비추어볼 때 이와 같은 양상은 매우 예외적인 것이다. 이는 위씨 가문이 현세적 고난을 겪은 후 탈속적 지향을 보이는 가운데[25] 황제 이사원의 후광을 지닌 위복성마저도 정치권에서 떠나는 결말을 그리는 것과도 관련지어 생각해 볼 문제이다. 요컨대『천수석』은 주인공들이 현세를 떠나 탈속적 삶을 사는 것으로 마무리됨으로써 현실 속 가문의 창달을 그리는 국문 장편소설의 일반적 관행과 차이를 보이는데 그러한 특성을 단적으로 보여주는 것이 바로 가계 계승을 둘러싼 독특한 시각과 설정이라고 하겠다.

23, 아세아문화사, 1980, 687면. "부왕 싱시의 신의 즈 복셩을 도로 위시를 쥬어 동창공쥬의 후ᄉ를 이으라 ᄒ시더니"『천수석』권지구;『필사본 고전소설 전집』23, 아세아문화사, 1980, 690면.

25 위보형 일가는 동창 공주의 사망 후 정치권에서 물러나 선계로 들어가는 것으로 그려진다. 그러나 이들이 속세를 떠나는 데에는 정치적 실각의 영향이 컸으므로 이들의 탈속 지향은 도선적 선망이라기보다는 현실 패배의 성격이 짙다고 보인다. 이와 더불어 이들이 선계에서 이미 죽은 동창 공주와 공존하고 있다는 점을 고려할 때 선계는 곧 죽음을 의미한다고도 볼 수 있다.

2) 화합하는 일부다처의 역설

국문 장편소설의 가문 중심 서사에서 계후를 둘러싼 갈등과 더불어 중요하게 형상화되는 것이 부부관계를 둘러싼 문제들이다. 각기 다른 가문에서 성장한 남녀가 중매혼에 의해 얼굴도 모른 채 부부로서 새로운 가족이 되는 과정은 개인적인 차원에서도 모험적인 사건이지만 가문 차원에서도 외적 확대와 내적 결속이라는 점에서 중대한 변화를 가져올 수 있는 문제였다. 특히 처첩제를 인정하는 일부다처의 상황에서는 여성 간 위계와 총애를 둘러싼 갈등 요소가 잠재되어 있었으며 이 경우 가문 내부의 혼란이 발생할 위험성이 컸다.

『천수석』의 경우에도 사혼賜婚 모티프를 활용하여 공주와의 혼인을 위해 본부인이 쫓겨나게 되는 상황을 다룸으로써 심각한 부부관계를 형상화하고 있다.[26] 위보형은 이미 설옥영과 혼인을 한 상태였으나 사혼 명령으로 강제 이혼 후 동창 공주와 결혼하게 된다. 이러한 사혼 형태가 위보형 입장에서는 전혀 원치 않았던 혼인이라는 점과 설옥영 입장에서는 부당하게 강제 이혼을 강요하는 권력의 횡포라는 점을 고려하면[27] 동창 공주와의 혼인을 둘러싸고 이들 삼자 사이에 심각한 갈등이 발생하는 것이 당연하며 많은 장편소설에서 그러한 문제를 중요하게 다루고 있다.

사혼 모티프는 국문 장편소설에서 다양한 갈등을 파생시킬 수 있는 대표적 흥미소로 기능한다. 사혼을 둘러싼 당사자 간의 삼각 구도는 주인

26　고전소설에서 사혼 모티프는 권력과 혼인의 관계를 상징적으로 보여주는 표지로서 등장하곤 한다. 황실로부터의 사혼 교지는 주인공 가문의 입지와 영광을 드러내는 징표이면서 동시에 혼인이 한 가문 혹은 개인의 차원이 아니라 국가 권력에 의한 간섭 대상이 되는 현실적 문제를 고발하는 것이기도 하다.

27　소설 속에서 그리는 사혼의 경우 대개 약혼자나 정혼자가 파혼, 또는 이혼을 당하거나 정실이 아닌 부실로 위차가 강등되는 억울한 상황에 처하게 된다.

공 남녀 사이의 심리적 대결과 여성 간의 쟁총 대결이라는 통속적이면서도 현실적인 문제를 가시화하여 서사적 재미를 끌어올릴 수 있는 대표적 장치이다. 그런데 『천수석』의 사혼 서사는 그와 같은 전형적 흥미소의 모습에서 벗어나 있다. 이 작품은 사혼 모티프를 부부관계에 갈등을 유발하는 통속적 흥미소로서 활용하는 대신 부조리한 현실을 드러내는 데 동원한다. 위보형과 동창 공주의 혼인 및 그 과정에서 설옥영이 겪게 되는 고난은 황제로 상징되는 절대 권력의 횡포, 그리고 그 주변의 타락한 세력에 의해 공주와 그 시가까지도 위험에 처할 수 있는 현실을 생생하게 재현한다.

그리고 그러한 현실에 맞서는 세 명의 주인공 사이에는 강한 연대가 형성되는 것으로 그린다. 위보형은 동창 공주와의 혼인에 강하게 반발했었지만 혼인 후에는 공주의 인품에 안도하며 화락한 부부관계를 유지하는 한편 설옥영에게는 미안한 마음으로 애틋함을 전한다. 동창 공주와 설옥영의 관계에서도 대결 구도는 존재하지 않는다. 비록 설옥영이 동창 공주의 모친인 곽숙비의 횡포로 인해 갖은 고초를 겪지만 동창 공주가 설옥영을 보호하고 설옥영이 낳은 아들을 자신의 자식처럼 기름으로써 두 여성 사이에 반목과 질시보다는 연민과 연대의 기류가 형성되고 있다.

그 대신 주인공들을 둘러싼 외부의 음모로 인해 위보형, 설옥영, 동창 공주를 둘러싼 심각한 사건들이 지속된다. 이로 인해 부부 연을 맺은 당사자들 간에는 원만한 관계가 유지됨에도 불구하고 안락한 부부관계를 바탕으로 한 평범한 가족의 일상은 불가능해진다. 이처럼 주인공 부부를 둘러싼 갈등 관계는 내부의 문제가 아니라 철저히 외부의 인물들에 의해 발생하는 것으로 설정됨으로써 부부 삼자를 둘러싼 사건 자체는 매우 심각한 반면 당사자들 간에는 아무 갈등 없이 오히려 외부 공격에 대응하기 위해 더욱 내적 결속력을 다지는 모습들이 연출된다.

그러나 이들의 화합이 주인공 및 그 가문의 궁극적인 행복으로 연결되지 못한다는 점을 주목할 필요가 있다. 일부다처의 상황을 용인하는 가부장제하에서 남편과 여러 부인들 사이가 갈등 없이 안정화되는 것은 개인뿐 아니라 가문 차원에서도 바라 마지않는 이상적 상황이다. 따라서 그러한 안정된 상태는 모든 갈등이 해결되고 가문 및 그 구성원들이 행복과 번영을 구가하는 결말부의 내용으로 주어진다. 그런데 『천수석』의 경우 세 명의 남녀가 보여주는 화합과 연대에도 불구하고 그 결과는 비극적이다. 동창 공주가 요절하고 위보형과 설옥영은 속세를 떠남으로써 이들이 현실 속에서 함께 행복을 누릴 가능성은 제거되어 버린다. 결국 작중에서 위보형은 현숙한 두 부인을 두었으나 단 한 번도 그들을 동시에 거느리고 화목한 가족의 행복을 누린 적이 없다.[28] 이러한 상황은 이 작품 속 화합하는 이상적 부부관계가 행복한 현실이 아닌 비극적 현실과 결부되는 아이러니를 연출한다. 부조리에 맞서 운명 공동체로서 공생하기 위해 결속하는 주인공들의 아름다운 연대가 좌절되고 마는 서사 속에는 주인공 및 그 가문의 처지와 패배의 비극적 암시가 내포되어 있다.

이처럼 세 명의 주인공 각자에게 상황적 딜레마를 부여하기는 하되 이들이 어쩔 수 없이 맞이한 상황 속에서 최선을 다해 인격적으로 서로를 이해하고 협력하는 모습을 그리는 것, 특히 사혼 과정에서 서로 적대적인 관계가 될 수도 있었던 여성들이 연대를 이루는 모습은 부조리와 탐욕으로 얼룩진 세상에서 인간의 고귀한 품성을 되새기게 한다는 점에서 의미가 있다. 그러나 그러한 아름다운 연대의 강조 이면에 부정적인 현실 인

---

28 동창 공주와 설옥영도 서로를 신뢰하는 가운데 동지적 관계를 유지했음에도 불구하고 한 공간에서 가족으로서 서로 대면한 적은 없다.

식이 깔려 있다는 것도 기억할 필요가 있다.

한편 그 시대적 모순에는 가부장제적 문제도 포함되어 있다. 엄밀히 따지자면 설옥영과 동창 공주는 남편 위보형 때문에 위험에 빠지고 고난을 겪는 것이다. 위보형을 공격하는 과정에서 그 아내들이 먼저 희생양이 되는데 남편으로서 이들에 대한 보호의 의무가 있는 위보형은 무력하기만 하다. 남편으로 인해 위험에 빠졌으나 남편으로부터 아무런 보호도 받을 수 없는 이들의 상황은 여성의 존재를 남성에게 구속시킨 삼종지도 이데올로기의 기만과 허상을 드러내는 역할을 한다. 작품에서는 그 책임 소재를 외부의 악인들에게 전가하고 부부간에는 결속력을 강화함으로써 문제의 본질을 희석하고 있지만 그렇다고 해서 가부장제의 내적 모순이 완전히 가려지는 것은 아니다.

3) 악인의 계보 및 여성과 친정의 관계

위씨 가문의 일원이면서 대표적 악인이기도 한 양씨와 그 동모자同謀者들의 관계도 독특하다. 양씨는 위광미의 셋째 부인으로서 미첩다재眉睫多才하나 구밀복검口蜜腹劍인 인물로 묘사된다. 양씨는 진형과 중형 두 아들과 딸 설아를 낳았으나 둘째 부인 이씨의 아들 보형을 시기하여 악행을 저지른다. 본격적인 악행은 위보형과 설옥영의 혼인을 계기로 시작되는데 이들의 혼사를 무산시키기 위해 친정 쪽 인물인 간옥지와 이초혜를 끌어들인다. 이들의 애욕을 부추겨 두 주인공의 결연을 막고자 하는 것이다.

그런데 양씨가 악행을 도모하는 과정에서 결탁하는 사람들은 주로 친정 쪽 인물들이다. 양씨, 간옥지, 이초혜가 작품의 주요 반동인물로서 부각되는 가운데 양씨의 친정 부모와 오라비, 그리고 자매들과 그 남편들까지도 직간접적으로 악행에 가담한다. 그중 대표 악인인 간옥지는 양씨의 이종 조카이고,[29] 이초혜는 양씨 언니의 외손녀이다.[30] 이들이 주인 공들에게 위해를 가하는 이유는 제각각이다. 양씨는 시기심으로, 이초혜와 간옥지는 성적 욕망으로, 양씨의 오빠들은 권력욕으로 이 일에 가담하며 양씨의 모친이나 언니들은 가족적 유대감으로 동모한다. 결국 이들은 조정의 무리와 결탁해서 태의들을 매수하여 동창 공주를 독살한 죄상이 밝혀져 대부분 사형당하거나 유배된다. 요행히 살아남은 양씨와 이초혜, 간옥지는 위보형의 아들 사원을 납치하는 등 위씨 가문에 대한 공격을 멈추지 않는다. 그러나 결국 양씨는 친정 식구들에 이어 두 아들마저 잃고 실의에 빠진 채 세상을 떠나고, 간옥지와 이초혜는 사원에 의해 죽임을 당함으로써 이들의 악행도 끝을 맺게 된다.

이러한 서사는 전형적인 선악 구도에 입각해 있다. 그런데 양씨가 저지르는 악행의 지속성과 강도를 고려할 때 악행 동기가 약한 편이다. 일반적으로 배다른 어머니와 자식 간의 갈등 구도에는 시기 질투와 더불어 자기 소생과의 경쟁 구도가 개입하게 마련이고 그들이 쟁취하고자 하는 실질적 권력으로서 가계 계승권이 설정되는 것이 대표적이다. 그런데 이 작품에서는 위보형이나 양씨의 두 아들이나 가계 계승권을 다툴 처지가 아니다. 비록 위보형이 형제 중 가장 뛰어나고 촉망받는 아들이기는 해도 위광미의 첫째와 둘째 아들들도 과거에서 3등과 4등을 할 정도로 재능이 있는 인물들로서 가계 계승 구도에 문제가 생길 여지가 없다. 그러므로 양씨가 위보형을 공격함으로써 얻을 수 있는 현실적 이권은 별로

---

29 간옥지는 양씨의 언니인 간국구 부인의 아들이다.

30 이초혜는 이금오 부인의 딸인데 이금오 부인이 양씨의 또 다른 언니인 곽국구 부인의 배다른 딸이므로 양씨와 이초혜 사이에 직접적인 혈연관계는 없지만 친정 쪽으로 손녀뻘에 해당하는 관계이다.

없다. 그저 위보형이 잘되는 꼴이 보기 싫어 해코지를 하는 것일 뿐이다.

이와 더불어 양씨 소생들의 행동과 태도도 주목된다. 자궁 가족 갈등을 그리는 경우[31] 어머니와 자식들이 동모하여 배다른 자식들과의 대립 관계를 형성하는 것이 일반적인 데 비해 이 작품 속 양씨의 소생들은 위보형과 별다른 갈등을 빚지 않는다. 오히려 이들이 후에 위보형, 이사원과 힘을 합쳐 황소의 난을 진압하는 등 동지적 관계를 형성하고 있는 것으로 그려진다. 서사 전반에서 양씨의 악행이 부각되는 반면 그 아들들의 서사는 매우 미미한 편이며 작품 말미에 양씨의 비참한 말로를 묘사하는 과정에서 이들이 이미 죽은 것으로 언급될 뿐이다. 양씨의 딸 설아도 어머니의 악행을 부끄럽고 안타깝게 생각하며 주인공들에게 도움을 주는 것으로 그려진다. 이처럼 양씨의 악행 동기가 자기 자식들의 실질적인 이권과 관련 없이 개인적인 차원의 질투심으로 설정됨으로써 집요하게 지속되는 악행의 개연성이 큰 설득력을 지니지 못하는 점은 이 소설의 가족 내 선악 구도가 지니는 독특한 점이자 서사적 약점이라고도 할 수 있다.

그런데 양씨는 자식들과 공모하지 않는 대신 친정 식구들과 결탁한다. 앞서 설명한 것처럼 이 작품의 악인 무리는 모두 직간접적으로 양씨의 친정과 관련된 인물들이다. 그들이 각각 성욕이나 권력욕 등 나름의 이익을 추구하기 위해 결탁하므로 가족 차원의 뚜렷한 공동 목표가 존재하는 것은 아니다. 이처럼 각기 다른 욕망을 품은 악인들은 자신의 이익이 훼손되거나 위태로운 처지에 이를 경우 내부 분열을 일으키며 몰락하는 것이

---

31 '자궁 가족'은 남성들의 가문과는 별도로 어머니로서 여성 중심의 사적 가족 형태를 지칭하며 가족 간의 유대는 주로 감성과 충성심에 기초하지만 구성원에게는 공식적 가족 못지않은 구속력을 가졌다. 조혜정, 『한국의 여성과 남성』, 문학과지성사, 1988, 79면.

일반적이다. 그런데 이 작품의 경우 이들이 가족적 관계를 맺고 있기 때문에 각기 다른 욕망에도 불구하고 내적 결속력이 강한 편이다. 작품 속에서 이들이 위보형과 그 가족들을 대상으로 극악한 행위를 자행하는 이유가 설득력 있게 제시되지 않음에도 불구하고 악인들이 가족으로서 강한 결속력을 지니고 있다는 생각이 그러한 의문들을 쉽게 망각한 채 이들을 악의 무리로 규정하고 적대시하도록 유도하는 효과를 발휘한다.

따라서 양씨와 그 친정 쪽 사람들을 악으로 설정하는 것이 어떤 의미를 지니는지 좀 더 따져 볼 필요가 있다. 우선 이 작품은 가계 계승에서만이 아니라 악의 형상화에서도 혈통적 사고를 벗어나 있다. 양씨의 친자식들은 모두 어머니와는 달리 악하지 않다. 이러한 관계 속에서 양씨의 악행은 자기 소생의 이익을 대변하기 위한 것이 아닌 개인적 욕망과 성품의 결과로서 부각된다. 그럼 양씨가 왜 친정 식구들과 결탁하는 것일까? 그 주된 이유는 친밀성 때문이라고 보인다. 가부장제 사회에서 외부 활동의 제약을 받았던 여성들이 동원할 수 있는 대상은 그리 많지 않다. 따라서 대부분의 악녀들이 동모자로 삼는 존재가 가장 가까이에 있는 시녀나 유모들로 그려지는 경우가 많다. 외부 세력과의 결탁도 이들을 매개로 이루어지곤 한다. 양씨의 경우에는 그 대상으로서 친정 쪽 인물들을 끌어들인다. 친정의 관계 역시 기본적으로는 혈연에 입각한 것이기는 하지만 이를 혈연 중심적 사고로 단정하기는 곤란한 면이 있다. 이초혜와 같은 경우 친정 쪽 인물이기는 하지만 양씨와 피 한 방울 섞이지 않은 관계이다. 따라서 양씨와 함께 악행을 도모하는 동모 집단으로서의 친정 계보는 악의 유전적 속성을 염두에 둔 것이기보다 같은 환경에서 친밀성을 지니고 비슷한 가치관을 키워온 존재들로서 이해하는 것이 적절할 듯하다. 같은 맥락에서 양씨의 친자식들이 선한 이유도 어머니의 악함과는 상관없이 위씨 가문의 환경과 교육이 그들의 인성을 형성하는 데 더 중요한 요소로 작용했음을 보여준다.

이처럼 악인의 무리를 양씨와 그 친정의 일원들로 설정하는 이면에는 당대 사회의 복잡한 사정들이 반영되어 있다고 보인다. 우선 주인공 가문의 입장에서는 악의 세력을 가문 외부에 설정함으로써 위씨 가문 내부 구성원들의 도덕성이 훼손되는 것을 방지할 수 있다. 양씨는 가문 공동체를 위협하는 불온한 성정을 지녔기에 가문의 일원이면서도 배척된다. 양씨와 친정 식구들을 악의 무리로 형상화하는 배경에는 가부장제 사회 기혼 여성들의 취약한 입지가 자리하고 있을 것이다. 비록 양씨가 위씨 성을 지닌 세 자녀를 낳았음에도 불구하고 가문의 질서 유지에 저해가 되는 경우 타 가문의 사람인 타자로 간주될 뿐이다. 이로 인해 양씨의 악행도 가문 내부의 문제가 아니라 위씨와는 무관한 외부의 문제로 호도된다. 이 과정에서 정작 가장으로서 제가齊家의 책무를 지닌 위광미의 잘못은 은폐되어 버린다.

한편 각도를 달리하여 보자면 남편이나 시가보다는 친정 부모나 자매들과 더 깊은 유대감을 형성하고 있는 기혼 여성의 모습을 읽어낼 수 있다. 비록 양씨처럼 자신이 낳은 자식들보다도 친부모, 형제자매와 더 친밀한 관계를 맺고 있는 여성의 모습이 악행의 동모라는 형태로 제시되기 때문에 부정적으로 인식될 여지가 있지만 그러한 부정적 혐의가 씌워진 이면을 고려할 필요가 있다. 친영제親迎制를 통해 여성의 시집살이를 바람직한 가족관계로 정착시키고자 했던 조선 후기의 가부장제하에서 혼인한 여성이 친정과의 유대관계를 지속하는 것이 바람직하게 여겨졌을 리 없기 때문이다. 따라서 악의 세력으로 구축된 양씨와 그 친정 일족을 통해 역으로 여성의 친정 친연적 태도와 이를 불온하게 인식하며 악의 결

집이라는 혐의를 씌움으로써 배척하고 왜곡하는 가부장제의 시선을 포착할 수도 있는 것이다.[32]

이처럼 양씨와 그 친정 계보를 바탕으로 악인의 결속을 그리는 것은 가족의 관점에서 기혼 여성을 어떻게 바라보는지에 대한 작품의 시각을 엿볼 수 있게 한다는 점에서 중요하다. 이를 통해 친영제 등을 통해 가부장적 질서를 강화하고자 했던 제도적 억압과 그 안에서 나름의 주체성을 확보하고자 했던 여성들의 실제적인 모습이 혼재된 가운데 입장에 따라 다양한 가치관이 충돌하고 있었을 당대 상황을 짐작할 수 있다.

3. 가문 의식의 불안정성과 현실 인식

1) 종법과 혈연의 탈중심화

이 작품은 다수의 국문 장편소설에서 형상화하는 전형적인 가족관계에서 벗어난 인물 구도와 사건들을 그리고 있다. 상층 가문을 둘러싼 문제를 그리는 국문 장편소설에서 중시하는 가족적 관점으로 종법제宗法制에 입각한 적장자 가계 계승주의와 혈연 중심적 사고를 들 수 있다. 이러한 내용은 조선 후기 가부장제 사회의 핵심 문제들과 관련된 것이기도 하다. 그런데 위에서 살펴본 것처럼 『천수석』이 그리는 가족관계는 여타

---

32 조선 중기 이후 가부장제가 지속적으로 강화되어 가는 경향성을 보였음에도 불구하고 친영제의 정착과 가부장권의 강화를 기반으로 한 부계 혈연 집단이 가족제도의 핵심으로 자리 잡게 되는 것은 17세기 중엽 이후부터 18세기 중엽에 이르러서야 가능했다는 점을 고려하면 이러한 내용은 부계 중심 가부장제 확립 과정의 과도기적 양상을 반영하고 있다고 하겠다. 이창기, 「성리학의 도입과 한국 가족제도의 변화」, 『민족문화논총』 46, 영남대 민족문화연구소, 2010, 122~123면.

의 작품들과는 다른 모습을 보이므로 이 작품의 가족관이 차별화되는 지점이 무엇이며 그것이 지니는 의미가 무엇인지 살펴보기로 한다.

우선 이 작품은 가계 계승을 둘러싼 권력 구도에 큰 관심을 기울이지 않는다. 주인공인 위보형을 셋째아들로 설정해 놓은 후 계후 문제와 관련된 갈등을 전혀 다루지 않는다. 이 외에도 이 작품이 가문의 계승 문제에 큰 관심이 없음은 장남인 원형의 후사에 대한 언급이 없으며, 결국 위씨 가문의 가계 계승이 제대로 설명되지 않은 채 작품이 종결되는 것을 통해서도 알 수 있다. 비록 위복성에 의해 위씨 가문의 명맥이 유지되고 후편 『화산선계록』에서 그 후손들의 이야기가 전개되기는 하지만 『천수석』만으로 보자면 위씨 가문의 종통宗統을 승계할 장남의 행적은 어떻게 되었는지 불분명한 가운데 가문을 부흥시킬 재목으로 촉망받던 위보형마저 속세를 떠남으로써 가문의 계승 문제가 매우 애매하게 처리되고 있는 것이다. 이는 가계 계승 구도를 중시하는 가운데 주인공 가문의 지속적인 영화를 강조하는 고전소설의 관습적 태도와는 거리가 먼 서사 전개 및 결말부이다.

『천수석』의 가족관계에서 발견되는 또 하나의 특이점으로 혈연주의를 벗어나는 사고를 들 수 있다. 그 중심에 있는 인물이 위사원이사원이다. 그는 설옥영의 아들임에도 불구하고 동창 공주의 손에 양육되며 그 은혜를 잊지 못해 동창 공주의 모친인 곽숙비를 모시고, 자신의 아들 복성에게 동창 공주의 제사를 받들게 한다. 피 한 방울 섞이지 않은 동창 공주와의 유대감이 친모보다도 더 크게 그려지는 것이다. 혈연관계를 뛰어넘는 친연성을 강조하기 위해 사원이 친가인 위씨나 외가인 설씨가 아닌 동창 공주의 조부 선종을 닮은 것으로 묘사하는 것도 의미심장하다.[33] 이 부분은 후에 사원이 당나라 황제의 계보를 잇게 하기 위한 복선일 수도 있지만 혈통을 중시하는 관점에서라면 쉽게 형상화하기 어려운 내용이다.

이처럼 혈통주의에 크게 구애받지 않는 가족관이 극대화된 부분은 위사원이 이극용의 양자로서 이사원이 된 것이다. 위사원은 이 소설의 주인공 위보형의 장남임에도 불구하고 다른 성씨인 이극용의 양자가 된 후 이씨의 정체성으로 나머지 생을 살아간다. 이러한 내용은 혈연 중심적 사고가 강하게 지배하던 당대 가족관에 비추어볼 때 매우 특이한 것이라고 할 수 있다.[34] 소설 속에서 악인에 의해 주인공 가문의 아이들이 유괴되거나 실종되는 이야기들이 자주 등장하기는 하나 결국은 가문으로 복귀하는 것이 보편적이다. 또한 이 소설의 시대적 배경으로 설정된 당말 오대에 실제로 그러한 양자 풍속이 보편화되어 있었다고 하더라도[35] 소설 속에서 그 부분을 그대로 형상화하여 주인공 가문의 핵심 인물을 다른 가문의 양자가 되도록 그리는 것은 매우 파격적인 설정임이 틀림없다.

33　"소공지 노야긔 안겨실 졔 보오니 노야는 긔린갓고 공주는 챵농갓고 샹공은 높흔 뫼갓고 공주는 쟝강듸희갓흐시니 격됴 아됴 늬도흐샤 진짓 각이흐신지라. 비록 담ᄉ오미 다르오나 은은흔 풍치 션종황졔 농안을 담ᄉ와시니 금듕 노샹궁 등이 죵죵 반겨 탄흐ᄂ지라. 니를 볼죽 시면 진짓 셜부인 빅를 비러 우리 옥쥬의 아들이 되엿ᄂ이다." 공쥐 쇼왈 "너희 궁쳡이 져리 니를 쑨아나 져즈음긔 우리 회람왕 슉뷔 니르러 ᄉ원을 보시고 츄감흐여 션졔를 뵈옵는 듯흐더라 흐시니 엇지 긔특지 아니리오." 『천수석』 권지오, 『필사본 고전소설 전집』 23, 아세아문화사, 1980, 352~353면.

34　입양자의 문제는 국문 장편소설에서도 빈번히 다루어지는 소재이긴 하나 이 경우 주인공 가문의 계후를 위해 자기 가문 내부의 인물을 입적하는 것이 대부분이다. 타성의 인물을 입양하는 경우는 거의 없으며 더군다나 주인공 가문의 장자를 전혀 관계가 없는 다른 가문의 자식이 되도록 하는 내용은 찾아보기 어렵다.

35　이극용은 당말의 실존 인물로서 황소의 난을 진압하는 데 공을 세운 영웅적 인물이다. 그의 양자였다가 후에 명종이 되는 이사원 역시 실존 인물이다. 이극용에게는 이사원 외에도 여러 명의 양아들이 있었는데, 이와 같이 여러 명의 양자를 거느리는 것은 당대에 흔한 일로서 이 경우의 양자는 가계 계승을 위한 후사로서가 아니라 군벌 권력을 확대하기 위한 정치적 성격이 강했으므로 엄밀히 말해 가족적 관점에서의 부자 관계와는 일정한 차이가 있다고 보아야 할 것이다. 미야자키 이치사다(宮崎市定), 임중혁·박선희 역, 『중세 중국사』, 신서원, 1996.

특히 작품 후반부의 주인공인 이사원이 정치권에서 성공할 수 있었던 것은 이극용의 아들이라는 지위에 크게 영향을 받은 만큼 이 소설이 혈연주의에 입각한 가문 중심 사고에서 벗어나 있음을 보여주는 것이다.

이처럼 『천수석』은 국문 장편소설에 속하는 작품이면서도 이 소설 유형이 주목하는 가문 중심의 가족관계 형상화에 있어서는 차별화되는 지점을 지니고 있다. 따라서 이 작품의 독특한 가족관계가 가문의 위상과 어떤 관련을 맺고 있는지 살펴볼 필요가 있다.

국문 장편소설의 서사는 상층의 벌열 가문을 중심으로 전개되는 경우가 많다. 그런데 『천수석』의 주인공 집안인 위씨 가문은 그렇게 탄탄한 입지를 확보하지는 못한 것으로 보인다. 위씨 일가는 당나라의 개국공신 위징의 후예로 위광미 대에는 중랑장[36] 벼슬을 하다가 환관과 간신이 득세하여 국가가 어지러워지자[37] 벼슬을 내놓은 것으로 소개된다. 자식 대에 위보형을 비롯하여 세 아들이 과거를 통해 다시 정계에 진출하는데 여전히 의종이 집권하는 가운데 혼란상이 지속되고 있다. 이를 고려할 때 위광미와 그 형제들이 자발적으로 한사寒士가 된 것처럼 그린 것도 실상은 권력에서 소외된 것일 가능성이 높다. 위보형과 동창 공주의 혼인을 통해 가문의 위상을 끌어올리려고 하는 욕망을 담아내는 것으로 미루어 아직은 한미한 상황에서 벌열층으로의 진입을 꿈꾸는 단계라고 볼 수 있다. 그러나 동창 공주의 요절과 위보형 일가의 탈속으로 이어지는 내용은 결국은 그러한 소망이 실패했음을 의미한다.[38] 이와 같은 가문의 위

---

36 당나라 중랑장은 황제의 호위와 궁중의 경비를 맡는 관직으로 7품에 해당한다.

37 이 시기는 당나라 17대 황제 의종이 새로 부임한 때로 설정되어 있는데 역사적으로도 의종의 함통 연간은 환관의 득세와 번진 세력의 할거 등으로 나라 안이 어지러웠다. 사마광, 권중달 역, 『자치통감』 26, 삼화, 2009, 339~405면.

38 국문 장편소설에서 황실과의 혼인은 주인공 가문의 창달을 위한 중요한 계기로 작용한

상으로 인해 앞서 살펴본 독특한 가족관계가 형성되었다고 하겠다.

혈연주의에 입각한 종통법의 강조에서 벗어나 있는 독특한 가족관계가 현재적 시점에서는 열린 시각으로 해석될 수도 있지만 당대적 관점에서 보자면 가문의 입지가 제대로 확립되지 못한 채 불안정한 상태인 것을 의미할 가능성이 높다.[39] 내적으로는 뚜렷한 가계 구도를 구축하지 못했고 외적으로도 확고한 권력을 획득하지 못한 채 반대 세력들의 공격을 받음으로써 와해되어 버리는 취약한 가문의 모습일 수 있는 것이다. 게다가 제가齊家마저 제대로 이루어지지 않아 양씨에 의해 내부 분란마저 가중된다. 따라서 가문의 몰락을 막기 위해서는 내적으로 위보형과 두 부인의 강한 결속이 필수적이다.

한편 이 작품은 위씨 가문을 중심으로 서사를 전개하면서도 소수의 주인공들에게만 집중할 뿐 친족들을 포함한 위씨 일족에 대해서는 별 관심을 기울이지 않는다. 위보형의 부친이자 이 가문의 가부장인 위광미조차 서사에서 차지하는 위상이 매우 미미하다. 이는 가문 의식을 강하게 드러내는 소설들이 가문의 번성을 강조하기 위해 가문 내 다양한 구성원들뿐 아니라 그들의 자손들에게까지 세세한 관심을 기울이며 형식적으로나마 그들의 혼맥과 직위를 일일이 언급하는 모습과 비교된다. 이와 같은 특징도 이 작품이 가문에 대한 관심과 그에 기반한 인식을 확고히 하

다. 그러나 『천수석』의 경우 동창 공주와의 혼인이 가문의 도약을 위한 발판이 되지 못한 채 공주가 요절함으로써 오히려 가문의 입지가 위태로워지는데 작품 속에서는 위씨 가문의 이러한 처지를 낙향과 탈속이라는 형태로 미화하고 있다. 그러나 엄밀히 말해 이는 위씨 가문이 정치적 권력 구도에서 밀려났음을 의미하는 것이다. 이지하, 「대하소설 속 여주인공의 요절과 그 함의-『천수석』과 『유씨삼대록』의 경우」, 『어문연구』 176, 한국어문교육연구회, 2017.

39 선행 연구에서도 이 작품이 다양한 측면에서 가문 의식의 약화를 보여준다고 지적한 바 있다. 장시광, 앞의 글, 65~67면.

지 못한 데에서 기인한 것으로 볼 수 있다.

17세기 이후 문벌 사회가 도래하면서 점차 종법 질서에 의한 가문의 유지와 확장이 중시되는 가운데 가문 의식이 강화되어 갔고, 다수의 국문 장편소설은 상층 가문을 배경으로 이와 같은 가문 의식을 소설 속에 구현하고 있다.[40] 그런데 『천수석』의 경우 가문이 존재하기는 하나 견고한 응집력을 지니지 못한 채 가문 구성원들에게 큰 영향력을 행사하지 않는 것으로 보인다.[41] 특히 혈통주의와 적장자 중심주의에 입각한 종법제가 조선 후기 가문의 유지와 계승을 위한 중요한 원칙이었다는 점을 상기할 때 주인공들의 서사가 이러한 원칙을 준수하지 않은 채 파격적으로 전개되고 있다. 위보형과 이사원의 이야기는 위씨 가문이라는 공통분모를 통해 연계성을 지니지만 각기 독자적인 서사로 전개될 뿐 가문 의식이라는 구심점으로 귀결되지 않는다.

가족관계를 통해 포착되는 이러한 특징은 이 작품이 가문 의식이 확고해지기 이전의 과도기적인 상황을 반영하는 것이거나 가문 의식을 확고히 다질 만한 기반이 없는 계층의 실상을 반영하는 것이기 때문일 수 있다.[42] 일찍이 『천수석』의 창작 시기에 대해서는 상반된 논의들이 제출된

---

40 조선 후기 문벌의 성립과 소설의 관계에 대해서는 다음의 논문에 잘 정리되어 있다. 정창권, 「조선 후기 주자학적 가부장제의 정착과 장편 여성소설의 태동」, 『여성문학연구』 1, 한국여성문학학회, 1999, 109~119면.

41 소설 속 가문의 구현과 관련하여 김종철은 17세기 소설사 전환의 한 지표로서 '가(家)'의 등장을 들면서 아직 동성 혈족 공동체로서의 가문이라고 하기에는 미흡한 하나의 단위 조직으로서의 '가(家)'라고 제한했다. 김종철, 「17세기 소설사의 전환과 '가(家)'의 등장」, 『국어교육』 112, 한국어교육학회, 2003, 403면. 이는 『천수석』을 해석하는 데 있어서도 시사하는 바가 크다. 이 작품의 경우 정확한 창작 시기를 확인하기는 어려우나 서사 속 가족관계를 통해 확인할 수 있는 것처럼 가문의 존재를 인식하고 대를 이어 가문의 서사를 진행하기는 하지만 아직 확고한 문벌 의식에 기반한 가문의 모습을 그려내지는 못하는 과도기적 모습을 보이기 때문이다.

바 있다. 가문소설의 초기적 형태라는 입장과 19세기의 후기적 면모를 보인다는 입장이다.[43]

앞서 살펴본 『천수석』의 가문을 둘러싼 서사와 가문 의식의 특성을 시대적 관점과 연관시켜 볼 때 가문의 위계 및 계승 관계 등에 크게 구애받지 않는 점은 후기적 인식보다는 아직 그런 것들이 고착화되기 이전의 인식에 더 가까워 보인다. 만약 이미 확립된 가문 의식이 와해되는 상황과 그에 대한 문제의식이 반영된 것이라면 그러한 부분에 대한 고민이나 자의식이 반영되었어야 할 텐데 이 작품에서는 그에 대한 고민이 두드러지지 않기 때문이다. 장편소설사에서 개인에 대한 관심이 부각되기 시작하는 19세기의 작품들에서도 가문의 입지가 흔들리는 경우는 드물며 오히려 후대로 갈수록 가문 의식이 교조적으로 강화되어 가는 측면이 있다는 점을 고려하면 이 작품의 경우 아직 가문 의식이 확립되기 이전의 불완전한 모습에 가깝다고 생각된다.

이와 관련하여 이 작품이 중국 연의소설의 창작 전통을 모방하고자 한 습작 수준의 작품이 아닌가 추정했던 선행 연구를 참고할 수 있다.[44] 국문

---

42 이와 관련해서는 『천수석』 권지이의 내용 중에 과거시험의 단계별 과정을 서술하는 가운데 위보형이 회시가 초시 후 4개월 만에 치러지는 것은 시기적으로 너무 빨라 지방 선비들의 경우 멀리서 참가하기 어려우므로 약 반년 후로 미룰 것을 건의하고 위공이 표를 올려 결국 회시를 연기하여 치르게 되는 부분을 주목할 필요가 있다. 중앙 권력에서 소외되어 있는 지방 사족의 처지에 대한 구체적인 고려는 이러한 어려움을 직접 경험한 계층이거나 이를 이해하고 동조하는 계층에 의해 마련되었을 가능성이 높아 보이기 때문이다.

43 장시광과 김정숙이 전자의 입장이라면 진경환의 경우 19세기의 사회상을 반영하는 것으로 보고 있다. 장시광, 앞의 글, 66~67면; 김정숙, 앞의 글, 182~184면; 진경환, 앞의 글, 114면.

44 송성욱은 이 작품이 축약이 심하고 구심력을 갖추지 못한 산만한 구성을 보여 완성도 면에서 매우 어설픈 작품이라고 칭하면서 중국 연의소설의 창작 전통을 모방하고자 한 습작 수준의 작품이 아닌가 한다는 평가를 내린 바 있다. 송성욱, 앞의 글. 송성욱이 지

장편소설사의 초기에 중국의 연의소설이 큰 자양분이 되었던 점을 고려하면 이 작품이 그러한 시기의 산물일 가능성을 무시할 수 없다. 이와 더불어 채윤미가 지적한 불완전한 영웅성[45] 역시 비슷한 관점에서 해석할 수 있다. 반복적 재생산에 의해 영웅적 인물형이 유형화되고, 18세기 후반 이후 단편 군담 영웅을 통해 전형적 영웅상이 고착화된 점을 고려하면 불완전한 영웅성으로 특징화되는 이 소설 주인공들의 경우 아직 영웅적 인물형이 정착되기 이전의 불완전한 모습일 가능성이 있기 때문이다.

이상의 내용을 고려하면『천수석』은 아직 확고한 위상을 정립하지 못한 채 불안한 기반과 내외적 혼란 속에 흔들리는 가문의 현실적 모습을 담아낸 작품이며, 이는 장편소설사의 말기적 모습을 반영한 것이기보다는 가문 의식 형성기의 과도기적 모습을 반영한 것일 가능성이 높다.

2) 욕망의 분출과 위기의식

그렇다면『천수석』이 독특한 가족관계를 통해 어떠한 현실 인식을 드러내는지 살펴볼 필요가 있다. 우선 주인공인 위보형과 그의 후손들인 이사원과 위복성이 순조로운 부자·조손 관계를 이루지 못하고 파행적인 계승 구도를 보이는 것은 이 가족이 겪은 고난의 결과이기도 하다. 그리고 그 고난의 배후에는 혼탁하고 부조리한 현실이 자리 잡고 있다. 당말 오대로 표상되는 부패 권력의 타락상과 무분별한 욕망의 분출로 인해 정치권력 구도에서 탄탄한 입지를 다지지 못한 채 도덕적 이상을 추구하

적했던 축약이 심한 텍스트상의 결함은『텬생석』의 발견으로 일정 부분 보완되었지만 구조적인 면에서의 미숙함은 삼대록계 소설 등에서 보이는 통속적 구조의 고착화 양상과 좋은 비교가 된다.

45   채윤미, 앞의 글.

고자 했던 주인공 가문이 위기에 빠지게 되고 급기야는 가족이 와해되는 지경에까지 이른 것이다.

따라서 이 작품의 현실 인식이 비판적·비관적 성향을 띨 수밖에 없다. 도입부에서부터 황제의 실정과 간신들의 권력 농단을 지적하며 정치권에 대해 비판적 태도를 보이던 주인공 일가가 위보형과 동창 공주를 통해 새로운 모색을 해 보지만[46] 현실의 혼란상을 바로잡기에는 역부족이었기에 결국은 실패로 끝나고 만다. 동창 공주의 죽음, 설옥영의 고난, 아들 사원의 실종 등 이 가족이 겪는 극단의 고통들이 실패의 증거들로 제시된다.[47] 그리고 결국 위보형 일가가 속세를 떠나 선계로 들어감으로써 부조리한 현실과 결별하고 만다.[48] 이사원이 황제가 된 후에도 세상의 타락상은 근절되지 않았으며 위복성이 부친의 유지를 받들어 정치권을 떠나 화주로 귀향하는 결말을 통해 이 작품의 비판적이고 비관적인 현실 인식이 지속되고 있음을 확인할 수 있다. 요컨대 비판적인 시각으로 세상의 부조리를 인식하고 이를 개선하고자 하는 의지를 보였으나 결국은 역부족임을 인정할 수밖에 없는 것이 이 작품에 반영된 현실 인식인 것이다.

그러나 작품이 비관적 세계관을 바탕으로 패배주의적 태도만을 보이는 것은 아니다. 가족관계를 중심으로 보자면 주인공의 가족이 혈연적 관점에서는 와해되었으나 다른 방식으로 새로운 가족관계를 이루어 내고 있다는 점에 주목해야 한다. 이 작품은 친자식이 아닌 사원을 훌륭하

---

46 이 점에서 위보형의 정계 진출에 대해서는 위씨 가문의 입지 구축이라는 측면과 더불어 도덕적 이상으로 타락한 정치권을 개선해 보고자 하는 소망도 고려해야 할 것이다.

47 따라서 이들의 고난은 여타의 소설에서 그리는 행복한 결말로 가기 위한 통과의례적 고난과는 다른 성질의 것이다.

48 선행 연구에서도 영웅 형상의 축소화라는 관점에서 이 작품의 비관적 세계 인식을 주목하고 이들의 탈속이 "도가적 초월주의라기보다 세계에 대한 부정적 인식의 극단적 반영"이라고 본 바 있다. 채윤미, 앞의 글, 224면.

게 성장시키는 동창 공주와 이극용 부부의 모습을 통해 혈연이 아닌, 사랑과 의리로 맺어진 가족관계를 제시한다. 부조리한 현실이 혈연에 입각한 가족관계를 파탄에 이르게 했지만 오히려 그로 인해 역설적으로 혈연을 초월한 새로운 가족관계가 형성된 것이다. 이 점을 통해 이 작품이 비관적 현실 앞에 무기력하게 좌절하고 마는 것이 아니라 그러한 현실을 뚫고 나갈 대안적 관계를 모색하고 있다고 할 수 있다.[49]

한편 부패한 권력과 더불어 세상을 혼란으로 이끄는 요인으로 무분별한 욕망이 전면적으로 제시된다. 이 작품에는 황제와 그 주변의 간신·환관들 사이의 권력욕, 양씨의 독점욕, 이초혜와 간옥지의 애욕 등으로 가득 찬 욕망 과잉의 현실이 많은 분량으로 서술된다. 이러한 내용을 통해 대의가 아니라 사적 이해관계에 충실한 권력욕의 부작용을 비판하고, 과도한 욕망 추구가 야기한 악행을 부각시킴으로써 제어되지 않는 욕망에 대해 경계한다. 이기적인 욕망이 도덕적 검열과 합리적 이성에 의해 제어되지 못할 때 발생할 수 있는 비극적 결과를 위씨 가족의 해체와 악인들의 비참한 종말을 통해 보여주는 것이다. 전자가 타인에게 미치는 해악을 인간 삶의 기초 단위인 가족 질서의 파괴를 통해 보여주고 있다면 후자는 그러한 욕망이 궁극적으로 당사자들의 삶마저 파괴하고 만다는 것을 보여주고 있다.

그런데 욕망을 둘러싼 이러한 대립을 이념형 인물과 세속적 욕망 추구형 인물 간의 대립으로만 해석하는 것은 곤란해 보인다.[50] 이 작품은 세속형 욕망 추구에 대해 무조건적인 거부감을 보이지 않는다. 위보형 일

---

49 이와 관련하여 위보형 일가가 타락한 현실 정치에 재도전하는 것도 비관적 현실에 대해 나름의 도전 의지를 보이는 것이라는 점에서 비록 이들의 시도가 성공하지는 못했을지라도 작품의 현실 인식을 패배주의로 해석하는 것은 부적절하다고 본다.

가의 정계 진출, 공주혼의 수용 등도 세속적 욕망에서 기인하는 것이며, 동창 공주의 모친인 곽숙비의 행위들도 자식의 안위를 위한 개인적이고 세속적인 욕망에서 비롯된 것임에도 불구하고 악으로 치부하지 않기 때문이다. 문제는 세속적 욕망 추구가 정도正道를 넘어서는가와 그로 인한 과오를 반성하고 선한 본성을 회복하는가에 달려 있다.[51] 이러한 관점에서 이초혜와 간옥지가 보이는 욕망 추구 행위는 부정적인 것으로 인식될 수밖에 없다.[52] 이들의 애욕은 정신적인 차원의 것이기보다 육체적인 차원의 것이며[53] 지극히 이기적인 동기에 의해 수단과 방법을 가리지 않고 추구되기 때문이다. 이처럼 『천수석』은 세속적 욕망에 관심을 기울이는

---

50 선행 연구에서 『천수석』의 주동인물과 반동인물의 대립을 이렇게 해석한 것을 비롯하여(이수경, 앞의 글) 여러 논문들에서 이 작품이 세속적 욕망을 부정하고 도선적 세계를 지향하는 것으로 파악하고 있다. 그러나 앞에서도 언급했듯이 이 작품이 현실의 모순을 피해 도선적 세계로 떠나는 내용을 그리고 있기는 하지만 그것이 세속적 욕망 자체를 부정한 신선 지향과는 일정한 거리가 있다고 본다. 세속적 욕망 자체를 부정한 것이 아니라 그것이 부정적인 방식으로 과도하게 추구되는 시류를 비판하고 그 흐름을 막을 수 없다는 인식하에 현세 도피적인 수단으로 도선적 세계가 선택된 성격이 짙기 때문이다.

51 곽숙비의 경우 딸을 위해 위보형을 이혼시키고 설옥영을 위기에 몰아넣음으로써 아들 사원과의 혈연관계마저 유지할 수 없게 만든 장본인임에도 불구하고 악인으로 간주되어 처벌을 받는 것이 아니라 후에 이사원에 의해 봉양을 받으며 94세로 천수를 누리고 사망하는 것으로 그려진다. 이는 곽숙비가 주인공인 동창 공주의 어머니이기 때문이기도 하지만 그보다도 자신의 과오를 깨닫고 반성한 후 달라진 태도를 보이기 때문이라고 보아야 할 것이다.

52 특히 이초혜의 욕망이 주목받았는데 강문종은 이초혜를 실질적 주인공으로 보고 이 작품을 '불륜의 서사'로 파악하면 초월적 세계로의 회귀보다 개인의 욕망 실현 과정을 핵심 서사로 하는 현실주의적 관점이 중시된다고 주장했다. 강문종, 앞의 글. 그런데 이 작품이 욕망에 깊은 관심을 기울이고 있으며 그로 인한 현실주의적 특징들이 포착된다는 점에 대해서는 동의하나 작품의 전반적인 기조가 이들의 욕망을 부정적으로 인식하고 경계하고 있기 때문에 이에 대해 과도하게 해석하여 작품 성격을 규정하는 것에는 좀 더 주의를 기울일 필요가 있다고 본다.

53 조광국은 이를 '육신적 에로스'로 명명하고 작품이 이에 대한 대안으로 '정신적 에로스'를 강조하고 있다고 보았다. 조광국, 앞의 글.

현실주의적 태도를 보이면서도 도덕적·윤리적 그물망을 통해 부정한 욕망을 걸러내고자 하는 이상적 지향 역시 추구하고 있다.

한편 이와 더불어 욕망에 대한 판단 기준으로서 작동하고 있는 가부장적 질서 역시 짚고 넘어갈 필요가 있다. 대표적 악인인 양씨와 이초혜, 간옥지의 욕망은 가부장적 질서를 위반하는 것이다. 유교적 질서를 기반으로 하는 가부장제의 유지에 있어서 가족의 안정을 위협하는 욕망은 불온한 것으로 간주되었으며, 특히 이초혜나 간옥지의 애욕은 가부장제하 여성의 정절 훼손 문제와 관련되므로 더욱 죄악시된다. 이에 반해 설옥영과 동창 공주는 여성의 도리를 앞세워 사적 욕망을 억제하고 가부장적 질서에 순응함으로써 칭송된다. 요컨대 『천수석』의 가족관을 통해 이 작품이 가족 질서를 위협하는 요인에 대한 경계와 그에 대한 대안을 제시하는 가운데서도 가부장적 입장을 견지하며 여성의 욕망에 대해 보다 엄격한 시각을 드러내고 있음도 확인할 수 있다.

이상에서 살펴본 바를 정리하면 『천수석』은 다양한 욕망이 분출되는 시기의 사회적 혼란상을 반영하는 가운데 그에 대한 위기의식과 대응을 그리고자 한 작품이라고 할 수 있다. 타락한 정치와 과도한 욕망으로 표상되는 세상의 부조리로 인해 인간 삶의 기초 단위인 가족의 해체 위기가 초래될 수 있음을 제시하고 그에 대한 대안을 모색하고자 했다. 비록 미약한 가문의 위상으로 인해 현실의 부조리를 개선하기에는 역부족이었으나 그 과정을 통해 전달되는 비관적 실상과 이에 대한 문제의식은 이 작품이 국문 장편소설 중에서도 비판적 현실 인식을 강하게 드러냄으로써 독자적 위상을 지닐 수 있도록 만들었다고 평가할 수 있다.

4. 맺음말

가족은 인간 삶의 기초 단위로서 중요한 의미를 지닌다. 특히 가문은 조선 후기 양반 계급의 가족제도를 이해하는 데 필수적인 요소이다. 부계 혈족을 중심으로 제사와 예법을 공유하는 가운데 유교적 혈연 질서에 입각한 정체성을 유지했던 가문의 존재는 조선 후기 상층의 삶을 그리는 국문 장편소설에서도 중요한 서사적 바탕이 되었다. 그러므로 가문을 중심으로 형성된 가족관계를 살피는 것은 국문 장편소설이 그리는 인간 삶의 구체적 기반을 확인하기 위한 필수 작업이기도 하다. 이에 이 장에서는 가문과 가족을 중심으로 서사가 전개되면서도 그 모습이 국문 장편소설의 일반적인 형태와는 다르게 그려지는 『천수석』에 주목했다.

『천수석』은 당나라 말기를 시대적 배경으로 실존 인물인 위보형과 동창 공주, 이극용, 이사원 등을 등장시키면서도 허구적 내용을 창조해 낸 국문 장편소설이다. 그런데 가문을 중심으로 한 국문 장편소설의 서사적 관습과 비교할 때 독특한 가족관계를 형상화하고 있다.

첫째, 종법제를 염두에 둔 가계 계승 의식과 혈연 중심적 사고가 드러나지 않는다. 특히 위보형의 아들 사원이 이극용의 양자가 되고, 다시 그 아들 복성에게 위씨 성을 하사하는 구도는 매우 이례적인 것이다.

둘째, 화합하는 일부다처의 형상화가 행복한 결과가 아닌 비극적 결과로 귀결되는 아이러니를 보인다. 사혼을 통한 파행적 혼인관계 속에서도 주인공들이 갈등보다는 화합하는 모습으로 그려지는데, 그럼에도 불구하고 이들이 행복하게 공존하지 못하는 서사적 결말은 주인공 및 그 가문의 불안정한 처지와 그로 말미암은 현실적 고난과 관련된다.

셋째, 양씨와 그 친정 세력을 악의 무리로 설정함으로써 문제의 책임 소재를 가문 외부로 전가하는 가운데 가부장제 사회의 여성 문제에 대한 시사점을 제공하고 있다.

이와 같은 독특한 가족관계의 형상화는 이 작품이 이념적·낭만적 관점을 벗어나 현실의 모순을 직시하는 데서 비롯되는 것으로 보인다. 당말 오대라는 혼란기로 설정된 작품의 배경에서 짐작할 수 있듯이 『천수석』의 세계 인식은 매우 비판적이다. 부정한 권력과 욕망이 횡행하는 시대의 부조리와 모순이 위보형 가족을 둘러싼 고난을 통해 극적으로 재현된다. 혈연적 가족관계마저 파탄시키는 부조리에 맞서기 위해 새로운 가족관계를 형성하고 내적 결속을 도모해 보지만 미약한 가문의 위상으로는 역부족이다. 결국 이러한 현실에 대한 궁극적 대응이 선계로의 탈속이라는 형태로 제시되는 것을 통해 이 작품이 지닌 현실 인식의 심각성을 짐작할 수 있다. 유교적 이상주의만으로는 문제를 해결하고 현실을 바로잡기 힘들다는 사고가 반영되어 있기 때문이다.

이는 『천수석』이 여타의 국문 장편소설과는 다른 소설사적 위상을 지니게 한다. 상층 가문의 다양한 실상을 통해 현실의 제 모순을 드러내면서도 보수적 이념과 유교적 이상주의를 기반으로 한 낙관적 결말을 그리는 것이 국문 장편소설의 특징인데, 『천수석』은 그와 같은 이상주의와는 일정한 거리를 둔 채 부패한 사회의 비극적 실상을 보다 사실적으로 천착해 낸 작품이라는 점에서 의의를 지닌다.

제6장

조선시대 이혼법과
『현씨양웅쌍린기』의 여성 의식

1. 부부의 불화와 이혼

유교적 가부장제에 기반을 둔 가족제도를 국가의 근간으로 삼고 제가
齊家를 치국治國의 기틀로서 강조했던 조선시대에 혼인은 삼강의 근본으로
서 매우 중요하게 인식되었다. 남녀의 결합과 자녀의 생산은 자연의 섭
리로서 모든 인간관계의 기초가 될 뿐 아니라 혼인관계에 의해 생성된
새로운 가족 단위가 국가 토대 구축의 기본이 되기 때문이다. 특히 상층
가문의 경우 혼인이 개인 간의 결합이 아니라 가문 대 가문의 결합으로
서 부귀와 권력의 확장을 가능케 하는 일종의 정치적인 행위로까지 인식
되었기에 가문 구성원의 혼사에 대하여 매우 민감하고도 지속적인 관심
을 기울일 수밖에 없었다.

조선 후기에 상층의 향유물로서 벌열층 가문의 이야기를 담아내고 있
는 국문 장편소설들이 주인공들의 혼인과 부부관계에 주목하고 있는 것
도 이러한 사정과 무관하지 않을 것이다.[1] 이 장에서 주목하는 『현씨양웅
쌍린기』[2] 역시 부부간의 문제를 작품의 핵심 서사로 삼고 있다. 일반적

으로 국문 장편소설들은 복수複數의 주인공을 내세워 가문 안팎의 다양한 갈등을 형상화하는데, 『현씨양웅쌍린기』는 특히 현수문과 윤혜빙, 현경문과 주여교 두 쌍의 부부 갈등에 집중하면서 주변부 문제들이 부부 중심의 갈등 구도를 넘어서지 않고 또한 갈등이 가문의 위기나 정치적·국가적 차원으로 확대되지 않도록 구조화하고 있다는 점에서 부부관계에 초점을 맞춘 작품이라고 할 수 있다.[3]

『현씨양웅쌍린기』가 두 쌍의 부부를 통해 보여주고자 하는 것은 혼사 과정에서의 장애가 아니라 혼인 후 결혼 생활을 통해 새롭게 정립해야 하는 부부관계의 어려움이다. 부모에 의한 중매혼으로 진행되었던 조선 시대의 혼인 관습에서는 서로 다른 환경에서 성장한 부부 당사자 간의

---

1   물론 소설에 있어서 남녀의 애정을 둘러싼 갈등이 가장 흥미로운 소재 중 하나라는 점과 소설의 주 향유층인 상층 여성들의 주 관심사가 혼인을 둘러싼 다양한 사건들과 혼인 후의 새로운 인간관계 형성이었으리라는 점 등을 고려해야겠지만 이와 더불어 시대적, 제도적 상황 속에서 상층 가문의 관심사와 그에 수반되는 고민들이 반영되었을 것임을 함께 살펴야 할 것이다. 혼인은 상층 가문의 번영을 담보하는 요소이면서도 부부 갈등을 통해 가문의 위기가 초래될 수도 있으므로 이에 대한 관심이 지대할 수밖에 없다. 벌열 의식을 반영하는 상층의 대하소설들이 이러한 관심 속에 가문의 대를 잇는 부부 문제를 형상화하고 있다는 사실이 이를 뒷받침한다. 조광국, 「『소현성록』의 벌열 성향에 관한 고찰」, 『온지논총』 7, 온지학회, 2001, 99면.

2   『현씨양웅쌍린기』의 연작 관계와 이본 등에 대한 포괄적인 연구들은 이지하, 「『현씨양웅쌍린기』 연작 연구」, 서울대 석사논문, 1992; 이다원, 「『현씨양웅쌍린기』 연구-연대본 『현씨양웅쌍린기』를 중심으로」, 연세대 석사논문, 2000; 옥지희, 「『현씨양웅쌍린기』에 나타난 여성 의식 연구」, 한국외대 석사논문, 2009; 이영택, 「『현씨양웅쌍린기』 연작 연구」, 한국외대 박사논문, 2012 등을 참고할 수 있다.

3   이에 대해서는 선행 연구들에서도 수차례 논의된바 김지연이 이 작품을 부부 갈등만으로 단일하게 구조화되어 있는 단일 갈등 구조 작품으로 파악한 것과 최기숙이 이 작품의 서사 구도를 '부부관계 담론'으로 파악한 것을 대표적으로 들 수 있다. 김지연, 「『현씨양웅쌍린기』의 단일 갈등 구조와 인물 형상의 관계」, 『민족문학사연구』 28, 민족문학사학회, 2005; 최기숙, 「『현씨양웅쌍린기』에 나타난 '부부관계'와 '결혼생활'의 상상적 조율과 문화적 재배치 - '현경문-주소저' 부부 관련 서사 분석 중심으로」, 『한국고전여성문학연구』 20, 한국고전여성문학회, 2010.

적응과 조율뿐 아니라 양측 가족 구성원과의 새로운 관계 형성도 어려운 문제였을 것이다. 이에 더하여 여성들에게는 유교적 가부장제가 강요하는 출가외인 이데올로기를 비롯한 남녀 차별적 요소들이 부부관계 형성에서 어려움을 가중시켰을 것이다. 현수문과 하소저의 경우 이러한 어려움들을 극복해 내고 원만한 부부관계를 유지함으로써 현씨 가문의 계승자와 정처正妻의 화락한 부부 생활을 통해 우선적으로 가문 안정의 기틀을 확보하고 있다.[4] 그러나 현수문과 윤혜빙, 현경문과 주여교는 쉽사리 화합하지 못하고 끊임없이 부부 갈등을 일으키는데 그러한 불화의 과정을 통해 혼인관계에서의 다양한 문제들이 노출되고 이에 대한 반성적 고민들이 뒤따른다는 점에서 주목받아 왔다.

그런데 이들의 불화가 새로운 관계 형성 과정에서의 과도기적 상황이라거나 부부간에 흔히 발생할 수 있는 애정 다툼이라고 하기에는 매우 심각한 양상으로 전개되고 있다는 점에서 문제적이다. 현수문에게 성폭행을 당한 결과로 원치 않는 혼인을 하게 된 후 혼인 생활 자체를 거부하며 계속 도망을 다니는 윤혜빙이나 현경문에게 이유 없이 냉대를 당하다가 친정 부모의 문제까지 겹치자 더 이상 혼인 상태를 유지하고 싶어 하지 않는 주여교나 모두 혼인을 부정적으로 인식하며 남편과의 관계 개선을 원치 않는다. 이들이 당대 여성들에게 요구되었던 순종과 온유의 미덕을 무시한 채 남편을 거부하며 완강한 태도를 고수함으로써 부부 사이의 갈등이 더욱 심각해진 가운데 혼인 관계를 둘러싼 문제들이 서사의 핵심 요소로 부각되는 것이다.

---

4 그러나 이 경우에도 바람직한 부부관계의 성립이 양측의 노력에 의한 것이라기보다는 가부장적 요구들을 수용하여 현숙한 부인의 덕목을 체현하는 하소저의 희생과 이해에 의해 이루어진 것이라는 점을 기억할 필요가 있다.

그런데 불화의 과정에서 '이혼'이 지속적으로 언급되고 있으며, 이혼의 요구가 남주인공이 아닌 여주인공에 의해 매우 진지하고 심각하게 이루어지고 있다는 점에 주목할 필요가 있다. 혼인이 인륜지대사로서 국가적 차원에서 중요하게 취급되었던 조선시대에 이혼은 매우 심각하게 금기시되는 문제 중의 하나였다. 조선시대에 혼인 관계의 해소는 개인적인 차원에서 해결 가능한 문제가 아니라 엄격한 심사를 거쳐 국가의 승인을 받아야 하는 공적이고 사회적인 차원의 문제였으며 국가는 아주 예외적인 경우가 아니고는 이혼을 금하고 허락하지 않는 입장을 취했다.[5] 더군다나 당대 사회에서는 이혼의 주체가 국가와 남편으로 규정되어 있어 여성은 이혼을 요구할 자격조차 없이 이혼 논의에서 소외된 채 여성의 행실만이 이혼의 사유로서 문제시되는 성차별적 구조가 당연시되었다.[6]

이런 사회적 분위기 속에서 소설 속 여주인공들이 직접적으로 이혼을 요구하거나[7] 이혼의 사유가 될 뿐 아니라 엄벌에 처해질 만한 행동을 주저 없이 저지르는 모습으로 형상화되는 것은[8] 매우 문제적이라 하겠다. 이처럼 여성에 의한 이혼 요구라는 독특한 설정은 이 작품의 문제적 측면들을 새롭게 포착할 수 있는 단서가 된다. 여주인공들이 당대의 관습

---

5 유교에서는 남녀의 결합을 모든 인간관계의 뿌리로 여겼으며 정명(正名)을 중시한 신유학에서는 혈통에 대한 명확한 계보를 파악하기 위해 중혼을 금지하고 일부일처를 옹호하는 가운데 이혼을 함부로 허락하지 않았다. 정해은, 「조선 후기 이혼의 실상과 대명률의 적용」, 『역사와 현실』 75, 한국역사연구회, 2010, 94면.

6 정해은, 위의 글, 105면; 정지원, 「조선시대 이후 한국의 이혼제도에 대한 일고찰─이혼원인과 양성평등을 중심으로」, 『가족법연구』 27-2, 한국가족법학회, 2013, 142면.

7 현경문의 아내인 주여교와 그 부친인 주어사에 의해 수차례에 걸쳐 이혼 요구가 제기되고 있다.

8 현수문의 첩이 된 윤혜빙의 행위를 말하는 것인데 이 경우 주여교와 비교할 때 첩이라는 신분 때문에 대응 방식에 있어서도 차이를 보이는 것으로 파악되므로 뒤에서 보다 상세히 검토하기로 한다.

이나 사회적 통념을 위배하는 인물들로 설정된 것에서 우선적으로 이 작품의 여성 의식을 짐작할 수 있지만 작품의 온전한 이해를 위해서는 남편들을 비롯한 작중 인물들의 반응과 부부 갈등을 해결하는 방식 등이 함께 고려되어야 한다. 따라서 주인공 부부들의 이혼 관련 서사를 살펴보고 그 특징과 작품 내적 의미들을 검토함으로써 이 작품이 혼인을 매개로 새롭게 형성되는 인간관계에 대해 어떠한 문제의식과 전망을 보여주는지 고찰하기로 한다.[9]

2. 이혼을 요구하는 여성

『현씨양웅쌍린기』에 형상화된 이혼 논의들을 살펴보기에 앞서 조선시대의 이혼법에 대해 간략하게나마 검토함으로써 이 작품의 이혼 논의가 지니는 문제적 성격을 가늠해 보자. 조선시대에 혼인관계의 파탄을 의미하는 용어들로는 이혼離婚, 이이離異, 출처出妻, 출처黜妻, 기별棄別, 기처棄妻, 휴기休棄, 소박疎薄, 소기疎棄 등이 두루 쓰였는데 이들은 대체로 내친다는 공통적 의미를 지닌다.[10] 이러한 이혼 관련 용어 중 관官이 주체일 경우 이혼보다 이이離異가 법적 용어로서 더 보편적으로 사용되어 『조선왕조실록』에도 대부분 이이라고 기록되어 있다. 한편 사적인 차원에서는 '버리다'나 '내쫓다'의 의미를 지닌 용어들의 사용이 빈번했는데, 그중 기처棄妻가 가장 많이 사용된 것으로 파악된다.[11]

왕조 초기부터 유교적 명분과 의리에 부합하는 혼인관계를 정착시키

---

9   『현씨양웅쌍린기』 텍스트로는 10권 10책의 낙선재본을 선택했다.

10   정해은, 앞의 글, 93면.

기 위해 노력한 조선은 친영례親迎禮 장려, 중혼 금지, 여성의 재가再嫁 규제 등의 혼인 정책을 통해 사회 질서를 확립해 가고자 노력했다. 이혼에 대해서는 정부 차원에서 엄격히 제한을 가하여 되도록 이혼을 승인해 주지 않는 기조를 취했다. 특히 조선 후기에는 역적의 집안이나 정조를 잃은 경우를 제외하고는 이혼을 인정하지 않는 분위기가 팽배하여 국가적 차원에서 이혼을 극도로 억제했다. 이혼에 대한 법률적 적용은 조선시대 형률의 근간이 된 『대명률大明律』에 의거하여 운영되었다. 『대명률』의 총 460개 조문條文 중 혼인관계 해소 관련 조항은 18개로 주로 호율戶律의 혼인조婚姻條에 들어 있는데 칠출삼불법七出三不法[12] 원칙에 영향을 받았다. 가부장제하에서 이혼의 주체가 국가와 남편만으로 한정되어 있고 부인은 이혼을 제기할 수 없었으므로 칠출삼불법은 결국 여성의 축출 사유를 규정하는 조목이었다고 할 수 있다. 조선 후기에는 이혼 억제책의 강화에 따라 칠출삼불거七出三不去가 오출사불거五出四不去로 조정되기도 했으나 이러한 조항들이 정확하게 적용되지는 않은 것으로 보인다.

특히 혼인관계 해소의 주도권이 남편에게 주어져 있었기 때문에 국가가 공식적인 이혼을 승인하지 않더라도 사적인 차원에서 남편에 의해 부인이 축출되는 사례가 매우 빈번했으며 이 때문에 공적인 이이離異 상태보다는 사적인 출거出去 상태가 조선시대 이혼의 보편적 양태였다고 할 수 있다.[13] 조선시대에는 이와 같은 것을 출처出妻 또는 기처棄妻라고 일컬

11　박경, 「조선 전기 기처 규제 정책의 영향과 한계」, 『사학연구』 98, 한국사학회, 2010, 199~202면.

12　부인을 축출할 수 있는 일곱 가지의 사유에 해당하는 칠출(七出)은 불사구고(不事舅姑), 무자(無子), 부정한 행위(陰疾), 질투(嫉妬), 질병(惡疾), 다언(多言), 절도(竊盜) 등이다. 한편 칠거지악에 해당하는 이혼의 사유가 있다고 하더라도 부인을 축출할 수 없는 세 가지 항목으로서의 삼불거(三不去)로는 처가 이혼 후 갈 집이 없는 경우, 처가 시부모의 삼년상을 치른 경우, 빈천했다가 결혼 후 부귀하게 된 경우 등을 들 수 있다.

었는데, 당시 전형적인 이혼의 한 형태이다. 이러한 과정에서 칠거지악七去之惡의 규정이 남편이나 시댁 측에 의해 자의적으로 해석되어 부인을 쫓아내는 근거로 악용되는 경우가 많았다. 부인에 의한 이혼이 원칙적으로 불가한 상태에서 여성은 혼인관계의 해소에 있어서 주체가 되지 못한 채 타자화된 객체로서만 인식되었다고 할 수 있다. 따라서 남편에 의해 혼인관계가 해소되지 않은 상태에서 부인이 자의로 남편을 떠났을 경우 무거운 형벌이 가해졌으며 남편과 헤어지고자 하는 여성들은 남편에게 버려졌다는 문서를 받아야 했을 뿐 아니라 문서를 받은 경우에도 만약 그 기별 문서棄別文書가 부인의 의사에 의해 행해진 것이라는 것이 발각되면 처벌받았다.

이처럼 조선조에 국가적 차원에서는 이혼을 억제함으로써 정처正妻의 지위를 가진 여성들을 보호하고 가족제도를 안정적으로 유지하여 유교적 명분에 입각한 국가의 기틀을 다지고자 의도했지만 국가의 이혼 승인을 받는 것이 어렵게 되자 사적인 차원에서 기처의 행위들이 공공연해짐으로써 오히려 사사로이 내쫓기는 여성들이 양산되는 부작용이 나타나기도 했다. 이 과정에서 여성들은 혼인관계의 유지 및 해소에 있어서 철저히 소외된 채 남성 중심 질서에 순응해야 하는 존재로서 인식되었다고 할 수 있다. 요컨대 혼인관계의 해소와 관련해서 여성에게는 아무런 권한이 주어져 있지 않았기 때문에 부인은 비록 남편이 부조리한 행위를 일삼더라도 인고의 미덕만을 강요받는 가운데 이혼권을 전혀 행사할 수 없었던 반면 남편은 다양한 사유를 내세워 부인을 축출할 수 있는 권한

---

13 이러한 상태를 축출 이혼(逐出離婚)이라고 표현할 수 있는데 이는 일정한 이혼 원인이 있는 경우 가부장 또는 부(夫)의 일방적 의사 표시만으로 이혼이 성립한다는 점에서 남성에게 전권이 주어진 성차별적이고 불평등한 이혼이라고 할 수 있다.

을 행사할 수 있었던 것이 조선시대의 이혼에 관한 실상이었다.[14]

이와 같은 조선시대 이혼의 실상을 고려하면서 『현씨양웅쌍린기』에 형상화된 이혼 관련 내용들을 살펴보기로 하자. 먼저 작품 속에서 부부 갈등을 겪고 있는 당사자들인 주여교와 윤혜빙 중에 이혼을 직접적으로 언급하고 요구하는 사람은 현경문의 정처인 주여교이다.

현씨 가문의 차남인 현경문과 주씨 가문의 무남독녀인 주여교는 부모들의 주선에 의해 정식으로 혼례를 치른 부부로서 당대의 뛰어난 군자[15]와 숙녀[16]로 묘사된다. 두 사람 모두 특출한 자질을 지녀 표면적으로는 당대 최고의 한 쌍으로 보이지만 외적 조건의 조화나 그에 따른 주변의 기대와는 달리 당사자들은 혼인 초부터 심각한 감정 대립을 일으킨다. 이 부부의 갈등에 있어서 원인 제공자는 남편인 현경문이라고 할 수 있다. 경문이 주소저의 천향국색天香國色 미모를 탐탁지 않게 여겨[17] 냉대함으로써 바람직한 부부관계를 형성하려는 노력을 기울이지 않기 때문이다. 시

---

14   조선시대의 이혼에 관한 내용은 다음의 연구들을 참조하여 정리한 것이다. 박미숙, 「조선왕조실록에 나타난 이혼 양상에 관한 연구」, 호남대 석사논문, 2006; 윤혜영, 「혼인과 상속제도를 통해 본 한국 중세사회의 여성 지위 변화」, 목포대 석사논문, 2007; 장병인, 「조선시대 이혼에 대한 규제와 그 실상」, 『민속학연구』 6, 국립민속박물관, 1999; 김은아, 「조선 전기 이혼제도의 특징」, 『원광법학』 23-3, 원광대 법학연구소, 2007; 정해은, 「조선 후기 이혼의 실상과 대명률의 적용」, 『역사와 현실』 75, 한국역사연구회, 2010; 박경, 「조선 전기 기처 규제 정책의 영향과 한계」, 『사학연구』 98, 한국사학회, 2010; 정지원, 「조선시대 이후 한국의 이혼제도에 대한 일 고찰─이혼 원인과 양성평등을 중심으로」, 『가족법연구』 27-2, 한국가족법학회, 2013.

15   작품 속에서 경문을 다음과 같이 묘사하고 있다. "옥골션풍이 진토의 무드지 아녀 종왕과 나두를 압두ㅎ고 겸ㅎ여 효셩이 츌범ㅎ며 (…중략…) 추추 경문은 여일엄슉ㅎ며 성되 강밍ㅎ여 미온 거동이 한뭉렬일ᄀᆺ투니 내지 빙쳥ᄀᆺ투나 외뫼 더옥 화ㅎ더라."

16   주여교에 대해서는 다음과 같이 묘사하고 있다. "추부 쥬쇼져의 빅만념태 월궁션ᄋᆺ고 셩덕이 겸비ㅎ여뻐 고금셩녀의 붓그럽지 아니ㅎ니"

17   "태임 태ᄉᆞ 일즉 ᄌᆞ식이 잇다 듯지 못ㅎ고 셔ᄌᆞ 비연과 양옥진이 ᄌᆞ식이 잇다 ㅎ니 (…중략…) 추인은 비소원얘라."

댁이라는 낯선 환경에서 새로운 관계 맺기를 시작해야 하는 주여교에게 남편의 냉대는 큰 장애이자 상처가 되었을 것이다. 이에 대해 주여교는 당대 여성의 도리에 따라 그러한 상황에 순응하는 대신 신혼 초부터 남편에게 이혼을 요구하는 파격적인 모습을 보인다. 조선시대에 이혼 요구의 권한을 가지지 못했던 부인 쪽에서 먼저 이혼을 거론하고 있다는 점과 그것이 우발적이고 일회적인 사건으로서가 아니라 진지하고 지속적인 모습으로 형상화된다는 점에서 문제의 심각성이 더하다고 하겠다.[18] 주여교의 이혼 요구와 관련된 내용들을 들어 보기로 한다.

(가) 첩이 비록 미약ᄒ나 셰상 힝ᄉᆞᆯ 아ᄂᆞ니 부ᄌᆞ의 측언을 감슈치 아니ᄒ고 더옥 경쳔히 너기시믈 감슈치 아니ᄒ옵ᄂᆞ니 군ᄌᆞᄂ 셩ᄂᆞᆫ젼을 외오ᄂᆞᆫ 당당ᄒᆫ 대쟝부로셔 젹거부부 대졉ᄒ시기를 노예ᄀᆞᆺ치 ᄒ시ᄂᆞ뇨. **명일 당당히 구고긔 고ᄒ고 혼셔문명을 쇼화ᄒ고 첩**의 힝ᄉᆞᆯ 징계ᄒ려니와 그러치 아닌 젼은 비록 부ᄌᆞ의 뇌호 슈 풍렬 가트시나 죽을지언졍 항복지 아니리니 문회 비록 미ᄒ나 피ᄎᆞ ᄉᆞ문일믹이라 엇지 당하의 노예가치 면칙을 바드리잇고[19]

(나) 첩이 용잔불초ᄒ여 녀ᄌᆞ의 은일ᄒ미 업ᄉᆞ니 명문덕가의 요죠슉녀를 어더 덕가 내조를 빗내시고 첩을 허ᄒ여 **친측의 도라보내시면** 부모를 뫼셔 여

---

18 비록 부인이 직접 이혼을 신청하는 것이 아니라 남편을 통해 국가에 이혼을 제기하려는 경우조차도 이혼 논의가 부인의 요구에 의해 이루어진 일임이 발각되면 처벌받았음을 앞에서 언급한 기별 문서 작성의 사례를 통해 확인할 수 있다. 남편이 부인에게 상해를 입혔을 경우에 한해 부인의 이혼 요구가 가능했으나 이 경우에도 이혼이 성립되기 위해서는 남편의 동의가 필요했다는 점에서 여성에 의한 이혼 요구 및 성립 가능성은 법적으로 매우 제한되어 있었음을 짐작할 수 있다. 정해은, 「조선 후기 이혼의 실상과 대명률의 적용」, 『역사와 현실』 75, 한국역사연구회, 2010, 99면.
19 『현씨양웅쌍린기』 권지일, 27면.

싱을 마출가 흐느이다.[20]

(다) 첩이 즈쇼로 다병질약흐고 소힝이 불미흐여 군즈지측의 뫼셤즉지 아닌
지라. 원컨듸 현문귀가의 뇨됴슉녀를 틱흐샤 금슬죵고를 화평이 흐시고 첩
은 어진 부형의 교훈을 듯지 못흐여시니 **친측의 도라보니샤** 부녜 허물을 씻
닷게 흐쇼셔.[21]

(라) 첩이 한쇼흔 가문의 겸흐여 부모의 일이로 싱쟝흐여 능히 군즈의 건즐
을 밧들 가뫼 불수흔지라 믹양 긍긍업업흐여 대위를 감당치 못홀가 두리더
니 박명흔 인싱이 더욱 긔궁흔 시졀을 당흐여 허다 난안흐고 붓그러온 경계
를 지내고 십싱구수흐여 싱환흐나 즁심의 밍셰흐여 다시 인륜을 참예치 아
니흐고 히골을 비러 **친측의 죵신코져** 흐더니 (…즁략…) 하면목으로 군즈의
측을 감당흐리오. 이제 군휘 요됴슉녀를 실즁의 취흐샤 쳘시는 현부형의 교
훈을 드른 녀지니 뉴리빈쳔흔 첩을 다시 즁궤의 머믈미 불가흔지라. 빌건듸
군즈는 첩을 허흐여 노부모 여년을 위로케 흐쇼셔.[22]

(마) 추후는 진실노 녕낭으로 더브러 칭웅칭셔를 못홀 거시오 약녜 엇지 아
븨 욕흔 쟈로 다시 부뷔 되리오. 고로 즁여의 존명을 쳔가의 머믈기 불가흐
여 **혼셔를 가져와 수죄흐느니** 형은 다시 현문명가의 요됴슉녀를 취흐여 한님의
관관겨구로 참치힝치를 다시 귀령홀지어다.[23]

20 『현씨양웅쌍린기』 권지일, 46면.
21 『현씨양웅쌍린기』 권지이, 19면.
22 『현씨양웅쌍린기』 권지칠, 23~24면.
23 『현씨양웅쌍린기』 권지일, 67면.

(가)는 작품 속에서 주여교가 처음으로 이혼을 언급하는 부분이다. 경문이 주소저를 냉대하는 것을 목격한 주어사 부부가 분노하여 딸을 시댁으로 돌려보내지 않자 현택지가 이들 부부의 불화를 눈치채고 아들을 훈계하는데 경문은 이마저도 부부은정夫婦恩情을 원하는 아내가 부모에게 신세를 한탄한 탓이라고 오해하고 만다. 이에 어린 나이에 부부관계를 밝히느냐며 아내를 조롱하고 경멸하며 억지로 동침하고자 하니 크게 모멸감을 느낀 주여교가 처음으로 자신의 생각을 드러내며 맞서는 것이다. 위의 예문 속에서 주여교는 경문의 부당한 행위가 군자로서의 처신에 적합하지 않다는 점과 자신이 사대부가의 여식으로서 정당하게 부부로 맺어졌으므로 남편에게 일방적인 하대를 받을 이유가 없다는 점을 당당히 피력하고 있다. 이 시점에서 주여교가 혼서문명婚書問名을 불태우고 혼인을 물리자고 주장하는 것은 일차적으로는 남편의 부당한 모욕을 받아들일 수 없다는 항의의 수단이었다고 볼 수 있다. 그러므로 아직 진심으로 이혼을 원하는 것이라고 단정 짓기는 힘들다. 하지만 애정이나 신뢰가 형성되기도 전에 남편으로부터 가해지는 정신적 폭력에 대해 이혼을 언급할 정도로 강하게 반발감을 표출함으로써 분명하게 자의식을 드러내는 여주인공의 모습을 통해 이 부부의 대립이 앞으로도 팽팽한 긴장 구도를 형성할 것임을 짐작할 수 있다.

(나)와 (다)에서 주여교가 남편을 향해 "親側에 도라보내 달라고" 부탁하는 것은 곧 자신을 출처出妻시켜 달라는 것으로서 이혼을 해 달라는 요구와 마찬가지이다. (나)의 상황은 경문이 아내에 대한 오해를 풀고 다소 누그러진 마음으로 언어를 수작하며 부부지락夫婦之樂을 맺고자 시도하고 있음에도 불구하고 주여교가 완강하게 거부 의사를 밝히며 자신을 출거出去시켜 달라고 요구한다는 점에서 (가)에서 드러냈던 이혼에 대한 생

각이 반항심에서 일시적으로 표출된 것이 아니었음을 확인케 한다. 경문이 자신은 부인을 예禮로써 대접하는데 부인은 여자의 온순한 덕을 잃어 부도婦道를 폐했다고 책망하는 것처럼 당대의 상식으로서는 주여교의 계속되는 이혼 요구가 쉽게 용납되기 힘들었을 것이다. 그럼에도 불구하고 주여교가 남편과의 관계 개선을 시도하지 않고 자신의 혈연인 부모에게로 돌아가고 싶은 소망을 강하게 표출하는 것은 남편을 향한 마음이 그만큼 강하게 닫혀 버렸음을 암시하는 것이다.

(다)는 주여교가 벼슬에서 물러나 고향으로 돌아가는 친정 부모를 따라가기 위해 남편과 이별하면서 부탁하는 말이다. 경문이 그간의 매몰찬 행동을 후회하며 조만간 아내가 돌아오면 새롭게 화락한 부부관계를 만들어 보고자 결심하는 것에 비해 주여교는 자신을 내치고 새로운 부인을 얻으라는 부탁을 함으로써 남편에게 돌아올 뜻이 없음을 드러내고 있다. 자신과 친정 부모의 부족함을 이유로 들며 경문의 부인 소임을 감당할 수 없다고 사양하는 주여교의 발화 내용 속에는 자신과 친정 부모에 대한 남편의 멸시를 혐원嫌怨하는 마음이 반영되어 있기도 하다.

이처럼 작품 초반부에서부터 현경문과 주여교 부부는 극한 감정의 대립 속에 아내 쪽에서 지속적으로 이혼을 요구할 정도로 불화하는 모습을 보여준다. 제2권에서 주여교가 낙향하는 친정 부모를 따라감으로써 부부가 이별을 맞이하게 되는데 경문이 재회 후의 관계 회복을 기약하고 있는 반면 주여교는 이 이별을 계기로 혼인관계를 끝내고 싶은 심정을 내비치고 있다. 주여교의 이와 같은 결심이 남편과의 분리 기간을 통해서도 전혀 완화되지 않았음을 보여주는 것이 (라)의 예문이다. 주여교는 부친의 고향 절강에서 악인들에게 납치되어 죽을 고비를 넘기고 일광 도사의 제자가 되어 운유자雲遊者라는 이름으로 새로운 삶을 살게 된다. 이후 우여곡절을 겪고 경사로 돌아온 후에도 시댁으로 돌아가지 않고 부모 슬하에 숨어 있다가 경문에게 들키게 되는데 여전히 경문과의 혼인관계를 지속할 뜻이 없다는 의사를 표현하고 있다. 그녀가 이혼을 청하는 표면적 사유들은 자신이 여자로서 겪어서는 안 될 일들을 겪었으므로[24] 군자의 아내가 될 자격이 없다는 것과 시댁에서 자신이 죽은 줄 알고 이미 경문의 새 부인을 맞아들여 정처의 자리가 비어 있지 않다는 점, 그리고 경문의 새 부인인 철씨가 어진 부모 밑에서 교육받은 숙녀로서 자신보다 낫다는 점 등이다. 이러한 거부는 당대의 사회적 분위기와 시대 윤리를 고려할 때 여성의 도리를 저버린 것에 대한 주여교의 자책과 부끄러움을 드러내는 예의로 비칠 수도 있다. 그러나 사실은 현경문과의 혼인관계를 다시 이어 가고 싶지 않은 주여교가 자신의 자격 미달을 탓하며 이혼 의지를 관철하고자 하는 성격이 더 짙다. 왜냐하면 주여교는 스승의 명에 마지못해 전장에 나가 경문을 구하는 과정에서도 철저히 정체를 숨겼다가 몰래 친정으로 돌아와 시댁과의 인연을 끊은 채 숨어 살고자 하는데 이런 태도를 통해서 주여교가 여전히 현경문과의 부부관계 회복을 원치 않음이 강조되고 있기 때문이다. 이로써 주여교는 작품 초반부터 후반부에 이르기까지 일관되게 현경문과의 혼인관계를 부정적으로 인식하면서 남편 쪽에서 자신을 출거함으로써 혼사를 물러 주기를 원하고 있다 하겠다.

한편 (마)는 경문에게 반한 조카딸 육취옥의 일로 옹서지간에 크게 다툰 후 주어사가 사위에게 받은 모욕을 견딜 수 없다며 사돈인 현택지를 찾아와 이혼을 요구하는 장면이다. 이는 성급하고 경박한 성격의 주어사가 사위에 대한 분노를 다스리지 못해 감정적으로 저지른 일이라는 점에

---

24 여자의 몸으로 집 밖을 떠돌다가 산중에서 일광대사의 제자가 되어 남장을 하고 도술을 배웠다는 것, 전장에 나아가 남성들의 영역을 침범한 것 등을 말하는 것이다.

서 주여교의 지속적인 이혼 요구에 비해 일시적이고 충동적인 측면이 강하다. 그러나 주어사가 남편과 불화하는 딸의 입장을 이해하면서 시댁에 돌아가지 않고 친정에 숨어 살도록 허용하는 것으로 미루어 딸을 출가외인으로 여기며 시댁의 일원이 되기를 강요하던 당대의 사회적 통념 및 여성 측의 이혼 요구를 받아들이지 않던 법 제도를 거스르고 있다는 점에서 여주인공뿐 아니라 그 부모까지도 이혼에 대해 적극적인 문제의식을 지니고 있다고 하겠다.

이상에서 현경문의 부인인 주여교가 자신과 친정 부모에 대한 부당한 대접에 불만을 품은 채 남편과의 혼인관계를 지속할 마음을 접고 지속적으로 이혼 요구를 하고 있음을 살펴보았다. 여성이 국가에 직접 이혼을 제기할 수 없는 사회 제도적 상황 속에서 남편에게 자신을 내쫓아 달라는 출처 요구를 함으로써 혼인관계를 해소시키고자 하는 것이다. 게다가 주여교의 부친인 주어사까지도 딸의 뜻에 동조하며 혼인관계의 파탄을 수용할 의사를 드러냄으로써 이 작품이 혼인 문제를 명분론적인 차원에서 당대 사회가 요구하는 대로 당위적으로 인식하지 않음을 알 수 있다.

한편 현수문의 부실副室인 윤혜빙의 경우에는 주여교와는 다른 방식으로 혼인 거부 의사를 드러내고 있다. 윤혜빙은 재상가의 딸임에도 불구하고 어려서 부모를 잃고 장시랑 댁 유모의 손에서 길러지는 바람에 현수문에 의해 천민 취급을 받으며 순결을 잃고 만다. 다행히 부모를 찾고 신분을 회복하기는 하지만 양반가의 규수로서 순결을 잃은 이상 현수문에게 시집을 가는 것 외의 다른 방법이 없는데, 현수문은 이미 정실을 맞이한 상태이기 때문에 윤혜빙에게 주어지는 자리는 부실, 즉 첩의 지위일 수밖에 없다. 이와 같은 과정을 통해 이루어지는 혼인에 대해 윤혜빙이 강하게 반발하는 것은 당연하다. 명문가의 자녀임에도 불구하고 정식

절차를 밟아 혼례를 올리지 못하고 정조가 훼손된 상태에서 첩이 되어야 하는 상황, 그것도 자신을 성폭행한 남성의 첩이 되어야 하는 치욕스러운 상황을 용납하기 어려웠을 것이기 때문이다. 그러나 당대의 관습 안에서는 윤혜빙의 혼인 거부 의사가 관철되기 어려웠던 탓에 결국은 현수문과의 혼인관계가 성립되고 마는데 이에 대해 윤혜빙은 가출과 잠적이라는 방법을 통해서 이 혼인관계를 유지할 뜻이 없음을 드러내고 있다. 윤혜빙이 혼인을 부정하는 내용들을 살펴보기로 한다.

> (바) 소첩이 임의 농중의 식 되어시니 호싱지덕을 드리오샤 부인 존하의 쓰레질ᄒᆞᄂᆞᆫ 쇼임을 허ᄒᆞ신족 인륜을 지팅ᄒᆞ여 타일 어버의 얼골 보기를 기ᄃᆞ리려니와 상공의 빈실노 의건을 쇼임ᄒᆞ라 ᄒᆞ신족 원컨ᄃᆡ 당하의셔 쥭어 쳡의 잔약ᄒᆞ고 졍렬치 못ᄒᆞᆫ 죄를 속ᄒᆞ여지이다.[25]

> (사) 이의 깁을 ᄯᅳᆯ쳐 ᄌᆞ가 심ᄉᆞ를 고ᄒᆞ고 하직ᄒᆞᄂᆞᆫ 글을 뼈 셔안 우히 노흔 후 귀형녀를 ᄉᆞ이길노 ᄌᆞ가 침실 협실 창밋히 셰운 후 이윽고 츄밀과 부인이 친히 니르러 녀ᄋᆞ를 희유ᄒᆞᆫ 후 신방으로 드려보닐ᄉᆡ 쇼졔 부모 니측을 결연ᄒᆞ나 현싱 ᄃᆡ면 아니키를 다팅ᄒᆞ여 온화히 드러가니 부모는 그 슌죵ᄒᆞᆷ믈 깃거홀 분이오 뉘 도로혀 텬하귀형을 ᄃᆡ신홀 줄 알리오. 쇼졔 몸을 ᄲᅢ혀 잉으로 더브러 이모 박ᄌᆞᆺ 퇴즁으로 ᄂᆞᆷ이가니[26]

> (아) 승상이 윤시의 거쳐를 듯고 ᄯᅩ흔 깃거 이의 퇴일ᄒᆞ여 마ᄌᆞ오고져 ᄒᆞ나

---

25 『현씨양웅쌍린기』 권지이, 108~109면.
26 『현씨양웅쌍린기』 권지삼, 50~51면.

쇼졔 죽기로써 듯지 아니니 부뫼 능히 히유치 못ᄒᆞᄂᆞ지라.[27]

(바)는 수문에게 겁탈을 당한 후 자살을 기도한 윤혜빙을 현공 부부가 측은히 여겨 수문의 첩실로 삼고자 불러온 자리에서 윤혜빙이 자신의 심정을 토로하는 장면이다. 윤혜빙은 현씨 가문의 천비 노릇을 감당할지언정 수문의 첩이 되기는 싫다는 뜻을 목숨을 걸 정도로 강력하게 표명하고 있다. 이 당시에는 아직 윤혜빙의 신분이 밝혀지기 전이라는 점에서 윤혜빙의 혼인 거부 의사가 예의범절이나 신분에 부합하는 지위 등과는 무관하게 오로지 자신의 인격과 자존심에 근거하여 표출된 것이라고 하겠다. 이를 통해 상하의 신분적 지위를 막론하고 자신의 성적 자결권을 행사하고자 하는[28] 인간의 기본 욕구와 권리가 우선적으로 문제시됨을 확인할 수 있다.

(사)는 결국 수문과 혼인을 하게 된 윤혜빙이 첫날밤에 도망을 치는 내용을 담고 있다. 윤혜빙은 부모들의 결정에 따라 어쩔 수 없이 수문과 혼례를 치르게 되자 가출을 감행하기로 결정한다. 윤혜빙에게 가출이란 잃어버렸다 찾은 부모와 또다시 헤어지는 아픔을 감수해야 하는 매우 극단적인 방법임에도 불구하고 혼인 생활을 받아들이는 것보다는 부모와의 이별을 선택한다는 점에서 윤혜빙이 현수문을 얼마나 강하게 거부하는지 짐작할 수 있다. 윤혜빙은 여성의 바깥출입이 자유롭지 않았던 당대

---

27 『현씨양웅쌍린기』권지십, 21면.

28 여성적 의식이 강하게 드러나는 소설들에서 여성들이 남편에게 성관계를 거부함으로써 남성 중심적 성 권력을 전도시키는 가운데 저항 의지와 자존감을 표출하고 있음이 선행 연구들을 통해 강조된 바 있다. 이지하, 「『옥원재합기연』연작 연구」, 서울대 박사 논문, 2001, 72면; 장시광, 「『성현공숙렬기』에 나타난 부부 갈등의 성격과 여성 독자」, 『동양고전연구』27, 동양고전학회, 2007, 20~21면.

사회에서 혼인한 여자가 가출하는 파격적인 행동을 실천에 옮길 뿐 아니라 인근에서 추악한 외모로 이름난 귀형녀를 자기 대신 신방에 들여보냄으로써 자신을 성적으로 학대한 수문에게 앙갚음을 한다. 수문과 귀형녀의 동침이 일시적인 '골탕 먹이기'의 성격을 띠며 해학적으로 그려지기는 하지만 남성의 성폭력에 대한 보복적 행위로서 그의 성적 욕망을 역이용하여 불쾌감과 수치심을 안겨 주는 방법을 선택하는 것은 의미심장하다.

(아)의 내용은 윤혜빙이 수년간의 도주와 은신 끝에 발각되어 친정으로 돌아온 후의 상황에 대한 것이다. 총 10권의 분량 중 제3권에서 도망을 간 윤혜빙은 처음에는 타지에 부임해 있는 이모부에게 의탁하고 있었으나 그 사실이 수문에게 발각되어 이모 댁에 누를 끼치게 되자 시녀 한 명만을 데리고 남복을 입은 채 이모 댁을 나오고 만다. 당시 사회에서 사대부가의 여성이 무작정 도망길에 오르는 것은 엄청난 위험을 감수하는 것이면서 도덕적으로도 지탄의 대상이 되는 일임에도 불구하고 수문과의 혼인 생활보다는 그러한 모험의 길을 선택한다는 점에서 윤혜빙의 강한 거부감이 드러난다. 길 위에서 방황하던 윤혜빙은 여승들이 거처하는 절에 몸을 숨긴 채 세월을 보내다가 작품 마지막 권에 가서야 집으로 돌아온다. 그러나 이마저도 자발적인 의지에 의해서가 아니라 거처가 탄로나 강제적으로 돌아온 것인 데에다가 시가가 아닌 친정에 머물면서 현수문에게 돌아가기를 끝까지 거부한다.

결국은 시부 현택지의 훈교에 의해 마지못해 시댁에 돌아가 현수문의 부실로서의 도리를 따르는 것으로 결말을 맺고 있기는 하지만 당대 사회의 통념으로는 용납되기 어려운 가출이라는 극단적인 방법을 동원하고 부모와의 이별을 감수하면서까지 현수문과의 혼인관계를 거부하는 윤혜빙의 간절함은 심각하게 고려될 필요가 있다. 특히 윤혜빙은 남편을 향해 예의를 따지며 당당히 이혼을 요구할 수 있는 정실 지위의 주소저에 비해 그러한 요구의 기회마저도 갖지 못하는 첩의 위치에 있었기에 도주를 통해 혼인관계로부터 이탈해 버림으로써 직접적이면서도 위험한 방법으로 자신의 의지를 표명할 수밖에 없었던 것이라 하겠다.[29]

3. 이혼을 바라보는 두 가지 시선

위에서 살펴본 것처럼 『현씨양웅쌍린기』의 여주인공들은 주여교의 경우처럼 정식으로 맺어진 혼인관계를 무효화하고자 하거나 윤혜빙의 경우처럼 혼인관계의 성립 자체를 거부함으로써 혼인에 대해 부정적 태도를 보이고 있다. 두 여주인공이 지위와 처지에 따라 각기 다른 방식을 선택하기는 해도 남주인공들과의 혼인관계를 유지할 의사가 없다는 점에서는 공통점을 지닌다고 하겠다. 그런데 여주인공들이 매우 심각하게 혼인관계를 부정하는 태도를 보이는 것에 비해 주변인들의 반응은 그만큼 심각해 보이지 않는다는 점에서 작품 속에서 이혼 문제를 바라보는 시각의 괴리가 발생한다. 따라서 이혼에 대한 입장 차이와 그 이면을 살펴봄으로써 보다 심층적인 의미들을 탐색해 보기로 한다.

29　정식으로 혼서를 주고받아 법적인 처의 지위를 획득한 정실들에 비해 첩은 법적 문서를 통해 혼인 유무를 보장받을 수 있었던 것이 아니므로 언제든 자의적인 기준에 의해 축출될 수도 있는 열악한 처지에 놓인 존재라고 할 수 있다. 그런데 윤혜빙은 자신의 불안정한 처지를 역으로 이용하면서 극단적인 방법을 동원하여 현수문과의 혼인 관계를 거부하고 있는 것이다.

1) 남편을 버리는 여성

혼인이 인류지대사로서 매우 진지하고 신중하게 다루어지는 것처럼 이혼 역시 쉽사리 결정할 수 있는 일이 아니다. 더군다나 부모에 의한 중매혼이 일반적인 가운데 혼인이 개인의 선택 문제가 아니라 집안 혹은 가문 전체의 문제로 인식되었던 조선시대에 이혼은 함부로 논의되기 어려운 금기 사항에 해당되었으며, 국가적인 차원에서도 아주 예외적인 경우를 제외하고는 공식적으로 혼인관계의 해소를 승인해 주는 경우가 드물었다. 이와 같은 사회 분위기 속에서 혼인의 성립이나 유지 과정에 있어서 전혀 주도적인 입장을 취할 수 없었던 여성들이 먼저 이혼을 제기하거나 혼인관계를 파탄으로 몰고 가는 행위를 하는 것은 이례적이고도 바람직하지 않은 일로 간주되었다. 그런데 『현씨양웅쌍린기』에서는 작품 전반을 통해 이러한 내용을 서사화하고 있으며 이혼 문제의 중심에 서 있는 여인들이 악녀 등 반동적 인물이 아니라 주인공이라는 점에서 주목된다. 상층 가문의 자녀로서 유교적 명분론에 입각하여 아내의 도리를 교육받은 여성들의 경우 설령 혼인관계가 불행한 상황에 처했다고 하더라도 부부관계의 지속을 위해 자기희생을 통한 인고의 길을 가도록 요구받았다. 그러므로 상층 가문의 구성원인 주여교와 윤혜빙이 그러한 사회적 압박을 무시한 채 혼인관계를 거부하며 자기 의사를 관철시키고자 하는 이면에는 심각한 고뇌가 담겨 있다.

주여교의 이혼 요구 과정에서 우선 두드러지는 요소가 친정의 문제이다.[30] 그녀가 남편에게 혼인 파기를 부탁할 때마다 내세우는 것이 부모의

30　최기숙 역시 친정의 문제에 주목하여 주어사 부부가 출가한 딸 부부 사이에 과도하게 개입하여 문제를 빚어내는 측면이 있지만 이러한 내용이 "삼종지도나 출가외인이라는 관습법을 넘어선" 당대 독자들의 실질적인 욕구와 고민을 반영하는 것이라고 보았다.

곁을 지킬 수 있도록 해 달라는 것이다. 주여교는 비록 자신의 부모가 예의를 잃고 실수를 하는 바람에 남편과의 갈등이 초래된 측면이 있을지라도 항상 부모 편을 들면서 자기 부모에게 무례한 남편과 대립각을 세우곤 한다. 이러한 태도는 혼인과 더불어 출가외인으로서 친정과의 일차적 혈연관계를 끊고 시댁의 일원으로 살아야 하는 것으로 여성의 삶을 규정했던 당대 이념에 배치되는 것이다. 성리학적 명분론에 입각한 부녀자의 도리를 따르기보다는 친부모와의 혈연적 친밀성을 우선시함으로써 궁극적으로는 시댁과 친정 중에서 친정을 선택하고 있는 것이라 하겠다. 또한 친정은 여성의 자기 정체성과도 관련되므로 친정의 문제로 남편과 대립하는 것은 결국 자신의 존재 가치를 염두에 둔 자존심의 표출이라고도 할 수 있다. 즉 주여교가 이혼을 하고 친정으로 돌아가고자 하는 것은 친영제에 입각한 가부장 제도나 명분론적 예의보다는 혈연을 중시하는 태도를 보이는 것이면서 한편으로는 남존여비의 관념을 거부하고 자존감을 지키고자 하는 의지를 드러내는 것이라고 할 수 있다.

주여교가 남편에게 강하게 반발하며 이혼을 요구하는 장면마다 반복되는 또 하나의 특징적 요소로 부부 동침의 문제를 들 수 있다. 현경문이 주위의 비웃음이나 부친의 염려 등을 이유로 아내와의 잠자리를 시도할 때마다 주여교가 완강히 거부 의사를 표명한다. 이에는 애정과 존중 없이 사회적 조롱을 면하기 위해서, 혹은 대를 이을 자식을 낳기 위해서, 또

최기숙, 앞의 글, 319~320면. 이는 친정 부모의 입장에서 시집간 딸에 대한 애착과 개입을 살핀 것이라 하겠다. 그런데 작품 속에서는 외동딸에 대한 주어사 부부의 관심 못지않게 주여교의 친정 부모에 대한 애정과 효성이 강조되고 있으므로 본 연구에서는 이 부분을 중점적으로 살펴보고자 한다. 한아름은 주소저를 효성이 지극한 여성으로 파악하고 여기에는 친영제 시행 이후 친정으로부터 분리되어 시댁의 일원으로 규정되었던 사대부가 여성들의 불만이 반영되어 있다고 보았다. 한아름, 「『현씨양웅쌍린기』에 나타난 규방소설적 성격 연구」, 인천대 석사논문, 2004, 42~44면.

는 성적 욕망을 해소하기 위해서 자신에게 잠자리를 요구하는 것에 대한 거부감과 분노가 자리 잡고 있다. 즉 자신을 인격적으로 대접하지 않고 수단적 존재로 취급하는 데 대한 반발을 드러내는 것이다. 주여교의 동침 거부를 통해서 남성 중심적으로 행사되는 성 권력에 반발하며 동등한 인격체로서 자존감을 지키고자 하는 의식을 확인할 수 있다.

한편 윤혜빙의 경우에는 현수문과의 혼인관계를 거부하는 이유가 보다 분명하다. 윤혜빙이 혼전에 현수문으로부터 겁탈당함으로써 당대 여성에게 가장 치명적인 정조 훼손이라는 오명을 얻게 되었으며 이후에도 수문에게 지속적으로 노리갯감처럼 취급받고 있기 때문이다. 현수문은 윤혜빙에 대한 성적 유린을 전혀 반성하지 않고 오히려 자신에게 정조를 훼손당한 이상 첩실이 되는 것이 당연하다며 억압적이고 가부장적인 태도로 일관한다. 현수문이 윤혜빙에게 애정을 품고 있는 것으로 그려지기는 하지만 그녀를 대하는 방식이 매우 권위적이고 폭력적인 모습인 것으로 미루어 그 애정이 상대방의 인격을 존중하는 가운데 형성된 것이라고 보기 어렵다. 현수문이 윤혜빙을 욕정의 대상으로 취급하고 있다는 것은 정실인 하소저를 대하는 태도와 비교해 보면 쉽게 확인할 수 있다.[31] 즉 그에게 윤혜빙은 예우를 해야 하는 대상이 아니라 본처와는 다른 풍류의 대상으로서 인식되고 있는 것이다.

그런데 윤혜빙에게 가해지는 고통이 표면적으로는 현수문의 폭력에 말미암은 것으로 보이지만 그 밑바탕에는 여성을 남성에게 종속적인 존재로 규정하는 가부장제와 피해자임에도 불구하고 정절을 잃은 여성

---

31 현수문이 풍류남으로 그려지기는 하지만 정실인 하소저와의 관계에서는 예의를 갖추고 방탕한 기질을 함부로 노출시키지 않는 반면 윤혜빙을 대할 때는 언어와 행동 모두 예의와 법도를 무시하며 상대를 비하하는 태도를 보인다.

에게 매우 가혹했던 사회적 통념이 자리 잡고 있음을 간과해서는 안 된
다.[32] 또한 남녀 차별적 구도 안에서 남편을 부인보다 우위에 둔 것 외에
처와 첩의 구분을 통해 여성 간의 또 다른 차별을 양산해 낸 다처제의 모
순도 놓치지 말아야 한다. 요컨대 윤혜빙의 시련이 개인적 차원의 문제
에 그치는 것이 아니라 사회 제도적 측면에서 용인된 것이라는 점에서
윤혜빙의 저항 역시 "반봉건적 행위로서의 의의를 지니는 것"[33]으로 이
해될 수 있다. 따라서 구조적인 차원에서 이 작품이 지극히 사적인 부부
갈등에 집중하여 단일성을 도모하는 가운데 다른 갈등으로의 확대를 차
단하고 있지만 부부 갈등을 통해 사회적 모순이 노출된다는 점에서 이를
개인의 사생활을 노련하게 직조해 낸 흥미로운 서사로만 치부할 수 없
다.[34] 특히 정처의 자리를 확보한 주여교에 비해 윤혜빙은 다처를 용인하
는 가부장제하에서 제대로 보호받기 힘든 첩실로서의 취약한 지위로 인
해 더 열악한 상황에 내몰릴 수밖에 없었다는 점에서 당대 사회에서 여
성에게 가해지던 억압들을 복합적으로 반영해 내고 있다고 하겠다.

이상의 내용을 통해 『현씨양웅쌍린기』의 여주인공들이 가부장적 제도
가 여성들에게 부여한 책무나 도리를 따르기보다는 독자적 인격체로서
사고하고 행동하는 존재들임을 알 수 있다. 따라서 부당한 혼인관계를 받

---

32 신동흔도 경위와 상관없이 이러한 관념들이 윤소저의 삶을 결정해 나가고 있음을 지적
    한 바 있다. 신동흔, 「『현씨양웅쌍린기』에 그려진 귀족사회의 허와 실」, 『서사문학과 현
    실 그리고 꿈』, 소명출판, 2009, 449~450면.
33 신동흔, 위의 책, 450면.
34 김지연은 이러한 단일 갈등 구조가 독자의 흥미를 고려하면서 서사 구성의 합리성과
    정합성을 추구하는 작가의 역량을 보여주는 것이라고 보았다. 김지연, 앞의 글, 245면.
    그러나 그러한 서사에 담긴 함의에 대해서는 언급하지 않았다. 이 작품은 비교적 간결
    한 서사에도 불구하고 심각한 문제의식을 전달하는 것으로 평가되어 왔는데 그 이유가
    개인의 삶이 당대 사회 구조에 의해 구속되고 왜곡될 수 있음을 핍진하게 형상화하고
    있기 때문이라고 생각되므로 이를 좀 더 적극적으로 다룰 필요가 있다.

아들이지 않고 주체적 인식하에 당당히 이혼을 불사하고자 하는 모습을 보이는 것이다. 이러한 태도가 유교 윤리에 입각한 이상적 여인상의 구현과는 배치되는 것임에도 불구하고 여주인공들을 이렇게 형상화하고 있다는 점에서 이 작품이 유교적 가부장제하에서 발생할 수 있는 여성적 문제들을 진지하게 포착하고 있다고 하겠다. 특히 사회적으로 금기시되는 가운데 여성에게 낙인이 될 수도 있는 이혼을 감내할 만큼 여성적 문제가 심각하며 그 이면에는 남편 개인의 결함을 용인하고 조장하는 사회 구조적 모순이 존재함을 암시함으로써 여성 의식에 기반한 비판적 태도를 보여주고 있다. 그러나 이와 같은 여주인공들의 행위와 그에 반영된 비판 의식만으로 이 작품의 성격을 규정지을 수는 없다. 작품 속에 이에 상반된 태도와 반응들이 공존하기 때문이다. 따라서 여주인공들의 이혼 요구에 대한 주변의 반응과 이를 그려내는 서술 태도를 살펴볼 필요가 있다.

2) 일탈과 봉합, 견고한 사회적 통념

심각하게 이혼을 고려하고 있는 여주인공들의 태도와 더불어 남편, 시부모, 그리고 가문 내외의 주변인들이 어떤 반응을 보이는지를 함께 고찰해야 작품의 의도를 제대로 파악할 수 있다. 이들의 반응은 크게 두 가지 관점에서 살필 수 있다. 첫째는 여주인공들의 이혼 '요구'에 대한 반응이고, 둘째는 당대 윤리에 비춰볼 때 이혼 사유가 될 만한 여주인공들의 '행위'에 대한 반응이다.

먼저 주여교와 윤혜빙의 이혼 요구나 혼사 거부를 남편이나 시댁 식구들은 그리 심각하게 받아들이지 않는 것으로 보인다. 현경문은 주여교와 불화하는 와중에도 이혼할 의사는 없기 때문에 아내의 이혼 요구에 불같이 화를 내기도 하고 무시하기도 하고 또는 달래기도 하면서 진지한 대응을 피하고 있다. 주여교가 처음 이혼을 언급했을 때 "칠거지악이 업스니 내치며 폐치 못홀지라"[35]고 대답했던 태도를 계속 고수하고 있는 것이다. 윤혜빙에 대한 현수문의 태도는 더욱 일방적이다. 뜻대로 되지 않는 윤혜빙과의 관계에 분노하며 애를 태우기는 하지만 사족 부녀로서 순결을 훼손당한 윤혜빙이 자신에게 귀속될 수밖에 없음을 확신하는 가운데 윤혜빙의 처지나 심리를 진지하게 고려하지 않는다.

시부모들 역시 며느리들의 처지를 이해하고 동정하며 아들들을 나무라지만 이혼에 대해서는 절대 있을 수 없는 일로 치부한다. 현택지는 주어사와 현경문을 통해 이혼 문제가 제기되었을 때[36] 일시적 감정으로 대사를 그르치지 말라며 다독이는 가운데 이혼은 불가하다는 입장을 분명히 한다. 윤혜빙의 행위를 두고도 여도女道를 그르치는 부분에 대해서 근심하면서도 스스로 돌아오기를 기다려 준다. 남자 쪽에서만 이혼을 제기할 수 있었던 당대의 이혼법을 고려할 때 그 주도권자였던 시부모들이 이혼을 전혀 염두에 두지 않는 것은 일단 며느리들을 이해하고 보호하려는 것으로 받아들일 수 있다. 그러나 다른 한편으로는 자녀 부부의 불화를 신혼 초의 적응 과정에서 발생할 수 있는 일시적인 문제라고 여겨 며느리들의 심각한 고뇌를 그다지 대수롭지 않게 치부하는 것일 수도 있다. 이러한 태도는 이혼을 남성의 입장에서 이해하고 칠거지악을 저지르지 않는 한 며느리를 쫓아내지 않는 것이 여성의 지위를 보장해 주는 것이

---

35 『현씨양웅쌍린기』 권지일, 28면.

36 주어사의 경우는 위에서 살핀 바 있고, 현경문의 경우는 자신을 오해한 장모 후 부인이 부친 현택지와 조상들을 들먹이며 욕보이자 자식 된 도리로서 참지 못하고 혼인을 물리는 상소를 올리고자 하다가 부친의 만류로 그만둔 적이 있다. 한편 주여교는 남편에게는 빈번히 이혼을 요구하지만 이러한 불화 내용이 바깥으로 새 나가는 것은 예의에 어긋난다고 여겨 극도로 조심하는 태도를 취하므로 시부모가 며느리의 이혼 의사를 직접적으로 확인하지는 못한다.

라는 사회적 통념과 상통한다. 현택지와 같은 명철한 시부조차도 여성의 입장에서 이혼이 제기될 수도 있다는 사실을 상정하기 힘든 것이다. 며느리들이 아들들에 의해 부당한 대접을 받는 것에 대해서 안쓰러운 마음을 지니고 있기는 하지만 그 역시 가부장제 사회의 기득권자로서 여성적 고민을 제대로 인식하지는 못하며 적당한 선에서의 봉합을 원한다는 사실을 '여교십편女敎十編'을 내려 시부의 권위로 며느리들을 계도하는 모습을 통해 확인할 수 있다.

한편 당대 여성들로서는 이혼 사유가 될 만한 '행위'들에 대한 반응을 살펴보기로 하자. 주여교가 실종되었다가 남장을 한 채 전쟁에 가담했던 일이나 윤혜빙이 혼인 후에도 남편을 피해 도망을 다니는 행위는 당대의 이혼법에 의해 이혼 성립 요건이 될 뿐 아니라 엄벌을 받을 수도 있는 일이다. 병자호란 때 포로로 잡혀갔다가 속환贖還한 환향 여성들을 실절失節한 것으로 간주하여 이혼의 사유로 삼았던 조선의 엄격한 여성 통제를 참고하면[37] 집을 떠나 장기간 세상을 떠돌았던 주여교와 윤혜빙의 행위는 부덕婦德을 해친 것으로서 문제가 될 수 있다. 또한 주여교가 남장을 하고 전장에 나갔던 일은 내외법을 크게 어긴 것으로 사회적 논란거리이며, 윤혜빙이 남편의 이혼 허락 없이 자의로 도망간 것은 무거운 형벌을 받을 일이다.[38] 그러나 『현씨양웅쌍린기』에서는 남주인공 및 시부모

---

37 전쟁 통에 국가의 보호를 받지 못한 피해자라고 할 수 있는 여성들을 오히려 실절(失節)한 것으로 치부하며 사대부 가문의 순수성을 보존하기 위해 이혼을 주장했던 사례들을 다음의 글들에서 확인할 수 있다. 박주, 「병자호란과 이혼」, 『조선사연구』 10, 조선사연구회, 2001; 김윤정, 「조선 후기 가모(嫁母)·출모(出母) 담론과 그 예학적 성격」, 『퇴계학보』 131, 퇴계학연구원, 2012.

38 『대명률』에 부인이 남편을 배신하고 도망하는 경우를 형벌로 규제하고 있으므로 이에 입각하여 남편과의 혼인관계가 해소되지 않은 상태에서 처가 자신의 의지로 남편을 떠나는 경우 무거운 형벌을 받아야 했다. 박경, 앞의 글, 109면.

를 비롯한 주변인들이 사회적으로 문제가 될 법한 여주인공들의 행위에 대해서 매우 너그러운 태도를 취함으로써 출거㤼나 이혼의 문제가 제기될 여지가 없다. 특히 주여교의 남장 행위에 대해서는 국가에 큰 공을 세우고 남편에게 절의를 지킨 일이라 칭송하는 가운데 천자가 포상을 하고 있어 당대 사회의 남녀 차별적 제도와는 전혀 다른 모습을 보이고 있다.

여주인공들의 일탈적인 행위에 대해 이렇게 포용력을 발휘하며 더 나아가 칭송하기까지 하는 이유에 대해서는 상이한 측면에서 해석이 이루어질 수 있다. 우선 여주인공 중심의 서사 진행 속에서 이들의 입장을 옹호하는 것일 수 있다. 이들의 행위가 이해·긍정되는 이면에는 이들의 열악한 처지와 고뇌에 대한 공감이 존재한다고 볼 수 있는 것이다. 한편 시각을 달리하여 소설 관습 속에서 이해하자면 여주인공의 대외적 고난이나 성공담을 통해 흥미를 제고하는 서사 구성 방식을 차용하고 있는 것일 수도 있다. 실제 사회에서는 불가능한 일을 소설 속에서 예외적으로 가능하게 형상화하여 대리 만족과 흥미를 주는 것이다. 이 경우 여주인공들의 행위에 담긴 심각성이 소설적 흥미에 가려 상당히 희석될 수 있다. 그런데 작품이 담아내는 의미를 이 중 하나로 규정하기 힘들다. 작품의 구성과 향유의 과정에서 이 두 가지가 동시에 작용했을 가능성이 높기 때문이다.

그렇다면 여주인공들의 이혼 요구를 통해 드러나는 여성 의식과 그 상대자나 가문 구성원들의 반응을 통해 드러나는 사회적 통념 사이의 간극을 어떻게 해석할 것인가? 이 문제는 곧 이 작품을 여성 의식을 강하게 표출하는 문제작으로 파악할 것인가, 부부 갈등 서사를 통해 서사적 흥미를 담보하는 통속적 대중 서사물로 파악할 것인가의 문제로 귀결된다. 이에 따라 이 작품의 위상도 달리 평가될 수 있을 것이다.

4. 『현씨양웅쌍린기』의 여성 의식

『현씨양웅쌍린기』의 서사가 부부 갈등을 중심축으로 진행되는 가운데 주로 남성들의 부당한 대우에 대한 여성들의 저항을 그리고 있다는 점은 선행 연구들이 공통적으로 주목해 온 바 있다. 그러나 이 작품이 고전소설 유형 중 영웅소설과 더불어 대중소설로서의 성격을 강하게 지닌 대하소설로서 관습적이고 통속적인 특성들을 지니고 있음도 분명하다. 선행 연구들이 이 두 가지 특성 중 한 측면만을 일방적으로 주장하지는 않았다고 하더라도 중점을 어디에 두느냐에 따라 작품을 분석하는 방법이나 작품 의미 해석에 있어서 대별되는 경향성을 지니는 것으로 파악된다. 우선 부부 갈등을 통해 드러나는 여성적 문제에 중점을 둘 경우 이 작품이 가부장제 사회의 모순을 드러내는 가운데 제도와 규범에 의해 억압되는 인간성의 문제를 진지하게 포착한 작품으로 평가된다.[39] 한편 서사 기법이나 구성적 측면에 중점을 둘 경우 주제적 측면보다는 당대에 인기를 끌었던 소설로서의 서사적 특성과 대중 서사물로서의 가치에 주목하게 된다.[40] 물론 이 작품이 이 두 가지 특성을 모두 지니고 있다는 것을 선행

---

39 이지하, 「『현씨양웅쌍린기』 연작 연구」, 서울대 석사논문, 1992; 신동흔, 「『현씨양웅쌍린기』에 그려진 귀족사회의 허와 실」, 『서사문학과 현실 그리고 꿈』, 소명출판, 2009; 한아름, 「『현씨양웅쌍린기』에 나타난 규방소설적 성격 연구」, 인천대 석사논문, 2004; 최지우, 「『현씨양웅쌍린기』와 『하진양문록』의 비교 연구」, 대전대 석사논문, 2004; 옥지희, 「『현씨양웅쌍린기』에 나타난 여성 의식 연구」, 한국외대 석사논문, 2009 등이 이에 해당된다.

40 김지연, 「『현씨양웅쌍린기』의 단일 갈등 구조와 인물 형상의 관계」, 『민족문학사연구』 28, 민족문학사학회, 2005; 최기숙, 「『현씨양웅쌍린기』에 나타난 '부부관계'와 '결혼생활'의 상상적 조율과 문화적 재배치 – '현경문-주소저' 부부 관련 서사 분석 중심으로」, 『한국고전여성문학연구』 20, 한국고전여성문학회, 2010; 정혜경, 「『현씨양웅쌍린기』의 서사적 힘 – 웃음」, 『한민족문화연구』 37, 한민족문화학회, 2011 등이 이에 해당된다.

연구들도 고려하고 있기는 하지만[41] 엄밀히 따져보면 어느 쪽에 무게를 두느냐에 따라 시대적 통념을 거스르는 것으로 볼지, 아니면 대중 서사물로서 시대적 통념을 수용하는 것으로 볼지 작품의 위상을 다르게 파악하게 되므로 시각을 좀 더 예각화할 필요가 있다.

이 점에서 이 작품이 창작되었던 조선 후기의 사회 현실과 작품을 긴밀한 관계 속에서 살펴볼 필요가 있다. 그런 점에서 당대의 이혼법을 통해 작품의 내용을 새롭게 고찰해 보는 것이 의미 있다. 혼인은 남녀 쌍방의 결합임에도 불구하고 조선시대에 혼인 관계에서의 주도권은 주로 남성 쪽에서 행사할 수 있었음을 상기할 때 주체적인 의지를 드러내며 혼인관계를 부정하는 여성들이 주인공으로 등장하고 있다는 점은 매우 시사적이다.

주여교와 윤혜빙은 부당한 혼인관계에 대해 거부 의사를 확실히 표함으로써 혼인에서 주도권을 행사한다. 이들이 이혼을 요구하거나 도피 행각을 통해 혼인을 부정함으로써 가부장제하에서 간과되었던 여성적 권익의 문제들이 부각된다. 남편들에 의한 심리적 폭력과 물리적 폭력의 행사, 이로 인한 자존심의 훼손 및 인권의 유린 등이 두 여주인공의 저항을 통해 진지하게 전달되고 있다. 여성의 순종과 인내를 당연시하는 시대 윤리를 위반하면서 혼인관계를 부정하는 여주인공들을 통해 가부장제하에서 남성 중심적이면서 사회적 혹은 집단적 차원의 문제로 인식되었던 혼인이 여성적 시각에서 새롭게 해석되는 것이다. 남성만이 혼인

---

41 주제적 측면에서 작품의 의의를 인정했던 논의에서도 이 작품이 성격이 다른 두 부부의 서사를 "교차 서술하면서 긴장과 이완의 이중적 재미를 창출"(이지하, 앞의 글, 17면)한다고 본 것이나 통속적 서사물로서의 서사 구도나 서술 시각 등에 관심을 두고 부부관계를 다루면서도 이 과정에서 "여성적 고민을 담보함으로써 여성 독자의 현실적 갈등에 응답"(최기숙, 앞의 글, 333면)하고 있다고 언급한 것을 예로 들 수 있다.

의 주체가 아니라 여성이 나머지 반쪽을 온전히 채워야만 조화로운 혼인 생활이 가능하다는 것과 여성 억압적인 혼인관계에 대해 여성들이 얼마나 강하게 반발하는지 보여줌으로써 여성적 의식을 분명히 표출한다. 더불어 상층 가문의 혼인이 가문 간의 결합으로서 집단적인 성격을 강하게 띠기는 하지만 구체적 혼인관계의 실상은 지극히 개인적인 문제들로 점철되어 있다는 점을 확인하게 함으로써 혼인을 이념적이고 당위적인 차원에서가 아니라 개인적이고 현실적인 차원에서 인식하게 한다. 당위적 윤리와 현실적 감정 사이에서 갈등하면서 당위로 주어진 혼인을 거부하고자 하는 여주인공들을 통해 이념으로 제어하기 힘든 여성적 자존심의 문제와 이에서 더 나아가 개별자의 욕망과 인권의 문제 등이 지니는 무게감을 실감하게 된다.

이와 같은 여성적 문제의식은 친정과의 관계에도 반영되어 있다. 주여교와 윤혜빙은 시종일관하여 남편이나 시댁보다는 친정 부모를 중시하는 모습을 보인다. 특히 주여교는 부모의 품으로 돌아가기만을 소망하면서 늘 부모에 대한 걱정을 앞세운다. 시집간 여성에게 친정 부모와의 혈연관계를 단절하고 의리와 명분에 입각하여 시댁의 일원이 되기를 요구했던 남성 중심적 제도와 시대 윤리를 감안하면 여주인공들이 혼인 후에도 친정과 강한 연대감을 보이면서 시댁보다 친정을 중시하는 모습은 출가외인 이데올로기의 현실적 적용이 만만치 않았음을 반증하는 것이다. 주어사가 딸의 입장을 이해하면서 이혼을 적극 지지하는 모습을 통해서도 혈연과 인정人情의 문제가 단순치 않음을 확인할 수 있다. 이와 같은 내용을 통해 제도적으로 강제되었던 이념적 요구와 현실적 감정들이 충돌하는 모습이 생생히 전달된다. 조선 초기부터 주자가례에 입각하여 친영제를 정착시킴으로써 성리학적 가부장제를 굳건히 하고자 했던 지속적인 노력에도 불구하고 18세기에 이르러서도 친영제가 완전히 시행되지 못한 채 여성들이 친정과의 친연성과 유대감을 견지하고 있었다는 연구 결과처럼[42] 주여교와 윤혜빙 역시 친정에 대해 강한 애착을 보이고 있는 것이다.[43]

이처럼 이 소설은 여주인공의 혼인 거부 및 이혼 요구를 형상화함으로써 이상적 여성상으로서 미화된 모습이 아니라 현실적 문제들에 민감하게 반응하는 주체적이고 생동감 있는 인물들을 그려내고 있으며, 이를 통해 당대 혼인과 관련된 문제들을 섬세하게 포착하고 있다. 그러나 여주인공들의 혼인 거부 의사가 심각하고 진지한 데 비해 주변인들은 이를 부부 사이의 흔한 애정 다툼 정도로 치부하는 반응을 보인다는 점 역시 무시할 수 없다. 이들이 주인공들의 불화를 액운 탓으로 돌리며 때를 기다리거나 희담거리로 삼아 공론화하고 한바탕 웃음으로 무마하려는 태도를 보이는 것은 여주인공들의 절박함과는 거리가 있다.[44] 남성 가문 주변인들

42　김경미에 의하면 18세기의 예(禮) 담론에서 비용이나 거리의 문제로 친영이 제대로 시행되지 않았음을 언급하는 경우가 많으며 여성들을 대상으로 한 행장(行狀)이나 묘지명(墓誌銘) 등의 글을 통해 여성들이 결혼 후에도 친정을 근거로 생활하거나 친정과의 유대를 긴밀히 하고 있었음을 확인할 수 있다. 그러나 다른 한편으로는 시집에 순종하는 며느리를 만들기 위한 훈육과 담론들이 만들어지고 있었던 것으로 파악된다. 김경미, 「18세기 여성의 친정, 시집과의 유대 또는 거리에 대하여」, 『한국고전연구』 19, 한국고전연구학회, 2009.

43　친정 출입을 일삼으며 혼인관계를 무효화하고 친정 부모의 슬하에서 일생을 마치고 싶어 하는 주여교에 비해 수문으로부터 도피하기 위해 부모의 품을 떠난 윤혜빙의 경우 친정에 대한 집착이 덜한 것으로 보일 수도 있지만 이는 수문과의 결합이 부모와의 이별을 감수해야 할 정도로 싫었기 때문이었을 뿐 도피 중에도 부모에 대한 그리움을 계속 드러내고 있으며 남몰래 부모에게만 소식을 전하고 있다는 점에서 윤혜빙 역시 친정과 강한 유대감을 지니고 있다고 할 수 있다.

44　이러한 태도에 대해 선행 연구에서도 "부부 갈등의 문제를 가족 스캔들로 부각함으로써 부부관계의 심각성을 가족 장 안에서 유희적으로 사유하게 하는" 것으로 파악하거나(최기숙, 앞의 글, 308면) 시댁 식구들이 주도한 웃음에 의해 부부의 화락이 유도된

의 이러한 태도는 갈등의 원만한 해결을 통해 주인공 부부의 혼인관계를 확고히 함으로써 가문의 안정을 유지하려는 소망을 드러내는 것이라고도 할 수 있다. 여성의 문제를 인식하기는 하지만 당대의 이념적 자장 안에서 해결점을 모색하려는 태도를 보이는 것이다. 이는 이 작품이 상층의 향유물이자 대중 서사로서 지니는 특성이자 한계라고도 하겠다.

그러나 이와 같이 가부장제에 대한 옹호와 일탈이라는 상반된 지향성이 혼재한다고 해서 이 작품의 문제적 의미가 감하는 것은 아니다. 작품의 결말이 주제에 미치는 영향을 고려할 때 이 작품에서 완전한 화합을 그리지 않고 있다는 점에 주목할 필요가 있다. 『현씨양웅쌍린기』는 여주인공들이 현씨 가문의 일원으로서의 역할을 받아들이기는 하지만 남편에게 진심으로 마음을 열지 않은 채 부인으로서의 도리만을 다할 뿐이라는 미완의 구도를 보인다.[45] 이혼을 요구하면서까지 여성적 문제를 강하게 제기했던 당사자들에 의해 화합의 구도가 완성되는 것이 아니라 작품 속에서 가장 큰 힘을 발휘하는 것은 시부가 지닌 가부장적 권위라고 할 수 있다. 이와 같은 봉합이 제도를 넘어서지 못한 여성 의식의 한계로 읽힐 수도 있으나 당대의 사회적 제약을 염두에 둘 때 어쩔 수 없이 자신에게 주어진 역할을 받아들이면서도 끝내 마음을 열지 않는 여주인공을 형상화하고 있다는 자체가 저항적 의미를 지니는 것일 수도 있음을 고려해야 한다. 유교적 가부장제의 모순에서 비롯된 문제들이 표면적으로는 봉합된 것처럼 보이지만 이들의 닫힌 마음을 통해 그 제도가 지배적인 힘

다고 보았다(정혜경, 앞의 글, 48면). 이와 같은 태도의 공통점은 심각한 대립보다는 재미와 화합에 중점을 두고 있다는 것이다.

45 신동흔은 이에 대해 '비화해적 결말'이라는 표현을 사용한 바 있다. 신동흔, 「『현씨양웅쌍린기』에 그려진 귀족사회의 허와 실」, 『서사문학과 현실 그리고 꿈』 소명출판, 2009, 459면.

을 발휘하는 한 여성적 불만들은 미해결의 상태로 잠재되어 있을 수밖에 없음을 항변하고 있다고 하겠다.

이상을 종합하여 살펴볼 때 『현씨양웅쌍린기』는 국문 장편소설 중에서도 여성적 의식을 강하게 드러내는 작품임을 재확인할 수 있었다. 국문 장편소설의 여주인공들이 대체적으로 가부장제하에서 상층 여성들에게 가해지는 부당함에 대해 고뇌하고 저항하는 모습을 보이는 가운데서도 행동 방식이나 태도에 따라 다양한 층위가 나뉘는데, 이 작품의 두 여주인공처럼 이혼을 불사하고자 하는 의지를 지속적으로 표출하는 경우는 흔치 않다. 비록 흥미를 중시하는 대중 서사로서의 특징 때문에 날카로운 문제의식이 무뎌진 측면이 있기는 하지만 봉건적 가부장제의 모순들에 적극적으로 저항하는 여성 의식을 표출하고 제도와 인간, 당위와 현실의 문제들을 공론화함으로써 반성적 논의를 이끌어 내고 있다는 점에서 이 소설이 당대의 대중소설적 자장 안에서도 여성적 시각을 진지하게 견인하는 작품임을 확인하게 된다.

5. 맺음말

중세의 봉건적 가부장제 사회에서 여성은 혼인 과정이나 혼인관계에서 종속적인 지위에 놓여 있었을 뿐 아니라 혼인관계의 해소에서도 남성의 처분을 따라야 하는 존재로 규정되었다. 여성에게 이혼은 주체적으로 요구할 수 있는 사항이 아니라 자기 의사와는 무관하게 수동적으로 받아들여야만 하는 조항이었다. 따라서 조선시대의 이혼이란 남성 및 가문의 논리에 영향을 받을 뿐 여성적 권익과는 거의 무관한 사항이었다고 할 수 있다.

그런데『현씨양웅쌍린기』의 여주인공들은 이러한 시대 분위기를 거스르고 당당히 이혼을 요구한다는 점에서 특징적이다. 윤리적 모범을 보여야 했던 상층 가문 여성들의 경우 지배 이념의 구속력에서 더욱 자유롭지 못했음을 고려하면 주여교와 윤혜빙의 혼인관계 거부 행위는 매우 파격적이다. 이들이 이러한 행위를 통해 표현하고자 하는 것은 남성 중심의 혼인관계 속에서 부당한 대접을 받는 것에 대한 여성적 항거라고 할 수 있다. 따라서 이들의 주체적인 혼인관계 해소 요구는 가부장제적 모순에 대한 여성적 비판 의식과 개아적個我的 의지를 드러내는 것으로서 주목할 만하다.

또한 이 작품은 부부 중심의 서사 구도 안에서 혼인의 성립 과정보다 혼인 이후의 관계 정립을 주 관심사로 삼음으로써 혼인이 상호 조건을 고려한 문벌 간 결합으로써 완결되는 것이 아니라 지속적으로 상호 조율이 요구되는 진행형의 문제임을 보여주고 있다. 그리고 바람직한 혼인관계가 유지되지 못하는 데 대한 책임을 여성에게 물어 희생양으로 삼고 있는 당대의 이혼법과 이에 반영되어 있는 사회적 통념이 잘못된 것임을 시사하고 있다.

이 작품 역시 당대의 대중 서사물로서 소설적 흥미를 제고하기 위한 기법들을 모색하는 가운데 사회적 통념을 관습적으로 수용하는 측면이 있다. 여주인공들이 제기한 문제의 진지성이 오락성을 추구하는 과정에서 희석되거나 가부장제 사회 질서에 입각한 화합을 그리는 점이 대표적이다. 그러나 그러한 부분은 이 작품이 속한 소설 유형이 지니는 특성에 기인하는 것이라는 점을 고려해야 한다. 흥미를 추구하는 대중소설로서의 성격 때문에 갈등이 안일하게 미봉되는 측면이 있음에도 불구하고

이 작품이 여주인공의 혼인관계 거부 행위를 통해 그려내는 여성적 자의
식은 당대 여성의 현실과 이에 대한 반응을 날카롭게 반영하는 것이라는
점에서 주목받아 마땅하다.

제7장
대하소설의 친동기간 선악 구도

1. 친동기간 갈등의 희소성

거질과 연작의 구성으로 주목받아 온 대하소설은 분량의 방대함만큼이나 구체적이고 풍부한 내용을 자랑한다. 주로 상층 벌열 가문의 구성원들을 중심으로 조선 후기 인간사의 다양한 면모를 핍진하게 그려내는 가운데 당대인들의 존재론적 고민과 시대적 대응 양상을 반영하고 있다. 따라서 인간관계에서 빚어질 수 있는 다양한 갈등의 양태들이 작품의 주요 화두로 다루어지는데, 이러한 갈등은 유교적 가부장제하에서 가문의 존속과 가문 구성원의 화목을 위해 중요하게 대두되었던 문제들과 깊이 연관되어 있으면서 그러한 제도적 관계망 속에서 집단의 일원으로 살아가야 했던 개인들의 내면적 고충을 직간접적으로 드러내는 역할을 한다.

그간 주로 주목받아 온 갈등 관계는 부자관계, 고부관계, 옹서관계 등으로 대표되는 수직적 갈등이나 부부관계, 처첩관계로 대표되는 수평적 갈등이었다. 이에 비해 형제간 혹은 자매간 갈등에 대한 관심은 상대적으로 미약한 편이다. 특히 대하소설을 대상으로 하여 이복異腹 동기간의 갈등이 아닌 친동기간의 갈등에 주목한 연구는 별로 없는 듯하다. 보다 넓은 범주에서 고전소설의 형제 갈등에 주목한 선행 연구로는 차용주[1]와 조춘호[2]의 논의가 대표적이다. 전자는 『창선감의록』, 『육미당기六美堂記』, 『흥부전』을 대상작으로 하여 형제 갈등이 우애와 화목의 강조로 해결됨으로써 절대적인 유교 윤리를 강조하는 구실을 한다고 보았고, 후자는 두 편의 작품을 추가하여 『선우태자전善友太子傳』, 『적성의전赤聖儀傳』, 『창선감의록』, 『흥부전』, 『육미당기』를 대상으로 하여 적서嫡庶 간의 차별이 주를 이룬다는 점, 악형선제형惡兄善弟型이 중심이라는 점이 특징임을 밝히고 이는 당대에 적장자 우선 원칙이 제대로 받아들여지기 어려웠던 과도기적 현상을 반영하는 것이라고 보았다.

그런데 위의 논의들에서는 대상작들의 유형이 혼재되어 있으며, 형제 간 갈등을 다루기는 하지만 친형제간이 아닌 경우가 대부분이기 때문에[3] 유형적으로는 대하소설에 한정하며 그중에서도 한 부모 밑에서 태어난 친동기간의 갈등을 고찰하고자 하는 이 장의 관심과는 일정한 거리가 있다. 친형제간의 갈등은 고대부터 여러 문명권에서 신화의 바탕이 되어 왔다. 성경의 카인과 아벨을 비롯하여 로마의 로물루스와 레무스 등이 대표적인 예이다. 이후에도 형제간의 대립을 비롯한 근친 간의 갈등 요소들은 자주 그리스 비극의 주제가 되었는데 아리스토텔레스 역시 『시학』에서 "유대관계가 있는 사람들 간에서 벌어지는 사건은 연민과 공포를 불러일

---

1   차용주, 「고소설의 갈등 양상에 대한 고찰―형제간의 갈등을 중심으로」, 『동아시아문화연구』 4, 한양대 한국학연구소, 1983.
2   조춘호, 「고소설에 나타난 형제간의 갈등 양상과 의미」, 『국어교육연구』 18, 국어교육연구회, 1986.
3   조춘호의 분류에 의하면 동복형제간 갈등은 『적성의전』과 『흥부전』만 해당된다. 조춘호, 위의 글, 42면.

으키기에 적합하고 특히 혈육 간의 비극적 행위일 경우에는 더욱 그렇다"고 언급한 바 있다.[4]

이에 비해 우리 고전소설에서는 친형제간의 갈등이 그리 대중적인 소재는 아니었던 듯하다. 형제간의 갈등이 그려지는 경우에도 대체로 어머니를 달리하는 이복형제간의 갈등으로 설정되는 경우가 많다. 그 이유는 대하소설의 전반적인 기조가 유교적 덕목을 신봉하는 가운데 예의범절을 중시하는 상층 가문의 지향성을 내재화하고 있기 때문이라 생각된다. 효를 중심으로 동기간의 우애를 강조하는 것이 당위적이고 윤리적인 미덕으로 간주되었으므로 주인공 가문의 핵심 구성원들은 이러한 미덕을 잘 따르는 것으로 그려지는 것이 보편적이었고, 특히 소설에서 그리는 일부다처의 상황 속에서는 한 어머니에게서 난 동기들 간에는 자궁 가족적 의식[5]이 작동하여 더 친밀한 관계를 형성하는 것이 일반적이었다. 따라서 어머니를 달리하는 이복형제간의 반목과 질시는 당대 가족제도의 여러 가지 모순들을 내포한 채 소설에 등장하는 경우가 빈번하지만 한 부모 밑에서 태어난 친형제간의 갈등을 다루는 경우는 흔치 않다. 이에 대해서는 선행 연구에서도 형제간은 부모 다음으로 가까운 사이이면서도 분재分財 과정 등에서 이해관계가 상반될 때에는 매우 심각한 갈등이 야기될 소지가 있는데,[6] 그럼에도 불구하고 형제간의 다툼을 그린 고전소설 작품이 빈약한 편인 것은 형제 사이가 천륜으로 인식된 까닭에 당대의 윤리 규범

---

4   강희석, 「라신 비극에 나타난 혈육 간의 갈등」, 『프랑스고전문학연구』 5, 한국 프랑스고전문학연구회, 2002, 5~8면.

5   '자궁 가족'은 일부다처제의 상황하에서 어머니를 중심으로 한 사적 가족 형태를 지칭하며 가족 간의 유대는 주로 감성과 충성심에 기초하지만 구성원에게는 공식적 가족 못지않은 구속력을 가졌다. 조혜정, 『한국의 여성과 남성』, 문학과지성사, 1988, 79면.

6   차용주, 앞의 글, 71~72면.

속에서 다루기 곤란한 점이 있었기 때문이라고 언급한 바 있다.[7]

따라서 이 장에서는 독특하게도 친동기간의 갈등 상황을 작품의 주요 요소로 다루고 있는 대하소설 세 편을 대상으로 삼아 갈등 양상과 의미를 고찰하고자 한다. 『유효공선행록』, 『명주기봉明珠奇逢』, 『현몽쌍룡기』 등이 검토의 대상인데,[8] 이들은 친동기간의 갈등을 형상화하고 있다는 공통점을 지니면서도 각각 친형제간, 친자매간, 친남매간의 갈등을 다룬다는 점에서 차별화되므로 유의미한 검토 대상이 될 수 있다. 아울러 세 작품이 대략 18세기 무렵에 창작된 것으로 파악된다는 점에서도[9] 동질성을 확보하며 당대 사회와의 관련성 속에서 시사점을 제공하는 부분이 있다.

서구 문화권에서 혈육 간의 갈등이 주로 비극적인 주제로 활용된 반면 우리 고전소설에서는 이러한 제재를 다룬 작품들도 행복한 결말로 귀결

---

7 조춘호, 앞의 글, 36면.

8 다음의 작품들을 분석 대상으로 삼는다. 『유효공선행록』 규장각 소장본 12권 12책, 『명주기봉』 장서각 소장본 24권 24책, 『현몽쌍룡기』 장서각 소장본 18권 18책.

9 『유효공선행록』의 창작 시기에 대해서는 속편인 『유씨삼대록』이 1748년에 작성된 홍희복의 『제일기언』 서문에 언급된다는 점으로 미루어 이 작품 역시 17세기 말이나 18세기 초에는 존재했으리라고 본 임치균의 견해와 이 작품에 등장하는 봉사권(奉祀權)을 둘러싼 형제 갈등이 18세기 초부터 굳어지기 시작한 장자 봉사 제도(長子奉祀制度)를 반영한 것이라고 본 박일용의 논의를 참조할 수 있다. 임치균, 「『유효공선행록』 연구」, 『관악어문연구』 14, 서울대 국문과, 1989, 223면; 박일용, 「『유효공선행록』의 형상화 방식과 작가 의식 재론」, 『관악어문연구』 20, 서울대 국문과, 1995, 172면. 『명주기봉』의 창작 시기에 대해서는 18세기 후반에 온양 정씨에 의해 필사된 것으로 알려진 『옥원재합기연』의 권14와 권15 배접지에 실린 당대 소설 목록에 이 작품의 제목이 수록되어 있다는 점과 17세기 『창선감의록』 이후 형성되어온 가문소설의 전통이 18세기에 강화된 가문 의식과 결합하여 다수의 소설 창작으로 이어졌다는 점을 참고할 수 있다. 송성욱, 「『명주기봉』에 나타난 규방에 대한 관심」, 『고전문학연구』 7, 한국고전연구학회, 1992, 380~381면. 『현몽쌍룡기』의 창작 시기에 대해서는 이 작품의 속편인 『조씨삼대록』이 홍희복의 『제일기언』 서문에 언급된다는 점과 『현몽쌍룡기』의 언어적 특질, 등장인물의 성격, 불교에 대한 시각 등을 토대로 18세기로 추정한 허순우의 논의를 참조할 수 있다. 허순우, 「『현몽쌍룡기』 연작 연구」, 이화여대 박사논문, 2009, 10~11면.

된다는 점에서 차이를 보인다. 그러나 고전소설의 관습적인 결구 방식으로서의 행복한 결말 이면에는 혈육 간 갈등으로 빚어진 사건의 심각성과 그 파장이 문제적으로 그려지고 있다는 점에서 우리 소설 전통 속에서도 친혈육 간의 갈등은 비극적 요소를 내포한 가운데 당대 사회의 문제적 국면들을 반영하고 있으므로 그 구체적 내용과 의미를 고찰하기로 한다.

2. 친동기간의 갈등 양상

먼저 각 작품의 친동기간 갈등 내용을 구체적으로 살펴보고자 하는데, 논의의 초점이 대립하는 혈육의 이야기에 놓여 있으므로 작품 전체의 서사 진행과는 별개로 대상자들의 이야기만 먼저 소개한다.

1) 『유효공선행록』의 형제 갈등

명나라 성화 연간에 유정경의 부인 경씨가 홍백 매화를 꽂은 진인眞人의 꿈을 꾸고 두 아들을 낳으니 장자는 연이라 이름하고 차자는 홍이라 이름했다. 두 아들 모두 빼어난 풍채와 뛰어난 문재文才를 지니고 있으나 성격 면에서는 "흔ᄂᆞᆫ 효우관인ᄒᆞ고 흔나흔 간교암험"하여 서로 외친내소한 것으로 그리며 인자한 형과 간교한 아우의 구도를 설정하고 있다. 게다가 모친을 일찍 여읜 두 형제를 양육해야 할 부친 유정경이 "인물이 싁험ᄒᆞ(고) 일편되어 잔잉흔 일이라도 능히 홀 위인"으로서 장자長子의 어질고 효성스러움보다는 자신의 뜻에 영합하는 차자次子의 아첨을 더 어여삐 여겨 사태를 악화시킨다.

아우 유홍은 어려서부터 사랑을 독차지하기 위해 부친의 비위를 맞추며 형의 험담을 늘어놓아 부친의 판단력을 흐리게 하던 중 금오 요정이 강형수의 아내를 겁탈하여 자결케 만든 사건을 계기로 형에 대한 본격적 이간질을 시작한다. 요정이 사건 담당자가 유정경임을 알고 황금으로 그 아들 유홍을 매수하자 유홍이 재물에 눈이 어두워 부친이 그릇된 판단을 하도록 유도하다가 사태를 바로잡고자 하는 형과 부딪치면서 오히려 유연이 뇌물을 받고 강형수를 두둔하는 것이라고 모함하며 유연과 부친 사이를 멀어지게 한다.

이후 유연과 유홍이 한날 혼례를 치르게 되는데 형의 부인 정씨가 자기 부인보다 아름다움을 시기한 홍이 불온한 가사를 지어 읊자 이를 연이 타이름으로써 홍의 앙심이 더욱 깊어지게 된다. 홍이 부친에게 연을 지속적으로 모함하니 유정경이 연에게 중책重責을 내리는 일이 잦아지고 마침내 장자의 자리를 연에게서 홍으로 바꿀 마음까지 품게 된다.

부친의 마음을 눈치챈 연이 홍에게 과거를 먼저 보도록 양보하여 홍이 장원급제를 하게 되니 유정경의 뜻이 더욱 굳어져 가문 사람들의 반대를 무릅쓰고 장자 교체를 감행하려 한다. 유연은 부친이 비난받을 것을 염려하여 일부러 미친 척을 함으로써 스스로 장자권長子權을 포기한다. 그러나 홍은 연에 대한 모함을 멈추지 않아 연이 서모를 음증淫烝하고 제수와 사통私通했다는 죄목을 만들어 상소를 올린다. 유홍의 이러한 태도는 결국은 가문을 욕보이는 행위임에도 불구하고 형에 대한 개인적 적개심에 사로잡혀 연을 제거하려는 생각에만 골몰한 나머지 그 여파가 자기 집안의 명예를 심각하게 훼손시키는 데까지 이를 것을 헤아리지 못하고 있는 것이다.

결국 유홍은 황제의 총애를 받던 만귀비의 당이 되어 폐후廢后를 도모하면서 이를 반대하던 형을 유배 가게 한 후 살해하려 하는 한편 형수에게도 누명을 씌워 가문 밖으로 축출함으로써 집안에서 형의 가계를 지워 버리려 한다. 부친 유정경마저도 홍의 획책에 휘둘리며 연을 죽이라는 상소를 올리는 지경에 이른다. 그러나 황제 승하 후 태자가 황위를 물려받음으로써 만귀비 일당이 처벌받고 유연 등의 충신들이 복권되면서 전세가 역전되는데, 홍은 연의 상소 덕분에 겨우 목숨을 건져 유배로 대신하게 된다. 이후 홍은 해배解配된 뒤에도 뉘우칠 줄 모르다가 연이 자기 아들 백경을 양자 삼아 종손의 자리에 봉하고, 자신을 한결같이 효우孝友로써 대하는 것에 감동하여 마침내 회과悔過하고 이로써 유씨 집안에 평화가 찾아온다.

유연과 유홍 형제의 갈등에서 가장 주목되는 부분은 장자권 상속의 문제이다.[10] 유홍이 형을 모함하여 장자권을 빼앗는 사건이나 유연이 유홍의 아들에게 장자권을 물려줌으로써 홍이 감동하여 개과천선하는 내용 등에서 유씨 가문의 가계 계승권이 매우 중요한 요소로 다루어지고 있기 때문이다. 그러나 비록 장자권이 홍의 욕망을 대표하는 것일지라도 그가 악행을 저지르는 동기를 온전히 포괄해 내는 요인이라고 보기는 어려울 듯하다. 왜냐하면 홍이 장자권에 대해 인식하기 이전부터 형에 대한 시기 질투로 인해 다양한 악행을 자행하고 있기 때문이다. 그러므로 장자권이라는 현실적이고 물질적인 요소와 더불어 시기심이라는 감정적 요소가 함께 고려되어야 유홍이 형 유연을 죽이고 싶도록 미워하는 본질적

10 『유효공선행록』을 분석한 선행 연구에서도 이 문제에 주목하여 송성욱의 경우 계후 갈등이 이 작품의 서사적 진행의 대부분을 담당하고 있다고 보았으며, 양혜란의 경우 이 작품이 사회적 갈등 요인의 중요한 축인 장자권 폐지 제도를 다루고 있다고 언급한 바 있다. 송성욱, 「고전소설에 나타난 부(父)의 양상과 그 세계관-『뉴효공션행록』·『뉴씨삼대록』을 중심으로」, 『관악어문연구』 15, 서울대 국문과, 1990, 153면; 양혜란, 「『유효공선행록』에 나타난 전통적 가족 윤리의 제 문제」, 『고소설연구』 4, 한국고소설학회, 1998, 280면.

이유가 제대로 드러날 수 있을 것이며, 제도적 차원의 욕망 이전에 존재하는 본연적인 반복과 대립의 실상을 파악할 수 있다.

2) 『명주기봉』의 자매 갈등

송나라 인종 시절에 현수문과 현경문의 자녀들이 운현 선생 사마양에게 수학을 하게 되는데 운현 선생에게는 쌍둥이 딸이 있다. 두 딸 중 장녀 영주는 "용모지질이 국식이로되 셩되 간험스샤"하고 차녀 예주는 "싱셩훈민 긔뷔 백셜곳고 태되 쳥빙곳트여 (…중략…) 스덕이 슉연"한 것으로 그려진다. 사마영주는 부친에게 수학하기 위해 자기 집에 드나드는 현웅린을 보고 반하여 사모하던 중 부친이 동생인 예주와 웅린의 혼인을 정하자 앙심을 품고 혼사를 방해하리라 결심한다. 현웅린과 사마예주의 혼사가 이루어진 후에도 웅린을 포기하지 않은 영주는 실성한 척을 하며 웅린에게 달려들어 끌어안고 난동을 부림으로써 인연의 단서를 마련하는 한편 거짓 편지를 만들어 예주가 가유진이라는 외간 남자와 사통한다는 음모를 꾸미고 이를 나라에 고발함으로써 예주를 시댁에서 쫓겨나 유배를 가게 만든다.

이후 현웅린에게 몸을 더럽혔다는 핑계를 들어 웅린의 후처로 들어온 사마영주는 동서인 설씨와 한패가 되어 도사와 여승들을 찾아다니며 음모를 꾸민다. 애초 영주가 설씨와 결탁한 것은 예주를 제거하기 위함이었지만 현천린의 본처 자리를 빼앗긴 것에 앙심을 품고 월성 공주를 해치려고 하는 설씨의 수단에 넘어가 함께 공주를 저주하다가 발각되어 영주 역시 유배를 가게 된다. 영주와 설씨는 남편의 사랑을 얻기 위해 쟁총의 대상들을 제거하려는 동일한 목적하에 힘을 합쳐 악행을 저지르는데, 영주에게 월성 공주나 설씨에게 사마예주는 직접적으로 이해관계가 없는 존재임에도 불구하고 현씨 가문 안에서 열세에 놓인 자신들의 지위를 확고히 하면서 경쟁 상대들을 제거한다는 명목하에 공동 전선을 형성하고 있는 것이다.

월성 공주의 용서로 유배를 마치고 현부로 돌아온 사마영주가 개과천선하여 동생 예주와 함께 웅린의 어진 아내 역할을 하는 것으로 화락한 마무리를 짓는 것과 대조적으로 설씨는 여전히 뉘우침 없이 절치부심하는 것으로 그려지고 있다. 이러한 설정이 이루어진 이유는 작품 논리상 여주인공인 사마예주가 웅린과 화합을 이루기 위해서는 친언니인 영주의 회심回心과 이에 대한 용서가 불가피하기 때문이라고 할 수 있다. 쌍둥이 친자매간인 영주가 회심하지 않아 불행한 결말을 맞이하게 된다면 그 혈육인 예주 역시 시댁에 다시 돌아가 남편과 관계를 회복하기 민망한 상황이 될 뿐 아니라 한편으로는 여주인공이 친자매 사이에 한 남자를 사이에 두고 대결을 벌이다가 그 자리를 차지함으로써 동기간의 비극을 담보로 혼자 영광을 차지하는 불명예스러운 상황이 연출될 수 있기 때문이다. 작품 속에서 사마예주가 영주의 문제로 남편과 불화하며 나중에 영주가 돌아와 회개하면 받아들이겠노라는 약속을 받고서야 동침하는 것으로 그려지는 것을 통해 사마예주가 처한 난감한 상황을 이해할 수 있다.

요컨대 이 작품에서 사마영주와 사마예주 두 자매는 현웅린이라는 한 남자를 사이에 두고 대결을 벌이다가 결국은 부덕不德한 언니가 개과천선하고 어진 동생이 그런 언니를 포용하고 보호함으로써 아황娥皇과 여영女英 같은 이상적인 삶을 꾸려 나가는 것으로 그려진다. 이는 유교적 전통 속에서 일부다처 상황에 대한 합리화와 여성들의 화합을 위해 빈번히 호출되던 관습적 서사의 소설적 변형이라고 할 수 있다. 그러나 갈등의 국면을 통해 쌍둥이 자매간의 혼사를 둘러싼 시기심과 상호 견제 등을 형상화함으로써 사회적인 자아실현이 막혀 있던 당대 여성들에게 혼인이 얼마나 중요한 문제였는가를 환기시킴과 동시에 유교적 가부장제하에서의 여성적 고민과 어려움들을 보여주고 있다고도 하겠다.[11]

이러한 부분은 앞서 살펴본 것처럼 『유효공선행록』이 형제 갈등을 통해 장자권 계승을 둘러싼 가문 내 남성들의 이해관계를 다루는 것과 달리 당대 상층 가문의 여성에게는 혼인이 매우 중요하고도 민감한 사안이었음을 보여준다는 점에서 남녀 성별에 따라 친동기간에도 갈등의 요소가 차별화됨을 확인하게 해 준다. 그러나 다른 한편으로는 형제간이건 자매간이건 현실적 이해관계 너머에 동성同性의 동기 사이에서 시기심이라는 미묘한 감정이 작동하는 공통점 역시 발견할 수 있는데, 이는 제도 속에서 발현되는 장자권이나 혼인을 둘러싼 문제보다 더 근원적인 차원의 인간 심성 문제와 관련되는 것이라 하겠다.

3) 『현몽쌍룡기』의 남매 갈등

송나라 진종 시절에 세대 명문거족인 태학사 양임이 왕족인 부인 조씨와의 사이에서 일남일녀를 두었는데 맏이이자 아들인 세는 "양혹 수의 아름다움과 됴군주의 단일홈을 담디 아냐 혹문은 텬디 두 문를 모로고 말은 변변 한 한훤을 일우디 못한나 셩되 싀험포려한여 만복의 뺏힌 거시 흉독한 의 수 샌"이라서 부모의 근심을 사는 반면 딸 옥설은 "쳔틴만광이 긔이한 든 고왕금릭의 독보한고 직덕의 특인한 든 정금과 냥옥 한여 긔픔의 정슌한 든 쇄연이 인셰의 쒸여나" 부모의 사랑을 독차지하는 것으로 그려

---

11   송성욱은 이러한 특징을 근거로 『명주기봉』을 가부장제의 그늘에 놓인 규방의 모순을 드러내는 '규방소설'로서 규정한 바 있다. 송성욱, 「『명주기봉』에 나타난 규방에 대한 관심」, 『고전문학연구』 7, 한국고전문학회, 1992, 397면.

진다. 특히 양옥설은 옥환을 받는 태몽을 꾸고 낳은 천고의 숙녀로서 이 작품의 주인공 가문인 조부의 차남 조성과 혼인한다.

양세는 부친이 자신을 못마땅하게 여기는 것을 알고 있던 차에 차라리 사위인 조성으로 신후지탁身後之託을 삼으리라고 한탄하는 것을 엿들은 후 위기감을 느끼고 누이의 앞길을 방해하려는 결심을 하게 된다. 이에 무뢰배 친구들인 박수관, 차평자, 강후신 등과 동모하여 누이와 조성의 부부관계를 파탄 내기 위해 온갖 악행들을 저지르게 되는데, 우선 외간 남자의 서찰을 꾸며 양소저가 사통하는 것처럼 모함하거나 개용단改容丹을 사용해 시비侍婢 계월을 양옥설로 변화시켜 직접 밀회 장면을 연출함으로써 여동생의 정절을 의심받게 만든다. 그럼에도 불구하고 조씨 가문에서 양소저를 두둔하고 보호하자 다시 시부모와 남편의 명이 끊기기를 비는 양옥설의 주사呪辭를 위조하기도 하고 차평자의 도술로 직접 양옥설의 침소를 침범하여 정절을 훼손시키려고도 한다. 마침내 양옥설은 오라비가 올린 상소로 인해 음란죄로 몰려 조부에서 폐출되고 만다.

시댁에서 쫓겨난 양옥설이 집으로 돌아오자 양세는 자신을 도와준 대가로 박수관에게 여동생을 넘기고자 한다. 양옥설은 오라비의 악행을 알고 있으면서도 대외적으로 이를 밝히기 어려운 처지이므로 죽음으로써 정절을 지키고자 하다가 시비의 도움으로 도망하여 죽은 것으로 위장한 채 숨어 지낸다. 양세는 동생뿐 아니라 매부인 조성과 그 아들마저 해치려고 한다. 양세가 자신의 조카이기도 한 어린아이에게까지 악행을 저지르는 것은 조성에 대한 원한 때문이기도 하고,[12] 한편으로는 자기의 가계 계승권을 여동생의 남편인 조성에게 물려주거나 그 아들에게 물려줌으로써 외손

---

12 조성이 양세의 관상이 양씨 가문에 큰 화를 일으킬 불길한 상임을 짐작하고 양공에게 조용히 처치하라고 조언하는 것을 양세가 엿들은 후 조성을 원수로 치부한다.

봉사外孫奉祀하게 되는 사태를 막기 위함이기도 하다.[13] 전자가 감정적인 차원의 문제라면 후자는 현실적이고 물질적인 차원의 문제라고 하겠다.

결국 양세가 악행이 발각된 후 부친을 때리는 패륜을 저지르고 달아나자 양공은 가문을 보호하기 위한 자구책으로 양세와의 부자지의父子之義를 끊고 손자로서 대를 잇게 해 달라는 상소를 올려 황제의 허락을 받는다. 이후 양세는 박수관, 차평자, 강후신의 무리들과 함께 초왕에게 결탁하여 역모를 꾀하다가 발각되어 사형당하게 되는데 그제서야 비로소 자신의 죄를 뉘우치며 부친에게 사죄한다.[14] 부친의 훈계를 듣지 않은 것을 후회하며 자식의 앞날을 걱정하는 양세의 마지막 모습을 통해 생사의 갈림길에서 비로소 본성을 회복하고 인륜을 돌아보는 인간의 어리석고 애석한 일면을 확인할 수 있다.

양세와 양옥설의 사이에서 두드러지는 사건 역시 가계 계승권을 둘러싼 갈등이다. 아들이자 장남인 양세가 여동생을 사이에 두고 가권 다툼을 벌이는 것이 얼핏 납득이 가지 않을 수도 있으나 사위나 외손자에게로 가권을 넘기고자 하는 속내를 내비치는 양공의 태도를 확인하고 나면 문제가 그리 단순하지 않다는 것을 알 수 있다.[15] 즉 부친의 미움을 사고

---

13 외손 봉사에 대해서는 양임이 사위인 조성에게 후사를 의탁하고자 하는 뜻을 비친 바 있다.

14 "내 만일 부모의 훈계를 듯던들 이 죽엄이 되지 아니코 지샹의 일ㅈ로 금누옥당의 부귀를 안과ㅎ고 지닐 거시 이리 되여 가니 부친은 내 죄를 ㅈ시 고쳐 ㅈ식을 어엿비 넉이소셔." 『현몽쌍룡기』 권지십삼.

15 외손 봉사에 대해서는 "조선 전기에는 첩의 자식이나 외손이 봉사하는 경우가 많이 있었지만 후기에 이르러서는 양자를 들이는 것, 즉 입후를 하는 것이 일반화되었다"는 내용에서 확인할 수 있듯이 18세기 상황과는 불일치하는 면이 있다. 김상훈, 「제사용 재산의 계승에 관한 연구」, 고려대 박사논문, 2009, 107면. 이에 대해 선행 연구에서도 이와 같이 조선 후기의 일반적인 관행과는 어긋나는 내용이 그려진 것은 사실 반영의 측면보다는 양소저에 대한 모해를 유도하기 위해 소설적 허구 차원에서 이해할 필요가

있는 양세 입장에서는 장남이라는 조건만으로 가계 계승권이 보장되지 않는 것이다. 남성 중심의 가부장제 사회에서 여동생 자체만으로는 큰 위협이 되지 않으나 그 여동생이 막강한 남편이나 시댁이라는 배경을 가지게 되었을 때는 사정이 달라질 수도 있다는 점을 통해 가문을 중심으로 한 가권의 계승 문제가 비단 남자 형제 사이에만 국한된 것이 아니었음을 확인할 수 있다.

한편 양세의 비극적 종말이라는 설정에 대해서도 주목할 필요가 있다. 여주인공의 친혈육이자 가문의 장자인 양세가 개과천선 등의 장치를 통해 용서받지 못하고 결국 극형을 당하는 내용은 한 가문을 이끌어 가기에 자격 미달인 존재에게 계후를 하기 어렵다는 의식을 반영하는 것이다. 『유효공선행록』에서 간악한 유홍이 회과하여 용서받을 수 있었던 것은 그가 차자의 위치에 있었기 때문이라 하겠다. 유홍에 대한 용서는 유씨 가문의 계승권자인 유연의 포용력을 보여주는 장치이자 가문의 온전한 평화를 담보하는 조건이기도 한 것이다. 그러나 양세의 경우 한 가문의 장자라는 위치 때문에 그의 부족한 자질이 쉽게 용서받거나 눈감아질 수 없는 심각한 문제로 인식되어 결국은 그를 제거해 버림으로써 가문의 안녕을 도모하는 길을 선택했다고 하겠다. 이러한 인물을 남주인공 집안이 아니라 여주인공 집안의 구성원으로 설정한 것은 소설의 핵심 가문인 남주인공 집안의 완전성을 훼손하지 않으면서도 심각한 문제의식을 전달하기 위한 효과적 장치이다.

있다고 보았다. 박일용, 「『현몽쌍룡기』의 창작 방법과 작가 의식」, 『정신문화연구』 26, 한국학중앙연구원, 2003, 45면. 후에 양임이 외손이 아닌 친손자에게 장자권을 물려주는 작중 내용을 통해서도 외손 봉사는 실제적 가능성을 염두에 둔 것이라기보다는 양임이 못난 아들과 잘난 사위를 비교하는 가운데 감정적인 차원에서 발언한 성격이 짙어 보인다.

3. 가문 질서의 이면과 모순

대하소설 속에 드러나는 친동기간의 선악 구도와 그들이 빚어내는 갈등은 일차적으로 같은 부모, 같은 환경하에서도 전혀 다른 기질의 인물들이 공존할 수 있다는 점을 보여준다. 이는 인간의 능력을 넘어서는 불가해한 영역의 일이며, 순임금의 무도한 아비인 고수瞽瞍와 아우인 상象,[16] 주공周公의 두 아우로서 반란을 일으켰던 관숙管叔과 채숙蔡叔의 경우처럼[17] 성현의 집안에도 악인이 있을 수 있다는 현실을 반영하는 것이다. 작품 속에서도 태생적인 차이와 성장 과정에서의 현우賢愚 및 선악의 발현을 통해 이들 사이의 우열을 전제함으로써 갈등의 원인과 책임이 반동인물들에게 주어지도록 만들고 있다. 그러나 작품의 이면을 들여다보면 친동기에게도 악행을 저지르는 이들을 단순히 악한 기질에 의해 충동적으로 움직이는 인물들로서 모든 잘못의 책임을 져야 하는 존재로 규정하기 어려운 부분들이 있다. 따라서 이들이 혈연의 정이라는 본능과 우애로 대변되는 윤리적 교화를 위반한 채 악행을 저지르게 되는 이유들을 좀 더 면밀히 따져보고 그 안에 담긴 의미들을 고찰할 필요가 있다.

1) 수신제가와 가장의 역할

유교적 이념에 기반을 둔 사대부의 역할이 '수신제가치국평천하'로 대표되는 것을 통해 조선 후기 가부장제의 일면을 짐작할 수 있다. 자기 수

---

16 순임금의 모친이 일찍 세상을 뜨자 부친인 고수가 후처를 맞아 상을 낳았는데 고수가 상을 편애하여 후처와 상의 모함만 믿고 순을 죽이고자 했다는 일화가 널리 알려져 있다.

17 주공의 두 아우인 관숙과 채숙이 반란을 일으키자 성왕의 명을 받은 주공이 관숙을 죽이고 채숙을 귀양 보냄으로써 반란을 진압했다는 이야기가 『사기』를 비롯한 문헌들에 전한다.

양을 바탕으로 집안을 잘 다스리는 것이 곧 세계를 도모하는 일과도 밀접한 관련을 지닌다는 이 언술은 가부장적 통치 원리의 근본과 지향점을 동시에 내포하는 것이면서 가장의 책무를 강하게 암시하는 것이기도 하다. 즉 치국평천하하기 위한 전제 조건으로서 제가齊家가 중요한 위치를 차지하고 있는데, 이러한 인식이 가문의 안정과 번영을 서사화하는 다수의 대하소설에 반영되어 있다.

위에서 살펴본 세 작품에서도 제가의 문제가 한 가문의 명성, 더 나아가 존망을 결정짓는 중요한 요소로 다루어지고 있음을 확인할 수 있다. 직접적으로는 가권의 승계를 통한 가문의 존속 문제가 대두되며, 부차적으로는 가문의 명망을 훼손하는 구성원들의 일탈 행위가 문제시된다. 이러한 문제들을 통어하며 가문을 조화로운 상태로 이끌어 가야 할 책임이 주인공들의 부모로 대표되는 가문 내 어른들, 특히 가부장에게 부여되어 있다고 하겠는데 위 작품의 가장들이 과연 그 역할을 제대로 수행하고 있는지 의문이다.

유정경, 사마양, 양임 등은 남녀 주인공 가문의 수장들로서 그에 걸맞은 지위나 명망을 지니고 있다. 유정경은 명나라 개국공신 유백운의 후예로 되어 있는데, 유백운은 주원장朱元璋의 뛰어난 책사였던 유기劉基를 일컫는 것으로 그의 자字인 백온伯溫을 백운으로 잘못 표기한 것이다. 유정경 역시 가문의 명망을 이어 높은 벼슬을 하며 영화를 누리는 것으로 그려지고 있다.[18] 사마양은 여러 대에 걸쳐 중요 벼슬을 지낸 명문가의 자손이지만 자기 대에는 벼슬을 사양하고 처사로 자처하여 운현 선생이

---

18 "일즉 닙신ᄒᆞ여 벼슬이 병부시랑의 니르러ᄂᆞᆫ 텬지 특별이 존총ᄒᆞ샤 셩의빅을 더으시고 남방 삼쳔호를 먹게 ᄒᆞ샤 조션 벼슬을 승습ᄒᆞ시니 영귀ᄒᆞ미 당셰의 웃듬이오."『유효공선행록』 권지일.

라는 칭호를 얻고 세간의 존경을 받는 인물이다.[19] 양임 역시 누대 명문 거족으로 일찍이 입조하여 태학사의 직임을 맡고 있으며 황숙 팔왕의 막내딸 조씨를 아내로 맞아 당대의 극한 영광을 누리며 임금의 총애를 받고 있다.[20]

그런데 대외적 명망과는 별개로 이들이 가문 내에서 부모로서 자식들을 대하는 태도가 그리 바람직하지만은 않다는 점에 주목할 필요가 있다. 이들은 자식들에게 편벽된 사랑을 보임으로써 자식들 사이에 불화의 단초를 제공한다는 공통점을 지닌다. 세 사람 중 군자의 풍모를 지니지 못하고 인격적 결함을 드러냄으로써 가내 분란을 자초하는 유정경이 인효仁孝한 장자 연보다 교언영색하는 차자 홍을 편애하여 끊임없이 연을 오해하다가 폐장자廢長子라는 극단적 행위를 하는 것이 대표적이다. 그런데 유정경은 애초에 부덕한 인물로 설정되어 있으니 그렇다 치더라도 군자로 형상화되는 사마양과 양임조차도 자식 사랑에 있어서는 공정성을 잃고 있다. 사마양에 관해서는 쌍둥이 딸 중 장녀 영주는 자못 평범하여 실망한 빛을 보이다가 차녀 예주는 항아와 비견되는 빼어난 기질을 지녔다고 기뻐하며 특별히 사랑하니 영주가 "믄득 싀오ᄒᆞ여 동긔지졍이 불화"하게 되었다는 언급으로 미루어 의도하지 않았더라도 부모가 두 딸 중 더 뛰어난 예주를 총애하는 가운데 영주가 이를 눈치채고 시기심을 키워갔음을 짐작할 수 있다. 양임의 경우 늘 아들 양세를 못마땅히 여기며 격

---

19 "대대 교목셰신이오 빅년구족이라 양의 위인이 소허의 고졀을 흠모ᄒᆞ여 셰유를 탐치 아니코 불구문달ᄒᆞ며 (…중략…) 문쟝이 광박ᄒᆞ며 지식이 심원ᄒᆞ여 박고통금ᄒᆞ니 인종황뎨 안거후례로 부ᄅᆞ시대 고샤불츌ᄒᆞ니 시인이 호롤 운현션ᄉᆡᆼ이라 ᄒᆞ더라." 『명주기봉』 권지일.

20 "퇴흑ᄉᆞ 양임은 셰딕 명문거족이오 조년 닙조ᄒᆞ여 쟉위 쳥고ᄒᆞ며 풍치 하안반악 ᄀᆞᆺᄒᆞ니 샹통이 호호ᄒᆞ고 됴얘 긔딕ᄒᆞ더라. 부인 됴시ᄂᆞᆫ 황슉 팔왕의 필녜라." 『현몽쌍룡기』 권지이.

정하는 모습이 "크게 불쾌ᄒ여 으즈 곳 보면 뉴미를 씽긔고 묵묵댱탄ᄒ여 부즈텬륜을 멸티 못ᄒ나 이시믈 도로혀 불힝이 너기고"처럼 매우 직접적으로 표현되어 있다. 게다가 사위 조성에게 아들에 대한 불만을 털어놓으며 폐장자할 마음을 여러 차례 내비치는데 양세가 이를 엿듣고 앙심을 품게 된다.

이러한 편애로 인해 유홍, 사마영주, 양세 등의 반동인물들이 부족한 자질을 교정할 기회를 잃고 더욱 왜곡된 방향으로 비뚤어지고 만 측면을 부인할 수 없다. 즉 이들의 기질적 결함이 부모의 공정한 사랑과 교도 속에 올바른 방향으로 개선되지 못하고 오히려 편애로 인해 더 극단적인 방향으로 악화된다는 점에서 추후에 저지르는 악행을 오로지 이들의 개인적인 잘못으로 치부하기는 어려울 듯하다.[21] 비록 성격적 결함을 지니고 태어났다고 해도 완성된 인격이 형성되기 이전의 어린아이에게 부모가 과도한 실망을 표현하면서 올바른 길로 인도히기를 포기함으로써 문제를 더욱 심각하게 만들었다는 혐의를 면하기 어려운 것이다.[22] 유홍, 사마영주, 양세 등이 가장 먼저 보이는 부정적 행위가 질투의 형태로 나타나고 있다는 점이 부모의 공정하지 못한 태도를 반추하는 거울이 된다. 특히 사마영주와 양세의 경우 부모의 편애를 받는 동생을 시기 질투하면

---

21 이 점에서 간교한 아이를 편애함으로써 더욱 교만 방자하게 만드는 유정경의 경우와 부족한 자식을 과하게 꾸짖고 마음에 드는 자식을 편애함으로써 성격적 결함을 가진 자식이 더 큰 원망을 품고 삐뚤어지게 만드는 사마양이나 양임의 경우가 서로 상반되는 것으로 그려지고 있기는 하지만 결과적으로 부모로서 중심을 잃고 감정에 휘둘리는 모습을 보임으로써 자식들에게 부정적인 영향을 미치고 있다는 점에서는 마찬가지의 잘못을 범한 것으로 보아야 할 것이다.

22 이에 대해서 조혜란 역시 양세의 악행을 논하는 자리에서 부친으로부터의 인정 결핍이 악행을 강화시키는 요소로 작동했다는 점에서 그 캐릭터가 설득력을 지닌다고 언급한 바 있다. 조혜란, 「악행의 서사화 방식과 진지성의 문제」, 『한국고전연구』 23, 한국고전연구학회, 2011, 382면.

서 미워하는 행위가 인간적인 측면에서는 이해될 만도 하다. 문제는 부모의 편애 속에서 왜곡된 상처라고도 할 수 있었던 감정적 차원의 질투가 현실적이고 구체적인 욕망들과 결부되면서 더 심각한 악행들을 양산한다는 점인데, 그 근원에는 부모가 사랑으로 이들을 교도하지 못한 잘못이 크게 작용하고 있다.

이처럼 자식에 대한 부모의 공평한 태도는 비단 부모와 자식 간의 문제일 뿐 아니라 가문 차원에서도 중요한 역할을 한다. 특히 대하소설에서는 부친의 역할을 더욱 중요하게 다루고 있는데, 이는 가문을 공정하게 이끌어 가야 할 존재로서 가장에 주목하기 때문이다. 이들 가장이 어떻게 중심을 잡고 가문을 올바로 이끌어 가는가가 가문의 미래에 지대한 영향을 미칠 것인데 유정경, 사마양, 양임은 이 부분에서 그 책무를 온당히 수행해 내지 못하고 있는 것이다. 이들이 가문의 미래를 염려하며 장자의 자질을 문제 삼고 계후에 민감한 모습을 보이면서도 정작 자신들 역시 올바른 가장의 모범을 보이지 못하고 있다는 점에서 가장의 자질 시비로부터 자유롭지 못하다는 모순을 드러내고 있다.

요컨대 유흥, 사마영주, 양세 등의 악행을 비난하기에 앞서 편애로 인해 그들이 인륜을 저버리고 친혈육에게 공격의 화살을 겨누게 되는 빌미를 제공하는 한편 더 나아가 자식의 일탈을 부모의 권위나 교화로 제어하지 못하는 가장들에게 일차적인 책임을 물을 수 있는 것이다. 그 점에서 편벽되지 않은 마음가짐을 갖추도록 노력하고修身, 이를 통해 가내를 조화롭게 이끌어야齊家 할 존재로서 부모의 역할, 특히 가장의 역할에 주목하게 되며, 그 역할이 온전히 수행되지 못했을 때 친혈육 간의 상잔과 아비가 자식에게 칼을 겨누는 패륜悖倫의 빌미가 생겨날 수 있음을 작품 내용을 통해 확인하게 된다.

2) 가문·개인·욕망의 문제들

세 작품의 반동인물들이 악행을 저지르게 되는 데에는 부모의 편애로 인한 애정 결핍이나 교육의 부재로 인한 인성의 왜곡 등이 근본적으로 작용하고 있지만 이들의 악행이 시기 질투를 넘어서서 현실적 맥락에서 구체화된 욕망의 형태로 발현되는 데에는 당대 사회의 현실 조건하에서 이들이 획득하고자 하는 물리적 이권利權이라는 또 다른 차원의 문제가 깊이 개입되어 있다. 가문으로 대표되는 세계 속에서 그 구성원으로서의 개인이 추구할 수 있는 현실적이고 물질적인 욕망들이 이들을 본격적인 악행으로 이끌어 가기 때문이다. 즉 시기심이 악행의 근원적 동기로 작용했다면 현실의 이권이 구체적 동기로서 악행을 심화시키게 되는 것이다. 그 점을 고려하여 반동인물들이 현실적으로 무엇을 얻기 위하여 친동기들을 죽이려고까지 하는지 살펴볼 필요가 있다.

유홍과 양세의 경우 장자권을 둘러싼 이해관계가 본격적인 악행의 동기로 작용하고 있고, 사마영주의 경우 혼사의 문제가 중요하게 작용한다. 이는 가문 중심 사회에서 남녀가 추구할 수 있는 대표적 욕망에 해당한다. 유홍은 형의 장자권을 빼앗기 위해 음모를 꾸미고, 양세의 경우 자신의 불인함을 못마땅해하던 부친이 동생 옥설의 남편인 조성에게 의탁할 기미를 비치자 자신의 가계 계승권을 빼앗길까 봐 동생을 모함하기 시작한다. 한편 사마영주는 동생 예주의 정혼자인 현웅린에게 반하여 그 자리를 빼앗기 위해 동생을 모함한다.

당대 사회에서 남성의 경우에는 장자권으로 대표되는 가계 계승의 문제가 첨예한 문제였다면 여성의 경우 좋은 가문의 우수한 남성과의 혼인이 가장 중요한 문제였음을 고려할 때 이들이 동기간의 인륜을 저버리면서까지 이러한 악행을 도모하는 배경에는 개인적인 성격 결함의 문제나 부모의 편애와 더불어 사회 제도적 차원의 문제가 결부되어 있다고 보아야 할 것이다. 즉 가권 승계와 혼인을 통해 삶의 양상이 크게 달라질 수 있었던 당대의 사회 구조적 요인이 악행의 주요 변수로서 작용하고 있다고 하겠다.

이에 대하여 선행 연구에서는 『유효공선행록』의 형제 갈등이 18세기 초부터 굳어지기 시작한 장자 상속 제도를 반영한 것이기는 하지만 획득하고자 하는 권리에 비해 악행의 강도가 지나친 것은 현실 그대로를 재현한 것이 아니라 왕위 계승을 둘러싼 치열한 갈등을 차용한 것이며 이를 통해 주인공이 구현하는 효 이념의 절대성을 극단적으로 강조하고자 한 것이라고 본 바 있다.[23] 『현몽쌍룡기』 역시 남매 갈등을 통해 장자권으로 대표되는 재산권과 외손봉사의 문제를 심각하게 다룸으로써 18세기의 현실을 반영해 내는 것이라고 논의된 바 있다.[24] 즉 『유효공선행록』과 『현몽쌍룡기』에서 장자 상속을 원칙으로 하는 가계 계승의 문제가 중요한 화두임을 지적하고 있는데, 이는 대략 18세기로 추정되는 당대의 현실 맥락과 밀접한 관련을 지니는 것이기도 하다. 17세기 이후의 조선 사회에서 가문의 중시와 더불어 가계 계승의 문제가 중요해졌는데, 이에는 재산권을 둘러싼 현실적 이권의 문제뿐 아니라 가문 수호라는 명분과 이념의 문제가 동시에 깊이 개입되어 있다. 악인들의 개인적·물질적 욕망과 더불어 반대편에는 선인들에 의해 표상되는 집단적·이념적 욕망 역시 동시에 작동하고 있는 것이다.

효와 인후仁厚의 화신처럼 그려지고 있는 유연은 동생 홍의 잘못을 감

---

23 박일용, 「『유효공선행록』의 형상화 방식과 작가 의식 재론」, 『관악어문연구』 20, 서울대 국문과, 1995, 172~173면.
24 장시광, 「『현몽쌍룡기』 연작에 형상화된 여성 수난담의 성격」, 『국어국문학』 152, 국어 국문학회, 2009, 383~384면.

추기 위해 광인 흉내를 내며 스스로 장자의 자리를 내놓고 모든 상황에서 동생을 감싸며 변호하는 태도로 일관한다. 심지어는 유홍이 폐후 모의로 국가의 죄인이 된 상황에서도 그의 무죄를 강변하며 옹호하는 모습을 보인다. 유연의 이러한 무조건적인 자기희생과 혈육에 대한 보호 의식은 관인대덕寬仁大德이라는 유교적 보편 윤리를 넘어 혈연에 입각한 가문 중심주의와 관련되는 것으로 파악된다.[25] 인자하고 온유한 성품으로 그려지는 유연이 자기 혈족을 보호하기 위해 아내와 장인에게는 매몰차고 엄격한 태도를 견지하는 양면성을 드러낸다는 점이 이를 뒷받침한다. 이러한 분위기로 인해 유홍은 국가로부터 형벌을 받기는 하지만 집안에서는 용서를 받고 개과천선할 기회를 얻는다. 그러나 결국은 문중의 배척을 받아 우분憂憤하여 병사하는 것으로 그려지는데, 이를 통해 그의 회개가 유연의 덕화를 강조하고 가문의 평화를 과시하기 위한 장치로 활용되고 있으면서도 궁극적으로는 가문 공동체로부터 인정받지 못하고 있음을 짐작할 수 있다.[26]

---

25 이와 같은 유연의 형상화가 가문 중심의 이념성에 강하게 구속된 것임은 여러 논자들이 지적한 바 있다. 박일용, 「『유효공선행록』의 형상화 방식과 작가 의식 재론」, 『관악어문연구』 20, 서울대 국문과, 1995; 이승복, 「『유효공선행록』에 나타난 효우(孝友)의 의미와 작가 의식」, 『선청어문』 19, 서울대 국어교육과, 1991; 양혜란, 「『유효공선행록』에 나타난 전통적 가족 윤리의 제 문제」, 『고소설연구』 4, 한국고소설학회, 1998; 최윤희, 「『유효공선행록』이 보이는 유연 형상화의 두 양상」, 『한국문학논총』 41, 한국문학회, 2005. 그런데 유연만이 아니라 양옥설이나 사마예주의 경우에도 친동기의 악행에 대해서는 옹호와 용서의 자세를 견지할 뿐 서운함이나 분노를 표출하지 않는데 이는 주인공들이 가문과 관련된 문제에 있어서는 개인적인 감정을 제어한 채 이념적이고 공식적인 대의명분에 입각하여 행동하고 있음을 보여주는 것이라고 하겠다.

26 이승복도 이에 대해 "홍의 개과를 우성이나 종족들이 인정하지 않고 냉대하거나 징치한다는 것은 가정 내지 가문의 질서를 비롯한 중세적 질서가 도덕적 당위를 명분으로 물리적 제재나 억압에 의해 이루어지고 있음을 보여주는 것"이라고 함으로써 개인을 규제하는 가문의 위력을 언급한 바 있다. 이승복, 위의 글, 169면.

양세의 경우는 여주인공 가문의 장자임에도 불구하고 가문에서 축출된 채 사형당함으로써 죄의 대가를 혹독하게 치르고 있다는 점에서 파격적이다. 양세가 폐장자가 된 채 제거되고 마는 설정은 장자의 자격에 대한 심각한 고민을 반영하는 것이면서 부자간의 천륜이라는 개인적 감정보다 가문의 보호라는 집단적 의식이 우선함을 극명히 보여주는 예이기도 하다. 종통을 이을 자격을 갖추지 못한 자가 장자의 위치에 있을 때 심각한 문제가 발생할 수 있으며 궁극적으로는 자격을 갖춘 존재에게 종통이 계승되어야 한다는 문제의식을 보여주고 있다고 하겠는데, 이를 남주인공 가문이 아닌 여주인공 가문의 문제로 그림으로써 작품의 도덕적 모범을 전제로 하는 핵심 남주인공 가문의 정통성을 훼손하지 않으면서도 문제의식을 전달하는 방법으로 삼고 있다. 또한 친남매간의 선악 구도 설정 역시 양세의 자질 미달을 극단적으로 보여주기 위한 효과적 장치로 기능한다.

한편 사마영주의 경우 가문의 장자권을 둘러싼 남성적 욕망과는 다른 여성적 욕망을 보여준다. 현웅린이라는 걸출한 군자를 흠모하여 그의 아내가 되고자 하는데, 이는 엄격한 가부장제에 의해 여성에게 독자적 개인으로서의 사회적 삶이 보장되지 않았던 시기에 벌열 가문의 뛰어난 남성과 혼인함으로써 사회적 지위와 일신의 안녕을 보장받고자 했던 당대 상층가 여성들의 현실적 소망을 반영하는 것이라 하겠다. 그러나 부모들 간의 혼약에 의해 진행되는 당대 혼인제도 속에서 당사자의 연정은 예의 법도를 벗어난 음란한 욕망으로 취급되는 것이 일반적이었고, 특히 여성의 경우에는 그 규탄의 정도가 더 심했다는 점에서 사마영주의 욕망이 부정적으로 인식될 수밖에 없다.

영주와 예주 자매가 혼인을 둘러싸고 대립하는 내용은 다른 소설 속에서 처첩 갈등의 형태로 익숙하게 접할 수 있는 바이다. 그런데 그러한 내용을 한집안의 친자매간 이야기로 설정함으로써 당대 사회에서 여성들에게 혼인이 얼마나 중요한 의미를 지니는지를 극대화하여 보여준다. 또한 혈연으로 연결된 친정의 문제와 남편과 시가를 통해 성취할 수 있는 개인적 욕망이 복잡하게 뒤얽힌 상황을 재현함으로써 개인과 가문의 관계, 그리고 그 안에 혼재된 욕망의 문제들에 대해 다각도의 성찰을 가능하게 한다.

이상 세 작품의 친동기간 갈등을 통해 개인과 가문의 관계와 그 안에서 배태되거나 제어되는 욕망들을 엿볼 수 있다. 이를 통해 종통법에 입각한 가부장제 사회에서 남녀 개인이 품을 수 있었던 욕망이 가문 공동체라는 제도적 범주와 어떻게 긴밀히 연관될 수밖에 없는지 확인하게 된다. 반동인물들을 통해 혈연관계로 맺어진 인륜을 저버릴 정도로 강력하고도 절실했던 당대인의 욕망과 이것들이 집단의 이념이나 이익에 배치될 때 어떻게 제어되는지 파악할 수 있었다면, 주인공들을 통해서는 집단의 가치에 부합하는 인물로 선택된 사람들 역시 개인적 감정이나 욕망을 소거하며 이념적·이상적 인물로 처신해야 하는 억압을 강요받았음을 살필 수 있다. 이것이 독자적 개인이기보다는 가문 공동체의 일원으로서의 정체성을 더 강하게 요구받았던 18세기 조선의 상층 가문인의 보편적 모습이었을 것이라는 점에서 이 소설들은 당대의 시대적 문제들을 일정하게 포착해 내고 있다고 하겠다.

3) 이상과 현실의 거리

위에서 살펴본 바처럼 당대 사회에서 가문이라는 혈족 집단의 위력은 개인의 삶을 강하게 구속하며 집단의 이익을 도모하는 방향으로 발휘되는 가운데 절대화·이상화되는 경향을 보인다. 그러나 서술자의 목소리나 작품 내적 논리에 의해 긍정되고 있는 가문의 이상적 모습이 등장인물들을 통해 드러나는 구체적 사실과는 거리가 있다는 점에 주목할 필요가 있다. 외부적으로는 절대적 위상을 지닌 것같이 보이는 가문의 실상이 모순투성이이며 내외부적으로 다양한 문제들을 끌어안고 있다는 사실을 구성원들 간의 불화와 일탈 행위들을 통해 확인하게 되는 것이다. 이러한 측면에서 보자면 유연과 같은 이상적 장자의 형상화는 가문 중심적 시각에서 현실의 난관을 타개하고 싶은 소망태의 발현이라고도 할 수 있다.

특히 친동기간 선악 구도는 효제孝悌의 논리에 입각한 가문의 존립을 심각하게 위협함으로써 궁극적으로 그 이념적 기반인 유교적 정당성마저 훼손할 가능성이 있다는 점에서 문제적이다. 반동인물들이 선천적으로 성격적 결함을 지닌 것처럼 형상화함으로써 갈등의 요소가 이들에게 본질적으로 내재하는 것처럼 보이도록 만드는 것은 문제의 원인을 가문 내부의 모순에서 찾지 않고 운명론적이고 초현실적인 차원에 전가함으로써 주인공 가문의 정통성을 훼손하지 않으려는 의도일 것이다. 이러한 설정을 통해 친동기간에도 우열의 관계가 뚜렷해지는 가운데 양자 간의 대립에 의한 쌍방향의 갈등 구도가 아니라 악인 측의 일방적인 모해에 의한 선인의 고난과 용서라는 이분법적인 선악의 갈등 구도가 마련된다.

그런데 이러한 설정은 가문과 집단으로 대표되는 당대의 사회 구조적인 문제를 개인의 선천적·본원적 문제로 호도하는 구실을 한다는 점에서 문제가 있다. 즉 집단의 논리 속에 희생되는 개인의 존재와 그들의 반발 속에 담겨 있는 구조적 모순을 예외적이면서 악한 개인의 문제로 축소시킴으로써 본질을 외면하거나 왜곡하게 되는 것이다. 그럼에도 불구하고 작품의 구체적 국면들을 통해 당대 사회의 동요와 가문 중심주의의 폐해를 확인할 수 있다.

18세기 조선 사회는 여러 가지 측면에서 동요의 모습을 보이는 것으로 파악되고 있다. 사림 정치가 파국을 맞이하게 되면서 가문 의식 등으로 대표되는 사족 중심의 향촌 지배 체제에 균열이 일어남과 동시에 경제적 변화에 기반한 서민 의식의 성장으로 반상 체제에 동요가 일어나는 가운데 주자 성리학적 이념에 대해서도 비판과 회의가 제기되었다.[27] 이와 같은 사회의 동요에 대해 집권층이 유교적 지배 질서에 입각한 제반 규제를 강화해 나가는 보수적 대응 방식을 보임으로써 사회 내적으로 이중적인 양상이 전개되고 있었음은 주지의 사실이다. 여성 교화서를 비롯한 가훈서들이 이 시기에 집중적으로 등장하는 것도 이러한 시대 분위기를 반영하는 것이라 할 수 있다.[28] 18세기에 산출된 것으로 추정되는 다수의 대하소설들에서 가문 의식에 입각한 종법 질서의 문제를 중요하게 다루는 것도 이러한 시대 상황과 관련된다.

이 장에서 살펴본 소설들 역시 계후 갈등이나 혼사의 문제를 중심으로 당대 가문을 둘러싼 이념과 현실의 문제를 다룸으로써 이러한 시대 상황을 반영하고 있다. 특히 친동기간의 갈등 구도가 드러내는 구체적 함의들을 통해 유교적 관념하에서 이상적으로 미화되는 것이 일반적인 주인공 가문의 실상을 파악하게 된다는 점에서 주목할 만하다. 성인의 도를

---

27   정만조, 「18세기 조선의 사회체제 동요와 그 대응론」, 『한국학논총』 27, 국민대 한국학연구소, 2005, 153~154면.

28   "17~18세기에 가훈서가 집중적으로 등장한 사실은, 이 시기에 가정 교화의 필요성이 증가하였고, 이와 함께 가훈서가 교화서로서 주목받았음을 의미한다. 이것은 가정 교화를 통해 조선 사회의 유교화가 집중적으로 진행되었음을 보여주는 징표로 볼 수 있다." "특히 상제례의 강조는 단순히 유교식 의례를 강조하는 데 뜻이 있었던 것이 아니라 종가와 적장자를 중심으로 하는 친족 질서의 확립에 주된 의도가 있었던 것이다." 김언순, 「18세기 종법 사회 형성과 사대부의 가정 교화-가훈서를 중심으로」, 『사회와 역사』 83, 한국사회사학회, 2009, 136·142면.

따라 군자의 삶을 지향하는 도덕적이고 모범적인 주인공 가문의 이상적 표상과는 달리 여러 가지 모순으로 점철된 가문 내부의 현실을 발견하게 되는데, 인간적인 약점들을 노출함으로써 가문을 공평무사하게 인도하는 데 실패한 가장, 집단의 가치와 개인적 욕망 사이에서 부유하는 가운데 욕망을 우선시하여 문제를 일으키거나 반대로 욕망을 거세당한 채 이념화되어 가는 가족 구성원들, 주인공 가문의 도덕적 교화로도 제어되지 않는 문제적 악인들의 존재와 이들에 의한 가문적 가치의 붕괴 등은 18세기 조선 사회의 가문의 실상을 파악하는 데 많은 시사점을 제공한다. 임병양란 이후 무너진 사회의 기강을 확립하려는 의도하에 강화되었던 가문 질서의 강조 이면에 감추어진 부작용과 모순들을 노출시킴으로써 이상과 현실의 거리를 확인할 수 있게 해 주기 때문이다. 요컨대 친동기간 갈등을 형상화하는 소설들을 통해 가문으로 표상되던 당대 상층인들의 삶이 이념적으로 이상화된 것과는 달리 현실 맥락에서는 혈연적 관계마저도 파괴하게 만드는 구조적 모순과 그 안에서 배태된 욕망들 사이에서 동요하고 있었음을 짐작할 수 있다.

4. 맺음말

상층 가문을 중심으로 구성원들 간의 내외적 갈등을 다양하게 그려내고 있는 대하소설에서 친동기간의 갈등에 주목한 이유는 이러한 갈등이 당대 현실 속에서 빈번했을 것임에도 불구하고 상층의 소설에서 본격적으로 형상화되는 경우가 희박하다는 점, 조화로운 주인공 가문의 모습을 그리기 위해 의도적으로 회피되었을 그러한 갈등 구도를 고찰함으로써 가문을 둘러싼 당대 현실의 문제들을 좀 더 구체적으로 확인할 수 있다는 점 때문이다. 이에 각각 형제 갈등, 자매 갈등, 남매 갈등을 형상화하는『유효공선행록』,『명주기봉』,『현몽쌍룡기』세 작품을 선택하여 친동기간 갈등이 구체화되는 양상과 그 이면의 의미들을 분석했다.

서술자의 시각에 따르자면 친동기간의 갈등 요인으로 선천적인 자질을 문제 삼아 우열과 차등의 논리로 친동기간 선악 구별을 합리화하고 있지만 작품 문면을 통해 드러나는 진실은 이러한 갈등이 매우 현실적이고 제도적인 차원에서 비롯된다는 것이다. 즉 반동인물의 일방적인 모해와 주동인물의 포용과 인내로 표상되는 선악 구도 이면에는 반동인물이 악행을 저지르게 되는 현실적 이유들과 주동인물이 인내의 화신으로 형상화되는 이념적 이유가 공존하고 있음을 확인할 필요가 있다.

가장이 편애로 인해 제가와 자녀 교육에 실패함으로써 자녀의 악행을 방치하는 내용이 주인공 가문의 도덕성에 의문을 제기하게 만든다면 악인들이 악행을 통해 차지하고자 하는 현실적 이권이 가문을 둘러싸고 배태된 욕망이라는 점에서 가문 중심의 사고가 초래하는 부작용들을 확인할 수 있다. 그러나 반동인물들의 욕망이 가문의 안녕을 위협하는 것으로 간주됨으로써 악으로 치부되고 징치되는 것은 가문 중심의 집단 논리가 개인의 삶보다 우위에 있음을 의미한다. 한편 주동인물 역시 가문의 논리 속에 욕망과 본성을 억압당한 채 가문이 이상화하는 인물로 규정된 삶을 살아가야 한다는 점에서 반동인물이 보여주는 것과는 다른 차원에서 집단에 의해 희생되는 개인의 문제를 제시하고 있다고 하겠다.

특히 가문 내부의 이러한 문제들이 친동기간이라는 혈육관계 속에서 발현되는 것은 밀착된 가족 구성원들일수록 그러한 문제들을 가장 가까이에서 공유하며 갈등 상황에 노출될 가능성이 높았을 것이라는 점과 한편으로는 이 과정에서 추구되는 욕망들이 혈연의 본능과 인륜의 도덕률에도 불구하고 포기할 수 없을 정도로 강력한 것이라는 점을 극대화하여 보여준다. 이처럼 친동기간 선악 구도를 다루는 작품들을 통해 대하소설 속에서 집단적이고 이념적인 구속력을 발휘하며 이상적으로 미화되는 상층 벌열 가문이 그 실상에서는 내부 구성원들의 인간적 모순과 가문 중심주의의 구조적 모순으로 점철되어 있음을 확인함으로써 18세기 조선 사회의 가문의 실제적인 모습과 고민들에 한 발 더 다가갈 수 있다.

제8장

동서同壻 갈등과 가족 서사의 확장

1. 여성 수난 서사와 동서 갈등

고전소설 중에는 가정 내적인 문제에 관심을 기울이면서 여성 주인공의 수난을 형상화한 작품들이 상당수 존재한다. 이러한 수난은 시부모나 친정 부모로부터 가해지는 수직적 억압의 형태로 그려지거나 남편과의 불화로 인한 수평적 갈등의 형태로 그려지는 것이 보편적이다. 그런데 드물게도 한 가문 내의 며느리들 사이에 빚어지는 동서 간 갈등을 여성 수난의 주요 동인으로 그리는 작품들이 있어 주목을 요한다. 『위씨절행록衛氏節行錄』과 『반씨전潘氏傳』이 그 예이다.[1]

타 가문으로 시집온 여성 동기간의 갈등은 우리 소설사에서 아직 본격적으로 논의된 바 없기에 이 작품들은 우선 소재적인 측면에서 관심을 끈다. 그간 상당한 업적이 축적된 가정소설 연구에서도 주로 처첩 간의 갈등이나 계모와 전처소생 간의 갈등에 주목했을 뿐 동서 간의 갈등에

1 　동서 갈등을 다루는 작품들이 더 존재할 가능성은 열려 있으나 현재 파악되는 대표적 작품은 이 두 편뿐이므로 이 장에서는 이 작품들을 대상으로 논의를 전개하고자 한다.

대해서는 아직 관심을 기울이지 못한 것으로 보인다. 그 주된 이유는 아무래도 이 문제를 다루고 있는 작품 자체의 희소성 때문이 아닌가 한다.[2]

그러나 실생활 속에서 여성이 혼인이라는 제도를 통해 전혀 새로운 가족의 일원이 되기 위해 겪어야 하는 다양한 어려움 중에는 고부 갈등이나 부부 갈등, 혹은 처첩 갈등 외에 동서 간의 갈등도 큰 자리를 차지했을 것임은 쉽게 짐작할 수 있다. 각기 다른 배경과 성장 과정을 지닌 채 한집안으로 시집온 며느리들은 비슷한 처지에서 서로를 보듬어 주어야 하는 동지임과 동시에 시부모의 사랑이나 집안에서의 주도권을 놓고 경쟁하는 관계이기도 하다. 그런 점에서 동서지간의 갈등은 수직적인 질서를 중시하는 고부간의 갈등이나 남녀 간의 애정 문제가 개입되는 부부간의 갈등과는 차별성을 드러내게 될 것이다. 그러므로 동서 간의 갈등은 가족관계 내에서의 여타 갈등과는 다른 측면에서 여성의 문제를 조명해 줄 수 있다.

한편 『위씨절행록』과 『반씨전』 두 작품 사이의 차이점도 주목을 요한다. 우선 이 작품들은 여성 주인공을 중심으로 작품이 전개되고, 여성 주인공에게 수난을 야기하는 주된 요인이 동서 간의 갈등에서 비롯된다는 공통점을 지니고 있다. 그럼에도 불구하고 사건의 전개 양상과 이를 통해 드러나는 세계 인식에서는 큰 차이를 보이기 때문에 흥미로운 비교 대상이 된다.

두 작품의 비교를 통해 문제에 대한 인식의 차이와 이러한 차이를 유발하는 원인을 고찰함으로써 고전소설 담당층의 다양한 세계관을 재확인할 수 있다. 그리고 그것이 당대 사회에서 차지하는 위치와 의미에 대

---

2   수백 편의 고전소설 작품을 해제한 김기동도 『반씨전』을 소개하면서 이와 같이 동서 간의 갈등을 다루는 작품 유형은 처음 본다고 언급한 바 있다. 김기동, 『한국 고전소설 연구』, 교학연구사, 1983, 595면.

해서도 숙고할 기회를 마련할 수 있다.

『위씨절행록』과 『반씨전』에 대한 연구는 아직 그리 활발히 이루어지지 않은 편이다. 이 비교 연구를 통해 새로운 작품을 새로운 각도에서 고찰하는 계기가 마련될 수 있기를 기대한다. 이 장에서는 국립중앙도서관본 『위씨절행록』과 대창서원 발행 활자본 『반씨전』을 기본 텍스트로 사용한다.[3]

2. 동서 갈등의 전개 양상

1) 반목하는 며느리들

두 작품은 모두 중국 송나라를 시공간적 배경으로 삼고 있다. 『위씨절행록』의 경우 승상 소두인의 세 아들 중 가장 뛰어난 삼자 잠과 그 부인 위씨의 이야기를 다루고 있다. 소잠은 18세에 장원급제하여 한림학사를 제수한 인재로서 평범한 두 형에 비해 부모의 기대를 한 몸에 받고 있다. 위씨 역시 승상 위승목의 무남독녀로서 자색이 출중하고 효심이 뛰어나 시부모를 정성으로 섬긴다.

그러나 위씨의 손윗동서 주씨로 인해 갈등이 싹튼다. 주씨는 소씨가의 둘째 며느리로서 자색이 수려하고 아첨에도 능하여 시부모의 사랑을 독차지하고 있었다. 아름답고 효성스러운 손아랫동서의 출현은 시댁에서 나름대로 입지를 굳히고 있던 주씨에게 시부모의 사랑을 빼앗길 수도 있다는 위기의식을 불러일으킨다. 이에 주씨는 온갖 참소를 지어 위씨를 모함하기 시작하는데 시부모가 이를 곧이듣고 위씨를 못마땅하게 여기

---

3 『위씨절행록』은 이 외에도 나손본이 더 있으나 내용상 별 차이가 없고, 『반씨전』은 유일본으로 알려져 있다.

게 된다.

이 경우 주씨가 위씨를 모함하는 주된 이유는 시기와 질투심 때문이다. 위씨는 소씨 가문의 세 번째 며느리로서 가권을 물려받을 총부冢婦도 아니고, 이제 막 시집온 새내기일 뿐이다.[4] 그런 위씨에게 주씨가 시샘을 하는 이유는 기득권자로서 자신이 차지하고 있던 사랑을 빼앗기기 싫다는 감정적 차원의 반발감이다. 집안의 총부인 첫째 며느리 강씨의 존재에 대해 별다른 언급이 없고, 주씨도 강씨에게는 악의적인 감정을 드러내지 않는 것으로 보아 이 작품에서 며느리들 간에 벌어지고 있는 갈등은 가내의 권력이나 위계질서와 관련된 것이기보다는 소박한 차원의 질투심에서 비롯된 것이라고 파악된다.

이에 비해 『반씨전』의 경우에는 가권을 둘러싼 갈등이 보다 노골적으로 그려진다. 반씨의 남편 위윤은 위씨 가문의 가장이다. 모친 양씨를 모시고, 두 아우 부부와 더불어 사는 위윤은 청렴한 명현으로서 명성이 자자하며 그 부인 반씨도 요조숙녀로서 집안의 총부 역할을 잘 수행한다. 이에 양부인도 큰아들 부부에게 전폭적인 지지를 보낸다.

그러나 위윤의 두 아우 위진과 위준은 혼암昏闇하여 형의 인품을 따라가지 못하고, 그들의 아내인 채씨와 맹씨는 요악하여 반씨를 시기하고 모해한다. 시어머니 양씨가 이를 눈치채고 반씨를 옹호하며 채씨와 맹씨를 경계하자 이들은 크게 반발하여 더욱 원한을 품는다. 훈계하는 시어머니에게 채씨가 말대답하는 내용을 통해 이들이 왜 반씨에게 적의를 가지는지 짐작할 수 있다.[5] 채씨는 시어머니가 입신한 자부와 입신하지 못한 자

---

4   이에 비하여 『반씨전』의 반씨는 위씨 가문의 맏며느리로서 집안에서 시어머니 다음으로 권위를 행사할 수 있는 지위에 있다.

5   치씨 청필의 발연작식고 왈 "존고의 말슴이 지극 맛당ᄒ시거니와 첩등이 진실노 모히

부를 차별한다고 대들며, 친동기간이 아닌데 며느리들끼리 어찌 형제처럼 지낼 수 있겠느냐고 따진다.

즉 이들은 반씨와의 관계에 남편들의 위계와 입신 여부를 투영하여 자신들의 처지를 바라보고 있는 것이다. 이 경우 이들이 반씨에게 보이는 적개심은 단순한 차원의 시기심을 넘어 가내에서의 권력과 관련된 보다 강렬한 욕망의 성격을 지닌다. 가장과 총부로서 자신들보다 우월한 위치를 점한 위윤과 반씨에 대한 반감은 이들의 지위를 박탈하고 그 자리에 자신들이 대신 자리 잡고 싶은 욕망과 연결된다. 이 때문에 이들이 빚어내는 갈등은 『위씨절행록』의 주씨의 경우보다 더 지속적이고 집요하다. 이에 대해서는 갈등의 전개 과정을 통해 좀 더 구체적으로 살펴보기로 하자.

2) 가권 위협과 쟁탈전

『위씨절행록』의 위씨가 동서 주씨의 참소로 시댁에서 곤궁에 처한 와중에 남편 소잠이 귀양을 가게 된다. 그 이유는 소잠이 위씨의 외숙부 최경의 독단을 상소하다가 오히려 죄를 뒤집어쓰게 된 것이다. 주씨가 이를 빌미로 위씨를 헐뜯으니 시부모 역시 모든 것이 위씨와 위씨 친정의

ᄒ온비 업습거늘 금일 존고의 일으심을 듣ᄌ오ᄆᆡ 반씨의 아첨ᄒᆞ는 말을 신청ᄒᆞ시고 오직 첩등만 그르다 ᄒᆞ시니 원민ᄒᆞ오며 소첩등이 본ᄃᆡ 각집 ᄌᆞ손으로 존문의 님승ᄒᆞ와 쥬야 동동촉촉ᄒᆞ와 ᄀᆞᆺ를 셤기온즉 셜혹 불미지ᄉᆡ 잇슬지라도 관셔ᄒᆞ실지라 첩등이 본ᄃᆡ 골육지친이 아니니 엇지 각별ᄒᆞ온 졍이 잇ᄉᆞ오리잇고 존고계오셔 삼ᄌᆞ를 두사 쟝셩ᄒᆞ온 후 지극ᄒᆞ온 ᄌᆞ이 다름이 업슬듯 ᄒᆞ오ᄆᆡ 기중 입신ᄒᆞ온 ᄌᆞ부는 ᄉᆞ랑이중ᄒᆞ시고 입신치 못ᄒᆞ온 ᄌᆞ부는 졍이 업셔 박졀ᄒᆞ시미 여ᄎ 과즁ᄒᆞ시미 ᄒᆞ물며 친모ᄌᆞ지간도 여ᄎᄒᆞ시거든 하물며 남의 집 ᄌᆞ손을 골육ᄀᆞᆺ치 ᄒᆞ라 ᄒᆞ시나 엇지 슌죵ᄒᆞ오며 우의셔 의중을 두지 아니ᄒᆞ시면 엇지 지하지 화목지 아니ᄒᆞ오리잇가 존고계셔 몬져 불초ᄒᆞ온 ᄌᆞ식들을 그르다 ᄒᆞ오시니 첩등이 엇지 원굴치 아니ᄒᆞ리잇가" 『반씨젼』, 『활자본 고전소설 전집』 2, 아세아문화사, 1976, 450면.

탓이라 원망하며 며느리를 아들이 유배 길에 나서기도 전에 친정으로 내쫓아 버린다.

위씨 가문에서도 억울하게 쫓겨난 딸의 일로 분노한다. 이에 위씨의 모친 최씨는 사부인에게 사리를 따지는 편지를 보내고, 부친 위 승상은 딸을 다른 집에 재혼시킬 계획을 세운다. 그러나 부친의 재혼 강요는 위씨를 또 다른 고난으로 몰고 가는 새로운 갈등 요소로 작용한다. 위씨는 절개를 지키기 위해 친정에서 도망쳐 나온다. 시댁 문전에서 사정을 아뢰고 선처를 비나 소 승상 부부는 위씨를 끝내 받아들이지 않는다. 위씨가 뱃속의 태아를 내세워 애걸하는데도 소 승상 부부는 자기 가문의 후사까지 나 몰라라 하며 냉정히 외면한다.

이로 인해 오갈 데 없이 막막한 세상을 떠돌게 된 위씨는 결국 태항산에 들어가 원적사 승려들에게 의탁하여 지내게 된다. 머리를 깎고 법명까지 받은 위씨는 이곳에서 아들을 낳아 기르며 칠 년여의 세월을 보낸다. 이 과정에서 위씨가 시댁에서 축출되는 데 원인을 제공했던 주씨의 개입은 더 이상 그려지지 않는다. 애초 주씨가 위씨에게 적대감을 품었던 이유가 시댁에서의 사랑을 차지하기 위함이었던 만큼 위씨가 시댁 밖으로 쫓겨난 후에는 더 이상 위씨에게 해악을 끼치지 않는다. 주씨가 위씨에게 개인적인 원한이나 심각한 적개심을 가지고 있지 않기 때문이다. 주씨는 위씨의 존재가 자신의 위치를 위협한다고 판단될 때만 개입하여 위씨와 맞선다.[6]

---

6 주씨의 이러한 태도는 위씨가 낳아 기른 아들 정이 자라 조부모를 찾아왔을 때 다시 한 번 드러난다. 주씨가 정의 사연을 아이들 장난이라고 훼방하여 시부모의 판단력을 흐려놓자 소공 부부가 이를 믿고 정을 꾸짖은 후 쫓아 보낸다. 이 경우 지금까지 집을 떠난 위씨 모자에게 아무 관심이 없던 주씨가 다시 이들 사이에 끼어들어 피해를 입히는 주원인은 이들이 다시 자신의 영역을 침범할까 하는 두려움 때문이라고 볼 수 있다.

그러므로 주씨의 위씨에 대한 공격도 자신의 위치를 지키기 위한, 수세적이고 방어적인 차원에서 소극적인 형태로 그려진다. 주씨가 위씨에게 가하는 해악은 기껏해야 시부모에게 위씨를 참소하는 정도이다. 주씨가 다시 작품에 등장하여 위씨에게 영향을 미치는 경우는 위씨가 낳은 아들 정이 조부모를 만나러 소부를 찾아왔을 때이다. 그러나 이 경우에도 주씨는 정을 쫓아 보내는 데에 만족할 뿐 더 이상의 해를 입히지는 않는다. 그녀는 철저히 자신의 문전을 사수할 뿐 소씨 가문 밖의 위씨 모자에게는 큰 관심을 두지 않는다.

이로 인해 이 작품의 주된 갈등 구도는 주씨와 위씨의 대립 구도에 한정되지 않고 매우 복선적인 형태를 띠게 된다. 위씨의 축출을 부추기는 요인을 제공한 것은 주씨이지만 가내에서 절대 권력을 휘두르며 임신한 며느리를 쫓아내고 그 손자까지 문전 박대하는 주체는 혼암한 시부모이다. 또 위씨가 시댁에서 축출된 후에는 위씨와 위승상 간의 부녀 갈등이 이후 위씨의 고난을 야기하는 주요소로 작용한다.

이에 비해 『반씨전』의 경우에는 채씨와 맹씨가 반씨에게 지속적으로 위협을 가한다. 시어머니에게까지 대들다가 쫓겨난 채씨는 친정의 권세를 이용하여 위윤과 반씨의 부친을 유배 길에 오르게 한다. 이 충격으로 양부인이 별세하자 위진과 위준은 모친의 유언을 저버리고 채씨를 다시 불러들여 가권을 전횡한다. 이 틈을 타 채씨와 맹씨가 본격적으로 반씨 모자를 모해하기 시작한다.

반씨와 아들 흥은 이들의 독수毒手를 피하기 위해 집을 나와 양부인의 묘 아래 움막을 짓고 산다. 위윤은 유배당한 처지라 가장으로서 가권을 행사할 수 없는 위치에 처하고, 반씨 모자마저 가내에서의 주도권을 완전히 빼앗기고 쫓겨난 신세가 되는 것이다. 이로써 그동안 위윤과 반씨가 가문 내에서 행사했던 주도권이 완전히 상실되고 만다. 애당초 채씨가 시모에게 항변하던 조목이었던 출세한 아들과 며느리에 대한 차별이라는 상황이 하루아침에 역전된 것이다.

그러나 채씨와 맹씨는 이에 만족하지 않고 반승상에게 원한을 품은 장생 형제들을 끌어들여 반씨 모자를 없애려 한다. 위진과 위준도 이 일에 적극적으로 가담하는데, 다행히 흥은 집을 나가 있던 상황이고 끌려가던 반씨는 가까스로 도망을 쳐 목숨을 구하지만 이 와중에 반씨의 모친이 목숨을 잃고 만다. 반씨는 시가에서의 며느리 간 갈등으로 인해 친정 부친이 유배당하고, 어머니까지 사망에 이르는 극한 슬픔을 겪는다. 한집안 며느리들의 다툼에서 시작된 일이 두 집안을 몰락시키고 여주인공의 어머니를 해치는 상황으로까지 확대된 것이다.

이처럼 문제가 심각한 차원으로 확대되는 것은 채씨와 맹씨가 반씨에게 품은 반감이 『위씨절행록』의 주씨 경우처럼 시부모의 사랑을 둘러싼 시기심 정도의 사적인 감정에 머물지 않기 때문이다. 이들이 반씨를 모함하고 공격하는 것은 가장권과 총부권冢婦權이라는 가내의 권력과 관련된 문제이기 때문에 단순히 반씨와의 갈등 차원에 머물지 않고 가장인 위윤을 몰아내고, 반씨와 종손인 위홍을 죽여 위험 요소를 완전히 제거할 때까지 집요한 위해를 가하는 것이다.

적대 관계가 분명한 만큼 이 작품의 갈등 구도 역시 단일화·집중화되어 있다. 『위씨절행록』이 복합적인 갈등 구도를 지니고 있는 데 반해 『반씨전』은 채씨와 맹씨로 대표되는 악한 인물군과 반씨 모자로 대표되는 선한 인물군의 극한 대립이라는 선명한 갈등 구도를 보여준다. 그리고 이 갈등이 지속적으로 심화되어 끝없이 주인공들을 위기에 빠뜨리다가 파국을 맞는 구도를 드러내고 있다.

3) 화해 혹은 파국의 갈림길

두 작품 모두 표면상으로는 한집안의 며느리들 사이에 일어나는 동서 갈등으로 인해 문제가 발생하고 사건이 벌어지는 것으로 그려지지만 갈등이 유발되는 동기가 다르다는 점 때문에 그 해결 과정에서도 큰 차이점을 보이게 된다.

우선 『위씨절행록』의 경우 정권의 교체에 의해 소잠이 해배解配되고, 시간이 흘러 가족 간에도 그간의 오해가 풀리게 되면서 사건 해결의 단초가 마련된다. 소 승상 부부의 경우 뚜렷한 죄목이 있는 것도 아닌데 그저 눈 밖에 났다는 이유로 며느리에게 아들 유배의 책임을 물어 내쫓았던 것이기 때문에 아들이 돌아오고 세월이 흐르자 며느리 위씨에 대한 원망이나 미움도 없어진 듯하다. 이때 손자 정이 찾아와 위씨의 억울함과 자신들이 겪은 고초를 아뢰자 소 승상 부부도 잘못을 깨닫고 미안한 마음으로 며느리의 귀가를 종용한다.

그러나 위씨는 선뜻 시댁으로 돌아오지 않는다. 남편과의 재결합을 거절하고 시숙들의 방문도 외면하면서 일 년 이상 친정에 머물다가 시부 소 승상이 직접 찾아가 사과를 한 후에야 비로소 마음을 풀고 시댁으로 돌아온다. 하지만 위씨가 시댁 구성원들에 대해 원망의 마음을 표출하는 과정에서 자신을 참소했던 주씨에 대해서는 전혀 언급하지 않는다. 주씨가 문제를 일으킨 장본인이기는 하지만 실질적으로 자신에게 억울한 죄목을 씌워 축출한 주체는 시부모라는 문제의 본질을 위씨 역시 잘 깨닫고 있는 것이다.[7]

그러므로 주씨에 대한 징치는 매우 가볍다. 시어머니가 잔치 자리에서

---

7   이 부분에 대해서는 이지하, 「『위씨절행록』의 여성소설적 성격」, 『고소설연구』 19, 한국고소설학회, 2005, 90~92면에서 구체적으로 언급한 바 있다.

여러 사람 앞에 꾸짖고 망신을 주는 정도로 그려진다. 남을 헐뜯고 비방한 벌로 이만한 망신과 훈계면 적당하다고 생각한 듯하다. 위씨도 주씨에게 더 이상의 원망이나 서운함을 토로하지 않는다. 이후 주씨는 마음을 고쳐먹고 위씨와 더불어 시댁에서의 삶을 아름답게 꾸려 나간다. 즉 갈등 유발자였던 주씨가 회개함으로써 작품 속의 인물들이 진정한 화합을 이루며 새로운 관계 속에 행복을 도모할 수 있는 것이다.

그러나 『반씨전』의 경우에는 사정이 다르다. 채씨와 맹씨는 반씨 모자를 집에서 축출한 것으로도 모자라 목숨마저 빼앗으려고 지속적인 공격을 가하고 이 과정에서 갈등의 골은 더욱 깊어 간다. 반씨는 도적에게 잡혀가다가 절개를 지키기 위해 물에 뛰어들고 반씨의 모친은 죽임을 당한다. 이제 동서들 간의 싸움이 개인적인 차원을 넘어서 서로를 집안의 원수로 치부하는 지경에까지 확대되기에 이른 것이다.

결국 위홍이 과거에 급제하고 부마가 됨으로써 삼촌들과 숙모들에게 빼앗겼던 가권을 되찾게 된다. 위윤과 반씨, 그리고 그 아들 홍을 중심으로 한 종통의 승리는 하늘이 정해 준 섭리라는 것을 보여주기 위해 초월계의 개입이 지속적으로 이루어진다. 집안의 최고 어른이었던 양씨는 죽어서도 손자와 며느리가 위급할 때마다 이들을 보호하고, 이적선에게 밤마다 내려가 홍에게 공부를 가르치도록 부탁한다.[8] 이러한 조력에 힘입은 위홍의 입신출세와 더불어 위윤의 벼슬이 높아지고 반씨 일가도 복권된

---

8 이 작품은 종통의 신성성을 강조하기 위해 양부인의 전생을 이용한다. 양부인은 천상계의 선녀로서 옥경에 득죄하여 인간 세상에 적거했던 인물로 그려지는데 사후에 천상계로 돌아간 후에도 위윤과 홍, 반씨를 보호하여 가문을 회복시키기 위해 현세의 삶에 지속적으로 개입한다. 천상계의 섭리를 대표하는 양부인의 보호는 결국 위윤 부자로 이어지는 위씨 가문의 종통이 운명적으로 결정지어진 것이므로 거스를 수 없다는 의식을 드러내는 것이다.

다. 반면 이들을 유배 길에 오르게 했던 채씨 일가는 몰락의 길을 걷는다.

채씨와 맹씨는 그간의 죄목으로 능지처참의 극형을 당하고, 이들과 결탁하여 반씨 모자를 해치려 했던 장맹 형제들도 처형된다. 그러나 위진 형제는 위윤의 간청으로 죽음을 면하고 북해에 안치按治된다. 이 경우 실질적으로 가권을 휘두르며 주인공들을 위기에 몰아넣은 인물들인 위진과 위준 형제는 가문의 구성원이라는 이유로 극형을 면하는 반면 외부인으로서 이들을 획책한 것으로 인식되는 채씨와 맹씨는 능지처참을 당하는 것으로 설정되어 있어 악인들에 대해 차별적 응징을 가하고 있다.

이처럼 『반씨전』의 경우 주인공과 적대적 관계에 있던 인물들은 정도의 차이는 있을지언정 모두 용서받지 못하고 응징된다. 이들이 저지른 악행이 한 가족의 구성원으로서는 행할 수 없을 정도로 극악하기 때문이다. 그리고 무엇보다 이들이 주인공들을 모함하고 악행을 저지른 이유가 가권을 차지하기 위해서였기 때문이다. 『반씨전』의 경우 동서 갈등이 집안 내에서의 권력 다툼과 직결되는 것이기에 문제가 더욱 심각하게 인식되어 가장과 총부의 권위에 도전하여 부도덕한 야심을 드러낸 자들에게 철저한 응징을 가하는 것이다.

3. 선악 구도와 여성의 욕망

1) 갈등의 구조화

작품의 문제의식을 파악하기 위해서는 무엇보다도 갈등 구도에 주목할 필요가 있다. 하나의 갈등이 얼마나 지속력을 가지고 심화되는지 살펴보면 작품에서 문제 삼고 있는 것이 무엇인지 알 수 있다. 즉 작품의 주제 의식을 확인하기 위해서는 핵심 갈등이 무엇인지 파악하는 것이 중요하다.

그런데 위의 두 작품은 갈등의 구조화 방식에서 차이를 보인다. 사건의 발단이 며느리 간의 동서 갈등에서 비롯됨에도 불구하고 이후 갈등이 지속·심화되는 과정에서는 많은 차이를 드러내고 있다. 우선 『위씨절행록』의 경우 작품 전체를 관통하는 하나의 갈등 구조를 추출하기가 쉽지 않다. 이는 핵심적인 주요 갈등이 근간을 이루며 작품을 이끌어 가는 것이 아니라 위씨 주변의 여러 인물들이 만들어 내는 다양한 갈등이 뒤얽힌 채 작품이 진행되기 때문이다.

갓 혼인한 여성이 시댁이라는 새로운 공간에 들어가서 가족 구성원으로서 자리를 잡기 위해서는 다양한 인간관계에 적응해야 한다. 남편, 시부모, 시숙들, 그리고 동서들이 그 새로운 관계 맺기의 대상들이다. 갓 시집온 새댁인 위씨에게는 이 모든 관계가 낯설고 어려울 것임이 자명하다. 위씨가 어떤 태도로 기존 구성원들에게 접근하느냐와 마찬가지로 그들이 위씨를 어떻게 감싸 주느냐 또한 새로운 관계 맺음에 중요한 요소로 작용할 것이다. 그러나 위씨의 경우 이 과정이 그리 순조롭지 못하다.

제일 먼저 위씨와 갈등 관계를 형성하는 것은 동서지간인 주씨이다. 주씨는 신참자인 손아랫동서에게 시샘을 느끼고 트집을 잡아 시부모로부터의 사랑을 훼방한다.[9] 이로 인해 시부모와 위씨 간에 새로운 갈등 관계가 형성된다. 이는 주씨와 위씨 간에 형성되었던 갈등과는 또 다른 국면의 더 심각한 갈등이라고 할 수 있다. 주씨가 위씨에게 있어서 손윗사람이기는 해도 동등한 며느리로서 맞설 수 있는 상대인 반면[10] 당시 혼인

---

9 위씨의 시댁인 소씨 가문에는 주씨 이외에도 맏며느리인 강씨가 존재한다. 그러나 작품 진행 과정에서 강씨에 대한 별다른 언급이 없으며 특히 위씨와의 관계에서 강씨의 역할이 특별히 설정되어 있지 않다.

한 여성에게 시부모는 상하 수직적인 관계 속에서 절대적인 복종이 강요되는 대상들이기에 위씨에게는 시부모와의 사이에 새롭게 형성된 갈등이 훨씬 부담스러울 것이다.[11] 이처럼 일방적인 대립 구도 속에서 결국 위씨는 억울한 누명을 쓰고 시부모에게 쫓겨나고 만다.

이제 삼종지도의 시대적 율법 속에서 위씨가 기댈 곳은 친정뿐이다. 그러나 위씨는 친정에 돌아가서도 재혼을 강요하는 부친과 갈등을 겪게 된다. 위공이 딸과 갈등을 빚는 이유는 딸에 대한 염려와 사랑으로 미래를 도모하기 위함이기 때문에 시부모인 소공 부부가 일방적인 오해로 위씨를 괴롭히는 것과는 차원이 다르지만 결과적으로는 위씨의 입지를 더욱 약화시켜 결국 위씨가 집을 떠날 수밖에 없게 만드는 원인을 제공하고 만다.

결국 이러한 갈등들이 위씨를 시댁이나 친정 양가 어디에도 머물지 못하고 도로에 유리하게 만드는 복합적 원인으로 작용한다. 그중 작중에서 어떤 갈등이 위씨에게 가장 중요하고 치명적인 것으로 인식되었는지는 작품의 결말부를 통해 알 수 있다. 위씨는 오랜 외유 끝에 돌아와 친정에 머물면서 시댁에 돌아가기를 거부한다. 그러나 작품 어디에서도 그것이 주씨 때문임을 내비치지 않는다. 위씨가 해소하지 못하는 원망의 감정은

10　주씨의 참소로 쫓겨날 위기에 처한 위씨는 주씨를 향해 사리를 따지며 대든다. 이는 위씨가 시부모에게 순종하는 태도를 보이는 것과는 사뭇 다른 모습이다. "위씨 분함을 이긔지 못하야 일너 가로듸 닉 부인으로 형제도인지 일년이릭 나난 아직 형으게 그런 닐한 빅 업삽고 또 자식 자랑하고 부귀 유셰한 빅 업삽고 그듸난 무산 견싱 원수로 이듸도록 참험ᄒ여 부모게 참소하여 자ᄋᆨ지졍을 이간케 ᄒ고 금일의 쏘 이런 침욕하나요 외슉이 사모라와 닉게 죄밋쳐 닉친 빅 되엿거니와 그듸조차 일이 무상이 구나냐 ᄒ고 인하여 듸셩통곡한듸"『위씨절행록』,『필사본 고전소설 전집』13, 344~345면.

11　유교적 가부장제하에서는 가족의 위계성, 예속성이 강조되어 자식의 부모에 대한 절대적 복종이 요구되었으며, 특히 혼인한 여성은 출가외인으로서 시댁에 예속된 존재로 여겨지는 가운데 시부모에게 효를 행하는 것을 가장 중요한 임무로 받아들여야 했다. 최홍기 외,『조선 전기 가부장제와 여성』, 아카넷, 2004, 62~63면.

자신을 내친 시부모를 향한 것이다. 이는 혼인한 여성이 시댁에서의 정체성을 확립하고 자신의 지위를 확보하기 위해서는 가권의 상징인 시부모의 역할이 가장 중요할 터인데 위씨의 축출과 고난에 있어서 가장 큰 책임을 지닌 존재들이 바로 소공 부부이기 때문이다. 위씨 자신도 명예롭게 시댁으로 복귀하기 위해서는 시부모의 사과와 인정이 가장 중요한 요소임을 잘 알고 있다.

이상에서 살핀 바와 같이 이 작품에서는 동서지간의 갈등이 시집간 여성이 겪게 되는 고충의 한 형태로 그려지고 그로 인해 더 큰 갈등이 촉발될 수 있음을 보여주기는 하지만 동서 갈등 자체가 적대적인 형태로 지속되지는 않는다. 그리고 이 외의 갈등들도 순간순간의 계기를 촉발시킬 뿐 작품을 관통하며 지속되는 심각한 성격으로 그려지지는 않는다. 이 작품에 결구된 다양한 갈등 구도는 대부분 가족 간의 오해에서 비롯된 것으로서 적대적인 대립 구도를 형성하기보다는 평범한 사람들이 살아가는 가운데 겪게 되는 일상적인 차원에 좀 더 근접해 있다. 결국 이 작품 속의 위씨와 관련된 다양한 갈등들은 위씨가 한 단계 더 성숙한 차원으로 올라서기 위한 통과의례에 해당한다고도 볼 수 있다. 따라서 이 작품은 위씨라는 여성 주인공을 통해 시집간 여성이 겪을 수 있는 다양한 형태의 갈등과 이를 극복하는 과정을 보여주고 이를 통해 여성들이 자신의 정체성을 확립해 가는 모습을 그리고자 한 것이라 하겠다. 그러므로 이 작품 전체를 통해 주인공 위씨와 운명적인 대결을 벌일 만큼 대립적인 갈등 관계를 형성하는 인물은 존재하지 않으며, 혼인한 여성이 새로운 관계를 형성해 나가는 과정에서 경험할 수 있을 법한 갈등들이 복선적으로 그려지고 있다고 할 수 있다.

이에 비해 『반씨전』의 대립 구도는 훨씬 선명하고 단선적이다. 이 작품에서는 핵심 갈등 축이 뚜렷하게 드러난다. 이 갈등 축은 표면적으로는 위씨 가문의 총부인 반씨와 이를 시샘하는 채씨와 맹씨 사이에 형성된 동서 갈등의 형태로 나타난다. 그런데『위씨절행록』의 위씨와 주씨의 관계와는 달리 이들의 뒤에는 가권을 둘러싼 권력 다툼이 자리 잡고 있다. 반씨로 대표되는 축에는 장남 위윤과 종손 위흥, 시모 양부인이 자리 잡고 있으며, 아울러 반씨의 친정도 동질적인 의식을 공유하는 것으로 분류된다. 채씨와 맹씨로 대표되는 축에는 위씨 집안의 차자들인 위진과 위준, 주인공 가문과 적대 관계에 있는 장생 형제, 그리고 정치적 입장을 달리하는 채씨 집안 등이 자리 잡고 있다. 전자는 위씨 가문의 가권을 가진 사람들과 이를 지지하는 존재들이고, 후자는 그것에 도전하며 위협을 가하는 존재들이다.

이 대립축은 작품의 초반부터 종반까지 일관되게 유지되며, 이로 인한 갈등 역시 지속·심화되는 모습을 보인다. 채씨와 맹씨는 총부인 반씨에 대해 동질적인 반감을 지닌 존재들이다. 이들은 남편들의 위계에 의해 정해진 자신들의 지위에 불만을 품고 있는데 시모까지 반씨의 편을 들자 출세한 자식과 그렇지 못한 자식을 차별하는 것이라며 반발한다. 이로 미루어 이들이 반씨에게 품은 적개심의 발단은 차별 대우에 대한 불만과 열등감에서 비롯된 것임을 짐작할 수 있다. 비록 작품 속에서는 주인공을 옹호하는 쪽으로 형상화하고 있지만 중세의 엄격한 가부장제하에서 가권을 가진 자와 그렇지 않은 자 사이에 형성되었을 차별을 쉽게 상상할 수 있다.

처음에는 가내의 며느리들 간 불화 정도로 시작된 이 작품의 갈등은 채씨가 시모 양부인에 의해 쫓겨나면서 걷잡을 수 없이 확대된다. 이는 가권에 도전하는 자들을 가내에서 해결하여 포용하지 못하고 배타적으로 축출함으로써 문제를 확대시킨 측면이 있다. 결국 채씨의 친정에 의해 위씨 가문은 큰 타격을 받고 가장 위윤이 유배되는 상황을 맞이한다. 이때 위진과 위준 형제는 아내들의 편을 들며 반씨와 홍에게 맞서는 태도를 취함으로써 장자인 형의 가족에게 주어진 가권을 인정하지 않고 오히려 이에 대한 야욕을 드러낸다. 이들의 욕심은 모친의 장례 절차를 정하는 과정에서 더욱 분명히 드러난다. 이들은 장자 장손이 발상發喪하는 것이 예의에 합당하므로 장자인 부친이 적거謫居하여 계신 상황에서 장손으로 대상代喪하여야 한다고 주장하는 홍의 의사를 무시하고 일족의 의견도 구하지 않은 채 마음대로 상사喪事를 처리해 버림으로써 가권에 도전한다.[12] 이로써 갈등의 핵심이 좀 더 명확해지면서 대립 관계에 있는 인물군끼리 더욱 강한 응집력을 지니게 된다. 적대적 관계 축이 더 분명해진 것이다.

이제 위진 형제와 채씨, 맹씨는 동모자를 끌어들이면서까지 반씨 모자를 공격한다. 위진 형제가 반씨를 죽이려 하는 이유는 표면적으로는 그녀가 외간 남자와 사통한다는 아내들의 모함을 받아들인 것이지만 사실 그 이면에는 언제 돌아올지 기약하지 못하는 형을 대신하여 가권을 전횡하기 위해 장애 요소를 제거하고자 하는 욕망이 자리 잡고 있다.

그러나 하늘의 뜻으로 정해진 종통의 신성함 앞에 그들의 욕망은 좌절당하고 만다.[13] 하늘이 정해 준 운명에 따라 주인공들은 번번이 초월계의 도움을 받아 위기를 모면하고 결국 자신들의 자리를 되찾아 질서를 회복

12　상주는 장자를 세우는 것이 예법에 맞으며 장자가 없으면 장손이 아버지를 대신하여 상주 노릇을 한다. 주희, 임민혁 역, 『주자가례』, 예문서원, 1999, 203면.

13　이 작품은 종통의 신성함을 강조하기 위해 양부인의 전생을 미화하고 이를 통한 천상계의 영향력이 현세의 삶을 지배하는 것으로 설정하고 있다.

시킨다. 운명론적인 질서에 저항하는 존재들을 제압하고 그 질서를 공고히 하는 것, 이것이야말로 이 작품이 지향하는 바이다. 이를 효과적으로 형상화하기 위해 갈등은 하나의 단일한 축으로 집약되어 있으며, 그 갈등축을 중심으로 인물들 또한 뚜렷한 대립 관계를 형성하고 있다. 이는 결국 인물 형상화에 있어서의 선악 구분과도 관련되므로 다음 절에서 이에 대해 좀 더 구체적으로 살펴보기로 하겠다.

2) 윤리적 단죄와 일상의 인간형

『반씨전』은 갈등 구도를 설정함에 있어서 인물들 간의 뚜렷한 대립축을 형성하고 적대 관계를 분명히 한 만큼 인물 형상화에 있어서도 주인공군과 적대 세력 간의 선악 구도를 선명히 제시한다. 위씨 가문의 가장인 위윤은 청렴 강직한 명현으로 명성이 자자하고, 그의 부인 반씨는 요조숙녀로 남편과 더불어 시어머니를 효성으로 봉양한다. 그들의 아들 흥은 단시간의 학업으로 고금을 능통하는 재주를 가졌으며 효성도 지극하다. 집안의 제일 어른인 양부인은 천상계의 낙포 선녀가 옥경玉京에 득죄하여 적강謫降했던 인물로서 다시 천상계로 돌아간 후에도 반씨 모자를 보살피는 역할을 한다. 이처럼 이 작품의 주인공군은 뛰어난 자질과 인품을 가지고 천상계의 조력을 받아 자신들의 지위를 공고히 하는 것으로 그려진다.

이에 반해 이들과 대립 관계에 있는 인물들은 혼암하고 요악한 것으로 그려진다. 우선 가장 두드러지는 악인으로 형상화된 것은 채씨와 맹씨이다. 이들은 덕성을 갖추지 못하여 시기심과 원망을 품은 채 나쁜 일을 도모하는 인물들로 그려진다. 특히 채씨는 당대의 여성이 갖추어야 할 덕목에 전면적으로 위배되는 악녀로 묘사된다.[14] 시부모에게 불순종하여 대들고 손윗동서에게 비아냥과 조롱을 일삼던 그녀는 결국 친정의 세력을 이용하여 위씨 가문과 반씨 가문을 몰락시키고 만다. 그녀의 친정 역시 권력을 농단하는 간신배의 무리로 그려진다. 채씨와 맹씨는 결국 교화될 수 없는 인물로 치부되어 처형당하고 만다. 이들의 남편인 위진과 위준의 악행은 아내인 채씨와 맹씨에 비해 두드러지게 강조되지 않으나 이들 역시 아내들과 결탁하여 가권을 농락한다는 점에서 악한 것으로 인식된다. 이들은 위윤에게서 위홍에게로 이어지는 종통의 법을 무시하고 유교적 가부장제의 질서를 어지럽힌 인물들이다. 가문의 입장에서 보자면 가문의 안위를 우선시하지 않고 개인적인 욕심으로 아내들의 요약한 행위에 가담한 행위는 위험하고 악한 것이다. 그러므로 이들 역시 처벌을 면할 수 없다. 위윤의 청으로 사형은 면하나 북해에 안치되는 형을 당함으로써 가문에서 축출된 것이나 다름없는 벌을 받게 된다.

이처럼 이 작품이 선악의 구분을 엄격히 적용할 수 있었던 이유는 이 작품의 윤리적 잣대가 분명하기 때문이다. 가부장제로 대표되는 중세적 질서가 바로 그 가치 판단의 척도가 되는데, 이를 수호하는 인물들은 선으로 표상되며 이에 맞서 개인의 욕망을 드러내는 인물들은 악으로 표상되는 전형성을 드러낸다. 이 경우 인물들의 내면보다는 그들의 행위가 강조되며, 그 행위의 윤리적 적합성 여부에 따라 인물에 대한 평가가 이루어지는 것이다.

이에 비해 『위씨절행록』은 인물의 형상화에 있어서 훨씬 다각적이다.

---

14   당대의 여성 교육 지침서들에서는 공통적으로 여성의 으뜸 덕목을 '온순'과 '순종'이라 강조하고 있다. 소혜왕후, 육완정 역, 『내훈』, 열화당, 1984; 육완정, 「소혜왕후의 내훈이 강조하는 여성상」, 『우리문학의 여성성·남성성』, 월인, 2001. 이는 유교적 가부장제를 유지해 나가는 데 있어 매우 중요한 요건이었을 것이다. 그런데 채씨는 시어머니에게 대들고 손윗동서를 모함하며 가부장제에서 중시하는 집안의 위계질서를 무시한다.

이 작품에는 위씨와 치열한 적대 관계를 형성하는 인물이 설정되어 있지 않다. 그 대신 작중 인물들이 서로 정도의 차이는 있을지언정 상호 갈등 관계를 형성하고 있다. 이는 친부모와 자식 간, 혹은 부부간에도 마찬가지다. 어느 한 인물은 선하고 그에 대립하는 인물은 악하다는 이분법적 잣대를 들이대기가 곤란하다. 이 작품 속의 인물들은 모두 사소하지만 지극히 인간적인 감정들에 흔들리는 부족한 존재들이다. 서로의 마음을 오해하여 의심하기도 하고 서로 원망하기도 하고 시기와 질투를 이기지 못해 과오를 저지르고 상대를 위한다는 명목으로 오히려 고통을 주기도 한다. 이는 어떤 사람이건 나름대로 결함을 가지고 있게 마련이라는 세상의 진리에 근접한 것이다.

가장 악한 인물로 설정된 주씨조차 사랑을 독차지하고픈 마음에 잘못을 저질렀지만 이것이 용서받지 못할 만큼 큰 과오는 아니라고 인식되었기에 꾸지람과 망신 정도의 벌만 받고 용서된다. 집안의 어른으로서 올바른 권위를 행사해야 함에도 불구하고 부당하게 며느리를 소박하는 소공 부부의 잘못이나 홧김에 딸을 다른 곳에 시집보내려는 위공의 잘못이나 그 인물이 악해서라기보다 판단 실수나 미숙함에서 빚어진 것으로 받아들여지는 듯하다. 이는 실제 인간사의 일상적인 모습들과 닮아있다. 이러한 점 때문에 이 작품은 『반씨전』에 비해 더 사실적이고 현실적이라는 느낌을 준다.

이러한 특성과 관련하여 이 작품에는 인간사의 자연스러운 감정들을 억압하고 지배하는 절대적 규율이나 윤리적 규범들이 그리 강하게 표출되지 않는다. 물론 당대의 보편적인 규범들을 받아들이고 인간으로서의 도리를 다하는 것이 아름다운 것이라는 기본 인식은 공유하지만 그 규범들에 의해 인간의 선악이 규정되는 것도 아니고 그 규범들이 교조적으로 강요되는 것도 아니다. 이러한 인식으로 인해 이 작품의 인물 형상들은 현실 속의 인간형과 많이 닮아있으며, 인물 내면의 복합적인 심리들도 섬세하게 그려진 편이다.[15]

3) 새로운 인간관계 속의 여성

작품 서술 과정을 통해 드러나는 문제의식을 통해 볼 때 『위씨절행록』이 주로 관심을 기울이는 부분은 여성 주인공의 고난사이다. 위씨라는 여성 주인공을 중심으로 전개되는 사건을 통해 시집간 여성이 경험할 수 있는 다양한 인간관계들과 그 안에서 빚어지는 갈등 상황들을 살펴보고 있다. 일상적인 생활 속에서 사람들이 만들어 나가는 다양한 관계 속에는 누구의 잘잘못과 상관없이 여러 가지 갈등 요소들이 내포되어 있다. 때로는 사소한 이해관계로 인해, 때로는 오해와 착각으로 인해, 또 때로는 잘못된 애정 표출 방식으로 인해 고민하고 갈등하는 과정을 겪어 나가면서 이들을 하나씩 극복해 내고 서로 간의 신뢰를 쌓아 가며 성숙을 이루어 가는 과정이 인간 삶의 본질이라고도 할 수 있을 것이다. 그런 점에서 이 작품은 바로 그러한 인간의 일상적 관계들과 그 안에서 맞닥뜨리게 되는 문제들에 관심을 기울이고 있다고 하겠다.

특히 타 가문으로 출가하여 지금까지의 삶과는 이질적인 요소들을 받아들이는 가운데 새로운 정체성을 획득해 나가야 하는 여성의 입장에 초점이 놓여 있다. 시집이라는 새로운 공간에서 겪게 되는 생소한 문화와 더불어 여성들을 가장 힘들게 하는 것은 아무래도 새롭게 형성된 관계들

---

15   이 작품은 인물들의 심리를 표현하기 위해 대화나 독백, 편지 등을 다양하게 활용하고 있다. 이에 대해서는 이지하, 「『위씨절행록』의 여성소설적 성격」, 『고소설연구』 19, 한국고소설학회, 2005, 100~103면에서 구체적으로 다룬 바 있다.

에 적응하는 것이었으리라 짐작된다. 남편과 시부모를 위시한 시댁 식구들과의 원만한 관계 형성이 새로 편입한 신참자의 성공적 정착 여부를 결정짓는 가장 중요한 요소였을 것이다. 뿐만 아니라 친정 식구들과의 관계에서도 출가외인으로서의 새로운 관계 정립이 요구되었기 때문에 여성들에게 가정 내에서의 원만한 인간관계 확립은 무엇보다도 중요한 문제였으리라 짐작할 수 있다.

『위씨절행록』은 이런 문제를 잘 포착하여 형상화하고 있다. 가문이나 국가적 차원의 이상 실현이나 윤리의 실천 등에 주목하기보다는 위씨라는 개인이 겪어 나가야 하는 구체적 실상들에 관심을 기울인다. 시집간한 여성이 시댁 식구들의 부당한 배척에 의해 상처받고 친정 식구들과도 갈등을 일으키면서 겪게 되는 고난을 여성적 입장에서 그려내는 가운데 인물의 내면적 갈등을 잘 보여주고 있다. 그리고 이러한 고난을 통해주인공뿐 아니라 주변인들도 내적 성숙을 이루어 가는 과정을 그려냄으로써 바람직한 인간관계에 대해 모색한다. 이러한 문제의식으로 인해 앞절에서 살핀 바대로 이 작품의 인물들은 선악의 이분법적 구도에 부합하지 않으며, 다소간의 인간적 결함들을 가진 일상적 인물로 설정되어 있다. 즉 이 작품의 주된 관심사는 사람과 사람이 관계를 맺고 이를 통해 성장해 가는 과정이며, 이를 여성 주인공의 개인적 고난을 통해 구체적으로 형상화하고 있다고 하겠다.

『반씨전』 역시 여주인공의 고난을 중심으로 이야기가 전개되기는 하지만 『위씨절행록』과는 여러 면에서 차이를 보인다. 우선 『위씨절행록』이 철저히 여주인공 위씨를 중심으로 전개되는 것과는 달리[16] 『반씨전』

---

16 이 작품은 서술의 중심에 위씨를 존재시키고 사건들을 철저히 위씨 중심으로 전개하고 있다. 이지하, 앞의 글, 98~99면.

은 여주인공 반씨보다는 그녀의 아들 흥에게 더 초점이 맞추어져 있다. 동서 갈등이 발단이 되어 반씨가 시댁에서 반강제로 쫓겨난 이후 작품의 주 서술 대상은 반씨가 아니라 흥으로 설정되어 있다. 흥이 양부인과 이적선의 도움으로 학문을 깨우치고 과거에 장원급제하고 부마로 간택되어 원래의 지위를 회복하는 과정에 초점을 맞추어 주로 흥의 행적을 따라 작품이 서술되고 있다. 여주인공이자 작품 제목을 담당하는 존재인 반씨의 행적은 흥의 부각과 함께 부수적인 위치로 전락해 버리고 만다.

이는 이 작품의 주 갈등인 동서 갈등의 유발 요인과도 관련이 있다. 주씨와 맹씨로 대표되는 적대자들이 반씨와 위윤, 흥으로 대표되는 주인공들에게 적대감을 가지는 이유는 가권 때문이다. 사건이 여성들 사이에서 시작되었을지라도 초점이 가권과 관련이 있는 이상 문제의 해결은 가권의 행사와 직접 관련이 있는 남성에게 달려 있을 수밖에 없다. 그러므로 위씨 가문의 장손으로서 가권의 계승자인 흥의 행적이 중요하게 다루어지는 것이다. 그리고 결국 흥의 입신출세에 의해 그간의 문제들이 해결의 실마리를 얻어 위윤 부자가 가권을 회복하게 되는 것이다.

이처럼 이 작품은 개인의 문제보다는 가문의 가권 확립 과정에서 발생하는 문제와 이를 통한 제가의 문제에 관심을 기울이고 있다. 종법제에 의해 철저히 유지되어야 하는 가장권의 신성함에 도전하는 것은 엄격히 징치되어야 할 악으로 인식되었기에 이 작품의 선악 구도 역시 이분법적으로 선명히 제시될 수 있었던 것이다. 종법제에 대한 도전은 가문 내의 문제로서 끝나는 것이 아니라 이를 근간으로 하는 사회체제와도 깊게 관련된다.[17] 이 점에서 이 작품의 인식은 지배 계층의 질서 유지 의식과도

---

17 조선조 사회는 16세기 이후 17세기에 이르러 가부장적 가족제도와 적장자 우위의 상속제도를 정착시켜 갔다. 조선 후기로 갈수록 부계 혈통의 원리가 절대화되어 가는 가

맞닿아 있다고 할 수 있다. 그러므로 이 작품은 『위씨절행록』에 비해 중세적 가부장제의 수호라는 강한 이념 지향성을 드러낼 수밖에 없다. 그리고 그 이념을 고수하기 위해 초월계의 운명론이 개입하며, 인물들의 사적이고 내면적인 측면보다는 사건과 행위 위주의 서술이 주를 이루게 되는 것이다.

4. 여성의 내면과 소설사적 의의

이상에서 살펴본 바를 종합하면 『위씨절행록』과 『반씨전』은 우리 소설사에서 드물게 며느리들 간의 동서 갈등을 주축으로 하여 사건이 전개되고, 여성을 주인공으로 제목을 삼을 만큼 여성의 처지에 관심을 기울이고 있는 작품이라는 공통점을 지닌다. 그러나 작품을 구성하는 방식과 그것을 통해 담아내는 내용에서는 많은 차이를 보인다.

이는 이 작품들이 여주인공의 수난을 주요 내용으로 부각시키고 있으면서도 이들의 위상을 정립하는 데에서 차이를 보이는 것과도 상관성을 지닌다. 위씨가 고난의 과정을 통해 주체적 자아에 눈뜨고 그 안에서 개인적 정체성을 찾아가는 반면 반씨는 수난의 과정을 통해 가문이라는 집단 속의 일원으로서 정체성을 재확인하고 총부로서의 지위를 확고히 한

운데 장자 우선주의와 종손의 절대적 지위도 강조되었다. 이에 따라 제사 상속과 가통 계승에 있어 적장자 중심의 적계주의가 정통성을 확보하게 되는데 이러한 종법 사상은 조선조 사회를 엄격한 성차별, 서얼 차별의 가부장제로 변화시키고 양반 지배 신분의 세습적 기반을 공고히 하는 이데올로기로 작용했다. 조옥라, 「가부장제에 대한 이론적 고찰」, 『한국여성학』 2, 한국여성학회, 1986; 조혜정, 「가부장제의 변형과 극복―한국 가족의 경우」, 『한국여성학』 2, 한국여성학회, 1986; 이이효재, 『조선조 사회와 가족―신분 상승과 가부장제 문화』, 한울, 2003 등 참조.

다. 위씨 역시 시댁 가문 구성원으로서의 정체성 확립에 큰 비중을 두기는 하지만 이는 지배 질서에 무조건적으로 순응하는 것이라기보다 여성적 입장에서 주체적 자아를 인식한 가운데 당대의 지배율 속에서 자신의 입지를 확고히 하는 것이라는 점에서 새롭게 평가되어야 한다. 이에 비해『반씨전』의 경우 반씨의 개인적 입장이나 내면적 고뇌 등은 표출되지 않으며 반씨와 그 아들 흥으로 대표되는 가부장적 질서의 유지라는 측면에 더 큰 비중이 놓여져 있다고 할 수 있다. 반씨가 자신의 정체성을 확인하는 것은 가부장제에 의해 유지되는 집단 속의 구성원으로서일 뿐 개아적個我的 차원의 문제로 인식되지 않는다. 이러한 차이로 인해『위씨절행록』이 여성적 성격을 강하게 드러내는 가운데 인물의 발화나 편지 등을 통해 인물의 내면을 곡진히 묘사하는 데 비해『반씨전』은 오히려 가부장제로 대표되는 남성 중심적 사고를 대변하는 가운데 사건 중심의 전통적 서사 기법에 충실한 편이다.

작품 속의 여주인공들이 가부장적 질서 속에서 자신의 위치를 어떻게 파악하는가 하는 문제는 이 작품들이 지배 질서를 어떻게 받아들이는가와 깊은 관련을 맺고 있다. 남성과 시댁 위주로 돌아가는 사회 질서 속에서 시집간 여성이 겪게 되는 고난의 과정을 그린『위씨절행록』이 가부장제로 대표되는 당대 지배 질서를 비판적으로 바라보고 있다면 가문의 질서를 교란시키는 인물들을 징치함으로써 종통 계승의 정당성을 그린『반씨전』은 철저히 기존 질서를 옹호하는 입장을 취하고 있다. 전자가 기존 질서를 비판적으로 반성하는 가운데 새로운 인간관계의 정립을 모색하는 반면 후자는 기존 체제를 유지하는 가운데 가권의 확립을 위한 제가의 문제에 관심을 기울이고 있다. 당대 지배 질서에 대한 인식의 차이로 인해 두 작품이 여성적 문제를 다루고 있다는 공통점에도 불구하고 전자가 남성과 동등한 존재로서의 여성의 정체성을 심각하게 고민하는 데 반해 후자는 여성의 문제를 남성 위주의 권력 구도에 기대어 해결하려 하기 때문에 가부장제에 의해 소외된 존재들로서 동질감을 지녀야 할 여성들끼리 적대 관계를 형성하도록 형상화하여 남성적 사고에 경도된 여성관을 드러낸다.

이러한 차이는 궁극적으로 두 작품의 인간에 대한 시각 차이로까지 연결된다. 『위씨절행록』은 개인의 존재감에 관심을 기울이는 가운데 개별 인물들이 지니는 결함을 긍정적으로 포용하는 입장을 보인다. 이 작품의 인물들은 지배 질서가 요구하는 틀에 맞추어 정형화된 모습이 아니라 자신의 개성을 드러내며 인간적 감정들에 흔들리는 사실적 존재들로 그려진다. 이들에게 중요한 것은 거창한 명분이 아니라 순간순간 주어진 상황에서 마주치게 되는 감정적 대립들과 이의 해결을 통한 조화로운 인간관계이다. 이 경우 구성원들은 동등한 인격체로서 간주되며 그들의 개인적인 욕망 또한 부정되지 않는다. 이 욕망들이 다른 사람에게 해악을 끼치는 방향으로 왜곡될 경우에만 그에 적절한 제재를 가할 뿐이다. 이에 비해 『반씨전』은 개인적 차원보다는 집단의 구성원으로서 질서와 조화를 유지하는 존재로서의 인간에 초점을 맞추고 있다. 따라서 집단의 질서를 유지하는 데 필요한 덕목을 갖추는 것이 강조되는 가운데 개개인의 개성보다는 군자 숙녀로 표상되는 전형성을 찬미하게 된다. 집단의 질서를 저해하는 개인의 욕망은 악한 것으로 인식되며 이를 억제함으로써 공동체의 질서를 평화롭게 유지할 수 있다고 인식한다.

두 작품은 가문을 중심으로 구성원들 사이에 벌어지는 갈등을 다룬다는 점에서는 대하 장편소설들과 유사한 점이 있으나 분량 면에서나 문체 면에서나 대하 장편소설류와는 일정한 차이를 지니는 것으로 파악된다.

우선 분량 면에서 중단편 정도에 머물고 있어 기존의 대하소설들과 비교할 때 현격히 축소된 모습을 보인다. 이를 후대의 축약에 기인한 것이라 가정하더라도 대하소설이 이렇게까지 짧게 축약될 가능성은 희박해 보인다. 뿐만 아니라 수준 높은 문어체를 구사하는 대하소설들과는 달리 단편 군담소설류의 구어체를 사용하는 가운데 종종 상스러운 표현들을 구사한다는 점에서도 상층의 대하소설들과는 차별성을 드러낸다. 한편 두 작품 모두 가정 내의 문제를 다룬다는 점에서 가정소설과의 연관성을 무시할 수 없다. 그러나 주로 처첩 간의 갈등이나 계모와 전실 자식 간의 갈등을 통해 강한 교훈성을 담아내는 가정소설의 일반적인 특성을 드러내지는 않는다는 점에서 두 작품의 또 다른 유사성을 발견할 수 있다. 이처럼 표면적으로 살펴볼 때 이 두 작품이 비슷한 계층 내에서 생산된 것이 아닐까 하는 추정도 가능할 정도로 둘 사이에 존재하는 유사성이 많다.

그러나 작품 분석을 통해 두 작품이 표면적 유사성과는 달리 작가 의식에 있어서는 매우 큰 차이를 지니고 있다는 점을 발견할 수 있다. 이러한 작가 의식을 통해 일견 유사하게 비칠 수도 있는 사건을 어떤 각도에서 바라보고 해석하느냐에 따라 전혀 상이한 과정과 결론을 도출할 수 있다는 사실을 재확인할 수 있다. 이는 결국 두 작품이 보이는 세계관의 차이를 반영하는 것이다. 동일한 계층 내에서도 현실을 인식하는 태도에 따라 기존 질서를 옹호하고 유지하려는 사람들과 지배 이념을 반성하고 비판하는 자세를 가지고 새롭게 세계를 바라보고자 하는 사람들이 존재할 수 있음을 상기할 때 이 소설들이 보이는 유사성과 상이성이 시사하는 바가 크다.

이는 소설사에서 계급이나 계층에 따라 대별되는 차별성뿐 아니라 더 세분화·다양화될 수 있는 스펙트럼들이 존재한다는 것을 보여준다. 그리고 이 점에서 고전소설의 장르별 특성을 계급적 층위와 관련하여 파악하고자 했던 기존의 시도들을 반성적으로 재검토할 필요성이 제기된다. 즉 고전소설의 실상을 더욱 구체적으로 파악하기 위해서는 그간 유형화를 통해 잃어버리거나 묻어 두었던 요소들을 복원할 필요가 있으며 이를 새롭게 자리매김하기 위해서는 보다 다층적이고 복합적인 접근법이 요구된다고 하겠다.

5. 맺음말

한 가문의 며느리들 간에 벌어지는 동서 갈등을 다룬 소설이 우리 소설사에 흔치 않기 때문에 『위씨절행록』과 『반씨전』은 좋은 비교 대상이 된다. 더군다나 이 두 작품은 비슷한 소재를 다루면서도 갈등의 구조화 방식이나 인물 형상화, 주제 의식 등에서 많은 차이를 보여 흥미롭다. 비슷한 사건에 대응하는 방식의 다양성을 확인함으로써 흔히 상투적이라 폄하되어 온 고전소설이 실제로는 다양한 편폭을 지니고 있음을 재확인할 수 있는 계기가 마련되기 때문이다.

이 소설들이 창작되고 향유된 조선 후기 사회는 한편으로는 유교적 가부장제 이데올로기가 더욱 교조화되면서 강화되던 시기인 동시에 다른 한편으로는 그 이념들이 균열을 일으키고 그 틈새로 새로운 인식들이 고개를 내밀던 시기이기도 하다. 그런 시대적 특수성을 감안할 때 이 두 편의 작품이 보이는 인식의 차이는 매우 의미심장하다. 이 소설들을 통해 당대에 공존했던 다양한 입장의 일면을 확인할 수 있기 때문이다. 지배 질서의 고수를 통해 허물어져 가는 윤리를 다시 세우고 그 안에서 존재 의의를 찾고자 하는 입장과 흔들리는 지배 질서의 모순을 깨닫고 반성적 사고를 통해 새로운 가치를 추구하고자 하는 입장이 공존하며 충돌하던 현실만큼이나 소설 속에도 그러한 입장 차들이 반영되었을 것이다.

이 두 소설은 흔히 가정소설이나 윤리소설로 분류될 수 있는 작품들로서 장르상 구분할 때는 동일한 유형으로 묶일 가능성이 크다. 그러나 두 작품이 보이는 세계관은 매우 상이하다. 이런 점을 고려할 때 고전소설을 논의하는 데 있어서 유형화를 통한 일반화가 초래할 수 있는 오류들을 우려하지 않을 수 없다. 작자가 알려져 있지 않고 상투적인 이야기 구조들을 공유하는 작품들이 많다는 고전소설의 특성 때문에 그간 유형화를 통한 연구가 많은 성과를 이룬 점은 인정하지만 이제 다시 그 지점을 넘어서야 하는 시점이 되었음을 이 두 편의 소설을 비교하면서 새삼 재확인하게 된다.

두 작품을 비교하는 계기가 된 동서 갈등은 소재적인 측면에서 독특하게 여겨지는데, 저자의 과문으로 인해 아직 더 많은 작품들을 확인하지 못해 아쉽다. 차후 이와 관련된 작품들이 더 밝혀진다면 흥미로운 비교와 새로운 논의의 계기가 마련되리라 기대한다.

제3부

새로운 가족에 대한
상상력

제9장

상층 가문의 성 문화와 연애의 발견

1. 애정 서사의 제약

사랑하는 사람 간의 정서적·육체적 관계 맺음은 인간관계의 핵심적 요소로서 늘 관심의 중심에 있어 왔다. 따라서 대부분의 문학 작품에서도 연인 간의 애정 문제를 가장 중요한 제재로 삼고 있다. 국문 장편소설 역시 조선시대 상층 가문의 다양한 문제들을 서사화하는 가운데 부부간의 애정 문제를 중요하게 다루고 있다는 점에서 그와 같은 보편적 관심사를 공유하고 있다.

그러나 역사·문화적으로 남녀[1]가 관계를 맺고 결합하는 양상은 매우 다양하게 전개되어 왔다. 특히 각 문화권마다 종교적 윤리관을 바탕으로 성적 금기를 강조하는 가운데 남녀의 결연이 개인 간의 자유로운 결합으로서보다는 집단의 요구에 의한 정략적 성격을 강하게 띠었던 중세 봉건

---

1   애정관계가 반드시 이성 사이에서만 형성되는 것은 아니지만 조선 후기 사회를 대상으로 하는 이 글에서는 전근대 시기 애정관계의 보편적 양식인 남녀관계를 중심으로 살피기로 한다.

시기의 남녀관계는 현재의 모습과는 상당한 차이를 지닌다. 동아시아의 경우 유교적 성 문화의 규범 속에서 남녀관계가 엄격히 규제되었으며, 특히 상층 여성들은 성적 제약을 가장 강하게 받는 존재들이었다.

이러한 점을 고려하여 이 장에서는 상층 여성들을 주 독자층으로 향유되었던 조선 후기의 국문 장편소설 속 남녀관계의 새로운 움직임을 포착함으로써 당대의 사회적 규범, 특히 상층의 성 문화를 중심으로 한 규제와 일탈의 길항 작용을 확인하기로 한다. 자유연애가 새로운 흐름으로 주목받았던 근대와는 달리 이 소설들 대부분은 전통적 성 문화의 자장 안에서 보수적인 만남을 그리고 있다. 그런데 그 와중에도 미세한 변화의 지점들이 포착된다는 것은 유교적 가부장제에 기반을 둔 부부관계 혹은 남녀관계에 변화가 있었음을 암시한다. 특히 제도로서의 혼인관계가 아닌, 감정으로 교감하는 남녀관계는 개개인의 내밀한 욕망을 전제하는 것이므로 그 사회의 이념적 통제와 그 이면의 욕망들이 충돌하는 모습을 담아낼 수밖에 없다.

이 글에서는 이러한 문제의식을 확인할 수 있는 작품으로 『하진양문록河陳兩門錄』을 살펴본다. 이 작품은 18세기 말에서 19세기 초에 창작되었을 것이라고 추정되며,[2] 국문 장편소설의 서사적 전통을 계승하면서도 여성 영웅인 하옥주의 활약상을 부각시켜 새로운 시사점을 제공하는 것으로 주목받아 왔다.[3] 특히 여성 영웅을 둘러싼 애정 갈등을 중요하게 다루고 있기 때문에 이 장의 관심사인 '연애'와 관련해서도 다양한 단서를 제공한다.

---

2   이대형, 「19세기 장편소설 『하진양문록』의 대중적 변모」, 『민족문학사연구』 39, 민족문학사학회, 2009, 31면.
3   이러한 특성으로 인해 국문 장편소설과 여성 영웅소설의 장르 간 결합을 보여주는 작품으로 논의되곤 했다. 장시광, 「『하진양문록』에 나타난 여성 영웅의 정서와 이중적 정체성-장르 결합과의 관련을 중심으로」, 『온지논총』 49, 온지학회, 2016.

『하진양문록』에 대한 초기 연구는 하옥주라는 여성의 영웅적 성취와 이를 바탕으로 한 여성 우위적 성격에 주목했다.[4] 이후 남성 위주의 사회에서 정체성을 찾고자 하는 여성 영웅을 통해 '전복성'을 표출하는 작품,[5] 여성 위주의 서사를 통해 여가장의 가능성을 보여준 작품,[6] 여성 인물이 사회에 저항하면서도 소통하고 타협하는 가운데 정체성의 다기한 가능성을 구현한 작품,[7] 여성 중심의 효 담론을 통해 저항적 변주를 보여주는 작품[8] 등의 평가가 지속되었다.

한편 이 작품이 비교적 늦은 시기에 창작되어 세책본이나 활자본으로까지 유통되었던 점을 토대로 그 대중적 성격에 주목하기도 했다. 이 작품의 개인 필사본과 세책 필사본을 비교하여 흥미를 위주로 하는 대중적·통속적 변모의 지점들을 확인하거나[9] 러시아본과 세책본, 활판본을 비교하여 활판본이 지니는 대중성과 의의를 강조하거나[10] 대중 독자들에게 쾌락을 제공하면서도 윤리적 정당성을 부여하기 위한 전략을 고민했

---

4 민찬, 「여성 영웅소설의 출현과 후대적 변모」, 서울대 석사논문, 1986; 서대석, 「하진양문록」, 『한국고전소설작품론』, 집문당, 1990; 박명희, 「고소설의 여성 중심적 시각 연구」, 이화여대 박사논문, 1990.

5 김미정, 「대하 장편소설에 나타난 불온성과 전복성 그 의미와 한계—『하진양문록』의 여인들에게 내면화된 이데올로기의 폭력성을 중심으로」, 『문학교육학』 44, 문학교육학회, 2014.

6 유광수, 『하진양문록』의 작가 의식과 이데올로기적 재생산」, 『열상고전연구』 47, 열상고전연구회, 2015.

7 최기숙, 「여성 인물의 정체성 구현 방식을 통해 본 젠더 수사의 경계와 여성 독자의 취향—서울 지역 세책본 『하진양문록』의 서사와 수사 분석을 중심으로」, 『한국고전여성문학연구』 19, 한국고전여성문학회, 2009.

8 조광국, 「『하진양문록』—여성 중심의 효 담론」, 『어문연구』 38, 한국어문교육연구회, 2010.

9 이대형, 앞의 글.

10 유광수, 「활판본 『하진양문록』 동미서시본에 대하여」, 『열상고전연구』 42, 열상고전연구회, 2014.

다고 평가한 논의들이 이에 해당한다.[11]

이 글의 관심사에 해당하는 애정 서사에 대해서는 남주인공인 진세백의 짝사랑 서사가 지니는 의미를 조선 후기 여성들의 애정 욕망이 투영된 것으로 파악하거나[12] 진세백의 하옥주에 대한 집착을 고아로서의 분리 불안으로 설명한 경우가[13] 대표적이다. 최근에는 여주인공의 남장으로 인해 동성애적 감성이 형상화된다는 점에 초점을 맞추어 분석한 연구도 제출되었다.[14]

이러한 연구들을 통해 이 작품의 애정 서사가 보이는 특징들이 논의되기는 했으나 하옥주와 진세백의 애정관계에서 발견되는 새로운 지점들과 그것의 사회적 의미에 대해서는 여전히 궁구할 여지가 있다. 따라서이 장에서는 이들의 관계를 이전의 남녀관계와는 차별화되는 '연애'의 관점에서 분석하고 당대 성 문화와 소설 전통 속에서 그것이 지니는 의미를 고찰해 보고자 한다.

우리에게 '연애'라는 용어와 개념이 소개된 것은 근대 이후로 알려져있다. 이는 동아시아에서 남녀의 열정을 뜻하던 '연戀'에 서양 'love'의 번역어인 '애愛'가 결합한 형태이다. 그런데 동아시아 근대 지식인들이 서양의 자유연애에 기반한 사랑을 염두에 둔 'love'의 감성을 제대로 표현할 만한 언어가 없었음을 고민했던 것처럼 애초 '연애'란 이국에서 전래된 새

---

11 주형예, 「매체와 서사의 연관성으로 본 19세기 대중소설 시장의 성격」, 『고소설연구』 27, 한국고소설학회, 2009.

12 이경하, 「『하진양문록』의 애정 갈등과 여성 독자의 자기 검열 - 남자 주인공을 위한 변」, 『인문논총』 65, 서울대 인문학연구원, 2011.

13 장시광, 「애착의 갈망과 분리 불안의 발현 - 『하진양문록』 진세백의 경우」, 『동양고전연구』 66, 동양고전학회, 2017.

14 고은임, 「한글 장편소설의 동성애적 감성 형상화 장면 - 『소현성록』, 『하진양문록』, 『명행정의록』 중심으로」, 『민족문학사연구』 66, 민족문학사학회, 2018.

로운 감정을 뜻하는 것이기도 했다.[15] 우리 문학사에서 사랑하는 남녀의 감정과 관계 형태를 규정하는 개념으로서 '연애'가 일반화된 것은 1910년대 말 이후로 보인다.[16] 근대 초기에 주로 서양문학을 통해 소개되었던 자유로운 '연애'의 풍습은 선진국의 문명적 문화 관습으로서 근대화를 위해 모방해야 할 것으로 인식되었다.[17] 그리고 이러한 경향은 유교 문화권으로서 유사한 성 문화적 관습과 규범을 공유하는 가운데 중매혼을 따르던 동아시아권에 공통적으로 적용되었다. 따라서 서구의 자유연애를 염두에 둔 '연애'라는 개념과 행위는 근대의 한 징표로서 논의되곤 했다.

그런데 '연애'를 규정하는 서양식 개념 이전에도 남녀 사이의 사랑은 존재해 왔다. 구체적인 시공간의 차이에 따라 각기 다른 문화적 특징을 보일 뿐이다. 그러므로 주목할 것은 사랑이라는 본질이 사회적·역사적 맥락에 따라 어떻게 특징화되면서 그 사회의 이념적 기반과 관계를 맺는가이다. 그 점에서 아직 '연애'라는 개념이 도입되기 이전에 고전소설 작품에서 발견되는 연애적 요소는 사회 문화적 기호로서의 사랑을 재음미하게 하는 한편 인간 감성의 표출 방식과 욕망 추구 방식이 이념적 제도와의 길항 관계 속에서 어떻게 변화해 가는지 엿볼 수 있게 한다는 점에서 흥미롭다. 따라서 『하진양문록』을 중심으로 '맺어지는' 객체가 아니라 '연애하는' 주체로서의 가능성을 새롭게 내보이기 시작한 주인공들을 살피고 그 의미를 탐색해 보고자 한다.[18]

---

15 권보드래, 『연애의 시대−1920년대 초반의 문화와 유행』, 현실문화연구, 2003, 13~15면.
16 이경림, 「연애의 시대 이전−1910년대 신소설에 나타난 사랑의 표상」, 『한국현대문학연구』 51, 한국현대문학회, 2017, 203면.
17 장징(張競), 임수빈 역, 『근대 중국과 연애의 발견』, 소나무, 2007, 20~21면.
18 『하진양문록』의 이본으로는 러시아본과 낙선재본 등의 필사본, 세책본, 구활자본 등이 존재하는데 이 글에서는 한국학중앙연구원에서 출판한 낙선재본 『하진양문록』을 분석 대상으로 삼았다.

2. 『하진양문록』과 감성적 연애의 서사화

1) 주목할 만한 장면들

(가) 튜연이 겻히 나아가 셤수를 줍고 희연 쇼왈 "ᄉ름의 죽인이 이러틋 갓초 긔이ᄒ니 아모려도 날마다 경익과 션단을 먹난도다. 원간 갓흐니 혹 잇다 흔들 엇지 이리 흔 판의 박은 듯ᄒ고 그ᄃᆡ 나의 미망 하숙인으로 다로미 업스니 만일 그ᄃᆡ 갓흔 안히를 어드면 비로소 나의 심우를 풀니니 쏘 그ᄃᆡ 나히 동년 이라 엇지 신긔치 아니리오. 하시 후 그ᄃᆡ를 처음 보니 셔이 몽몽ᄒ여 바라 미 상운갓흐여 일비 승흔 듯ᄒ니 그ᄃᆡ 엇지 녀ᄌ 되지 못ᄒ고. 가히 원이 그 ᄃᆡ로 동쳐ᄒ여 뵉년을 즐기면 불미흔 녀ᄌ를 어더 심우ᄒ나니 낫지 아니 냐. (…중략…) 인ᄒ여 옥수를 줍고 술을 나와 일비를 거후르고 흔 잔을 부어 싱을 쥬니 하싱이 민면참슈ᄒ나 강잉하여 바다마시니 상셔ᄂᆞᆫ 취토록 먹고 취안이 몽농ᄒ여 하싱의 셰요을 안고 옥면을 졉ᄒ여 믈너나지 아니니[19]

(나) ᄌ연 싱각ᄒᄂᆞᆫ 졍을 니기지 못ᄒ여 문득 궁극흔 의식 니러나 비단 죡ᄌ 둘흘 믠ᄃᆞ라 펴고 쳐필을 드러 화도을 일울시 (…중략…) 비록 말을 못ᄒ고 소ᄅᆡ 업스나 쳐싴이 현황ᄒ고 오운이 몽몽ᄒ야 싱긔 유동ᄒ니 셔츼ᄂᆞᆫ 깁우 히 어릐엿고 졍헤 암암ᄒ야 눈의 븨이니 왕이 두 죡ᄌ을 벽상의 걸고 브라 보니 은연이 말 못ᄒᄂᆞᆫ 하시오 소ᄅᆡ 업슨 직옥이라. (…중략…) 왕이 바라보 고 그윽이 우어왈 "닉 평싱의 요괴흔 일이 업더니 오늘놀 녀싴의 실셩ᄒ야 괴괴지ᄉ을 일우도다. 이만ᄒ여도 죡히 나의 하시 상ᄉᄒᄂᆞᆫ 회포을 위로ᄒ 리로다" ᄒ고 거두어 금초고 홀노 잇ᄂᆞᆫ 쎡ᄂᆞᆫ 닉여걸고 반기며 늣겨 셔로 말

---

19 『하진양문록』 권지칠; 『낙선재본 고전소설 총서 1 – 하진양문록 2』, 한국학중앙연구원, 2005, 40~43면.

ᄒ지 못ᄒᄆ를 한ᄒ더라.[20]

(다) "쇼싱이 죽으ᄆ 불효죄인이라 감히 션영의 드지 못ᄒ리니 동화문밧 셔
하변 반송우ᄒ 무더주소셔. 그곳이 경치 비상ᄒ지라 녕녀로 더브러 샹ᄒ 완
샹ᄒᆯᄉᆡ 다른 졔비로 쇼유ᄒ기를 쳥ᄒ즉 온가지로 츄탁ᄒᄃᆡ 날과는 흔연이
가는지라. 계변의 몱은 ᄇᄅᆷ을 ᄡᅩ여 한가히 경치를 즐겨 시를 지어 즐기던
일을 ᄆᆡ양 닛지 못ᄒᄂ니 그곳의 무더 그 경치나 보게 하쇼셔."[21]

위의 세 장면은 『하진양문록』의 두 주인공 사이에 형성된 '연애'적 요
소를 보여주는 예들이다. (가)는 남장을 하고 하재옥으로 처신하는 여주
인공과 남주인공인 진세백이 교우관계를 맺고 친밀히 교류하는 장면인
데, 작품 속에서 유사한 내용을 여러 번 반복함으로써 하재옥에게 매료된
진세백의 마음을 강조하고 있다. 진세백은 하재옥의 빼어난 인물과 자질
이 자신의 정혼자였던 하옥주와 닮은 것을 신기해하며 아내를 얻는 대신
하재옥과 함께 살고 싶다는 속내를 토로하면서 손을 잡거나 허리를 안고
얼굴을 비비는 등의 신체적 접촉을 통해 친근함을 표현하고 있다. 이에
대해 하옥주가 민망해하면서 거리를 두려고 노력하기는 하지만 엄격히
거절하지는 않는 모양새를 취하고 있어 작품 전반에 걸쳐 이들 사이의
교제와 신체적 접촉이 빈번히 묘사되고 있다.[22]

---

20 『하진양문록』 권지십사; 『낙선재본 고전소설 총서 1 – 하진양문록 3』, 한국학중앙연구
    원, 2005, 124~127면.
21 『하진양문록』 권지십오; 『낙선재본 고전소설 총서 1 – 하진양문록 3』, 한국학중앙연구
    원, 2005, 189면.
22 이러한 내용 때문에 선행 연구에서는 『하진양문록』을 동성애를 환기하는 작품으로 파
    악하기도 했다. 이때 복장 전환 화소를 통한 동성 간 성애의 장면은 이성애와 동성애적
    감각을 이중적으로 드러내면서 금기를 위반하는 듯하지만 결국 남장 여성의 존재를 통

국문 장편소설에서 남장을 한 여주인공이 남편 혹은 후에 남편이 될[23] 남성과 교류하는 장면을 그릴 경우 가능한 한 대면 접촉을 피하는 것이 일반적이다. 『하진양문록』처럼 동성 간이라는 오해 속에서라도 남녀 간 거침없는 희롱과 신체적 접촉을 구체적·반복적으로 묘사하는 경우는 거의 없다. 내외법에 따른 남녀유별의 관습을 체화한 여주인공들은 남장을 한 상태에서도 남성들과의 접촉을 꺼리기 때문이다. 따라서 진세백과 하재옥이 친우라는 명분을 내세워 은밀한 감정을 싹틔우고 신체 접촉을 반복하는 것은 예의의 구속에서 벗어난 애정 표현의 새로운 모습으로서 주목할 만하다.

(나)는 하옥주가 정체를 밝힌 후 속세를 떠나 자취를 감추자 그리움을 견디지 못한 진세백이 하재옥의 초상화를 그려 놓고 남몰래 들여다보곤 하는 장면이다. 진세백은 남복을 한 채 자신과 뜰을 거닐며 꽃을 희롱하던 하재옥의 모습과 철갑 투구를 쓰고 전장을 누비던 장수 하재옥의 모습 두 장을 그려 그리울 때마다 꺼내 본다.[24] 만날 수 없는 연인의 얼굴을 그림으로라도 기억하고자 하는 진세백의 행위를 통해 사랑하는 연인에 대한 그리움이 간절하게 전달된다.

그런데 그가 그린 두 장의 그림이 남장을 한 하재옥 시절의 모습이라

해 동성 간이 아닌 이성 간 사랑이라는 점을 확인시켜 논쟁적 내용을 무마하고 있다. 고은임, 앞의 글, 116면.

23 이 경우 이미 정혼한 사이일 수도 있고, 처음 만난 경우라도 결국 혼인으로 관계가 정리되는 것이 보통이다. 간혹 의남매를 맺기도 하는데 이러한 귀결들은 혼전 남녀의 만남에 대한 윤리적 문제를 차단하기 위한 것이다.

24 장시광은 『하진양문록』을 진세백의 하옥주에 대한 애착과 분리 불안이라는 관점에서 분석하면서 이 초상화가 분리가 진행되지 않도록 마련된 주술적인 작품에 해당하는 것이라고 보기도 했다. 장시광, 「애착의 갈망과 분리 불안의 발현−『하진양문록』 진세백의 경우」, 『동양고전연구』 66, 동양고전학회, 2017, 212면.

는 점은 주목을 요한다.[25] 진세백은 여성인 하옥주의 모습을 알고 있으며 그 아름다움을 늘 찬탄해왔다. 그럼에도 불구하고 그가 그린 초상은 하옥주가 아닌 하재옥의 모습이다. 이를 통해 그가 함께한 시간 속에 축적된 기억들을 소중히 여김을 알 수 있다. 이처럼 애정을 그리는 데 있어서 경험과 정서의 공유 과정을 중시하는 것이『하진양문록』이 보여주는 새로운 애정관계로서의 '연애'의 한 특성이기도 하다.

(다)는 하옥주에 대한 상사병이 깊어져 사경을 헤매는 진세백이 하공에게 유언을 남기는 장면이다. 진세백은 죽음 앞에서도 오로지 하옥주에 대한 생각뿐이다. 개인적 차원보다는 가문의 논리 안에서 자신의 정체성을 확립하는 것이 일반적인 국문 장편소설의 대다수 주인공들을 생각할 때 공적 책무를 망각한 채 이루지 못한 사랑에 연연하여 죽음을 자초하는 진세백의 모습은 매우 흥미롭다. 국문 장편소설 속에서 상사병에 걸린 남주인공을 통해 주인공 부부의 화해를 이끌어 내곤 하는데 진세백의 경우에도 사경을 헤매는 정혼자를 구하기 위해 하옥주가 돌아온다는 점에서는 그러한 서사적 관습을 계승하고 있다.

그러나 주인공의 상사병을 활용하는 구체적인 방식과 표현법에서는 새로운 면모를 보인다. 『하진양문록』은 실연의 아픔을 겪는 인물의 구체적 특징들을 매우 섬세하게 그려낸다. 토혈 등의 시각적 요소뿐 아니라 그리움, 안타까움, 분노 등이 교차하는 진세백의 불안정한 심리 상태를

---

25 장시광은 두 장의 그림 중 하나는 처음 만난 하옥주의 모습이라고 보았는데 문맥을 확인해 보면 진세백과 하재옥이 지기(知己)로 지내던 시절 "소요관을 쓰고 츄나광삼의 홍초쎡을 씌고 공작선을 쥐고 화계의 비회"하던 모습을 그린 것으로 되어 있다. 이때 하재옥의 묘사에 동원된 복색은 비단 두루마기에 관을 쓰고 부채를 쥔 상층 남성의 것이므로 진세백이 그린 두 장의 그림은 모두 자신과 긴밀한 관계를 맺고 교류하던 시절의 남장을 한 하재옥을 대상으로 한 것이라고 보는 것이 맞다.

여러 차례에 걸쳐 핍진하게 묘사하고 있다. 죽음 앞에서도 하옥주를 향한 절절함을 드러내는 진세백을 통해 감상주의를 특징으로 하는 멜로적 요소가 극대화된다.[26] 또한 사랑이라는 감정에 사로잡힌 진세백을 통해 감성 주체로서의 모습이 부각된다. 자신과 하옥주만의 추억이 깃든 장소에 묻어 달라는 진세백의 유언은 가문 이념의 구속을 벗어 버린 애상적 연애 감성의 한 단면을 보여준다.

2) '연애'적 요소의 차별성

위에서 살펴본 장면들을 바탕으로『하진양문록』이 어떤 점에서 이전의 애정 서사와 차별화되는 '연애'적 요소들을 보여주는지 살펴보기로 한다. 고전소설에서 현재의 '사랑'에 해당하는 감정을 표현하는 용어들로 연정, 연모, 사모 등이 사용되고 있는바 이 시기에도 남녀 사이의 열정은 존재했음을 알 수 있다. 그런데 성리학적 윤리관이 지배적이었던 조선 후기 사회에서 계층과 성별에 따라 그러한 감정의 허용 범위나 표출 방식은 큰 차이를 보인다. 상층 여성이 주 향유층이었던 국문 장편소설의 경우 이러한 열정에 대해 매우 보수적인 입장을 취하고 있다. 이성 간 열정이 충동적 정념으로 치부되는 가운데 여성의 욕망은 지탄의 대상이 되었고 남성의 경우에도 열정을 다스리는 예교적 수련이 강조되었다. 이를 통해 정념, 성애 등에 대해 매우 억압적이었던 상층 가문의 성 문화를 짐작할 수 있다.

---

26 멜로드라마의 특징으로 감정의 과잉과 과장된 수사를 들 수 있는데, 국문 장편소설의 경우 여성적 친연성으로 인해 이와 같은 과잉의 양상이 주로 여성과 결부되어 여성의 기호에 부합하는 방향으로 나타난다. 이지하,「18세기 대하소설의 멜로드라마적 성격과 소설사적 의미」,『국제어문』66, 국제어문학회, 2015, 205~206면.

그런데 앞에서 살펴본 것처럼 『하진양문록』은 남녀 사이의 애정을 적극적으로 형상화하므로 이를 '연애'의 관점에서 조명해 볼 필요가 있다.

첫째로 『하진양문록』은 애정 대상인 두 주인공의 '관계'를 형상화하는 방식이 새롭다. 진세백과 하옥주는 혼전에 긴 시간 동안 친밀하게 교류한다. 국문 장편소설 속 대부분의 애정 서사는 혼전 남녀를 대상으로 하는 것이 아니라 혼인 후의 부부 사이에 형상화되곤 한다. 그런데 이 작품의 경우 주인공들의 혼전 교제와 은밀한 감정 교류 과정을 집중적으로 그린다.[27] 이는 남녀의 만남이 혼인이라는 제도로서 추상화되던 것에서 벗어나 구체적 행위와 경험으로서 재현되기 시작했다는 점에서 중요하다.

진세백은 고아이기 때문에, 하옥주는 가문이 역모죄에 몰려 해체되었기 때문에 혼전임에도 불구하고 주변의 제약 없이 독자적인 행동이 가능하다. 이는 대가족 중심의 생활 환경을 유지하는 가운데 가문의 구성원으로서 집단적 제약과 윤리적 구속을 받았던 당대 상층의 생활상을 고려할 때 흔치 않은 일이다. 더군다나 이들이 처한 상황이 고난 속 불안정한 고립이 아니라 자수성가의 안정을 누리는 상태로 그려지고 있다는 점은[28] 여러모로 의미심장하다. 집단의 보호로부터 벗어남으로써 오히려 성공과 연애를 포함한 자기실현의 길이 가능하다는 역설이 성립되기 때문이다.[29]

---

27 총25권 중 제18권에 이르러서야 하옥주와 진세백의 혼인이 성사되므로 그 이전까지의 교제는 혼전의 연애에 해당한다고 볼 수 있다.

28 진세백과 하옥주는 문무장원을 하여 총애를 받고 있는 젊은 명사로서 안정적 지위를 확보한 가운데 교우관계를 이어 나간다.

29 물론 문면에서는 진세백이나 하옥주나 지속적으로 가문의 안위를 걱정하고 있으며 이는 이들이 여전히 가문 중심적 사고로 대표되는 중세적 가치에 강하게 견인되어 있음을 의미한다. 그러나 다른 한편 가문에서의 이탈이 불행으로 귀결되지 않고 전혀 다른 가능성을 상상하게 할 수 있다는 것을 보여줌으로써 가문주의에 기반한 기존의 관념을 재성찰하게 하는 계기를 마련하고 있다.

당대 상층의 혼인 관습은 부모 주도의 중매혼이었기에 가문으로부터의 분리는 혼인의 지연을 야기할 수밖에 없는데, 이 작품은 그 지연의 서사를 고난이 아닌 낭만적 연애담으로 대체하고 있는 것이다.

그리고 그 만남의 '과정'이 집중적으로 형상화된다는 점도 중요하다. 애정 전기의 주인공처럼 한눈에 반하는 사랑이 아니라[30] 시간 속에 무르익어 가는 감정과 그 감정들이 은밀히 오가는 과정들을 구체적으로 형상화하는 것이다. 이는 결연이라는 결과에 집중하고 부부 사이의 감정을 윤리적 차원에서 주목하는 국문 장편소설의 일반적인 경향과도 다르다. 이 작품이 보여주는 혼전 남녀의 만남과 그 과정으로서의 연애 서사는 부부간 애정 서사와는 다른 감성적 독서 효과를 발휘한다.[31]

이 작품은 연애의 과정에서 사랑을 주고받는 남녀 사이의 미묘한 속내를 통해 관계 속에서 촉발되는 내면의 변화를 섬세히 포착하고 있다. 약혼녀를 그리워하면서 그와 닮은 동성의 친구에게 끌리는 진세백의 심리, 모든 사실을 숨긴 채 진세백에게 일정한 거리를 두고자 하지만 그의 사랑을 냉정히 거절하지는 못한 채 내면으로는 고마움을 품고 있는 하옥주의 심리가[32] 그들의 행동과 대화, 독백 등을 통해 비교적 상세히 전달된

---

30 애정전기의 주된 서사 구조는 여성에게 매혹되자마자 곧바로 성관계를 맺으려 욕망하는 남성과 그 유혹을 쉽사리 받아들이고 관계를 허락하는 여성의 서사로 이루어진다. 김지영, 「조선시대 애정소설에 나타난 사랑과 성」, 『한국고전여성문학연구』 10, 한국고전여성문학회, 2005, 337면.

31 당대 상층 문화에서는 허용되기 어려웠던 미혼 남녀 간의 교제는 연애의 본질적 속성으로서의 감성적 자극뿐 아니라 금기 위반에서 비롯되는 긴장과 쾌감도 제공했을 것이다.

32 선행 연구에서는 하옥주를 연애 감정이 거세된 채 애정을 거부하는 인물로 파악하기도 했는데(이경하, 앞의 글) 작품 문면에 나타난 하옥주의 행위들을 고려할 때 수동적이긴 하나 그 역시 진세백에 대한 연정을 품고 있다고 보는 것이 적절할 듯하다. 그 강도나 표현 방식에 있어서는 진세백이 훨씬 적극적이지만 하옥주 역시 그런 진세백의 태도를 수용하는 형태로 두 사람의 관계를 암묵적으로 용인하고 있다는 점에서 이들의 관계를

다. 이와 같이『하진양문록』이 연인의 심리를 섬세하게 포착함으로써 연애의 정서를 부각시키는 것은 여타의 장르에 비해 인물의 내면 묘사가 두드러지는 편인 국문 장편소설 안에서도 독특하다.

요컨대『하진양문록』은 부부 사이의 당위로서 전제되는 피상적 애정을 그리는 데 머물지 않고 지속적인 만남 속에서 구체적 감정의 교류와 일상의 공유를 통해 사랑의 감정을 키워 가는 새로운 '관계'와 그 '과정'을 형상화함으로써 전근대 시기의 중매혼으로 대표되는 전형적인 결연과는 다른 개념의 남녀관계를 제시하고 있다.

두 번째로 이 작품은 남녀 간 연애의 '장면화'에 공을 들이고 있다. 이를 위해 가족이나 사회로부터 분리된 둘만의 사적 공간으로서 교제를 위한 구체적 시공간이 마련된다. 대표적인 곳이 하옥주의 집과 전장이다. 다른 가족 구성원이 사라진 하옥주의 집은 다양한 의미를 내포한다. 우선 이곳은 이들의 정혼이 성사된 장소로서 두 사람의 관계에 정당성을 부여한다. 또한 집은 외부의 시선을 피할 수 있는 은밀한 사적 공간이기도 하다. 게다가 예법과 규율로 구속력을 발휘할 가족 구성원들의 부재로 인해 자유로운 교제의 터전이 된다. 개인의 일상이 영위되는 공간으로서의 집은 이들의 교제에 구체성과 사실성을 부여함으로써 연애의 현실감을 고조시킨다. 하옥주는 자신의 집에서만큼은 진세백에게 남들에게는 보여주지 않던 진솔한 모습(술에 취하거나 음률을 희롱하는 모습)을 보여주며 함께 밤을 지새우기도 한다. 이들이 어두운 밤 어깨를 나란히 하고

일방적인 애정 공세에 의한 짝사랑으로 치부하기 힘들다. 하옥주의 수동적인 자세는 당대의 성 문화 규범 속에서 여주인공이 취하던 전형적인 행동 방식의 하나로 이해하는 것이 적절할 듯하다. 그리고 진세백의 적극적 애정 공세와 하옥주의 거절 내지 회피라는 행동 패턴을 통해 '밀고 당기기'라는 연애의 묘미가 발현되기도 한다는 점 또한 짚고 넘어갈 필요가 있다.

경치를 완상하며 정원을 산책하는 장면은 사랑하는 남녀의 연애 장면을 매우 사실적이면서도 서정적으로 재현하고 있다.[33]

한편 전장은 안온한 일상으로부터 벗어나 위험을 무릅써야 하는 장소로서 유대감과 친밀감을 증폭시키는 역할을 한다. 『현씨양웅쌍린기』를 비롯한 다수의 국문 장편소설에서도 전장의 특수성을 활용하여 주인공 부부의 재회와 화합의 계기를 마련하고 있다. 그런데 이 작품의 경우 한 발 더 나아가 전장을 연애의 장소로 활용한다.[34] 일례로 전장에서 진세백이 병든 하재옥을 간호하며 근심에 밤잠을 이루지 못하는 모습이 구체적으로 형상화는데, 이를 통해 사랑하는 이를 걱정하는 진세백의 마음과 행동이 핍진하게 전달되며 연애의 감성이 고조된다. 또한 전장은 하옥주와 진세백의 연애를 새로운 국면으로 접어들게 하는 계기를 제공한다. 출전 중에 여성임이 탄로 나자 더 이상 예전과 같은 관계를 지속할 수 없다고 선포하고 예법을 따르고자 하는 하옥주와 이를 거부하는 진세백 사이에 새로운 긴장 관계가 형성되면서 이들의 관계 구도에 변화가 생긴다. 불확실성 속에서 은밀한 감정을 키워 가던 초기적 연애 구도가 달아나는 여성과 구애하는 남성의 갈등이라는 새로운 국면으로 전환된 것이다. 이 과정에서 진세백은 실연의 상실감에 고통스러워하는 연인의 전형적인 모습을 보인다. 연애 초기의 장면들이 풋풋한 설렘을 선사했다면 이제는 맹목적인 사랑에 저돌적으로 돌진하는 진세백의 열정이 부각되면서 다른 형태의 연애 감성을 부추긴다.

---

33 작중에서는 달밤의 산책을 진세백과 동침하는 상황을 피하기 위한 하옥주의 궁여지책으로 설명하는데, 이는 윤리적 비난을 피해 가기 위한 방어 장치일 뿐 독자에게는 달빛 아래를 함께 거니는 연인의 아름다운 정경이 부각되었을 것이다.

34 서사 구조적으로 전장은 하옥주에게 영웅성을 발휘하여 가문을 복권시킬 기회를 마련하기 위한 공간으로서도 중요한 기능을 한다.

이처럼 『하진양문록』은 구체적인 시공간을 통해 애정이 생성·발전해 가는 과정을 장면화함으로써 조선 후기의 상층 구성원, 특히 상층의 여성들이 제대로 경험하지 못했던 '연애'라는 새로운 개념과 형식을 생생히 재현해 내고 있다. 특히 작품의 반 이상에 걸친 혼전 교제 내용 중 둘 사이의 사소한 다툼을 반복적으로 제시함으로써[35] 특별한 사건 없이도 이들의 관계 자체를 묘사하는 데 공을 들이고 있다. 이는 사소하고도 일상적인 것들의 반복 속에서도 감성적 자극이 극대화되는 연애 서사의 특징이기도 하다.

세 번째로 과감한 신체적 접촉 묘사를 들 수 있다. 두 사람이 만나는 장면에는 손을 잡고 허리를 안고 얼굴을 비비는 등의 과감한 신체 접촉이 반복적으로 등장한다. 국문 장편소설에서 이러한 신체 접촉을 묘사하는 것은 이례적이다. 여성이 남성에게 손을 잡힌 것만으로도 정절을 훼손당한 것으로 치부하는 분위기 속에서 부부 사이에서조차도 신체 접촉은 매우 제한적으로 그려지는 것이 보통이다. 예법을 벗어난 애정 표현은 욕정을 숨기지 않는 반동적 인물들에게서나 발견되곤 한다.

그런데 이 작품의 경우 비록 동성 간으로 오해하는 상황이기는 하지만 혼전 남녀 사이의 신체 접촉을 적극적으로 묘사한다. 진세백은 하재옥을 만날 때마다 친밀함을 내세워 신체 접촉을 일삼는데 위의 예문에서처럼 단순한 우정을 넘어서는 성적 끌림이 전제되어 있다는 점에서 연애 감정을 바탕으로 한 것이라고 할 수 있다.[36] 이처럼 이 작품이 신체적 접촉을

---

35 요즘의 표현대로라면 '밀고 당기기'라는 말이 더 적절할 듯도 한데, 계속 친밀함을 요구하며 다가가는 진세백과 이를 피하려는 하옥주 사이의 신경전이 반복적으로 등장한다.
36 특히 이들이 실제로는 남녀관계임을 알고 있는 독자들에게는 이러한 신체 접촉이 연애 과정의 성적 욕구를 표현하는 행위로서 인식되며 에로틱한 감수성을 자극했을 수 있다.

통해 애정을 확인하고자 하는 것은 사랑의 적극적 표현 방식으로서만이 아니라 애정을 영육을 아우르는 것으로 인식한다는 측면에서도 중요하다. 관념적·추상적 개념으로서의 애정이 육체를 통해 구현됨을 보여줌으로써 남녀관계를 이상화된 부부상으로 이념화했던 유교적 성 윤리 규범을 넘어서기 때문이다.

3) 국문 장편소설의 자장과 '연애'의 의미

『하진양문록』이 국문 장편소설로서 상층의 윤리를 따르고 있기 때문에 애정 서사에 있어서도 국문 장편소설의 일반적 경향성에 부합하는 부분이 많다.[37] 국문 장편소설에서는 가문 구성원으로서의 정체성을 중시하는 주인공들, 예교의 부각, 천정연天定緣의 강조와 더불어 애정 서사가 주로 부부관계를 중심으로 서술된다. 성적 욕망[38]의 표출을 바람직하게 여기지 않으며, 특히 여성의 성에 대해서는 매우 보수적인 입장을 취하고 있으므로 애정 서사는 주로 적극적인 남주인공과 수동적인 여주인공의 형태로 전개된다.

『하진양문록』 역시 이러한 자장 안에서 자유롭지 못하다. 우선 하옥주와 진세백의 관계는 부친에 의한 정혼이 전제되었기 때문에 가능하다. 이들의 교제는 예비부부라는 장치를 통해 예교 안에서 합리화된다. 또한 하교주와 같은 인물의 형상화를 통해 보수적이고 차별적인 성 윤리를 노출시킨다. 진세백에게 반하여 주도적으로 관계를 맺은 하교주는 천하의

---

37 『하진양문록』은 하씨와 진씨 두 가문의 이야기라는 제목처럼 국문 장편소설의 기조를 지니고 있으면서도 주인공 하옥주의 여성 영웅적인 면모가 확대되어 있어 영웅소설과의 관련성도 논의된다. 그러나 전체적인 서사 전개나 인물 형상화, 분량, 문체 등에서 군담영웅소설보다는 국문 장편소설의 서사 전통에 더 가깝다.

38 육체적 성욕뿐 아니라 이성에 대한 관심마저도 금기시해야 할 성적 욕망으로 간주되었다.

악녀로 지목되고 결국 진세백에 의해 독살형을 당하는데,[39] 하옥주를 향한 진세백의 맹목적인 사랑이 긍정되는 것과는 반대로 진세백에게 반한 하교주의 사랑은 음탕함으로 매도된다.

무엇보다도 '연애'의 측면에서 문제적인 것은 이 작품 역시 일부다처의 상황을 용인하고 있다는 점이다. 근대 이후의 자유연애는 남녀의 독점적인 애정을 전제로 하며 그 결실로서의 일부일처제 가족관계를 이상적으로 여긴다.[40] 이에 반해 진세백은 하옥주 외에 명선 공주와도 혼인함으로써 전근대적 일부다처의 관습을 따르고 있다. 명선 공주와의 혼인은 황제의 명령에 의한 늑혼勒婚이고 진세백의 애정은 오로지 하옥주만을 향하고 있음을 시종 강조하지만 일부다처의 부부관계 설정 자체가 이 작품이 국문 장편소설의 전근대적인 혼인관과 성 문화의 자장에서 벗어나지 못했음을 보여준다. 따라서 국문 장편소설 일반의 보수적 성 규범을 준수하는 『하진양문록』의 '연애' 서사를 근대적 자유연애와 동궤에 놓기는 곤란하다.

그러나 『하진양문록』 속 하옥주와 진세백의 혼전 교제는 전통적인 남녀관계에서는 낯선, 새로운 양식으로서의 연애라는 경험이 서사화되기 시작한 사례로서 주목할 필요가 있다. 따라서 이들의 관계가 어떻게 사랑과 연애라는 개념으로 의미화될 수 있는지 살펴보기로 한다.

하옥주와 진세백은 사랑과 결혼은 별개로 인식되었던 전근대 시기에 이 둘을 일치시킨 존재로서 형상화된다. 예법에 따른 상층의 남녀관계는

---

39 공모자이면서도 하교주에게 잔인한 징치를 하는 진세백의 이중적인 모습에 대해서는 김미정, 앞의 글, 190면.

40 일부일처제는 근대 문명과 함께 도래한 혼인제도로서 가정을 성애와 사랑의 특권적 장소로 부각시킨다. 고미숙, 『연애의 시대-근대적 여성성과 사랑의 탄생』, 북드라망, 2014, 126~127면.

재생산을 위한 의무적 관계로서의 결혼을 전제로만 성립되었다. 그 과정에서 당사자의 감정이나 의사는 고려의 대상이 아니었고 가장으로 대표되는 집안의 어른들이 주혼자의 역할을 담당했다. 이처럼 전근대적 혼인 제도 속에서는 혼인 당사자인 남녀가 주체화되지 못한 채 사랑마저도 제도화되었다. 그런데 하옥주와 진세백은 혼인이라는 제도로 강제되기 이전에 자율성을 지닌 주체로 만나 사랑의 감정을 싹틔운다.[41] 이와 같이 이들이 독자적 개체로서 사랑을 경험하게 됨으로써 남녀관계가 가족관계를 위한 종속적 지위에서 벗어나 자율적이고 주체적인 연애의 가능태로 재인식될 수 있다.

그런데 사랑은 신체에 근거한 개별적 감정임과 동시에 사회적 관계 속에서 형성된 관심이나 태도, 지향 등과 관련된다는 점에서 사회적으로 구성되는 것이기도 하다.[42] 따라서 소설 속 연애의 주체는 사랑을 신체화된 개인의 감정으로서 경험하면서도 사회적 관습과 규제의 방식들로부터 완전히 자유롭지 못하다. 그중 가장 뚜렷한 영향력을 발휘하는 요소로서 차별적 젠더 규범을 들 수 있는데 하옥주와 진세백 역시 이를 내면화한 인물들로서 사랑에 있어서 각기 다른 양태를 보인다. 진세백이 강렬한 끌림을 인정하고 드러내며 성애적 감정에 몰두하는 열정적 주체로

---

41 이들이 정혼자로서 혼인제도로부터 완전한 자율성을 획득한 것은 아니지만 당대의 성윤리를 고려할 때 이러한 조건이 연애를 위한 안전 장치로서 필요했다는 점을 고려해야 한다. 이에 대해서는 천정 모티프가 성애와 유혹을 구심에 둔 자유연애적 만남을 합리화하여 유교적 세계관에서 일탈하지 않도록 해 주는 기제로서 활용된다는 점을 참고할 수 있다. 야마다 교코, 「한국과 일본의 17~19세기 서사문학에 나타난 남녀 애정관계 비교 연구」, 서울대 박사논문, 2006, 50~53면.

42 김경호는 이와 같은 사랑의 속성을 '신체화된 감정'과 '개념적 은유 이론'이라는 용어로 설명하고 있다. 김경호, 「우리는 사랑을 어떻게 경험하고 의미화하는가」, 『동서철학연구』 75, 한국동서철학회, 2015, 9~10면.

서 부각되는 반면 하옥주는 쉽게 감정을 드러내지 않고 정숙함을 유지하면서 상대의 열정을 수용하는 자세를 견지한다.[43] 진세백이 자신의 감정에 대해 솔직한 반면 하옥주는 이를 억압하며 내적 갈등과 긴장 상태를 이어가는 것은 사회적 규율과 통제가 여성에게 더 강하게 작동하고 있음을 보여준다.[44] 따라서 이러한 반응의 차이는 남성의 적극성과 여성의 수동성으로 규정되기 이전에 사회적 맥락에서 재해석될 필요가 있다.

마지막으로 하옥주와 진세백의 관계를 연애로서 부각시키는 중요 요소로서의 육체성에 주목하고자 한다. 연애는 감정의 공유만이 아니라 육체적 욕망을 공유하는 행위이기도 하다. 감정이 추상적인 반면 육체는 구체적 실체로서 경험된다는 점에서 더 직접적이고 강렬하다. 육체적 친밀성을 통해 사랑이 관념이 아닌 실재적 욕망으로서 확인될 수 있다.[45]

---

43 이와 같은 차이는 앤서니 기든스가 제시한 '열정적 사랑'과 '낭만적 사랑'의 개념을 빌려 설명할 수도 있을 듯하다. 진지한 열의로 사랑하는 대상에 몰두하는 열정적 사랑은 그 보편성에도 불구하고 사랑하는 대상에 대한 애착으로 자신의 책무를 무시할 수 있기 때문에 사회적 질서와 의무라는 관점에서는 위험한 것으로 치부될 수 있다. 이에 비해 결혼의 이상에 뿌리를 두면서 정숙한 섹슈얼리티로서 표상되는 낭만적 사랑은 에로틱한 성적 충동과는 구분되는 친밀성을 중시하는 것으로서 본질적으로 여성화된 사랑이라고 할 수 있다. 앤서니 기든스, 배은경·황정미 역, 『현대사회의 성·사랑·에로티시즘—친밀성의 구조 변동』, 새물결, 1996, 76~89면.

44 때문에 대응 방식이 다르다고 해서 하옥주를 사랑에 무관심한 존재로 치부해선 안 된다. 하옥주의 경우 적극적인 자세를 취하지 않을 뿐 진세백의 열정을 묵인하고 포용하며 때로는 부추기는 일련의 과정으로 미루어 진세백과는 달리 사회적 규범을 준수하는 사랑의 방식을 보여줄 뿐이다. "이성애 로맨스는 시작될 때부터 남자 설득-여자 버티기, 남자 유혹-여자 거절, 남자 호색-여자 불감증이라는 공식을 따르게 된다"는 언술로 미루어 서양 문화권에서조차 젠더 규범이 사랑의 표현 방식에 영향을 미쳐왔음을 짐작할 수 있다. 주디스 핼버스탬, 이화여대 여성학과 퀴어·LGBT 번역 모임 역, 『가가 페미니즘—섹스, 젠더, 그리고 정상성의 종말』, 이매진, 2003, 46면.

45 이러한 관점은 사랑을 인간의 육체성과 직결하여 사유하는 라캉을 통해서도 확인된다. 라캉은 인간이 결핍된 존재로서 타인과의 육체적 결합을 통해 합일과 충족을 이루려는 욕망을 지닌다고 보았다. 김경호, 앞의 글, 19~20면.

국문 장편소설에서 육체를 바탕으로 한 성애의 담론이 매우 드물다는 점을 염두에 둘 때 이 작품에서 남녀 간 육체적 친밀감을 반복적으로 묘사하면서 사랑의 육체성을 인정하고 있다는 점은 독자적으로 평가되어야 할 것이다.

3. 연애의 발견과 소설사적 의의

조선이 성리학적 기반 위에서 성에 대해 엄격한 입장을 견지한 가운데 조선 후기에는 이러한 기조가 더욱 강화되어 간 것이 일반적인 흐름이긴 하지만 실상은 그리 단순하지 않다. 규범적인 성 윤리를 강하게 의식했던 상층과 달리 하층에서는 중복혼을 비롯한 개방적인 혼속婚俗이 성행했으며,[46] 상층에서도 남성들의 경우 기생이나 축첩 제도 등을 통해 성적 일탈이 용인되었다. 결국 조선 후기에 강조되었던 억압적인 성 규범의 적용 대상은 주로 상층 여성들이었을 뿐이다. 이러한 실상은 문학에도 반영되어 야담류 등을 통해 상층 남성의 성적 유희, 사설시조나 판소리 등을 통해 하층민의 자유분방한 성 인식을 확인할 수 있다.

이에 비해 국문 장편소설은 상층 여성의 성 윤리를 강조하는 대표 장르로서 인식되었고 그로 인해 표면적으로는 가장 보수적인 소설 유형으로 보인다.[47] 때문에 여성적 인식을 강하게 드러내는 작품들에서조차 성

---

46 정병설, 「조선 후기 성(性)의 실상과 배경 -『기이재상담』을 중심으로」, 『인문논총』 64, 2010, 194면.

47 표면적이라는 단서를 붙인 이유는 이 소설들이 당대의 지배적인 이념과 그에 기반한 성 문화 규범을 따른다는 점에서는 보수적이지만 그 이면에는 여성들의 문제의식을 통해 가부장제의 모순을 폭로하는 진취적 지점들이 존재하기 때문이다.

적인 부분에 대해서는 매우 경직된 태도를 보이는 것이 일반적이다. 특히 여주인공의 성적 순결성을 강조하기 위해 부과된 과도한 도덕적 엄숙주의로 인해[48] 국문 장편소설의 여주인공들은 무성의 존재처럼 그려지는 경우가 많다. 앞에서 살펴본 것처럼 하옥주 역시 그러한 영향력에서 자유롭지 않다. 그러나 이 작품이 그 와중에도 많은 분량을 할애하여 혼전 연애에 해당하는 서사를 그리는 것은 국문 장편소설의 일반적인 모습과는 차별화되는 새로운 시도로서 주목될 만하다. 이 절에서는 그러한 시도가 가능했던 배경이 무엇이며 그것이 어떤 의미를 지니는지에 대해 살펴보기로 한다.

상층 여성들에 대한 엄격한 성적 통제에 비해 상층의 남성들은 유교적 제약 아래에서도 비교적 자유롭게 성적 욕망이나 이상을 표출해 왔다. 소설 장르에서는 운명적인 남녀의 만남을 통해 현실의 문제를 환기시키고자 한 애정 전기를 비롯해 좀 더 노골적인 성애를 담아낸 야담계 한문 단편류 등이 대표적이다. 그런데 18세기 말에서 19세기에 이르러 상층의 성 문화가 좀 더 적극적인 쪽으로 변화해 감은 주지의 사실이다.[49] 그 배경으로 내적으로는 유교 이념의 경직성에 대한 비판적 인식의 확산과 외적으로는 중국으로부터의 영향을 들 수 있다. 18세기 이후 서울의 사

---

48 이들은 순결 훼손을 막기 위해 자해나 자결을 감행하기 일쑤이고, 남편과의 관계에서도 늘 예교를 중시하는 엄격함을 잃지 않는다. 이로 인해 남편들이 부인을 어려워하면서도 더욱 애정을 갈구하는 서사가 펼쳐지는데 이 과정에서 여주인공들의 도덕적 우월성이 강조됨과 동시에 성적 거부를 통해 오히려 성적 욕망을 촉발시키는 극적 효과가 발휘되기도 한다.

49 김경미를 비롯하여 다수의 연구자들이 19세기 이후 조선 사회의 성에 대한 인식과 표현 방식이 개방적인 쪽으로 변모해 가고 있음을 지적한 바 있다. 김경미, 「19세기 소설사의 한 국면-성 표현 관습의 변화를 중심으로」, 『한국고전연구』 9, 한국고전연구학회, 2003.

대부를 비롯한 상층의 인물들 사이에서 애정과 성을 과감하게 표현한 명청의 음사소설淫詞小說이 유행하는 가운데 소설에 대한 감각과 취향의 변화가 이루어졌다.[50] 이때 음사소설의 영향을 적극적으로 반영한 것은 주로 『절화기담折花奇談』이나 『수산광한루기水山廣寒樓記』 같은 상층 남성들의 한문 저작이었다.[51]

국문 장편소설과 관련해서는 명문가 자재와 규수들의 사랑놀음을 주요 내용으로 하는 명말 청초의 재자가인 소설이 조선 후기 상층의 독서 경향에 큰 영향력을 행사했다.[52] 재자가인 소설은 인물의 형상화 방식,[53] 복장 전환 화소를 통한 젠더의 중첩에서 야기되는 긴장과 흥미, 일부다처의 이상 지향 등에서 국문 장편소설과 유사성을 보인다. 특히 남녀의 애정 문제를 다루는 데 있어서 예교를 숭시하여 성적 욕망을 억제하고자 하는 윤리적 경향을 보인다는 점에서 국문 장편소설과 마찬가지로 유교적 금욕주의를 표방하고 있다.

그러나 가부장이 주도하는 중매혼을 중시하던 국문 장편소설과 달리 재자가인 소설의 경우 남녀 결연의 자율성이 열려 있었다. 이러한 풍조는 봉건적 혼인제도와 예교에 대한 반대가 일어나던 명대의 시대적 기류를 반영한 것이다.[54] 조선에서도 중매혼이 아닌, 남녀의 자유로운 결연이

---

50   김경미, 「음사소설의 수용과 19세기 한문소설의 변화」, 『고전문학연구』 25, 한국고전문학회, 2004, 340~341면.

51   김경미, 위의 위의 글, 350~351면.

52   박재연의 조사에 의하면 여러 서목을 통해 확인되는 국내 유입 재자가인 소설은 총 38종이며, 중국본뿐 아니라 한글 필사본이 왕실을 비롯하여 사대부가와 서민층에서까지 탐독된 것으로 보인다. 박재연, 「조선시대 재자가인 소설의 전래와 수용 – 새로 발굴된 『백규지』를 중심으로」, 『중국어문학논집』 51, 중국어문학연구회, 2008.

53   재자와 가인의 형상화는 국문 장편소설이 표방하는 군자 숙녀와 흡사하며, 특히 영웅적 남성상보다는 여성을 능가할 정도로 아름다운 외모의 남성에 대한 기호를 드러낸다는 점에서 유사하다.

전기소설을 통해 추구된 바 있다. 그러나 고독한 자아로 표상되는 전기소설의 주인공과는 달리 가문 구성원으로서의 정체성을 강하게 부여받았던 국문 장편소설의 주인공들은 중매혼의 관습으로부터 자유로울 수 없었다. 그런데『하진양문록』의 경우 기존의 관습을 수용하면서도 자유를 누릴 수 있는 방안으로서 중매혼과 자유연애의 절충점을 마련했기에 주목된다. 부모에 의해 혼인이 예정된 약혼자들이 혼인 이후가 아닌 혼전에 만나 교제를 할 수 있는 서사적 맥락을 만들어 냄으로써 예교에 벗어나지 않으면서도 연애가 가능해지는 방법을 선택한 것이다.

『하진양문록』에서 중점적으로 부각하는 연애 '과정'의 묘사는 자유로운 만남을 그리는 청대의 재자가인 소설에서도 찾아보기 힘든 것이다.[55] 청대의 재자가인 소설이 명청 이래 사회 조건의 변화로 가난에 내몰린 사인±人들의 욕망을 가인과의 혼인이라는 이상적 형태로 그려낸 것이라거나[56] 사회적 정체성이 모호한 문인 작자들의 소외 의식을 표출하는 것이라는[57] 분석들을 참고하면 재자가인 소설의 연원을 당의 전기소설에서 찾고자 하는 이유가 이해된다.[58] 우리 전기소설에서도 확인되듯이 남성적 욕망을 근간으로 하는 서사에서 남녀의 만남은 과정보다는 결과가 중시되는 경향이 강하다. 그런데『하진양문록』은 국문 장편소설의 자장 안

---

54 박재연, 앞의 글, 465면.
55 청대의 재자가인 소설은 혼인을 목표로 할 뿐 낭만적 연애 과정을 추구하지 않는다. 김은숙, 「청초 재자가인 소설의 혼인관과 문화적 의미 고찰 – 데릴사위제를 중심으로」, 『중국소설논총』31, 2010, 308면; 최수경, 「재자가인 서사에 나타난 욕망 표현 방식에 대한 고찰 – 청대 재자가인 소설을 중심으로」, 『중국어문논역총간』12, 중국어문논역학회, 2004, 126면.
56 김은숙, 위의 글.
57 최수경, 앞의 글, 146면.
58 "재자가인 소설의 원류는 당대 전기(傳奇)와 송원(宋元) 화본(話本), 그리고 명대 의화본(擬話本)으로까지 거슬러 올라간다." 박재연, 앞의 글, 465면.

에 존재했기에 주 향유층이었던 상층 여성들의 욕망이 반영되었을 확률이 높다. 따라서 조선 후기의 남성 서사물이나 중국의 재자가인 소설과는 차별화되는 『하진양문록』의 연애 서사를 여성 향유층과의 관계 속에서 고찰해 보아야 한다.

서두에서 살펴보았듯이 『하진양문록』의 여성적 성격에 대해서는 이미 여러 논의가 있었다. 그러나 대부분 하옥주의 성격이나 행동에 근거하여 여성 주체적 측면에 주목했을 뿐 '연애'의 관점에서 남녀관계에 투영된 여성 향유층의 욕망과 그 의의에 대해 논의된 바는 없다.[59] 18~19세기에 이르러 성적 욕망에 대한 인식 전환의 계기들이 마련되었음에도 불구하고 상층의 여성들은 여전히 유교적 가부장제의 엄격한 성 규범으로부터 자유롭지 못했다. 그러나 이들 역시 욕망을 지닌 주체들로서 제약 속에서나마 나름대로 욕망을 드러내고 그 해소 방식을 마련하고자 한 것으로 보인다. 그 고심의 흔적들이 『하진양문록』과 같은 작품 속에 담겨 있다고 생각되므로 간략히 정리해 본다.

우선 하옥주에게만 지고지순한 애정을 쏟으며 순정남을 자처하는 진세백의 캐릭터는 일부다처의 상황에서 남편의 사랑을 독차지하고픈 사대부 가문 여성들의 보편적 욕망을 반영한다.[60] 그런데 진세백만큼은 아니어도 아내에게 매달리는 남편의 형상은 기존에도 존재했다. 『하진양문록』이 보여주는 여성 욕망의 새로운 지점은 혼인 이후의 당위적 애정

---

59 동성애적 시각에서 접근한 사례는 존재한다. 고은임, 앞의 글. 저자 역시 그 가능성을 전혀 부정하는 것은 아니지만 기본적인 입장은 이 작품이 동성애 자체보다는 당대 윤리 속에서 허용되기 어려운 남녀 간 연애를 가능케 하면서도 이중적 쾌감을 불러일으킬 수 있는 효율적 장치로서 복장 전환 화소를 활용하고 있다고 보는 것이다.

60 선행 연구에서도 한 여성만 사랑하는 진세백을 조선 후기 여성들의 애정 욕망이 투영된 인물이라고 본 바 있다. 이경하, 앞의 글, 374면.

이 아니라 혼전의 교감을 꿈꾼다는 것이다. 전통 시대 중매혼에 의한 결연에서는 남녀 당사자 간의 교감이 개입할 여지가 없다. 그러나 이 작품은 애정 욕구가 긍정적으로 수용되는 사회 분위기에 힘입어 상층 여성들의 이성에 대한 열정을 과감히 반영하고 있다. 그리고 그 열정이 펼쳐지는 '과정'을 중시한다. 이는 남성 서사물들이 육체적 결합이나 혼인 등 행위의 결과를 중시하는 것과 차별화된다. 특히 친영제의 정착 후 혼인과 동시에 시가의 낯선 환경에 적응해야 했던 당대 여성들의 처지를 고려할 때 부부로 맺어질 남녀가 서로 알아 가는 '과정'의 의미는 더 중요해진다. 이에 익숙해지고 친밀해지는 가운데 사랑을 키워 가는 '과정'으로서의 연애에 대한 희구는 당대 여성들에게 있어서는 단순한 멜로적 감성의 영역을 넘어서는 것일 수 있다.

한편 하옥주와 진세백의 연애에 투영된 당대 여성 향유층의 욕망은 애정의 문제에 국한되지 않는다. 이와 관련하여 이들의 연애 과정에 내포된 '자유'와 '지기知己'에 대한 열망을 눈여겨볼 필요가 있다. 국문 장편소설의 경우 부부간의 내밀한 사생활마저도 가문 차원에서 공론화하는 경향이 강하다.[61] 그런데 『하진양문록』은 주인공들이 가문으로부터 독립된 개인으로서 혼전 연애를 경험하기 때문에 이러한 간섭과 감시로부터 자유롭다. 이와 같은 자유의 열망은 애정 욕구를 넘어서 집단적 규제로부터의 탈주를 꿈꾸는 보다 근본적인 욕망으로 이어진다. 특히 내외법에

---

61 이에 대해 전성운은 '엿보기'라는 표현을, 최기숙은 '규시'라는 표현을 사용하고 있는데 모두 국문 장편소설 속에서 성적 행위를 포함한 부부의 사생활이 관찰의 대상이 된다는 점을 지적한 것이다. 전성운, 「『소현성록』에 나타난 성적 태도와 그 의미」, 『순천향 인문과학논총』 16, 순천향대 인문학연구소, 2005, 70면; 최기숙, 「『현씨양웅쌍린기』에 나타난 '부부관계'와 '결혼생활'의 상상적 조율과 문화적 재배치─'현경문─주소저' 부부 관련 서사 분석 중심으로」, 『한국고전여성문학연구』 20, 한국고전여성문학회, 2010, 311면.

의해 자유를 가장 억압당했던 상층의 여성들에게 있어서 하옥주와 진세백의 자유로운 교제는 연애 이상의, 독자적 개인으로서의 자유를 의미하는 것이기도 하다.

또한 친구의 우정과 남녀의 연정을 오가는 이들의 연애 서사는 동등한 관계를 지향하며 '지기'로서의 부부관계를 꿈꾸던 당대 상층 여성들의 소망에 부합한다.[62] '지기'를 향한 소망은 성 차별적 가부장제 사회에서 남존여비의 관계를 거부하는 여성적 주체성과 관계된다. 특히 애정의 역학 관계에서만이 아니라 모든 면에서 진세백보다 우위를 점하고 있는 하옥주의 당당함은 이 연애 서사가 연애적 감성에 매몰되지 않은 채 주체적 자아를 확립하고자 하는 여성적 욕구로 확장될 수 있는 가능성을 보여준다. 이처럼 『하진양문록』은 '연애'라는 새로운 방식을 통해 조선 후기 상층 여성들의 욕망을 구현하고 있다는 점에서 의미를 지닌다. 이러한 연애의 서사가 궁극적으로 구체적 감성을 지닌 자율적 주체로서 인간을 재조명하게 한다는 점에서도 주목될 만하다.

마지막으로 이 작품이 대중적 독서물로서 통속적 서사 전략을 고민한 작품이라는 점도 짚어 볼 필요가 있다. '연애'라는 제재는 현재까지도 대중의 욕망을 대리 충족시키는 감성적 서사 장치로서 가장 많이 활용된다. 그 점에서 이 작품은 변화하는 시대상을 반영하면서 대중적 독서물로서의 서사 전략을 영리하게 구사하고 있다고 하겠다. 국문 장편소설의 자장 안에서 당대의 윤리 규범을 크게 이탈하지 않으면서도 허용 가능한 범위 내에서 성적 욕망을 실현할 수 있게 하는 장치로서 정혼자 간의 연

---

62 연애는 친밀성을 바탕으로 육체, 감정, 언어를 통한 의사소통을 이루어 가는 과정이기도 하다는 점에서 민주주의적 속성을 지닌다. 김종회 · 최혜실 편, 『문학으로 보는 성』, 김영사, 2001, 334~335면.

애라는 방법을 고안함으로써 새로운 남녀관계의 가능성을 제시하고 있기 때문이다. 선행 연구에서도 19세기의 장편소설들이 소설적 쾌락을 현실 규범과 조율하는 기법을 개발하고 있음이 논의된 바 있다.[63] 『하진양문록』 역시 그 대표적인 작품으로 거론되는데, 이 절에서는 '연애'라는 요소가 기법 면에서도 그러한 서사 장치로서의 역할을 성공적으로 수행해내고 있다고 평가하는 것이다.

특히 내외법의 구속을 받는 상층 남녀의 연애를 가능케 한 장치로서 남장이라는 복장 전환 화소를 주목할 필요가 있다. 다수의 국문 장편소설과 여성 영웅소설에서 남장은 여주인공의 사회적 역량 발휘와 남녀 결연의 계기를 만드는 장치로서 활용된다. 『하진양문록』은 이를 계승하면서도 남장 상태에서 주인공 남녀가 교우관계를 맺게 되는 내용을 연애 서사에 적극 활용함으로써 규범을 벗어나지 않으면서도 새로운 남녀관계의 형성이 가능하도록 했다. 하옥주의 남장으로 인해 혼전의 교류가 가능해졌으며, 종속적 남녀관계가 아닌 동등한 지기지우로서의 교감이 형성될 수 있었다.[64] 이처럼 남장은 이 소설의 주 향유층으로 추정되는 상층 여성들이 독서 행위를 통해서나마 엄격한 유교적 성 관습의 구속으로부터 일탈을 꿈꿀 수 있게 해 주는 장치로서 중요한 역할을 한다.

한편 남장 화소로 인해 동성 간에 사랑의 감정이 싹트는 상황이 빚어짐으로써 애정 서사에서의 감성적 자극이 극대화된다. 독자들이 이를

---

63 주형예, 「매체와 서사의 연관성으로 본 19세기 대중소설 시장의 성격」, 『고소설연구』 27, 한국고소설학회, 2009, 211면.

64 선행 연구에서도 복장 전환 화소, 특히 여성의 남장이 불가능한 남녀의 접촉을 가능하게 하며, 지적 교류를 통해 상호 평등을 전제로 한 이상적 남녀관계를 실현시키는 기능을 한다고 지적한 바 있다. 최어진, 「고전 장편소설의 복장 전환 화소 연구」, 서울대 석사논문, 2013, 74면; 최지녀, 「여성 영웅소설의 서사와 이념 연구」, 서울대 박사논문, 2015, 138면.

'동성애적 에로티즘'[65]으로 경험하면서 금기의 위반에서 오는 쾌감을 경험했을 수도 있다. 그러나 당대의 보수적 성 인식에 익숙했던 상층의 독자들에게 이러한 남장 화소는 동성애적 측면에서보다는 내외법에 근거한 제도 안에서는 불가능했던 이성 간 만남을 가능케 하면서도 자유로운 애정 표현을 허용케 하는 장치로서 더 보편적으로 인식되고 선호되었을 확률이 높다. 요컨대 대중적 인기를 끌었던 소설들에서 복장 전환 화소를 통해 동성애를 환기시키는 내용들이 빈번히 등장하는 것은 이러한 장치를 통해서나마 연애의 감성을 경험하고 싶었던 당대 향유층의 보편적 욕망이 반영된 것이라고 보이며,[66] 『하진양문록』 역시 이러한 서사 장치를 적극 활용하는 가운데 위에서 살핀 바와 같은 새로운 연애의 서사를 창조해 낼 수 있었던 것이다.

4. 맺음말

국문 장편소설은 유교적 성 윤리에 입각하여 보수적 남녀관계를 형상화하는 가운데도 부부간의 애정 문제를 중요하게 다루며 사랑이라는 감정에 대한 향유층의 관심을 수용해 왔다. 그중에서 『하진양문록』은 국문 장편소설의 전통적인 서사 방식을 계승하면서도 새로운 남녀관계의 가능성을 제시하는 작품으로서 주목된다. 그런 점에서 이 작품의 남녀관계

---

65 최어진, 앞의 글, 57면. 고은임 역시 동성애적 감성을 형상화한 장면에서 그려진 인물의 양성적 매력이 소설 향유자의 즐거움을 한층 더 끌어올린다고 보았다. 앞의 글, 117면.

66 이 경우 소수자의 입장이나 감정이 반영되었을 가능성을 부정하는 것이 아니라 이러한 서사가 다수에 의해 흥미소로서 인식된 데에는 보다 보편적인 욕망이 개입되었을 가능성을 강조하고자 하는 것이다.

를 '연애'의 관점에서 조명했다.

『하진양문록』은 주인공들의 혼전 교제와 은밀한 감정 교류 과정을 집중적으로 그린다. 여타의 작품들이 애정의 문제를 부부 사이의 당위로서 피상적으로 그린 것에 비해 이 작품은 혼전 남녀가 지속적인 만남 속에서 구체적 감정의 교류와 일상의 공유를 통해 사랑의 감정을 키워 가는 새로운 '관계'와 그 '과정'을 형상화하고 있다. 이는 전근대 시기의 중매혼으로 대표되는 전형적인 결연과는 다른 개념의 남녀관계를 제시하는 것이라는 점에서 의미가 있다. 이를 위해 남녀 간 연애의 '장면화'에 공을 들이는데 구체적인 시공간을 통해 애정이 생성·발전해 가는 과정을 장면화함으로써 이전에는 경험하지 못했던 '연애'라는 새로운 개념과 형식을 생생히 재현해 낸다. 또한 반복적인 신체적 접촉의 묘사를 통해 애정을 영육을 아우르는 것으로 인식하고 있다는 점도 중요하다.

이 작품 역시 국문 장편소설의 주 향유층인 상층의 윤리를 따르고 있기 때문에 애정 서사에 있어서도 국문 장편소설의 일반적 경향성에 부합하는 부분이 많다. 가문 구성원으로서의 정체성을 중시하는 주인공들, 예교의 부각, 천정연의 강조, 부부 중심의 애정 서사가 그것이다. 또한 성적 욕망의 표출을 바람직하게 여기지 않으며, 특히 여성의 성에 대해서 매우 보수적인 입장을 취한다. 『하진양문록』 역시 이와 같은 전통적 관례에 속박되어 있지만 다른 한편으로 남녀가 혼전에 교제를 통해 친밀함을 쌓아 가는 과정을 보여준다는 점은 전통적인 남녀관계에서는 낯선, 새로운 양식으로서의 연애라는 경험이 서사화되기 시작한 사례로서 주목받을 만하다. 또한 만남의 과정에서 개인의 자율성이 중시되며 사랑이라는 감정이 긍정적으로 부각되는 가운데 그에 수반되는 육체성을 인정함으로써 사랑을 관념의 영역으로부터 해방시키고 있다는 점도 『하진양문록』의 연애 서사가 보여주는 성취이다.

　이러한 면모는 18세기 말에서 19세기에 이르러 상층의 성 문화가 좀 더 개방화되는 쪽으로 변화해 간 것과도 관련이 있을 것이다. 특히 국문 장편소설과 관련해서는 남녀의 자유로운 결연을 다루는 명말 청초의 재자가인 소설이 주목된다. 그러나 『하진양문록』에서 중점적으로 부각하는 연애 '과정'의 묘사는 자유로운 만남을 그리는 청대의 재자가인 소설들에서도 찾아보기 힘든 것이다. 이는 남성 사인들의 욕망을 반영하던 재자가인 소설과는 달리 국문 장편소설의 주 향유층이었던 상층 여성들의 욕망이 반영되었기 때문으로 보인다. 혼인 이후의 당위적 애정이 아니라 혼전의 교감을 꿈꾸는 가운데 '자유'와 '지기'에 대한 열망을 드러내는 것은 성 차별적 가부장제 사회에서 남존여비의 관계를 거부하는 여성들의 소망과 관련될 것이다.

　마지막으로 이 작품이 대중적 독서물로서 통속적 서사 전략을 고민한 작품이라는 점도 짚어 볼 필요가 있다. 『하진양문록』은 당대의 윤리 규범을 크게 이탈하지 않으면서도 허용 가능한 범위 내에서 성적 욕망을 실현할 수 있게 하는 장치로서 정혼자 간의 연애라는 방법을 고안하고, 남장이라는 복장 전환 화소를 활용하여 엄격한 유교적 성 관습으로부의 일탈을 꿈꿀 수 있게 해 주었다. 이는 소설을 통해서나마 연애의 감성을 경험하고 싶었던 당대 향유층의 보편적 욕망을 실현시키는 서사 기법으로서 의미를 지닌다.

제10장

욕망 주체의 발견과 자기애의 미덕

1.『방한림전』다시 읽기

『방한림전』은 여성 영웅소설의 계보 안에서도 독특한 작품으로서 주목받아 왔다. 남장 여인의 성공을 통해 남녀 성차별적 제도에 대한 문제의식을 담아낸다는 점에서는 여성 영웅소설의 서사 문법을 공유하면서도 독자적인 차별성을 드러내기도 하기에 그동안 논쟁적인 구도 속에서 많은 연구 성과가 축적되었다. 그중 가장 특징적인 점이 동성 간 결혼이라는 파격적 설정이다. 동성 간 혼사를 서사화한 것은 소설사적으로 흔치 않은 사건이다. 남장 영웅이 등장하는 소설들에서 여성 간에 혼담이 오가는 경우가 존재하고,『부장양문록傅張兩門錄』처럼 여성 간 혼인이 그려진 바가 있기는 하다. 그러나 그 경우에도 남장 영웅의 정체가 밝혀진 후 두 여성이 함께 남주인공의 아내가 되는 것으로 귀결되는 데 비해[1]『방한

---

1 『부장양문록』에서는 주인공 장벽계가 남장을 한 채 윤선강과 정혼하게 되는데 둘 사이에만 비밀을 공유하며 자매처럼 지내다가 천자가 장벽계를 부마로 삼으려고 하자 늦혼을 피하기 위해 윤선강과 혼인한 사이라고 공표하여 정식 부부로서 행세하게 된다. 그

림전』은 끝까지 여성 간 부부관계를 유지한다는 점에서 차별화된다.

그런 점에서 동성 결혼을 중심으로 이 작품의 특징을 고찰한 연구들이 지속되었다. 우선 동성 결혼은 대중적 관심을 유인하기 위한 통속적 흥미소의 기능을 한다는 점이 주목되었다.[2] 그러나 동성 결혼의 의미와 방관주의 성격을 파악하는 데에서는 다양한 견해들이 공존한다. 먼저 동성 결혼이 남성과 여성의 성차별에 대한 문제의식을 담아내고 있으며 이 과정에서 여성적 문제의식이 강하게 표출된다는 입장이 있다.[3] 반대로 동성 결혼을 통해 방관주가 보여주는 모습이 가부장적 남성을 모방하고 있다는 점에서 결국은 중세 가부장제로 회귀했다는 비판적 시각도 존재한다.[4] 그러나 방관주의 성취에 대한 적절한 평가 없이 단지 그 '남성화'만을 비판하는 것이 역사적 관점에서 온당한 평가라고 하기 어렵다.[5] 이에

러나 끝까지 동성 결혼을 유지하는 『방한림전』과는 달리 장벽계가 여성임이 밝혀진 후 윤선강과 나란히 부계의 아내가 되는 것으로 처리하여 이성 간 혼인을 근간으로 하는 가부장제에 순응하는 쪽으로 문제적 관계를 정리하고 있다.

2 "이러한 설정이 여성 영웅소설의 서사적 기능을 확장하는 과정에서 만들어진 것이며 이는 대중의 취향을 반영한 통속적 흥미소로서 주목되어야 한다"는 언급이 이를 잘 정리해 준다. 조현우, 「『방한림전』에 나타난 '갈등'과 '우울'의 정체」, 『한국고전여성문학연구』 33, 한국고전여성문학회, 2016, 102~103면.

3 이 입장의 선두 주자로 동성 결혼이 여도(女道)에 대한 거부를 의미하며 이는 생물학적인 성에 의한 제도적 차별을 비판하는 페미니즘적 주장이라고 본 차옥덕을 들 수 있다. 이 외에도 다음의 연구들이 성차별에 반발하는 여성 의식을 주목하고 있다는 점에서 비슷한 견해를 보인다. 차옥덕, 「『방한림전』의 구조와 의미―페미니즘적 시각을 중심으로」, 『고소설연구』 4, 한국고소설학회, 1998; 양혜란, 「고소설에 나타난 조선조 후기 사회의 성차별 의식 고찰―『방한림전』을 중심으로」, 한국고전연구 4, 한국고전연구학회, 1998; 송호진, 「『방한림전』에 나타난 갈등 양상과 여성 의식」, 숙명여대 석사논문, 2004.

4 장시광, 「『방한림전』에 나타난 동성 결혼의 의미」, 『국문학연구』 6, 국문학회, 2001; 김하라, 「『방한림전』에 나타난 지기 관계의 변모」, 『관악어문연구』 27, 서울대 국어국문학과, 2002; 엄태웅, 「『방한림전』에 나타난 가부장의 부재와 재현의 양상」, 『우리어문연구』 39, 우리어문학회, 2011.

5 박혜숙, 「여성 영웅소설과 평등, 차이, 정체성의 문제」, 『민족문학사연구』 31, 민족문학

방관주의 남성적인 모습을 인정하면서도 그 의미 평가에서는 성 장치들을 통해 개인의 자아실현을 가로막고 있는 당대 사회에 의미 있는 도전을 한 것,[6] 당대 사회제도가 한계 지은 성 역할을 전복시킨 것이라는[7] 적극적 해석과 더불어 방관주가 금기 위반자로서의 양가성을 드러낸다고 파악한 절충론이 마련되었다.[8]

『방한림전』에 대한 상반된 평가가 주로 젠더 이분법적 관점에 입각하여 방관주의 정체성을 어떻게 파악하는가와 밀접한 관련을 가진다면 이와는 달리 방관주를 젠더 이분법에서 벗어나는 존재로 파악하고자 하는 논의들도 제출되었다. 우선 생물학적 성과 젠더 규범의 불일치를 경험하고 있는 여성 영웅 일반을 엄격한 젠더 이분법적 체계 내에서 불편함과 불만을 느끼는 존재들로 규정할 수 있다.[9] 그런데 그중에서도 방관주는 독특한 성 정체성을 지닌 존재로서 부각된다. 이에 남자와 여자라는 고정된 젠더 체계를 교란시키는 인물로서 동성애의 주체로 해석되기도 하고,[10] 내면적인 성과 외면적인 성이 다른 사람,[11] 성적 정체성의 혼란 때문에 고뇌하는 인물,[12] 젠더 일탈자[13] 등 명명의 방식은 다르지만 방관주를

사학회, 2006, 172면.

6   김정녀, 「『방한림전』의 두 여성이 선택한 삶과 작품의 지향」, 『비교어문연구』 21, 비교어문학회, 2006.

7   정병헌, 「『방한림전』의 비극성과 타자 인식」, 『고전문학과 교육』 17, 한국고전문학교육학회, 2009; 곽현희, 「『방한림전』에 나타난 위장된 삶과 가부장제 이데올로기의 활용」, 영남대 석사논문, 2014.

8   곽현희, 「여성 영웅소설에 나타난 금기와 위반─『방한림전』의 서사와 인물을 중심으로」, 『한민족어문학』 83, 한민족어문학회, 2019.

9   박혜숙, 「여성 영웅소설과 평등, 차이, 정체성의 문제」, 『민족문학사연구』 31, 민족문학사학회, 2006, 188면.

10   김경미, 「젠더 위반에 대한 조선 사회의 새로운 상상─『방한림전』」, 『한국고전연구』 17, 한국고전연구학회, 2008.

11   서신혜는 이와 같은 방관주의 정체성이 요즘의 용어로는 트렌스젠더라고 할 수 있다고

성적 소수자로 파악하고 그 관점에서 동성 결혼을 비롯한 작품 내용을 해석하려는 시도들이 축적되었다.

이러한 시도들에 의해 여성 영웅소설 일반을 통해 논의되었던 남녀 성차별적 문제에서 한발 더 나아가 이분법적 구도를 탈피하여 젠더 논의를 확장시킬 수 있었다는 점은 매우 고무적이다. 그러나 젠더 이원론에서 일탈한 존재를 어떤 시각으로 바라볼 것인가에 대해서는 여전히 고민해야 할 점들이 많다는 것이 이 글의 문제의식이다. 이 일탈자들을 관습화된 젠더 규범에 소속되지 못한 타자로 볼 것인가, 젠더 규범에 구속되지 않는 주체로 볼 것인가에 따라 그들의 행적과 작품의 성격이 매우 다르게 해석될 것이기 때문이다. 선행 연구에서는 대부분 전자의 관점에 입각하여 방관주를 지배적인 세계로부터 소외된 소수자로 파악하고 있다.[14] 때문에 방관주가 젠더 규범을 위반하면서 제도적 모순을 드러내는 진취적 성격을 지니고 있음에도 불구하고 그를 지배하는 것은 아픔이나 우울의 정서로 이해되고,[15] 그의 인생은 비극적 결말로 평가되곤 했다.[16]

정의했다. 서신혜, 「개인의 아픔으로 읽는 『방한림전』」, 『한국고전여성문학연구』 20, 한국고전여성문학회, 2010.

12 허순우, 「고전소설 『방한림전』의 교육적 함의」, 『영주어문』 29, 영주어문학회, 2015, 175면.

13 이는 섹스와 젠더가 일치한다고 가정하는 젠더 이원론의 체계에 포섭되지 않는 주체를 지칭하는 용어인데, 조현우는 방관주를 젠더 일탈자로 보고 이 작품에 나타난 젠더 규범 위반의 문제를 분석한 바 있다. 주디스 핼버스탬, 유강은 역, 『여성의 남성성』, 이매진, 2015, 50면; 조현우, 앞의 글.

14 서신혜의 논의가 대표적이다. 그는 방관주를 선천적 요인에 의해 아파하며 살았던 소수자일 뿐 사회에 대한 반항을 목적으로 산 사람이 아니라고 강조했다. 서신혜, 앞의 글, 288·291면.

15 김경미는 방관주의 젠더 위반을 "우울과 냉소, 고립된 생활"로 파악했고, 서신혜는 방관주가 소수자로서 개인의 아픔을 지니고 고통스러운 평생을 살았다고 평가했으며, 정병헌은 방관주를 주류에서 소외된 존재로 보고 위장 남성으로서의 숨김과 꾸밈이 비극

이 글에서도 역시 방관주가 섹스와 젠더의 불일치 상황에 놓여 있으며 젠더 이원론의 체계 안에서 어느 쪽으로도 규정되기 힘든 존재라고 본다. 그러나 그를 성적 소수자로서 아픔을 지닌 타자로 인식하는 시각에서는 벗어날 필요가 있다. 물론 성 소수자가 배타적인 편견으로 고충을 겪어 왔음은 부인할 수 없는 사실이므로 그들의 아픔을 공감하는 것은 중요한 일이다. 하지만 이들을 차별화된 존재로 바라보고 배려하는 시각조차도 이분법적 사고에 익숙한 결과일 수 있다. 위계적인 이항 대립에 근거한 이원론을 반성하고 경계의 비고정성을 의식하는 가운데[17] 젠더 변이를 병리화하지 않으면서 다양한 젠더를 인정하고자 하는[18] 최근의 흐름을 고려할 때 방관주에 대해서도 우울한 타자의 시선을 극복한 평가가 마련되어야 할 시점이다.

따라서 젠더 이분법의 일탈자로서 방관주의 주체적 성격과 행동, 성취들을 다시 살펴봄으로써 그의 진취적 위상을 복원시킬 필요가 있다.[19] 이 과정에서 주목하고자 하는 것이 욕망하는 주체로서의 모습이다. 욕망은 존재의 근원적 요소로서[20] 무엇을 욕망하는가가 그의 정체성과 깊이 관

성을 야기한다고 해석했다. 조현우의 경우 방관주 성격이 아니라 작품의 기조가 젠더 규범에 대한 회의에서 비롯되는 불안과 그러한 불안을 억누르는 우울의 정서를 담고 있다고 평가하긴 했지만 이를 '젠더 우울증'의 문제로 파악한다는 점에서는 비슷하다고 볼 수 있다. 김경미, 앞의 글, 214면; 서신혜, 앞의 글, 284면; 정병헌, 앞의 글, 375~376면; 조현우, 앞의 글, 125~126면.

16 김혜정, 「『방한림전』 연구-여성 영웅소설의 변모 양상과 '여-여 결연'의 소설적 전통을 중심으로」, 『동양고전연구』 20, 동양고전학회, 2004, 118면.

17 로지 브라이도티, 박미선 역, 『유목적 주체』, 여이연, 2004, 78면.

18 주디스 핼버스탬, 유강은 역, 앞의 책, 59면.

19 작품 속에서 영혜빙 역시 중요한 의미를 지니는 존재지만 그에 대해서는 대동소이한 평가가 주를 이루므로 이 장에서는 서사를 이끌어 가는 핵심 인물이면서 논쟁적 주인공인 방관주에 집중하여 논의를 전개할 것이다.

20 브라이도티는 "나는 생각한다. 고로 존재한다"가 아니라 "나는 욕망한다. 고로 존재한

련되기 때문이다. 또한 욕망을 실현하는 과정에서 발현되는 의지와 지향성 등이 독자적이고 주체적인 존재로서의 방관주를 확인할 수 있게 해줄 것이다. 이러한 과정을 통해 주체적 젠더 일탈자로서의 방관주를 재발견함으로써 "비규범적 주체들의 다양한 역사가 설 자리"[21]를 마련함과 동시에 그러한 젠더 일탈적 행위가 남성 권력의 체계와 충돌하면서 생성해 내는 의미를 평가해야 한다.

2. 욕망의 주체 방관주

인간 모두에게 욕망은 존재한다. 그러나 누구나 욕망의 주체가 되는 것은 아니다. 특히 성리학적 금욕주의를 표방했던 조선 후기 사회에서는 욕망을 숨기고 억압하는 것이 미덕으로 간주되었다. 그런데 방관주는 당당히 자신의 욕망을 드러내고 성취하기 위해 노력한 주체로 파악되므로 그 특징적 면모를 살펴보기로 한다.

1) 유람하는 여성, 자유의 욕망

방관주의 독자적 성격을 드러내는 요소로 우선 주목되는 것이 유람이다. 아름다운 풍물을 찾아 노닌다는 뜻의 유람은 여행과 마찬가지의 의미로 인식되었다. 산수 유람, 관북 유람 등의 표현처럼 자연을 대상으로 노닐거나 특정 지역을 찾아 경치와 문물을 접하기도 했다. 이와 같은 여

다'가 인간의 주체성을 설명하기 위해 더 정확한 표현이라고 주장한다. 로지 브라이도티, 박미선 역, 앞의 책, 46면.

21 주디스 핼버스탬, 유강은 역, 앞의 책, 94면.

행의 경험은 일상적인 생활 공간을 떠나 새로운 것들을 접함으로써 자유를 누리고 인식을 확장할 수 있는 기회를 제공한다.[22] 또한 여행자가 여행의 과정에서 스스로 선택하고 결정해야 하기 때문에 여행에는 주체성이 함축되어 있다. 그 점에서 방관주가 처음 시작한 대외 활동이 유람의 형태로 제시된다는 점은 주목할 만하다.

삼츈을 당ᄒ니 만화난만ᄒ고 경치 아름다움을 보고 심수 울울ᄒ야 스스로 심ᄉ를 위로코ᄌ ᄒ야 가ᄉ를 유모와 비복 등의게 맛기고 일필 청여를 슬고 동ᄌ 슈인으로 원근산쳔과 지방디히를 두루 노라 곳곳치 풍경이 졀승ᄒ야 ᄉ칠 보면 흉듕의 문듕이 이러나니 시흥이 도도ᄒ야 암상의 쓰고 제명ᄒ여 날이 져 문즉 암ᄌ의 유슉ᄒ고 이럿틋 주류ᄒ기를 오륙삭이라. 님의 삼하 다 진ᄒ고 금풍이 쇼슬 계츄 염간이라. 단풍은 슈곡의 불걷고 유지 만쳡ᄒ야 낙엽은 분분ᄒ며 ᄒ날 긔운이 쟁영혼지라. 쇼져 고향을 싱각ᄒ나 경기를 인연ᄒ야 부듕을 이젓던이 초동 염간이라 빅셜이 편편ᄒ미 상노 만쳡혼 곳의 홍미화 만발ᄒ야 향취 은은ᄒ고 삭풍이 나의을 움작이니 집 ᄯ나난 지 일년이라. 청여를 두루여 부듕의 이르니 시로이 셜어 부모 영연의 곡비홀시 각골지통을 마지 안터라.[23]

---

22 몽테뉴를 비롯한 서양의 사상가와 린위탕(林語堂)을 비롯한 동양의 사상가가 공히 여행을 자유 정신의 표현으로서 정의하고 있다. 이와 더불어 베이컨 등이 여행의 교육적 기능을 강조한 것처럼 여행을 통해 인간과 자아에 대한 성찰의 계기가 마련된다는 것 또한 보편적 인식이다. 이종하, 「여행에 관한 문화 철학적 시론」, 『철학연구』 112, 대한철학회, 2009.

23 인용 텍스트로는 나손본 『방한림전』을 바탕으로 교감을 거친 장시광의 교역본을 사용하되, 본문의 내용을 충실히 전달하기 위해 현대역 부분이 아닌 원문 부분을 제시하기로 한다. 장시광 교역, 『조선시대 동성혼 이야기 방한림전』, 한국학술정보, 2006, 97~99면.

방관주는 여덟 살에 부모를 여의고 삼년상을 마친 후 홀연 집을 떠난다.[24] 나귀 한 마리에 시동 몇 명을 거느린 채 유람 길에 오른 것이다. 봄에 떠나 산천과 바다를 찾아 사방을 주유한 후 눈이 날리고 매화가 피는 계절이 되어서야 돌아왔으니 무려 일 년 동안 여행을 한 셈이다. 인용문을 통해 승경지에서 흥취에 젖어 시를 읊으며 시공간을 온전히 자기의 것으로 전유하는 방관주의 모습을 확인할 수 있다.

소설 속에서 주인공의 유람 경험을 서사화하는 경우들은 종종 있다. 주로 장편소설 속 남성 주동인물들이 타지방에서의 임무를 마친 후 주변을 유람하는 형태로 제시되는데 이는 행방이 묘연했던 여성 인물들과의 재회를 위한 서사적 계기로서도 활용된다. 그러나 소설 문맥 속에서 주인공들이 마냥 유람을 즐길 수 있는 처지는 아니다. 가문소설 속 대가족 제도하의 젊은 세대들은 오래 혼정신성昏定晨省을 폐할 수 없다는 이유로 짧은 여행을 허락받을 뿐이며, 영웅소설에서는 부모의 부재로 세상에 홀로 서게 된 주인공들이 생존을 위한 도피, 복수, 수학 등의 이유로 길을 떠나고 세상을 주유하지만 방관주처럼 여행을 즐기는 경우는 없다. 따라서 방관주가 독자적으로 유람에 나서 자유를 만끽하는 점은 다른 영웅들과 방관주를 차별화하는 주목할 만한 자질임이 분명하다.

조선시대에 유람은 선비의 문화로 인식되었다. 성리학적 기반을 가지고 있던 사대부들은 유람을 통해 격물치지格物致知의 배움을 얻는 동시에

---

24 김하라는 이를 부모의 허락 없이는 여행을 떠날 수 없었던 여성의 현실을 반영하는 것이라고 보았다. 김하라, 앞의 글, 228면. 엄격하게 내외법의 규제를 받았던 당대의 여성 현실을 감안하면 타당한 지적이지만 작품 속에서 그려지는 방관주의 기질로 미루어 부모의 존재 유무가 유람의 필수 요건은 아니었으리라고 짐작된다. 이에 자신의 욕망에 따라 인생을 설계하기 위한 첫 발걸음으로서 중요한 상징적 의미를 지닌다는 점에 강조점을 두고자 한다.

일상 속의 긴장을 풀고 경직된 심신을 풀고자 했다.[25] 그러나 김종직이 『유두류록遊頭流錄』에서 겨우 닷새간의 지리산 유람을 괄목상대할 성장의 중요 계기로 언급한 것처럼[26] 유람의 주체인 사대부들조차 장기간 여행의 말미를 얻는 것은 쉽지 않은 일이었으며, 따라서 짧은 여행이라도 매우 소중한 경험으로 받아들였다.

이러한 정황들을 고려할 때 나이 어린 여성인 방관주가 장기간 자유롭게 여행을 즐기고 있다는 사실은 중요한 의미를 내포한다. 내외법에 의해 남녀의 역할을 구분하며 공간적 구도에서조차 성별 구획을 나누고 여성의 활동 공간을 집안에서도 가장 깊숙한 안채로 한정했던 조선 후기 사회에서 여성들에게 여행의 기회가 주어지는 경우는 매우 드물었다. 사대부 남성의 경우 위에서 언급한 제약 속에서나마 유람의 기회를 얻을 수 있었고 지방관으로 파견되는 경우 더 멀리 장기간의 여행을 할 수도 있었지만 여성들의 경우 신분의 고하를 막론하고 이런 기회를 갖기 어려웠다. 18세기 후반이 되어서야 드물게나마 사대부 가문 여성들의 여행 기록이 나타나는데,[27] 이들도 대부분 남편이나 자식의 부임지에 동행한 경우이거나[28] 친정을 방문하는 여정을 그린 것이다.[29] 따라서 당대 여성들에게 유람이란 화전놀이의 형태로 허용되는 반나절의 외출 정도가 고

25 김기주, 「선비들이 유람을 떠난 까닭-유학과 유람」, 『남명학연구』 46, 남명학연구소, 2015.
26 김기주, 위의 글, 144~145면.
27 정선희, 「삼대록계 국문 장편 고전소설 속 여성들의 길 떠나는 양상과 그 의미」, 『한국고전여성문학연구』 34, 한국고전여성문학회, 2017, 105면.
28 김수경, 「'여행'에 대한 여성적 글쓰기 방식의 탐색-여성 기행가사의 형상화 방식과 그 의미」, 『한국고전여성문학연구』 17, 한국고전여성문학회, 2008, 50면.
29 최은숙, 「친정 방문 관련 여성 가사에 나타난 유람의 양상과 의미」, 『동방학』 36, 한서대 동양고전연구소, 2017.

작인 경우가 많았다.

그런데 방관주는 목적지와 기한을 정하지 않은 채 유람을 즐기며 자유를 누린다. 이러한 자유의 구가에는 일상의 구속뿐 아니라 당대의 규범이나 인식에 구애되지 않는 대범함이 전제되어 있다. 남녀 고하를 불문하고 유희의 자유를 온전히 누리기 어려웠던 시기에 방관주는 과감히 관습의 틀을 넘어서고 있기 때문이다.[30] 이는 자유를 욕망하는 방관주의 기질을 보여준다. 방관주는 어려서부터 자신이 하고 싶지 않은 것을 거부하고 원하는 바를 추구함으로써 이러한 기질을 내비친 바 있는데 유람은 자유의 욕망을 가장 잘 드러내며 충족시켜 주는 상징적 행위로서 의미를 지닌다.[31]

한편 방관주는 유람 중에 흥취에 젖어 시를 짓고 제명題名하여 바위에 남기곤 한다. 이러한 행위는 당대 사대부들의 고상한 풍류로 인식되는 가운데 문재文才를 과시하는 역할을 했다. 방관주가 어린 나이에 이러한 행위를 즐긴다는 것은 그의 성격을 드러내는 중요한 지표로서 주목할 만하다. 그 속에 자신의 능력에 대한 자신감과 이를 세상에 드러내고자 하는 욕망이 담겨 있기 때문이다. 이처럼 일 년 동안의 유람 장면은 대의명분이나 윤리적 제약에 구속되지 않고 호연지기를 뽐내며 자신의 길을 개척해 간 방관주의 기질을 집약적으로 담아내고 있다. 여행을 통해 거대

---

30 여행이 기존 사회가 규정하는 규격화되고 획일화된 삶의 방식을 일시적으로 거부한다는 점에서 '사회 저항적 행위'로서의 성격을 지닌다는 철학적 논의들이 있다. 이종하, 앞의 글, 257면.

31 그런데 방관주는 시비가 아닌 시동들을 거느리고 길을 떠난다. 엄격한 젠더 규범 속에서 여주인공이 남장을 하고 길을 나서는 경우에도 여종과 동행하는 것이 일반적인데 방관주는 그러한 자의식으로부터 자유롭다. 이는 단순히 대범함만으로 치부될 성질은 아니다. 방관주가 어려서부터 이분법적 젠더 체계로는 규정되지 않는 인물이었기에 그 구속력으로부터도 자유로울 수 있었던 것이라고 본다.

한 세계 속에서 진정한 자아를 발견할 기회가 마련된다는 점에서 이 작품이 방관주를 유람하는 주체로서 형상화한 것은 의미심장하다.

이러한 유람 장면을 통해 방관주가 앞으로 세상을 어떻게 바라보고 대처해 나가게 될지에 대한 암시를 받을 수 있다. 고아이자 남장 여인으로 세상을 대면하는 방관주에게 고독감과 두려움이 존재하지 않을 수는 없을 것이다. 작품 속에서도 방관주의 이러한 내면이 드러나는 경우늘이 존재한다. 그러나 그것은 방관주의 일면일 뿐이다. 그에게는 우울의 조건을 극복하고 당당하게 세상을 마주 보는 진취적 모습이 공존하고 있으며, 작품 속에서 방관주가 보여주는 성취들은 이러한 진취성이 우울의 정서를 극복한 결과물들이기 때문이다. 유람을 통해 방관주가 경험한 세상은 두렵지만 도전해 볼 만한 곳이었을 것이다. 따라서 방관주는 자신의 능력을 시험하며 확장시켜 나가는 도전들을 지속한다. 그의 첫 사회 경험으로서의 유람은 바로 이러한 과정의 단초를 마련하는 시도로서 주목할 만하다.

2) 취향의 존중과 성공 욕망

이 작품의 핵심 갈등은 인물이나 사건과 결부된 것이 아니라 젠더 규범에 대한 방관주의 도전이라는 형태로 제시된다. 방관주가 젠더 규범과 마찰을 빚을 수밖에 없는 것은 일차적으로 그의 성 정체성이 이분법적 젠더 규범에 부합하지 않기 때문이다. 그러므로 방관주가 어떤 태도를 취하며 선택하고 행동하는가는 젠더 일탈적 존재의 세계 대응 방식이라는 점에서 일반 여성 영웅에 비해 더 주목된다.[32] 작품은 무성애적 결혼[33]이라는 장치를 동원하여 동성 결혼의 위험성을 무마하고자 하지만 기실 전통적 질서를 위협하는 요소는 바로 방관주의 기질과 행위 자체에 내재되어 있다고 보인다.

우선 남장의 과정부터 문제적이다. 음양을 바꾸는 행위의 심각성에도 불구하고 방관주에게는 이것이 너무도 자연스러운 선택의 결과로 설정되어 있다. 어려서부터 활달한 기질로 소탈하고 검소한 복장을 선호했고 부모가 그 뜻을 받아 준 것이다. 여공을 거부하고 시서詩書 익히기에 힘쓰는 과정도 비슷하다. 3~4세의 방관주가 성차별적 젠더 규범에 대한 문제의식으로 이러한 선택을 했다기보다는 타고난 기질에 따라 자신이 하고 싶은 것을 선택했을 가능성이 높다.[34] 방관주의 부모가 딸의 취향을 존중함으로써 시작된 탈규범적인 삶은 부모의 사후에 더욱 공고화된다.[35] 유람을 통해서도 확인했듯이 방관주는 자신의 취향을 중시하며 이를 실천으로 옮기는 인물이다. 유일한 조언자인 유모의 걱정은 계급적

---

32 이 경우 이분법적 젠더 체계의 일탈자 스스로 불안정성의 지위에 있게 됨은 물론 사회적 측면에서도 이들이 규범에 의해 포섭되지 않기 때문에 사회의 안정성을 저해하는 위험 요소로 인식된다.

33 조현우는 방관주의 성적 특성으로 인해 주인공들의 관계가 동성애로 이해될 수 있는 위험성을 차단하는 장치로서 무성애적 결혼이라는 기이한 결합이 탄생하게 되었다고 보았다. 조현우, 앞의 글, 117면.

34 이를 이분법적 젠더 규범에 입각해 인식한 것은 관습적 사고 때문이다. 방관주는 그저 소탈한 복장을 원했을 뿐인데 그것이 남복으로 받아들여지는 것은 이원적 젠더 이외의 것을 상상할 수 없게 하는 고정된 인식 체계가 영향력을 미친 사례라고 할 수 있다. 김경미는 이에 대해 "작가가 남자 옷을 입으려 하는 방관주를 설명할 언어를 찾지 못한 것으로 보인다"고 해석했다. 김경미, 앞의 글, 195면. 그런데 서사 문면을 보면 방관주는 소탈하고 검소한 옷을 입으려 한 것뿐인데 그것이 남자 옷이라고 생각하여 입힌 것은 부모이다. 이로 미루어 젠더 이분법에 익숙한 부모가 그 범주를 이탈하는 방관주를 이해하지 못한 채 이분법적 구도 안에서 수용하고 있는 것이라고 보는 것이 더 정확할 듯하다.

35 방관주의 부모가 당대 규범에 입각하여 자식을 억압하지 않고 그 의사를 존중했다는 점은 평가받을 만하다. 이에 방관주 부모를 남녀를 구분 짓지 않고 적성과 자질에 맞는 교육을 시킨 "의식이 깨어 있는 인물들"이라고 보기도 했다. 차옥덕, 앞의 글, 123면; 송호진, 앞의 글, 2004, 57면; 박길희, 「『방한림전』에 나타난 동성 결혼과 지기 그리고 입양에 담긴 의미와 그 위험성」, 『배달말』 61, 배달말학회, 2017, 264면.

우위에 있는 방관주에게 별 구속력을 발휘하지 못하며, 오히려 규범의 환기에도 불구하고 계속 자신의 취향과 결정을 고수하고자 하는 방관주의 의지를 확인시키는 역할을 한다.

봉건적 전근대 사회에서 이처럼 개인의 취향이 긍정되고 있다는 점은 눈여겨볼 만하다. 취향의 존중은 욕망의 긍정과 연관된다. 존재의 내면을 중시하고 긍정하는 것은 인간 존엄성의 기본 요건으로서 주체적 삶의 기틀이 된다. 이에 방관주가 타고난 기질과 취향에 따라 자유롭게 삶의 방향을 결정하는 모습은 규범을 거부하는 것 이상의 의미를 지니는 것으로 평가될 필요가 있다. 방관주가 선택한 길은 공부를 통한 능력 발휘이다. 방관주는 타고난 문재를 바탕으로 일찍이 시경과 서경 등을 통달한 이래 병서까지 섭렵하면서 자신의 역량을 세상에 과시하고 인정받고 싶어 한다. 과거가 열리자 주저 없이 참여하는 모습에서 그동안의 노력이 자족적 행위가 아니라 출사ﬁ仕를 염두에 두고 실력을 키운 것임을 확인할 수 있다. 방관주의 사회적 욕망이 정치권에서의 성공임이 드러나는 것이다.

과거장 주위를 둘러보고 나라에 인재가 없음을 탄식하는 방관주의 모습[36] 속에는 자신만이 역량을 갖춘 인재라는 자신감이 충만하다. 과거를 통해 입신양명의 욕망을 드러낸 이후 방관주의 선택들은 지속적으로 이 목표를 향해 작동한다. 혼인도 이 문제와 연동된다.

임의 남자로 힝셰ᄒ야 죵신코ᄌ ᄒ민 쳐ᄌ을 두지 아니면 방인이 의혹ᄒ리니 차라리 아름다온 슉여을 으더 평싱지긔 잇스미 맛당ᄒ나 ᄎ마 사람을 속여 인윤을 희지으미 어렵고 ᄯᅩᆫ 불효우인을 만나면 ᄌ가 본ᄉ을 누셜홀가 쳔ᄉ

---

36 "공ᄌ 일당을 실쇼ᄒ고 일변 탄왈 아국의 가히 인ᄌ 희쇼ᄒ야 긔광이 엿ᄎᄒ니 ᄎ셕ᄒ도다." 장시광 교역, 『조선시대 동성혼 이야기 방한림전』, 한국학술정보, 2006, 7면.

만상ᄒ나[37]

방관주가 종신토록 남자 행세를 하기로 마음먹은 것은 타고난 기질과 사회적 욕망에 따른 결정이었다. 이에 장애가 되는 혼인을 앞두고 고민을 할 수밖에 없다. 그러나 방관주는 자신의 정체를 밝히는 것은 고려하지 않은 채 동성 간 혼인을 염두에 두고 그 부작용을 우려할 뿐이다. 결국은 동성 결혼을 감행함으로써 기질과 욕망이 우선하는 결정을 내리고 있다. 다행히 영혜빙과 같은 지기知己를 얻고 이후에 북방 오랑캐 정벌에 자원하여 장수로서의 역량까지 발휘함으로써 성공 욕망을 실현할 수 있게 된다. 이와 같은 방관주의 욕망이 그가 남긴 시 속에 직접적으로 표출되어 있다.

츄풍이 쇼쇼ᄒ여	가을 바람이 쇼실ᄒ미여
츠아여심이라	이 ᄂ의 마ᄋᆷ과 갓도다
긔유지음ᄒ여	긔특이 디음이 니시미여
미우가련이라	아름돕고 가히 어엿부도다
ᄌ투침ᄉ혀여	스스로 바ᄂᆯ과 실을 더지미여
신비졀ᄑᆡ로다	몸이 ᄂ라 님군의게 졀ᄒ도다
싱싱유원임ᄒ여	스라잇스미 원을 이르미여
ᄉ후셩명유라	죽은 후의 셩명이 머물이로다[38]

방관주가 형주 안찰사로 부임했을 때 경치 구경을 나갔다가 시흥에 겨워 바위에 위와 같은 시를 쓰고 그 아래 "한림학사 예부시랑 태학사 현명

---

37   위의 책, 12~13면.
38   위의 책, 28~29면.

선생 방관주"라는 제명을 남긴다. 어려운 환경에도 불구하고 지음知音을 얻고 임금의 총애를 받으니 살아서 소원을 이루었고 죽은 후에는 이름을 남길 것이라는 내용이다. 재능을 발휘하여 세상에 이름을 남기고자 하는 욕망이 잘 드러난다. 바위에 시를 남김으로써 문재를 뽐내는 행위 자체가 과시욕과 관련될 터인데 시 아래 이름을 남기면서 구체적 관직명과 임금이 내린 별호까지 장황스레 노출시킴으로써 자신의 존재를 맘껏 드러내고 있다. 방관주의 이러한 욕망을 가문 의식에 종속시키는 것은 부적절해 보인다.[39] 부모와 가문의 영광을 빛내는 것은 그 자체가 목표이기보다 자기 욕망을 실현한 결과물로서 주어진 것이라고 보는 것이 옳을 듯하다.

낙성을 입양하여 명실상부한 가족의 형태를 갖추는 것도 욕망 성취의 한 과정으로서 이해 가능하다. 방관주는 젠더 일탈자임에도 불구하고 가정적으로나 사회적으로나 성공적 인생을 이루고자 한다. 따라서 가부장제 가족의 모방이라고 비판하기 이전에 이성애를 근간으로 하는 가부장적 가족제도 이외의 형태를 상정할 수 없었던 상황에서 방관주가 동성결혼을 감행하고 입양을 통해 새로운 가족의 모습을 이루어 가는 과정과 그 내적 동기에 주목할 필요가 있다. 모방을 통한 욕망의 추구와 그것이 유발하는 사회적 의미가 적극적으로 평가되어야 할 것이다. 이에 대해서는 다음 항에서 다시 다루기로 한다.

이상으로 방관주가 자신의 기질과 취향을 중심에 두고 사회적 성공 욕망을 추구했음을 살펴보았다. 그의 성공 욕망을 남성 선망으로 치부하고 그를 명예 남성으로 취급하는 것은 부당하다. 재능을 발휘하여 사회적으

---

39 엄태웅은 이 작품의 핵심 주제 및 방관주의 행위 동기를 '방씨 가문의 번영과 영속'이라고 파악했으며, 박길희 역시 부모의 뜻에 따라 입신양명하여 후사를 빛내겠다는 것이 방관주의 행동 동기라고 보았다. 엄태웅, 앞의 글, 103면; 박길희, 앞의 글, 253면.

로 성공하고자 하는 욕구가 남성의 전유물은 아니기 때문이다. 젠더 일탈자로서 방관주가 자신의 기질과 욕망에 충실한 것은 존재 그대로를 인정하고 긍정하는 행위라는 점에서 적극적으로 평가되어야 할 것이다. 방관주의 욕망 성취 과정은 젠더 일탈자를 포함한 그 누구라도 일상적 행복을 영위할 수 있다는 사실을 어떤 웅변보다 명징하게 재현해 내고 있다.

3) 자유 의지와 자기애의 발현

자신의 기질과 욕망에 따라 움직이는 방관주에게서 발견되는 또 다른 특징으로 자유 의지와 자기애를 들 수 있다. 방관주는 주체적 선택을 통해 여타의 여성 영웅들과 차별화되는 독자적 삶의 궤적을 보여준다. 그의 사회적 활약상도 개인적 기질과 욕망에 기반하는 것이기 때문에 방관주에게는 공동체적 영웅으로서의 모습이 약화되어 있다. 이에 공동체적 가치를 수호하는 인물에게 부여되는 초월적 조력 등이 발견되지 않는다. 방관주는 어린 나이에 부모를 잃고 오직 혼자 힘으로 세상을 개척해 나간다. 그에게는 모든 것이 자신의 선택과 노력에 의한 자유 의지의 결과인 것이다.

홀로 세상에 남겨진 영웅소설의 주인공들에게 독자성이나 주체성은 어느 정도 공통적 자질이기도 하다. 그러나 구체적 국면을 살펴보면 다양한 편차가 존재한다. 그들의 행동 이면에는 불가피한 선택을 강요하는 환경적 요건,[40] 권위자의 명령이나 권유[41] 등 외부의 힘이 작동하는 경우

---

40 여성 영웅소설의 경우 정수정이나 장애황처럼 보호자가 사라진 환경 조건으로 인해 신변 보호를 위해 남장의 선택을 하는 것이 대표적이다. 또한 정체가 탄로 난 여성 영웅에게 강요되는 혼인의 압박도 이러한 예에 포함된다. 남성 영웅들의 경우 적대자의 위해로 몸을 숨기고 도피해야 하는 상황을 들 수 있다.

가 의외로 많기 때문이다. 이 점에서 방관주는 중요한 국면마다 자유 의지에 의해 선택하고 행동하는 주체로서 차별화된다. 앞서 살펴본 출사나 혼인 문제 외에도 인생의 중요 계기들이 모두 방관주의 자유 의지에 의해 선택된다.[42] 죽음을 앞둔 방관주가 문병을 온 황제에게 정체를 밝히는 과정 역시 자유 의지로 해석된다.

대부분의 여성 영웅소설에서 정체 탄로의 과정은 외부적 압박에 의해 마지못해 진행되곤 한다. 정체가 탄로 남과 동시에 성취한 모든 것을 잃고 여성의 삶을 받아들여야 하기에 자진해서 고백하기 어렵다. 따라서 정체가 탄로 난 후 다수의 여성 영웅이 거부 반응을 일으키는데, 그 결과가 단적으로 표출된 것이 정수정이나 홍계월처럼 혼인 후 가부장적 가족 질서와 충돌하는 경우이다. 이들에게는 정체 탄로가 자신의 의지를 넘어서는 불가항력으로서 갈등을 일으키는 요소가 되는 것이다. 그런데 방관주는 자발적으로 정체를 밝힌다. 죽음을 앞둔 고백이라는 점에서 속죄의 의미를 지니기도 하지만 그것마저도 스스로 선택한 행위라는 점이 중요하다. 그리고 그러한 행위를 통해 그의 젠더 일탈적 면모가 세상에 공표되고 더 큰 명성을 얻게 되는 아이러니가 발생한다. 이처럼 방관주는 평생 자신이 개척했던 운명을 마감하는 시점에까지 시종일관 자기 인생의 주권자로서 행동하고 있다. 이로 인해 작품 전면에서 그의 자율적이고 주체적인 면모가 부각된다. 이분법적인 젠더 체계에서 성별 관계는 지배 관계를 의미하며 남성이 주체화되는 반면 여성은 타자화된다. 이에 자유 의지 역시 주체

---

41 천명에 따른 스승의 출전 명령이나 여성 영웅에게 황제가 사혼의 형태로 혼인을 권하는 경우 등을 들 수 있다.

42 작품 속에서 탄생과 죽음 외에 방관주의 자유의지와 무관하게 진행된 일은 없다고 해도 과언이 아니다. 하늘이 보내준 것으로 설정되어 있는 낙성의 입양도 실제적으로는 방관주의 선택일 뿐이다.

로서의 남성이 지니는 배타적 권리로서 인식되어 왔다.[43] 그 점에서 방관주가 운명이나 당위에 의해서 임무를 수행하는 인물이 아니라 자유 의지를 행사하는 주체로서 형상화된다는 점은 중요한 의미를 지닌다.

그런데 자유 의지에 따른 주체적 선택의 이면에는 자기중심적 태도와 자기 확신이 동전의 양면처럼 공존하게 마련이다. 방관주는 호기와 과시욕이 강한 인물이다. 자신의 능력에 대한 믿음을 바탕으로 자기실현을 위해 꾸준히 노력한 만큼 그 결과를 과시하는 데도 주저함이 없다. 자신이 이룬 성취를 한껏 향유하며 호기를 드러내는 경우가 많기에 가부장으로서의 남성 우월적 행태를 보인다는 오해를 받기도 한다. 그러나 문맥을 고려해 보면 권위주의적 횡포라기보다는 자신이 이룬 성취를 자랑하며 유아기적 솔직함을 드러내는 쪽에 가깝다.[44] 이와 같은 방관주의 특성을 잘 보여주는 장면이 황제에게 금자金字 병풍을 써 주고 상을 받는 대목이다. 황제가 방관주의 문필을 사랑하여 글을 짓게 한 후 그것을 금자 병풍으로 만들어 침전에 두고 상으로 통천칠보관通天七寶冠을 비롯한 물품을 사급한다. 통천칠보관은 황제가 쓰는 관으로서 방관주에게 황제에 버금가는 권위를 부여한다는 상징적 의미를 지니는데, 방관주는 집에 돌아와 통천관을 머리에 쓰고 즐거워한다. 외람됨을 꺼리고 조심하는 태도가 아니라 마음껏 영광을 누리는 모습을 보이는 것이다.

이처럼 방관주는 사회적 인정 욕망이 강한 인물로 그려지는데 그러한

---

43 이혜숙, 「젠더 정체성과 페미니즘」, 『젠더를 말한다』, 박이정, 2003, 102면.

44 이는 해당 장면으로 제시되는 영혜빙과의 대화가 냉소이기보다 희롱인 점을 통해서도 확인할 수 있다. 김경미와 김정녀 역시 작품의 전체적인 분위기와 문맥 등을 고려할 때 갈등이 부각되지 않고 웃음으로 넘기는 가운데 두 사람 사이의 관계가 화평한 것으로 그려진다는 점에서 자구에 의한 해석에 매몰되는 것을 지양해야 한다고 지적한 바 있다. 김경미, 앞의 글, 200면; 김정녀, 앞의 글, 242면.

성향에는 양가적 측면이 있다. 강한 의지와 성취욕 이면에 과도한 자기중심적 성향이 자리 잡고 있기 때문이다. 그러나 그 양면성에도 불구하고 방관주의 자신감과 그에 근거한 자기애를 중요하게 평가할 필요가 있다. 고전소설에서 자기를 사랑하는 주체로서의 주인공이 전면에 부각되는 경우는 흔치 않다.[45] 특히 방관주처럼 젠더 체계를 일탈한 존재가 불안감에 위축되지 않고 확신과 자신감으로 자기애에 기반한 행위를 수행하고 있다는 사실은 시사하는 바가 크다. 자기 연민과 소외로 대표되는 타자화의 관습을 거부하고 스스로를 사랑하고 긍정하는 진취적 주체임을 증명함으로써 인식의 전환을 촉구하기 때문이다.

3. 운명론의 역설

선행 연구에서 주목했던 것처럼 방관주에게는 존재 위장에 따른 불안과 우울이 있다. 이에 자신의 처지가 위태로워지거나 단명이 예고되었을 때 눈물을 흘리며 신세를 한탄하기도 한다.[46] 그러나 부분적으로 슬픔의 정서가 존재함에도 불구하고 작품 전체적으로 볼 때 방관주에게는 불안감보다는 자신감이 우세한 것으로 파악된다. 이에 따라 작품의 분위기도 우연과 행운을 기반으로 한 낙관주의가 지배적이다. 가장 큰 난관인 혼인이 영혜빙을 만남으로써 해결되었으며 자잘한 현실적 문제들도 운 좋

---

45 특히 공동체의 가치와 윤리성을 중시하는 소설 유형에서는 희생과 헌신이 주인공의 미덕으로서 강조되는 경향이 짙다.

46 이 작품은 여타의 여성 영웅소설에 비해 내면이나 대화 등 비서사적 장면들을 길게 서술하며 서정성을 강화한 것으로 평가되는데, 이러한 작품 성격으로 인해 주인공의 내면이 좀 더 섬세하게 포착된다. 김혜정, 앞의 글, 120~125면.

게 넘어간다. 예를 들어 성인이 되어도 수염이 나지 않지만 오히려 아름답고 깨끗하다는 칭찬을 받고, 늘 안채에 머물며 손님을 꺼리는 태도는 고요하고 단정한 성격으로 이해된다. 남성성의 결여로 치부되어 약점이 될 만한 요소들이 오히려 방관주를 더 특별하게 만드는 긍정적 자질로 평가되는 것이다.

방관주의 능력이 단점마저도 장점으로 보이도록 만든 것인데, 이는 결국 지배적 인식이 유동적일 수 있음을 암시한다. 이는 절대적으로 인식되는 세계 질서가 주관적이고 자의적인 것일 수도 있다는 가능성을 제기한다. 절대성에 대한 이와 같은 회의는 현세의 삶을 주관하는 것으로 설정된 천상의 질서, 즉 운명론에 의해 더욱 강하게 촉진된다. 방관주는 천상에서는 남자였는데 지상에서는 여자로 태어난다. 이는 젠더 위반에 대해 운명론을 빌려 변명거리를 만든 것이다. 이러한 서사 장치가 파격적 내용을 대중적 독서물로서 수용 가능하게 해 주지만[47] 역설적으로 이와 같은 운명론이 현세 질서의 허구성을 드러내는 역할을 하게 된다. 천상의 남자가 지상에서는 여자로 태어날 수 있다는 사실은 남녀 존재의 절대성을 흔들면서 성차별적 인식 체계를 교란시킨다. 남성과 여성의 존재 근원이 유동적·자의적인 것으로 밝혀짐으로써 성별이 우연에 기반한 것일 가능성이 확인되기 때문이다. 이는 성별에 따른 위계와 차별도 필연적인 것이 아니라 역사적이고 인위적인 산물일 뿐이라는 인식으로 확장

---

47   이에 대해 김경미는 이러한 설정을 대중적, 통속적인 것이라고 보는 것에 반대하여 동성 결혼도 천정에 의한 것이라고 한 설정이 오히려 동성 결혼, 동성애가 놓일 자리를 만들어 준 것이라는 견해를 피력하기도 했다. 김경미, 앞의 글, 207면. 이 책은 동성 결혼을 천상 운명에 의한 것으로 설정한 것이 대중적 독서물로서의 방어 기제로 작용한 점은 인정해야 한다는 입장이다. 단 이러한 구도가 작가의 의도 여부와는 무관하게 존재론적 의문을 촉발할 수 있다는 점은 적극적으로 해석될 필요가 있다고 본다.

될 수 있다. 젠더 규범의 위반이 야기할 수 있는 파급력을 축소하고자 의도한 설정이 오히려 이분법적 젠더 규범의 근간을 와해시키는 운명론의 역설이 발생하게 되는 것이다.

이러한 회의는 궁극적으로 섹스와 젠더를 기계적으로 일치시키고자 하는 젠더 이분법적 사고에도 영향을 미친다. 방관주의 본질을 어떻게 파악할 것인가? 천상 존재로서의 남성성을 우위에 둘 것인가, 아니면 지상 육체에 근거하여 여성이라고 규정할 것인가? 방관주는 어느 쪽으로도 쉽게 귀속시키기 어려운 존재이다. 그를 어느 한쪽으로 규정하는 것은 그의 본질을 왜곡하는 것이다.[48] 이 경우 고착된 성이 아니라 실존적으로 체현된 개인의 정체성에 주목하여 유동적 관점에서 다양한 성차를 인정하는 인식의 전환이 필요할 것이다.[49] 요컨대 방관주의 생물학적 성별이나 그에 따른 젠더 규범 이전에 방관주 스스로가 자신을 어떻게 인식하고 어떤 삶을 살기 원했는가가 더 중요하게 다루어져야 하는 것이다.

이와 관련하여 방관주의 장례식 장면이 주목된다. 황제는 방관주가 여성임을 확인하고 나서도 그가 이룬 성취를 존중하여 벼슬을 거두지 않고 그의 장례식을 국례에 준하여 남장으로 치르도록 하는데, 선행 연구에서는 이에 대해 상반된 해석을 내놓았다. 여성의 영웅성을 은폐시키고자

---

48 그러나 이 때문에 방관주가 여성주의적 관점에서 멀어지는 것은 아니라고 본다. "개인의 정체성은 육체적인 것으로 체현된 기억들로 구성되며, 변화하지 않는 의미에서의 코기토의 선험성을 의미하는 것이 아니라 후험적으로 재구성되는 것"이라는 점을 기억하면 방관주는 더욱 새롭고 포괄적인 관점에서 여성주의적 문제들을 제기하는 주인공이라고 할 수 있기 때문이다. 김은주, 「육체와 주체화의 문제─브라이도티의 페미니즘적 주체의 모색」, 『여/성이론』 20, 여이연, 2009, 40~41면.

49 로지 브라이도티는 새로운 유목적 페미니즘 주체를 강조하면서 계급, 인종, 나이, 삶의 스타일, 성적 선호 등 복수적인 차이들을 고려하여 사회적으로 코드화된 사유 방식과 행동 방식에 고착되기를 거부하고 비판할 필요가 있다고 역설했다. 로지 브라이도티, 박미선 역, 앞의 책, 13·72면.

하는 남녀 성차별적 의식을 드러내는 것이라는 주장과[50] 남자보다 더 나은 여성의 능력과 그 과정을 추인하는 것이라는 주장이다.[51] 해석의 결과는 상반되지만 여성주의적 시각에서 의미를 파악하고자 하면서도 이분법적 젠더 구분에 강하게 견인되어 있다는 점에서는 공통적이다. 이 장의 문제의식에 비춰 보자면 황제의 이와 같은 조치는 성별을 따지고 젠더 규범을 문제 삼기 이전에 방관주가 살아온 삶 자체를 존중하는 의미로 해석되어야 한다. 황제 역시 방관주를 '만고의 영웅'이며 '열녀 절부'라는 공존하기 어색한 용어로 정의함으로써 그 성 정체성에 대한 혼동을 드러낸다. 그러나 성별 여부를 떠나 진심으로 그의 재능을 아끼고 죽음을 애도하며 능력 있는 인재로서의 인간 방관주를 기리는 가운데 그가 살아온 방식을 존중하여 예우한다. 이와 같은 서사는 이분법적 젠더 규범에 구애되지 않는 새로운 인간 이해의 가능성을 보여준다.

한편 또 다른 운명처럼 미화된 낙성의 입양과 계후 역시 역설적이다. 이에 대해서도 논쟁적 해석들이 존재한다. 우선 동성 결혼과 입양을 통해 전혀 새로운 가족 형태가 등장하고 있다는 점을 진취적으로 해석할 수 있다.[52] 그러나 방관주의 가족이 독특성에도 불구하고 궁극적으로 가부장적 질서에 복무한다는 비판을 가하기도 한다.[53] 그런데 이 독특한 가

---

50 양혜란, 앞의 글, 145면.

51 차옥덕, 앞의 글, 144면.

52 윤분희는 낙성의 입양이 남성을 배타적으로 제거하는 기존의 모권제를 극복하고 타자에 대한 포용과 사랑에 기반한 새로운 모권제 가족의 모습을 보인다고 평가했다. 한편 이유리는 전략적 젠더 위반에서 출발한 동성 결연이 구성원들의 굳건한 연대 속에 서로의 차이를 인정하고 개체성을 존중하는 새로운 가족의 모습을 제시했다고 보았다. 윤분희, 「『방한림전』에 나타난 모권제 가족」, 『숙명어문논집』 4, 숙명여대, 2002, 287면; 이유리, 「『방한림전』의 소수자 가족 연구」, 『한국문학논총』 75, 한국문학회, 2017, 123면.

53 장시광, 엄태웅, 박길희 등이 이 입장에 해당한다.

족의 의미를 해석하기 위해서는 외양보다 그 함의에 주목할 필요가 있다. 방관주의 가족이 외양적으로는 가부장적 가족 형태를 모방하는 듯하지만 궁극적으로 그러한 질서의 허구성을 드러내는 역할을 하기 때문이다. 조선 후기 상층의 가문은 혈연주의와 명분론에 입각한 가족 질서를 중심으로 유지되었다. 그런데 방관주가 이룬 가족은 그것들을 모두 부정하는 성격을 지닌다. 일차적으로 여성인 방관주가 가장이라는 점에서 적장자의 계승을 중시하는 남성적 계보가 훼손되었다. 다음으로 길에서 주워온 낙성에 의해[54] 방씨 가문이 계승된다는 점에서 혈통 중시의 원칙이 파괴되었다. 따라서 방관주의 사후 낙성에 의해 지속되는 방씨 가문의 실상은 기실 방씨 혈족과는 전혀 무관하며 당대의 가문 의식에도 배치되는 것이다. 이러한 가족 구성과 계승 양태는 당대의 보편 관념으로는 비정상적인 것으로 간주될 법하다. 그런데 그 비정상적인 가족이 세상의 칭송을 받으며 모범적으로 인식된다는 점이 문제적이다. 이를 통해 유가적 가문주의에 입각한 모범적 이상의 허구성이 노출되는 가운데 정상과 비정상에 대한 인식 전환의 단초가 마련될 수 있다.[55] 따라서 운명론에 힘입어 결성된 방관주의 가족 형태는 가부장제를 모방하는 것으로 비판되기보다는 가부장제의 모범적 이상이 지닌 허구성을 역설적으로 폭로하

---

54 낙성에 대한 신이한 서사가 운명론에 입각하여 영웅성을 강조하고 있지만 당대 인식에 따르자면 낙성의 객관적 실상은 길에서 주워 온 근본을 모르는 존재일 뿐이다. 이는 근본과 혈통을 중시한 당대 가문 질서에서는 쉽게 용인되기 어려운 부정적인 조건이라고 하겠다.

55 "'정상'이란 우리가 사회 안정성과 도덕 질서를 유지하기 위해 홍보하고 싶어 하는 섹스의 정화된 판본에 부여하는 이름일 뿐"이라는 언명처럼 정상과 비정상을 나누는 근저에 권력에 기댄 안정성의 희구가 자리 잡고 있음을 환기하게 된다. 주디스 핼버스탬, 이화여대 여성학과 퀴어·LGBT 번역 모임 역, 『가가 페미니즘─섹스, 젠더, 그리고 정상성의 종말』, 이매진, 2014, 216면.

는 요소로서 재평가되어야 한다.

4. 낙관적 주체와 젠더 인식의 전환

이상에서 살펴본 바를 종합하면 방관주는 이분법적 젠더 체계에 속하지 않는 존재이지만 우울한 타자로는 보이지 않는다. 오히려 자신의 기질과 취향을 존중하는 욕망의 주체로서 낙관적 태도로 난관을 돌파하며 자신감을 과시하는 존재에 가깝다. 방관주에 대한 그간의 선입견은 젠더 정체성이 불명확한 존재에 대한 일반적인 편견이나 오해에 기인한다. 페미니즘에서조차 이들을 주체성이 미숙한 존재로서 가부장적 남성성을 모방하는 우울하고 병적인 이미지로 받아들였다. 그러나 모든 여성들에 대한 총체적이고 보편적인 진술이 불가능하다는 문제의식이 대두된 이래[56] 다양한 성차를 인정하며 젠더의 다양성에 주목하는 변화가 진행 중이다. 방관주는 그러한 변화를 적극적으로 수용케 하는 주체로서 의미를 지닌다.

『방한림전』을 젠더 체계 위반이 모티프 차원에서 활용되는 것이 아니라 주제적인 문제로 격상된 작품으로[57] 인식하는 데에는 방관주라는 독특한 인물이 핵심 역할을 하고 있다. 생물학적 성과 자기 인식이 불일치하는 존재로서 방관주의 일생이 서사화되기 때문이다. 그가 남성 권력을 옹호하는 젠더 규범을 일탈함에도 불구하고 여성적 자의식이라는 기대

---

56   최근의 페미니즘 논의들에서는 '대문자 여성'의 추상성을 비판하며 구체적이고 정황적인 것들에 주목해야 한다는 점이 강조되고 있다.

57   김경미, 앞의 글, 194면.

치를 충족시키지 않기 때문에 논란의 주인공이 되기도 했다. 그러나 방관주는 이분법적 젠더 체계 바깥의 존재이기에 여성적 자의식에 구속되지 않는다. 그저 자신답게 살고자 하는 욕망을 구현하기 위해 주체적으로 행동할 뿐이다.

그렇다면 방관주의 이와 같은 특성은 여성주의적 문제의식과는 별개의 것으로서 취급되어야 하는가? 그렇지 않다. 그의 존재 및 욕망 자체만으로도 젠더 위계의 문제가 제기될 수 있기 때문이다. 젠더 일탈자는 이분법적 젠더 체계의 근간이 되는 이성애적 남성 중심의 권력 구도를 교란시키는 존재이다. 방관주와 같은 인물을 통해 이원적으로 대립된 여성성과 남성성이 필연적인 것이 아니라 권력에 의한 역사적 산물임을 확인하고 그 유동성을 인정하는 것만으로도 고정된 성차에 의한 억압들을 폭로하는 효과가 있다.

또한 젠더 변이자로서 방관주가 여-여 결연 형식의 동성 결혼을 감행한다는 점도 여성주의적 관점에서 유의미하다. 우선 여-여 결연이 여성 간 연대를 의미한다는 점은 주지의 사실이다.[58] 그런데 각도를 달리하여 동성애적 관계에서조차 뚜렷한 성 차별적 인식이 존재했던 실상을 짚어볼 필요가 있다. 조선 후기 자료들에서 남성 간 동성애의 사례들을 다수 접할 수 있다. 상하층을 막론하고 남성 간의 성행위가 일종의 사회 현상으로 인식된 듯하다.[59] 반면에 여성 간의 동성애에 대해서는 강력한 처벌과 윤리적 지탄이 가해졌다.[60] 동성 간 욕망의 발현과 규제를 두고 엄격

---

58 여-여 결연의 소설적 전통과 의미에 대해서는 김혜정, 앞의 글을 참조할 수 있다.

59 이능화, 이재곤 역, 『조선해어화사』, 동문선, 1992, 17~20면.

60 남성의 경우에 비해 여성의 동성애에 대한 기록은 흔치 않으며 그나마도 주로 강상 윤리를 거스르는 행위로 죄악시되는 경우가 많다. 정황상 동성애가 다양한 계층과 계급에서 이루어졌음이 확인됨에도 불구하고 그에 대한 평가는 차별적이었다. 대표적인 것

한 성차가 발견되는 것이다.[61] 이는 동성애의 영역에서조차 젠더의 권력 구도가 작동하고 있음을 의미한다. 방관주와 영혜빙은 행복하고 모범적인 가정생활을 영위함으로써 이러한 통념에 도전한다. 이들을 성애적 관계로 보느냐의 여부와 상관없이 여성 간 결연 자체가 남성의 성과 권력을 중심으로 작동하는 이성애적 가부장제에 위험 요소가 될 수 있다.

이처럼 방관주라는 독특한 인물의 형상화가 젠더의 다양한 존재 형태를 인정하고 그들의 욕망을 긍정적으로 재현해 냄으로써 이분법적 젠더 인식을 반성하게 한다. 이러한 점은 궁극적으로 권력 구도에 의해 고착된 차별적 질서들을 해체하고자 하는 여성주의적 관점과 상통하는 것으로서 적극적으로 평가되어야 할 것이다.

『방한림전』은 여전히 음미할 요소가 많은 문제작이다. 특히 방관주는 문제적 인물로서 이 장에서 주목한 긍정적 자질 이면의 양가적 요소들을 지니고 있기도 하다. 그의 태도에서 발견되는 중화주의에 입각한 전근대적 세계관, 자기중심적 성향 등이 비판적 관점에서 다루어질 수도 있을 것이다. 그러나 그런 단점이 방관주의 존재 의의를 가릴 만한 것은 아니며, 그의 실존적 고민과 선택에 대한 온당한 평가가 이루어진 후에야 그러한 한계들에 대해서도 보다 정치한 접근이 가능해질 것이다.

이 세종의 며느리 봉씨에 관한 처벌이다. 강문종, 「전통 시대 동성애 연구」, 『영주어문』 30, 영주어문학회, 2015, 17~20・33~34면.

61 조선의 상황과 달리 서양의 경우 남성에 비해 여성의 동성애에 대해 더 관대했던 것 같다. 계정민, 「"입 밖에 낼 수 없는 죄악"-19세기 영국 동성애 담론」, 『영어영문학』 51, 영어영문학회, 2005, 171~172면. 그러나 우리의 전통 속에서는 여성 간의 동성연애를 정서 발달을 촉진하며 남성의 유혹으로부터 순결을 지키는 데 도움이 된다는 논리로나마 긍정하는 인식이 1920년대 근대 조선에 이르러서야 발견된다. 박차민정, 『조선의 퀴어』, 현실문화, 2018, 240면.

제11장

가부장제하 여성 연대와 새로운 가족의 상상

1. 『청백운』의 문제적 성격

『청백운靑白雲』은 18세기 말 이후 창작된 한문본 원본의 소설이다. 그러나 2004년 조광국에 의해 한문본의 발굴과 소개가 이루어지기 전까지는 10권 10책의 낙선재본 한글 필사본이 유일본으로 알려졌다.[1] 한문본의 존재가 알려진 후 한문본과 한글본의 비교 검토가 이루어짐으로써 『청백운』의 현존 두 이본 간의 관계에 대해서 대략적인 파악이 가능해졌다.[2] 비교 결과에 의하자면 현존하는 두 이본 모두 원본은 아니지만 한문본이 국문본에 비해 선행하며 원본에 더 가까운 형태일 것으로 추정되고, 현존 국문본이 현존 한문본을 직접 번역한 것은 아니라고 판단된다.[3]

서문을 갖춘 한문본의 발굴을 통해 사대부 작가에 의해 18세기 말 이후

1 　조광국, 「『청백운』 한문본 연구-서지 연구와 서문 분석을 중심으로」, 『고소설연구』 18, 한국고소설학회, 2004.

2 　전진아, 「『청백운』의 한문본과 국문본 비교 연구」, 『한국고전연구』 11, 한국고전연구학회, 2005.

3 　위의 글, 140면.

창작되었을 것이라는 사실이 밝혀지기는 했지만 『청백운』의 작품 분석을 비롯한 연구 성과는 아직도 미진한 편이다. 정병욱이 이 작품을 중세문학에서 근대문학으로 이행하는 과도기적 작품이라고 평가한 이래[4] 다수의 연구들이 과도기적 성격에 주목했다. 신성소설에서 세속소설로의 이행, 이원론적 세계관에서 일원론적 세계관으로의 변모 등 표현 방식은 다르지만 이 소설이 귀족적 영웅소설과 비교할 때 세속적이고 사실적인 문제들에 관심을 기울인다는 점을 강조하고 있다.[5]

그런데 이 작품이 연작형 삼대록계 소설의 구조를 집약적으로 재현함으로써 국문 장편소설의 서사 문법을 따르면서도 가문 의식의 강조보다는 개인의 정체성 확립과 이상적 부부관계의 정립에 더 집중하고 있다는 지적은[6] 『청백운』의 성격이 단순치 않음을 짐작게 한다. 한문으로 창작되었음에도 국문 장편소설의 전통적 서사 방식을 답습함으로써 당대에 인기를 끌었던 국문소설과 연계점을 보이지만 주제적인 면에서는 가문 의식의 상투적 반복을 벗어나 새로운 문제의식을 담아내고자 한 것으로 파악되기 때문이다. 이는 선행 연구들이 공통적으로 주목한 세속적이고 사실적인 성격과도 관련되는 것으로서 사대부 지식인이 당대에 유행했던 문학적 기류를 수용하면서도 현실에 기반한 문제의식을 담아낸 것으로 이해된다.

악인으로 형상화된 두 명의 기첩妓妾에 주목하여 이들이 양반의 풍류

---

4   정병욱, 『한국 고전의 재인식』, 홍성사, 1979, 202면.
5   다음의 연구들이 이런 관점하에서 진행되었다. 류병환, 「『청백운』 연구-분석과 발전적 요소 검출」, 『한국문학연구』 6·7, 동국대 한국문학연구소, 1984; 남상득, 「『청백운』의 고소설사적 위상-『구운몽』, 『사씨남정기』와의 서사 구조 대비 및 발전적 양상을 중심으로」, 공주대 석사논문, 1996.
6   전진아, 「『청백운』 연구」, 이화여대 박사논문, 2007, 130~132면.

의식과 맞부딪히는 자의식을 드러낸다는 점에서 조선 후기 근대이행기의 특징을 논하거나[7] 가난, 혼인, 잔치와 여가 등의 일상을 구체적으로 재현한다는 점에 주목하고,[8] 새로운 주제 의식을 통해 19세기 한문 장편이 18세기 국문 장편의 어떤 부분을 계승하고 어떤 부분을 지양했는지 보여주는 초기작으로서 이 작품의 소설사적 의미를 부여한 경우도[9] 이와 같은 문제의식을 포착한 결과로 보인다. 따라서 이 작품의 특징적 국면들에 대한 고찰과 그 의미에 대한 탐색이 여전히 유효하며 이러한 고찰을 통해 이 작품의 특징으로 언급되었던 과도기적 성격이나 세속적 성격에 대해서도 보다 구체적인 논의의 진전이 가능할 것이라고 생각된다.

이 장에서는 『청백운』이 18세기 말 혹은 19세기 소설사에서 새로운 의미를 형성하는 지점이 무엇인지를 탐색하기 위해 '가족'을 화두로 삼아 논의의 단서를 마련할 것이다. 가족은 사회 구성에 있어서 최소의 집단으로 인식된다. 지역과 시대에 따른 가족 형태의 다양성으로 말미암아 그 전형성을 논의하는 데 어려움이 따르기는 하지만 일반적으로 공동의 조상을 지닌 혈연이나 인척 관계의 사람들이 거주 공간을 공유하는 삶을 살아가는 경우를 가족이라고 인식해 왔다.[10] 가족의 의미를 규정하는 중요 요소로는 '집'이라는 거주 공간과 혼인을 통한 가정의 형성, 경제적 생계를 유지하기 위한 공재共財 등이 꼽힌다.[11] 역사적으로 가족이 사회와

---

7   조광국, 「『청백운』에 구현된 기첩 나교란·여섬요의 자의식」, 『정신문화연구』 26-2, 한국학중앙연구원, 2003.
8   전진아, 「장편 한문소설 『청백운』의 일상 재현 방식의 의미」, 『이화어문논집』 24·25, 이화여대, 2007.
9   전진아, 앞의 글, 2007.
10   미셸 바렛·매리 매킨토시, 김혜경 역, 『가족은 반사회적인가』, 여성사, 1994, 108면.
11   박미선, 「조선시대 '가족'의 등장과 성리학」, 『민족문화연구』 82, 고려대 민족문화연구원, 2019, 241~242면.

국가의 기초 단위로서 중요하게 취급되었기에 가족의 형성과 유지가 국가적 차원에서 관리되었으며, 개인의 행위는 가족의 유지와 확대 재생산이라는 목표하에 규제되었다.[12] 특히 조선 후기 성리학자들에게 가족이란 가장과 그 가장에게 종속된 구성원으로서 공공성과 정치적 성격을 지니고 있었다.[13] 이에 가장 권위의 절대화 속에 부계 혈족의 계승을 위한 종법과 가문 구성원의 연대가 강조되었다.

이 작품이 모방했던 것으로 지목된 삼대록계 소설들 역시 혈연관계를 바탕으로 기家의 종통을 지켜 내기 위해 가문의 결집을 강조했던 조선시대 유가적 가족주의를 계승하고 있다. 따라서 서사를 작동시키기 위한 기본 전제로서 가문을 기반으로 한 인간관계와 가장을 중심으로 구축된 가문의 질서가 중요하게 부각된다. 이와 같은 구조 속에서는 성별, 신분, 나이 등을 중심으로 차별적이고 수직적인 가족관계가 고착화되기 쉽다.[14] 국문 장편소설의 내용들이 다양한 층위를 보임에도 불구하고 이와 같은 가부장적 질서가 부정되거나 가장을 중심으로 한 가문의 권위가 무시된 경우는 없다. 이는 이 소설들을 배태한 조선 후기의 제도적 실상을 반영하는 것이면서 유가적 가족 이데올로기를 체화한 상층 향유층의 인식이 투영된 결과물일 것이다.

그런데 상층 지식인의 작품으로 밝혀진 『청백운』의 경우 이와 같은 유

---

12   손승영은 이와 같은 가족주의가 개개인의 삶의 중심축으로 자리 잡고 있을 뿐만 아니라 사회문화의 중심 원리로 작용함으로써 이데올로기적 특성도 지니고 있다고 진단했다. 손승영, 『한국 가족과 젠더』, 집문당, 2011, 24면.

13   박미선, 앞의 글, 23면.

14   아버지의 권위를 전제로 하는 가부장제 사회에서 가족은 여성과 어린이, 그리고 기타 '열등한 사람'의 종속과 봉사를 필요조건으로 하는바 그 근저에는 불평등, 복종, 종속의 관념이 자리 잡고 있기 때문이다. 다이애너 기틴스, 안호용·김홍주·배선희 역, 『가족은 없다-가족 이데올로기의 해부』, 일신사, 1997, 92면.

가적 가족주의에 부합하지 않는 설정과 내용을 담고 있다는 점이 주목된다. 이 작품은 두쌍성이라는 남성 주인공의 일대기를 중심으로 한 장편 영웅소설의 성격을 보임에도 불구하고[15] 부친을 비롯한 부계 친인척이 설정되어 있지 않다는 점이 특징적이다. 두쌍성의 출세를 계기로 가문의 번영을 이루기는 하지만 그것이 국문 장편소설과 같은 성격의 가문 의식으로 귀결되지 않는다.[16] 이와 같은 특징 탓에 이 작품의 서사에서는 남성들보다 여성들의 이야기가 부각되는 편이다. 두씨 가문뿐 아니라 혼인 관계를 맺은 호씨 가문 역시 부친이 조몰투뀐한 탓에 두쌍성이 관계를 맺고 교류하는 사람들은 대부분 여성들이다. 절친한 한현진, 호승수와 스승인 도사 진도람을 제외하고는 사적 교류의 대부분은 어머니, 부인, 장모, 여동생, 유모, 그리고 기생첩 등 여성들로 채워져 있다. 이로 인해 작중에서 그리는 가족 또는 가문의 모습도 국문 장편소설 일반에서 묘사하는 전형성에서 벗어나 있다. 가장들의 부재로 인해 여성 간 교류가 부각되는 가운데 가부장제하에서 구축되었던 가족 질서와 이에 따른 인간관계의 통념들이 해체됨으로써 기존의 것과는 다른 형태의 새로운 가족을 상상할 수 있도록 하는 가능성이 열린다.

따라서 『청백운』 속에 형상화된 가족 내외의 인간 교류, 특히 여성들의 관계 맺기 방식에 주목하고, 그것이 가족이라는 의미를 재구축하는 데 있어서 어떤 시사점을 제공하는지 고찰할 필요가 있다. 이러한 작업을 통해 유교적 가부장제 원리에 입각한 기존의 가족·가문이 당대 현실 속에서 봉착한 문제와 이에 대한 대안적 움직임을 포착함으로써 가족의 의미에 대한 성찰의 기회가 마련될 수 있을 것이다.

---

15 장기정, 「『청백운』 연구」, 서울대 석사논문, 1987.
16 전진아, 「『청백운』 연구」, 이화여대 박사논문, 2007, 131면.

2. 탈부계적 가족 서사의 성립

1) 여성 간 교류와 탈경계성

이 작품은 복수의 주인공을 설정하고 다수 가문 구성원의 이야기를 그리는 여타의 장편소설에 비해 두쌍성 일인의 일대기를 중심으로 전개된다는 점에서 비교적 단출한 서사 구조를 지니고 있다. 백운의 길을 꿈꾸며 수학하던 두쌍성이 청운의 길에 접어들어 성공하고 가내의 처첩 갈등을 겪은 후 안정적이고 영광스러운 생을 영위하는 것이 핵심 서사이다. 이야기가 두쌍성과 호강희 부부에 집중된 가운데 고전소설에서 전형적으로 활용되는 남성의 성공담과 여성의 수난담 구조가 교차하고 있다.[17]

그런데 주인공들의 가문 배경이 장편소설의 일반적인 설정에서 벗어나 있다는 점이 특이하다. 두쌍성과 호강희 모두 부친이 조몰하고 모친 슬하에서 자라는 것으로 그려진다. 게다가 일가친척조차도 제대로 설정되어 있지 않아 부계 중심의 가문 서사가 현저히 약화되어 있다. 두쌍성의 스승인 진도람이 주인공들에게 영향을 끼칠 수 있는 거의 유일한 남성 어른으로서 등장하지만 그마저도 모계의 외가친[18]이므로 일반적 가문의식과는 무관한 인물 설정이라고 하겠다. 이처럼 가문을 중심으로 하는 부계의 남성들이 부재한 탓에 양가의 모친들이 최연장자로서 중요하게 부각된다. 우선 주인공들의 혼사에서 모친들이 주도적 역할을 수행한다.

---

17 남성의 모험담과 여성의 고난담은 통속 서사의 대표적 근간으로서 18세기 이후 대중적 인기를 얻었거나 혹은 얻고자 했던 소설들에서 지속적으로 활용되어 왔다. 이지하, 「『숙향전』의 차별적 서사와 소설사적 의미」, 『고전문학연구』 51, 한국고전문학회, 2017, 215면.

18 도사 진도람은 두쌍성의 모친인 설부인의 친족으로 소개되는데 서로 성씨가 다른 것으로 보아 설부인의 외가 쪽 친족일 것으로 짐작된다.

가장권이 존중받던 당대 사회에서 가장 중요한 가내 행사인 혼사의 주도권은 남성 가장에게 있었다. 가장의 자리가 비어 있는 경우 가문 내 남성 어른들이 역할을 대신하는 것이 보편적이었다.[19] 그런데 『청백운』의 경우 양가 모두 부계친父系親조차 없는 상태이기에 모친들이 주요 역할을 수행하게 된다.

모친의 주도적 권리 행사는 가내 권력 위계의 성별 문제에 국한되지 않는 중요한 변화들을 암시한다. 가부장제 사회에서 부계의 부재는 여러 모로 문제적이기 때문이다. 조선의 봉건적 가부장제는 젠더와 연령의 차별화에 기반하여 남성 연장자에게 절대적 권한을 부여함으로써 다른 구성원들을 종속적 지위로 규정하는 구조였다.[20] 가장은 공적 역할의 수행자로서 가족 구성원에 대한 대표성을 지니고 있었다. 이러한 구조 속에서 가장의 부재는 가족의 유지에 큰 타격을 초래할 수밖에 없었고, 이런 경우 부계 가족의 생존과 안전을 지켜 내기 위한 결집체로서 가문이 중요한 역할을 대신했다. 그런데 『청백운』의 경우 가장의 빈자리를 대신할 부계 가문의 영향력을 기대하기 힘든 상황이다. 모친들이 대역을 수행한다고 하더라도 가부장적 구조하에서 여성의 지위를 종속적으로 규정

---

19 『대명률』에 의하면 일차적인 주혼자는 가장이었다. 가장이 역할을 수행하기 힘들 경우 조부모를 비롯한 근친 중 보통 남자가 맡는 경우가 많았지만 아버지가 없을 경우 어머니가 대신하기도 했다. 장병인, 『조선 전기 혼인제와 성차별』, 일지사, 1997, 124면. 『주자가례』에서도 혼례를 주관하는 사람을 한 가문의 적자인 종자(宗子)로 규정해 놓고 있다. 김경미, 「주자가례의 수용과 17세기 혼례의 양상 – 친영례를 중심으로」, 『동양고전연구』 25, 동양고전학회, 2006, 268면.

20 유교적 질서에서는 가족관계에서도 위계관계를 중심으로 삼는데 이는 가족 성원을 차등적인 상하관계로 배열하는 것으로서 이때 가장 중요한 기준이 되는 것은 남녀의 성과 상하의 세대이다. 이런 구조 속에서 전체 가족관계는 가장 윗세대의 적장자를 정점으로 정연하게 서열화되면서 모든 권위가 그에게 집중되는 가부장제의 형태를 취하게 된다. 최홍기, 『한국 가족 및 친족제도의 이해』, 서울대 출판부, 2006, 50~53면.

하여 공적인 영역에서 철저히 배제했기에 모계의 영향력이 미칠 수 있는 범주는 지극히 제한적일 수밖에 없다. 따라서 부친 및 부계로 표상되는 가부장적 존재들의 부재는 대내외적으로 심각한 문제들을 야기하기 쉽다. 생활고로 표상되는 경제적 궁핍뿐 아니라 사회적 위상에서도 타격이 불가피할 것이기 때문이다. 이 작품의 두 가문이 처한 상황도 그러한 고충을 여실히 보여준다. 극심한 가난과 사회적 고립[21] 속에 고군분투하는 가운데 어린 아들들이 과거에 급제하여 관직에 진출하는 것 외에는 별다른 희망이 없는 처지이다.

하지만 이와 같은 부계의 부재가 이전까지와는 다른 방식의 서사를 가능케 한다는 점이 흥미롭다. 여성들이 중심이 되는 인간 교류와 관계 맺기의 방식이 남성 가장이 주도했던 것과는 다른 형태로 전개되기 때문이다. 유교적 가족 질서에서 중시되었던 장유유서의 위계는 남녀에게 공히 적용되는 것이었지만 공적 대표자로서의 가장과 남성 연장자들의 권위가 우선적으로 강조되었던 점을 부인할 수 없다. 이에 반해 모친을 중심으로 한 여성들의 관계에서는 위계질서가 좀 더 완화된 모습을 보이곤 한다. 대표적으로 유모나 시비侍婢를 비롯한 가족 내 하층 구성원들과의 교류를 들 수 있다. 이들이 엄격한 신분적 주종관계에도 불구하고 주인과 한자리에서 집안의 대소사를 의논하는 구성원으로서 적극적 역할을 하는 경우는 주로 여성들의 서사에서 발견된다. 이들이 대외 활동에 제약을 받는 상층 여성들을 대신해 매개자 역할을 함으로써 가족 서사에

---

21 표면적으로는 두 가문 모두 명망 있는 문벌을 자랑하는 것처럼 언급하지만 의지하고 기댈 일가 친족이나 친우들이 전혀 설정되어 있지 않은 것으로 보아 실상은 사회적으로 소외된 상태로 보인다. 이러한 상황 속에서 두쌍성 일가는 한 끼 식사를 해결하기 어려울 정도의 경제적 궁핍에 시달린다.

깊이 개입하기 때문이다.

두쌍성의 유모이자 설부인의 시비인 춘파가 대표적이다. 춘파는 혼전에 호강희의 자질을 확인하는 임무를 수행함으로써 주인공들의 혼사에 중요한 역할을 한 후 최측근으로서 가족사의 질곡을 함께 헤쳐 나간다. 도적에게 쫓기는 호강희를 대신해 그 어린 아들을 보호하여 가족의 존립에 크게 기여하는데, 이 과정에서 춘파가 겪은 고충은 이루 헤아릴 수 없다. 이에 호강희 역시 깊은 신뢰와 감사의 마음으로 춘파의 여생을 책임지다가 그 자손들을 각별히 보살피라는 유언까지 남기는 것으로 미루어 노주奴主 사이의 끈끈한 유대가 유명을 달리한 후에도 지속되고 있음을 확인할 수 있다.

호강희의 시비인 은낭 역시 상층 여성의 현실적 제약을 대리하는 존재로서 분신과도 같은 역할을 한다. 그는 부모가 조몰한 후 호강희의 시비가 되어 함께 기거하며 자매처럼 지낸다. 호강희가 도사 진도람의 가르침을 받게 되었을 때 은낭도 제자가 된다. 상층 여인으로서 행동 제약이 강한 호강희에게는 남편을 치료할 의술을 배우게 하고, 하층인으로서 보다 자유로운 은낭에게 무예를 바탕으로 한 영웅적 행위를 대신케 함으로써 주인공이 당대 상층 여성에게 주어진 예법을 위반하지 않으면서도 대외적 문제를 해결할 수 있는 길을 마련한다. 결국 그의 활약에 대한 보답으로 국가에서 영인令人의 직첩을 내리고 무관 조익과 혼인을 시킴으로써 은낭은 신분적 굴레를 벗어나게 되는데, 혼인 후에도 호강희 부부와 가족처럼 지내며 함께 진도람 선생의 설강에 참여하고 자손 대대로 골육같이 지낸다.[22]

---

22 이 작품 속에서 두·한·호 세 가문의 결속을 강조하며 이들이 삼유대(三儒臺)를 짓고
    말년을 함께하는 장면에 공을 들이는 것을 고려할 때 은낭이 신분적 차별에도 불구하

이처럼 신분적 차별에도 불구하고 지근거리에서 희로애락을 함께 하는 춘파와 은낭의 존재는 핏줄을 나눈 가족 이상의 의미를 지닌다. 특히 여성들을 중심으로 재편된 가족관계에서는 대리자 혹은 매개자로서 주변인들이 더욱 중요한 역할을 수행하게 된다. 이는 가부장제하 여성의 종속적 지위로 말미암은 특수한 상황이 오히려 여성 간 유대를 강화시킴으로써 기존의 수직적 가족 질서 및 위계적 인간관계와는 다른 방식의 공동체적 관계를 가능케 한 사례로서 유의미하다.[23]

한편 여성 중심의 관계 형성에서는 대외적 교류 방식도 차별화된다. 가문의 수장들을 중심으로 한 대외 교류에서는 가문 대 가문의 집단적 단위에서 예법과 격식을 중시하는 경향이 강했다. 가장들 당사자 간에는 친밀감을 바탕으로 한 사적 교류가 그려지기도 하지만 그 외 가문 구성원들의 교류는 지극히 형식적인 경우가 많다. 특히 여성들이 타 가문의 여성과 교류할 가능성은 매우 제한적이었으며, 만남이 성사되는 경우에도 예법에 따른 형식적 절차가 강조되었다. 다수의 장편소설 내용을 통해 보더라도 사돈지간조차도 양가 교류의 직접적인 주체는 가장일 뿐 안사돈들은 서로 얼굴조차 접할 기회가 없거나 특별한 잔치 자리에서 격식에 따른 인사를 나누는 정도가 대부분이다.

그런데 『청백운』에서는 남성 가장 대신 양가의 모친들이 관계를 주도

고 중요 인물로서 이들과 자리를 같이하고 있다는 점은 기존의 위계적 관계 방식과는 다른 모습을 보이는 것으로서 주목될 만하다.

23 여성 친연성이 강한 국문 장편소설들에서도 여주인공을 보좌하는 유모나 시비들의 존재가 부각되는 경우가 많다. 이 역시 상층 여성에 대한 사회적 제약이 신분적 차별을 넘어선 여성 간 조력과 연대를 촉진시킨 것이라는 점에서 『청백운』의 경우와 크게 다르지 않다. 이 책은 혈연과 신분의 차이에도 불구하고 일상을 공유하며 감정적 유대를 쌓아가는 이와 같은 관계를 새로운 가족의 관점에서 포용해 낼 필요가 있다는 입장이며 『청백운』에서 여타의 여성적 관계망과 더불어 이들의 역할이 더 부각되고 있다고 본다.

함으로써 가문의 경계를 넘어선 여성 간 교류가 활발하게 이루어진다. 두 집안이 가까운 거리에 위치하여 자주 왕래하며 긴밀히 지내는 것으로 그려지는데, 그 바탕에는 안사돈끼리의 친목과 배려가 자리 잡고 있다. 호강희가 혼인 후에도 일일이 허락을 받지 않은 채 무시로 친정을 왕래하고 두쌍성이 자주 장모를 찾아가 고적함을 위로하는 모습은[24] 예법과 관습에 얽매이기보다는 인정을 우선시하는 분위기를 반영한다. 두 집안은 자유롭고 친밀한 왕래를 통해 실질적이고 구체적인 도움을 주고받는다. 호강희의 모친 진부인은 끼니를 거를 정도로 곤궁한 처지인 두씨 집안의 사정을 잘 파악하고 때때로 먹을거리를 보내며 온정을 표한다. 가난한 두쌍성이 여비를 마련하여 과장科場에 나갈 수 있었던 것도 진부인이 밭을 팔아 행장을 마련해 준 덕이다. 호씨 집안 역시 넉넉한 사정은 아닌 것으로 보이기 때문에 두 집안 사이의 이해와 협조가 더욱 의미 깊다. 두쌍성이 급제 후 모친뿐 아니라 장모도 함께 모시고 상경하여 양가가 옆집에 살며 협문을 통해 왕래하는 내용은 이들 사이의 물리적 거리와 심정적 거리가 얼마나 밀접한지 상징적으로 보여준다.

　　대부분의 국문 장편소설에서 가장의 주도하에 맺어진 타 가문과의 관계는 가문주의와 예법이라는 추상적 개념들로 수렴되면서 구체성을 획득하지 못하는 경우가 많다. 이 경우 관계 맺기의 주체인 사람들 간의 구체적 교류 내용은 생략된 채 아름다운 관계와 예법을 강조하고 미화하는 수식어들만이 나열되기 쉽다. 그러나 『청백운』에 담긴 두씨 가문과 호씨

24　"본개 쏘 셔로 브라는 짜히 잇는지라 쳔원귀슈의 스모흐미 업시 언고언귀를 슈고롭게 아니흐야 무샹이 왕닉흐야 녀즈 유힝의 큰 근심을 두지 ㅇ니흐며 공직 쏘흔 씌로 싱관의 나아가 악모의 고젹흐믈 위로흐니" 임치균 외 교주, 『교주본 청백운』, 한국학중앙연구원 출판부, 2015, 45면.

가문의 교류는 매우 구체적이고 사실적이다. 공식적 언어 수사를 통한 격식치레가 아니라 상대방의 처지를 염두에 두고 실질적 도움과 온정을 주고받는 매우 사적인 방식의 친밀한 교류가 그려진다. 올케 시누 사이인 호강희와 두혜화가 친자매 이상의 우애를 보이며 서로를 따르고, 사돈 관계인 진부인과 두혜화 사이에도 모녀 이상의 친밀감이 형성된다. 진부인은 사돈처녀 두혜화를 딸처럼 아끼고 챙기는데,[25] 후에 진부인이 유배를 가게 되었을 때 마침 그곳에 부임해 있던 두혜화 부부가 지극정성으로 모시며 호강희 대신 딸 노릇을 한다. 두혜화의 남편인 한현진의 누이 한경의와 진부인의 아들 호승수가 혼인함으로써 이들의 결속력이 더 굳건해지는데, 이러한 혼사가 가능했던 것도 여성들 간의 돈독한 관계가 선행된 덕이다.

이 과정에서 격식과 예법을 넘어서는 가족적 유대감이 부각된다. 남성 가장을 중심으로 한 가문의 구속력이 약화된 대신 구성원 개개인들의 관계 맺기가 중요해진 것이다. 이에 두쌍성이 가문 의식을 넘어서 장모를 영광의 헌사 대상으로 모시며,[26] 한현진과 호승수 부부와도 가문과 성별 경계를 넘어서 한 가족처럼 지내게 된다. 설부인이 임종 시에 사돈인 진부인을 청해 유언을 남긴 것도 이러한 분위기 속에서 이해될 수 있다. 죽음을

---

25 "진부인이 (…중략…) 혜화의 사랑ㅎ온 위인을 녀ᄋ의게 닉이 듯ᄂ지라. 시절의 실과와 믿든 음식이 이시면 혹 녀ᄋ의게ᄂ 보ᄂ지 아니ㅎ나 혜화의게ᄂ 보ᄂ며 의복이라도 ᄶ셔 경결이 ㅎ야 니우니 (…중략…) 혜화쇼졔 비록 어리나 감샤홈을 ᄶ의 삭이더라" 임치균 외 교주, 위의 책, 47~48면.

26 작품 말미에 사회적으로 큰 성공을 거둔 두쌍성에 의해 잔치 자리에서 영광의 헌사를 받는 대상이 장모 진부인인 것을 주목할 필요가 있다. 대개는 남성 주인공 가문의 부모나 조부모를 중심으로 무궁한 영광을 과시함으로써 가문 의식을 고취하는 기회로 삼는데 이 작품에서는 그 자리를 장모가 대신하는 것이다. 이는 남성 중심 가문 의식에서 벗어나 처가와의 친연성을 강조하는 것이면서 기존의 가족 질서와는 다른 의식 지향을 보이는 장면으로서 유의미하다.

앞둔 상황에서 믿고 의지할 만한 대상으로 사돈인 진부인을 지목하고 있다는 점은 새로운 가족관을 암시하는 징표로서도 눈여겨볼 만한 일이다.

한편 철저히 외부인인 청령과 묘현과의 관계 역시 주의해서 살필 필요가 있다. 이들은 여주인공 호강희가 집 밖의 공간에서 위기에 처했을 때 도움을 주는 존재로서 처음 관계를 맺는다. 청령은 효녀 조아의 사당을 지키는 여도사인데, 두쌍성의 기첩들이 호강희의 목숨을 노리자 자신과 도의지교道義之交를 맺은 묘현에게로 피신시켜 도와준다. 묘현은 성사원의 이고尼姑로 청령의 청에 따라 호강희 일행을 도와 악당의 살해 시도를 막아 낸다. 고전소설의 관습적 숙명론이 개입되긴 하지만 서사의 본질은 생면부지의 타인에게 도움의 손길을 내밀어 목숨을 구제하는 이타성에 있다고 하겠다. 혈연이나 연고와는 무관하게 위기에 빠진 사람을 돕는 행위를 통해 각기 추구하는 도道는 다르지만 인간 생명을 존중하고 자비를 베풀고자 하는 종교적 본질에서는 동일하다는 점이 부각된다. 이와 같은 구제와 보은의 서사는 소설이나 설화의 주요 소재가 되어 왔다. 그런데 『청백운』에서는 일회적인 시혜와 보은의 차원이 아니라 지속적인 교류와 연대감이 강조된다는 점이 중요하다. 청령은 은낭의 남편인 조익의 누이로서 우연히 맺은 인연이 직접적인 가족관계로 발전하는 사례를 보여준다. 이후 호강희가 지어준 도관道觀에 머물며 주인공들과 밀접한 관계를 이어 간다. 묘현은 호강희가 가족과 재회하여 안정적으로 귀가하기까지 지속적으로 든든한 안식처가 되어 주는 한편 호강희 부부가 생을 마치는 시점을 예견하고 후세를 기약함으로써 현세에서의 인연을 내세에까지 연장한다.

이러한 관계 맺기는 여성들을 중심으로 한 인간관계의 확장이라는 점과 그 성격 면에서 주목할 만하다. 혈연이나 지연 등 어떠한 연고도 없는 존재들이 오로지 이타성을 바탕으로 지속적인 관계를 이어 나가고 있기 때문이다. 이러한 이타성은 가문 의식에 입각한 관계가 권력 강화라는 목적의식을 전제하는 것과는 상반된 지향성을 드러내는 것으로서 중요하다. 또한 외부인인 청령·묘현과의 인연이 여성들 사이에서 비롯되어 가문 차원으로 확대된다는 점도 유의미하게 다루어질 필요가 있다. 봉건적 가부장제 사회에서 여성은 종속적 존재로서 인간관계의 주도적 행위자로 나서기 힘들었다. 집안의 남성 어른들을 중심으로 형성된 관계망 안에서 가정 내적인 관계를 맺으며 살아가는 것이 일반적이었기 때문이다. 그런데 이 작품에서는 여성들이 가문의 자장을 벗어남으로써 역설적으로 주체적인 관계 맺기가 가능해지며 그 관계가 여성들 간의 내적 친밀감을 바탕으로 가족 구성원 전체 혹은 가문 차원으로까지 연계되는 역방향의 확산을 이룰 수 있음을 보여주고 있다.

이상에서 살펴본 바와 같이 『청백운』의 인간관계는 주로 여성들을 통해서 주도되며 그것이 기존 관습과는 다른 방식으로 이루어진다는 점이 특징적이다. 다른 가문의 여성들 간의 교류를 비롯하여 상하 주종관계인 은낭과 춘파, 외부인이자 유가적 세계와는 다른 길을 가는 도사 청령과 묘현이 사회적 차별의 장벽들에도 불구하고 새로운 관계를 형성해 가는 모습 속에는 남성 중심 서사에서 보여주는 인간관계와는 차별화되는 지점들이 있다. 조선조 가부장제는 신분제와 혈연 체계와의 교묘한 결탁이라는 맥락에서 이해되어야 한다는[27] 언급에서도 유추할 수 있듯이 당대 사회의 인간관계에는 암묵적인 경계들이 엄존하고 있었다. 경계 내의 존재들끼리 동일성을 전제로 한 교류가 당연시되는 한편 경계를 넘어서려

27　조혜정, 「가부장제의 변형과 극복－한국 가족의 경우」, 『한국여성학』 2, 한국여성학회, 1986, 147면.

는 시도들은 금기시되거나 부자연스러운 것으로 간주되었다. 그런데 그러한 경계 구획의 준거가 되었던 가부장제의 기반이 흔들리는 틈새에서 여성들을 중심으로 탈경계적인 교류들이 이루어지고 있는 것이다.

그러나 여성적 교류에서 보이는 탈경계성은 관계망의 무한 확장과는 다른 성격을 지닌다. 관계 형성을 가로막는 관습적 경계들을 넘어서기는 하지만 여성 행위 규범의 제약과 상황적 특성들로 말미암아 확산보다는 수렴적 형태에 가까운 모습을 보이기 때문이다. 이는 소외된 존재들이 서로를 보듬으면서 내적으로 결속하여 감정적 유대를 쌓아 가는 응축의 관계로 지칭될 수도 있을 듯하다. 따라서 『청백운』 속 여성들의 관계는 공적인 성격보다는 친밀감을 바탕으로 한 사적이고 가족적인 성격이 강하다. 따라서 다음 절에서는 정서적 유대감이 강조되는 여성 간 교류의 특징들을 살펴보기로 한다.

2) 정서와 욕망의 공유, 비혈연적 가족애

앞에서 살펴본 것처럼 『청백운』 속 여성들 간의 교류에서는 부계 중심의 혈연이나 가문의 경계를 넘어선 친목이 부각된다. 혈통이나 가문의 유지를 위한 가족관계가 이념 지향적 성격을 지니는 데 비해 여성들 간의 교류는 부계 가족의 영향력이 약화된 상황에서 실질적인 생활을 둘러싼 필요를 충족시키는 방향으로 전개된다. 이 과정에서 물질적 도움뿐 아니라 심리적 공감대를 바탕으로 한 정서적 교감이 중요하게 다루어지고 있다는 사실을 눈여겨볼 필요가 있다. 가장을 여의고 어려운 살림을 꾸려 나가야 하는 상황의 동질감을 바탕으로 한 안사돈 간 관계, 서로를 딸과 어머니처럼 여기며 의지하는 설부인과 호강희의 고부간이나 사돈 진부인과 두혜화의 관계에서는 친소와 위계에 따른 격식이나 예법보다는 따뜻한 온정이 우선시된다.

이와 같은 정서적 교류의 강조는 주종관계나 외부인들과의 관계에서도 동일하게 발견된다. 호강희와 친자매처럼 지내며 일거수일투족을 함께 하는 은낭은 말할 것도 없고, 춘파의 경우에도 애초 시가의 종이었음에도 불구하고 호강희와 깊은 신뢰 관계를 형성한다. 기첩들의 모함으로 호강희가 유배를 가게 되었을 때 춘파는 간곡히 만류하는 두쌍성의 청을 거절하고 호강희를 따라나선다.[28] 이때 춘파는 호강희의 억울한 처지에 공감할 뿐 아니라 두쌍성이 주는 돈을 거절함으로써 조강지처의 자존심을 헤아리고 지켜 준다. 춘파의 이와 같은 행동은 주종관계의 의무적 차원이 아니라 인간적 연민과 공감을 바탕으로 한 자발적 의지의 표출로서 이해되어야 마땅하다. 이러한 정서적 연대가 바탕이 되었기에 호강희가 아들의 생명을 춘파에게 맡기고, 춘파 역시 목숨을 걸고 이를 지켜 냈던 것이다. 청령과 묘현 역시 위기에 빠진 여성들에게 조건 없는 도움의 손길을 내밀고 따뜻한 온정을 베푼다는 점에서 마찬가지로 이해된다. 이들이 전혀 생면부지의 대상들에게 공감하며 직접적 도움을 베푸는 것은 약자에 대한 측은지심과 가부장적 신분제 사회에서 타자화될 수밖에 없었던 존재들로서의 동질감이 바탕에 깔려 있었던 것으로 보인다.

그런데 여성들 간의 이러한 정서적 연대감이 결국 남편이나 오라비로 대표되는 남성들에게로 전이되고 있다는 점도 간과할 수 없다. 작품 말미에 두·한·호 가문의 새로운 세 가장들을 중심으로 한 관계가 강조되

---

28 다른 사람은 다 보내도 유모만은 못 보내겠노라는 두쌍성의 언술로 미루어 그가 감정 면에서나 생활면에서 춘파에게 얼마나 의지하고 있는지가 드러난다. 그러나 춘파는 두쌍성에 대한 기른 정을 뒤로하고 억울하게 축출되는 호강희의 처지에 연민을 느끼며 유배 길에 동행하기로 결정한다.

며 삼유대三儒臺를 짓고 자손 대대로 그 관계를 연장시키고자 하는 내용들이 서술되는데, 기실 이 관계를 매개하고 있는 존재는 여성들이라고 해도 과언이 아니다. 진부인을 정점으로 호강희, 두혜화, 한경의가 친인척 관계를 형성하고 은낭과 춘파, 청령과 묘현이 이들과 친밀한 교류를 유지하며 남성들의 관계를 뒷받침하고 있기 때문이다. 이들의 교류에서는 남녀 간 내외 유별이나 신분 간 상하관계를 엄격하게 따지지 않고 모두 한자리에 어울리며 친목을 도모하는 것을 발견할 수 있다.[29] 이는 위계와 명분을 중시하는 남성 중심 교류와는 다른 차원의 여성적 교류가 선행된 덕이라고 할 수 있다. 예법이나 규율에 얽매이기보다는 정서적 공감을 바탕으로 관계가 형성되었기에 비교적 대등하고 자유로운 교류가 가능할 수 있었던 것이다.

이와 같은 관계가 유의미하게 여겨지는 것은 인간관계를 수직적·종속적으로 위계화했던 기존의 명분론적 인간 인식에[30] 전환적 계기가 마련될 수 있기 때문이다. 특히 유교적 가부장제는 가족의 위계성과 예속성을 바탕으로 하며 가족 내 관계에서도 위계적 조직의 질서 확립을 위해 남성의 여성에 대한 지배권과 부모형제 간 효제孝悌의 논리를 강조했다. 이와 같은 분위기 속에서는 구성원들의 감정 교류에 기반한 대등하고 친

---

29 작품 말미에는 삼유대의 중심인 두·한·호 세 부부뿐 아니라 은낭부부, 청령 등이 함께 풍류를 즐기며 말년을 보내는 모습이 상세하게 그려진다. 이 가운데 두쌍성의 88세 생일잔치를 맞이하여 生이 얼마 남지 않았음을 예견한 호강희가 은낭과 춘파에게 다시금 감사의 마음을 전함으로써 각별한 정을 표하고 있다.

30 신분제의 이론적 기반인 명분론(名分論) 혹은 분수론(分數論)은 사회를 구성하는 개인들이 각자 타고난 분수나 명분에 따라 상하존비(上下尊卑)의 차등적 신분을 지닌다고 주장하는데, 이는 성리학적 인성론에 기초하여 현실사회의 차별적 신분과 관계를 정당화하려는 것이었다. 이이효재, 『조선조 사회와 가족-신분 상승과 가부장제 문화』, 한울, 2003, 29~30면.

밀한 관계가 형성되기 어려웠다. 오히려 효와 열로 표상되는 복종과 차별의 윤리가 강조되는 가운데 가내 권력과 이의 승계를 둘러싼 이념적 문제들이 부각되는 경향이 강했다. 따라서 『청백운』에서 정서적 친밀감을 중시하는 인간관계가 형성되고 이를 바탕으로 위계적이기보다는 대등하고 자유롭게 더불어 사는 모습을 그리는 것은 중요한 시사점을 제공한다. 이를 통해 유교적 가부장제가 규정했던 것과는 다른 형태의 가족 질서를 경험함으로써 새로운 모습의 가족을 꿈꿀 수 있는 가능성이 열리기 때문이다.

한편 주인공들만이 아니라 악인들의 관계에서도 동질감을 바탕으로 한 자매애 혹은 가족애가 발견되기에 살펴볼 필요가 있다. 이 작품에는 나교란과 여섬요라는 두 명의 기첩이 주요 반동인물로 설정되어 있다. 이들은 창기 출신으로 경국지색의 미모를 지니고 있으며 같은 기방에서 두쌍성을 손님으로 접대하다가 함께 첩이 된다. 요악한 첩에 의해 본처가 축출되는 기본 서사는 전형적인 처첩 갈등의 틀을 계승하고 있지만 몇 가지 주의해서 살펴볼 만한 요소들이 존재한다.

우선 이들이 두씨 가문의 기첩으로 들어오게 된 것은 전혀 자신들의 의사와는 무관하게 이루어진 일이다. 이들은 창기로서의 역할에 충실했을 뿐 두쌍성의 측실이 되겠다는 생각을 한 적이 없다. 창루에서 손님을 접대하던 중 "의외에 부르는 명을 듣고" 자초지종을 모른 채 두쌍성의 집에 가 갑작스레 첩이 된 것이다. 두쌍성이 색욕을 제어하지 못해 병이 나자 그 치유를 위해 이들을 불러들였을 뿐이다. 이 과정에서 기첩 본인들의 의사나 욕망은 전혀 고려되지 않았다. 신분제 사회의 타자인 이들에게 결정권이 주어질 리 없었고 오히려 두쌍성의 첩 지위가 시혜에 해당하는 것처럼 다뤄진다. 그러나 정작 이들에게는 갑작스레 주어진 자리가

만족스럽지 않다. "인싱이 됴로^{朝露} 굿트니 비록 뜻을 펴 ᄆᆞ음되로 쾌락ᄒ
여도 빅 년이 아니니 오히려 늣거오려든 우리ᄂᆞ 뜻을 주리치고 슈을 낫쵸
아 ᄉᆞ름의 턱 아릭 긔운을 바드니 엇지 가련치 아니리오. 믹양 이러ᄒᆞᆯ진
딕 뉘 쥬문갑데^{朱門甲第}의 쇼실이 됴타ᄒᆞ리오"³¹라는 나교란의 탄식에 여
섬요 역시 동조하고 있다. 한 남성에게 구속된 채 첩으로서의 낮은 지위
로 인해 여러 가지 절제를 받아야 하는 삶보다는 차라리 자유롭게 쾌락
을 좇는 삶이 낫다는 것이다. 게다가 두씨 집안에서의 처지는 하인들조
차도 이들을 천하게 여기며 기피하는 탓에 옆에서 시중을 들 시비마저
외부에서 사 올 수밖에 없는 형편이었다.³² 이처럼 이들은 본인의 의사와
는 무관하게 첩실이 된 후 위계를 따라야 하는 엄격한 생활과 공공연한
차별 속에 불만을 키워 간다.

상층인의 욕망과 의지가 절대 권력으로 작용하는 분위기 속에서 두 기
첩은 자신들의 처지를 정확히 인식하고 장래를 모색하기 시작한다.³³ 주
어진 현실 속에서 취약한 입지를 극복할 수 있는 길은 정실의 자리를 차지
하는 것이라는 판단으로 흉계를 꾸미지만 좌절되고 만다. 이들이 정실의
자리에 오르지 못하도록 하는 장애물은 호강희만이 아니다. 호강희를 모
함하여 축출한 후에도 이들에게 여전히 정실의 자리는 주어지지 않는다.
원비의 자리가 오래 비었다며 낮은 신분으로도 부인의 직첩을 받은 사례
들을 들어 은근한 요구를 해 오는 나교란과 여섬요의 청에 두쌍성은 전혀

31　임치균 외 교주, 앞의 책, 145면.

32　"부듕 ᄎᆞ환이야 뉘 능히 호부인 덕화를 써나 쳔녀의게 신임ᄒᆞ려 ᄒᆞ리오. 두 낫 시비를
　　사니……" 임치균 외 교주, 위의 책, 144면.

33　"우리 타일의 싴이 쇠ᄒᆞ면 엇지 몸 담을 ᄯᆞ히 이시리오 (…중략…) 우리 이졔 동심합녁
　　ᄒᆞ야 계교를 쓰며 쇠를 힝ᄒᆞ야 샹녀의 뜻을 동ᄒᆞ면 부인이 비록 임ᄉᆞ의 덕과 냥평의 지
　　혜나 쟝춫 면치 못홀 거시니 그쩌를 당ᄒᆞ야 남면지위를 누리면 탑하의 언식을 용납ᄒᆞ
　　리오." 임치균 외 교주, 위의 책, 145~146면.

귀 기울이지 않는다. 이들은 성적 유희의 도구일 뿐 신분적 차이를 무시하고 정실의 자리에 앉힐 만한 대상으로 고려되지 않았기 때문이다.[34]

두 사람은 이를 확인한 후 큰 상처와 분노를 느낀다.[35] 두쌍성의 본심을 확인한 후 신분제의 질곡과 현실적 처지를 깨달은 것이다. 이와 같은 현실 인식을 바탕으로 동병상련의 자매애를 형성한 이들은 악행을 도모하면서도 돈독한 연대감을 발휘한다. 하나뿐인 정실 자리를 두고 동일한 욕망을 소유한 탓에 잠시 균열의 조짐이 보이기도 하지만 죄상이 밝혀진 후 도주하기에 앞서 두 사람이 다시 강한 자매애를 보이며 재회를 기약하는 점은 주목할 만하다.[36] 자기 한 몸 보존하기 힘든 위태로운 상황에서 상대에게 애틋한 공감을 보이며 불투명한 미래를 기약하는 장면은 이들이 비록 악인으로서 비난받는 처지일지라도 현실에 대한 불만과 이를 극복하고자 하는 욕망을 공유한 존재들 간의 정서적 연대감 역시 중요함을 확인시킨다.[37] 상층인과는 달리 가문 혹은 가족이라는 공동체를 지니

---

34 "비록 침혹한 듕이나 츄탁ᄒ야 왈 부인이나 쳡이나 그 만나는 바를 쏠와 경듕이 이시니 가히 일례로 의논티 못ᄒ리라" 임치균 외 교주, 위의 책, 281면.

35 "우리 일즉 이러ᄒ 쥴을 아던들 무슈ᄒ 심녁을 허비ᄒ지 아니ᄒ엿노다. 샹셰 진실노 통이ᄒ는 졍이 듕ᄒ올진ᄃ 흔 쌍 곳 얼근 신과 두 쥴 울니는 옥이 앗가와 이리 밀막고 져리 쳥탁ᄒ야 ᄒ고져 ᄒ는 바를 쳥종치 아니ᄒ리오. 결단코 우리 좌ᄃ를 쳔히 너기고 위인을 ᄂ즛게 아라 즈가 젹쳐를 삼지 아니랴 ᄒ미니 시방 ᄉ랑은 다만 쳥누의 지나는 ᄆ움이오 쥬ᄉ의 모시는 나그네라. 그 ᄉ름이 닛치고 슐 마시고 씌면 당초 뉴련이 블과 잠시 광경의 도라가리니 엇지 거즛 쏫과 거즛 ᄆ움이 아니리오. 범인으로써 ᄃ졉ᄒ면 범인으로써 갑는다 ᄒᆞ믄 쳔고 의ᄉ의 말이 아니냐. 두샹셰 우리 ᄃ졉ᄒ기를 임의 범인으로 ᄒ니 쏘ᄒᆫ 그ᄃ로 갑흘 ᄯ름이오" 임치균 외 교주, 위의 책, 303~304면.

36 이들이 서로의 안전을 당부하며 여섬요는 궁으로, 나교란은 오랑캐 진영으로 피신한 후 서로 내응하여 후일을 도모하자고 약속한다. "두가의 오늘 ᄒᆞᆯ을 쾌히 갑고 다시 형뎨의 묵은 언약을 펴미 툐치 아니랴"는 다짐은 두 사람의 운명공동체적 연대감을 보여준다. 따라서 각자도생에 머물지 않고 함께 재기하여 소망을 달성하고자 하는 바람을 드러내는 것이다.

37 선행 연구에서도 이들이 양반 남성의 향락 대상에 머무는 수동적 존재가 아니라 자의

지 못한 이들에게 경험과 욕망의 공유에서 말미암은 자매애가 존재한다는 사실을 통해 가족의 의미를 되새기게 된다. 이들이 비록 반동인물로서 처단의 대상으로 형상화되지만 공고한 신분 질서의 장벽을 넘어설 수 없었던 취약 계층의 애환 속에 형성된 연대감 역시 가족애와 크게 다르지 않다고 여겨지기 때문이다.[38]

이상에서 살핀 것처럼 『청백운』이 형상화하는 인간관계는 제도와 규범 이전의 인간적 감정 교류에 관심을 기울인다. 이러한 정서적 연대의 기저에는 가부장제하에서 주도적 권력을 획득하지 못한 채 생존을 위해 물리적 도움과 감정적 위로를 주고받아야 했던 존재들의 고민이 자리하고 있다. 규범과 제약 속에 어려운 삶을 살아야 했던 상층가의 여성들, 신분적으로 종속적 위치에 놓인 하위 계층의 여성들, 이단적 종교를 추종하는 외부인으로서 배척의 대상이었던 여도사와 여승, 한 가정을 파괴한 악녀로 지목받지만 자신들만의 아픔과 욕망을 공유하고 있는 기첩들. 이처럼 당대 사회에서 열세에 놓인 다양한 계층의 여성들이 정서적 이해를 바탕으로 도움을 주고받으며 관계를 맺고 가족애를 형성해 나가고 있는 것이다. 혈연에 입각한 기존의 가족제도에서라면 이들은 가문과 신분을 달리하는 타인에 불과할 수 있다. 그러나 작품 속에서 확인되는 내용은

식을 지닌 존재로서 이해되어야 하며 이들의 목소리를 통해 양반 중심 사회 질서의 문제점과 위기감이 노출된다고 본 바 있다. 조광국, 「『청백운』에 구현된 기첩 나교란·여섬요의 자의식」, 『정신문화연구』 26-2, 한국학중앙연구원, 2003, 149~151면.

38 이 작품 역시 처첩 갈등의 구도로 선악의 대결을 그리고 있다는 점에서 가부장제 사회의 보편적 편견을 답습하고 있다. 이는 조선 후기 사회의 기득권층인 사대부 남성으로서 작가가 지닌 존재론적 한계와 소설작법의 관습적 차용이 함께 작용한 결과일 수 있다. 그러나 이 장에서 주목하는 점은 그러한 한계에도 불구하고 이 작품이 돌출적으로 드러내는 변화의 가능성들이다. 악인으로 형상화된 기첩들의 처지와 내면에 관심을 기울이고 이를 구체적으로 담아낸 점도 그와 같은 지점에서 유의미하게 분석될 필요가 있다고 본다.

가족애라는 이름에 값할 만한 것이다. 따라서 기존 질서와는 다른 방식으로 구축된 이들의 긴밀한 연대가 새로운 가족관계의 창출이라는 맥락 안에서 이해될 수 있다.

3. 새로운 가족의 상상 가능성

『청백운』의 가족 관련 서사는 부계의 부재와 여성적 관계의 부각으로 특징지을 수 있다. 결국 남성 가장으로 대표되는 부계의 몰락이 여성들의 관계가 부각될 수밖에 없는 원인을 제공하는 것이므로 먼저 이에 대해 살펴보기로 하자. 고전소설 중 국문 장편소설은 상층의 세계관과 이상을 담아내는 대표 유형으로서 가부장권에 의해 통제되는 가문의 모습을 가장 충실히 그려내고 있다. 따라서 아버지에서 아들로 이어지는 가권의 승계와 이를 통한 가문의 번성이 서사의 주요 관심사가 된다. 그런데 『청백운』의 경우 사대부에 의해 창작된 한문소설로서 국문 장편소설의 서사 관습을 모방하고 있으면서도 이 부분에 있어서는 굴절된 모습을 보이고 있다. 주인공 가문인 두씨와 호씨 집안 모두 부친이 조몰하고 모친에 의해 유지되고 있으며, 이들과 돈독한 관계를 맺고 삼유대 결성에 참여하는 한현진의 경우 아예 부모가 모두 안 계신 것으로 설정되어 있다. 주지하듯이 부계 중심 가부장제 사회에서 부권의 상징성은 개인 혹은 가족적 차원에 머물지 않는다. 가장이 곧 가족이라는 상징체계의 대표자로서 가부장적 가족제도의 핵심이기 때문이다. 따라서 이 작품이 부계 가장의 존재를 상정하지 못한 것은 봉건적 가부장제가 온건하지 못한 당대 현실과 이에 대한 문제의식의 반영일 수 있다.

가장의 부재로 상징되는 가문의 몰락상과 이의 회복에 대한 염원은 군담영웅소설의 경우를 통해 대중적 서사 기반을 마련한 바 있다. 그러나 영웅의 개인적 활약상을 위주로 성공담을 완성해 가는 단편의 군담소설과 달리 『청백운』의 경우 가문을 기반으로 하는 인적 교류와 다양한 인간관계에 관심을 기울이는 국문 장편소설의 서사 문법을 따르고 있기 때문에 가장 및 부계의 부재가 야기하는 상황과 이에 대한 대응 방식도 다르게 담아낸다. 우선 가장을 주축으로 한 부계 가문 중심의 서사가 생략된 대신 새로운 방식의 관계들을 서사화한다. 특히 가족 내외의 여성 교류가 부각되는데, 이는 여성 향유층을 토대로 하는 국문 장편소설의 주 관심사에 부응하는 것이면서 남성적 입장에서도 친영제의 강조에도 불구하고 모계나 처계 친연성을 청산하지 못했던 당대 현실의 반영일 수 있다.[39] 이에 작품에서는 가문 내적 결속력이 약화된 대신 처가 및 친우 가족과의 새로운 관계를 모색함으로써 가문의 경계를 넘어서는 보다 확장된 형태의 관계들을 부각시킨다. 그 과정에서 양 가문의 모친들을 비롯하여 여성 인물들 간의 교류와 연대가 시종 중요하게 다루어지는데, 이는 가부장제하 타자들의 연대라는 점에서 기존의 남성적 관계망과는 다른 형태를 띨 수밖에 없다.

조선시대의 전통적 가족제도는 부계 혈통 계승을 중심으로 한 대가족제도였다. 따라서 철저한 가부장권과 친자 중심, 남성 우위의 차별적 가족관계를 유지하기 위해 규범의 준수를 강조해 왔다. 특히 상층 가문의

---

39 18세기에도 여전히 친영이 정착되지 못했으며 여성과 친정의 유대가 지속되었음을 보여주는 자료들이 많다. 김경미, 『가(家)와 여성』, 여이연, 2012, 210~220면. 결국 왕실을 제외한 일반가에서는 반친영(半親迎)이나 가관친영(假館親迎) 등 변형된 형태의 친영례조차 끝내 정착시키지 못한 것으로 파악된다. 장병인, 「조선 중후기 사대부의 혼례 방식」, 『한국사연구』 169, 한국사연구회, 2015, 173면.

경우 주자가례에 기반을 둔 예의의 실천을 가족관계의 전거로 삼았다. 상하의 질서 유지를 위해 장유유서와 남녀유별의 강목이 강조되는 가운데 언행의 규제를 통해 차별을 공고히 했다.[40] 반면 성별과 세대에서 모두 우위에 놓일 수 있는 유일한 존재로서 가장에게는 가족 내적 권위가 집중되었다. 이와 같이 가부장제에 기초한 전통적 가족관계는 수직적 질서에 기초하고 있었으며, 가족 구성원 개개인의 삶보다는 가문이라는 공동체를 수호하기 위한 통제에 더 관심을 기울였다.

그러나 조선 후기로 오면서 가장의 절대적 권위가 도전받기 시작했으며 그의 권위에 전적으로 의존하고 있던 전통적 가족 질서도 동요를 보이기 시작한다. 18세기 이후 상속제나 족보 편찬 방식의 변화 등을 통해 가부장제를 공고히 하고 가문 의식을 강화하기 위한 다양한 방법들이 강구되었음에도 불구하고[41] 전 사회적으로 진행된 봉건 질서의 이완 현상을 막을 수는 없었다. 가족과 개인의 관계에서도 가문 중심의 공명주의적 행복관이 설득력을 잃어 가는 가운데 개인의 행복에 대한 관심이 대두되기 시작했다.[42] 그러나 이 시기에 산출된 것으로 보이는 국문 장편소설들 중에는 이러한 흐름을 제대로 읽고 반영하기보다는 기존의 봉건 질서를 옹호하는 가운데 관습적 서사를 반복하는 경우가 많았다.[43]

그런데 『청백운』의 경우 가문의 영향력이 약화된 현실을 직시하고 새

---

40   조희선, 「전통 가족에서 여성의 생활」, 『생활문화연구』 2, 성신여대 생활문화연구소, 1988, 90~100면.

41   최재석, 『한국 가족제도사 연구』, 일지사, 1983.

42   이원수, 「조선 후기 소설에 나타난 전통적 가족 의식의 변모」, 『가라문화』 10, 경남대 가라문화연구소, 1993, 77면.

43   가문 의식을 강조하거나 통속성에 경도되어 예민한 문제들을 외면함으로써 시대 인식에 부합하지 못하는 경우들을 들 수 있겠는데 삼대록계 소설들이 대표적인 경우라고 하겠다.

로운 가족의 모습을 포착해 낸다는 점에서 조선 후기 지배 질서의 이완 현상에 대한 진지한 문제의식을 보여준다. 이 작품은 남성적 지배 권력의 약화를 반영하는 한편 여성들을 중심으로 한 주변부적 존재들의 연대에 관심을 기울이는데, 이 과정에서 사회적 차별과 배타적 경계를 넘어선 여성들 간의 정서적이고도 호혜적인 관계가 강조된다. 이와 같이 가문, 신분, 종교 등에 구속되지 않는 열린 인간관계를 통해 전통적 가족 질서와 이에 기반한 인간관계를 반성할 여지가 마련된다. 혈연관계도 아니고 대등한 지위를 지니지 못했을지라도 아픔을 공유하고 도움을 주고받으며 함께 난관을 헤쳐 나가는 사람들의 모습이 진정한 가족이란 무엇인가에 대해 자문하게 만들기 때문이다.

남성의 혈맥을 중시하는 기존의 가부장적 가족제도에서는 혈연과 계보가 중시되는 경향이 강했다. 한 가족 내에서도 위계와 친소의 구분이 엄격히 적용되었기 때문에 구성원 간 친밀함이 부각되기 어려웠다.[44] 그런데『청백운』의 경우 여성들을 중심으로 수직적 위계보다는 수평적이고 정서적인 교감이 바탕이 되는 관계를 형상화한다. 이 과정에서 예법을 따지기보다는 실질적인 도움의 손길이 오가고 이와 더불어 상대를 이해하고 공감하는 따뜻한 마음이 부각된다. 상층 주요 인물들인 두쌍성과 호강희, 두혜화와 한현진, 호승수와 한경의 세 쌍의 관계에는 뚜렷한 중심성이 없다. 서로 대등한 자격으로 관계를 맺고 친분을 유지할 뿐이다. 편의상 두쌍성 부부를 중심으로 서사가 전개되기는 하지만 이것이 두씨 가문의 확장과 번영으로 수렴되지만은 않는다. 대신 하위 주체나 외부인들을 포

---

44 문헌에 나타난 가족 관련 용례에서도 구성원 간의 관계나 친밀감보다는 공간, 혈연의 유래나 계통 또는 집합적 단위의 어휘들이 주로 사용되고 있음을 확인할 수 있다. 박미선, 앞의 글, 14면.

함하여 서로 도움을 주고받으며 마음을 터놓았던 존재들이 한자리에 모여 일상을 공유하는 모습을 부각시킨다.[45] 이처럼 이 작품은 혈연에 입각한 가문 중심주의에서 벗어나 소통 중심의 인간관계에 주목함으로써 기존의 개념과는 다른 가족의 모습을 상상할 수 있는 단초를 마련한다.

이 점에서 초기 국문 장편소설인 『소현성록』과 비교하여 살펴볼 부분이 있다. 『소현성록』 역시 아버지가 안 계신 자리를 어머니 양부인이 대신하는 가운데 정치적·경제적으로 어려운 시기를 통과하며 가족의 기틀을 다져 나가는 서사를 보여주기 때문이다. 그러나 어머니가 대리 가장의 역할을 수행하며 절대적 권위를 행사하는 방식으로 가문을 관리하고, 이를 아들이 승계하여 가문의 기틀을 확립해 나감으로써 가부장적 가족 질서의 유지·확대에 관심을 기울인다. 이처럼 『소현성록』이 위계적 가족관계를 통해 강한 가문 지향 의식을 담아내는 점은 앞에서 살펴본 『청백운』의 모습과는 뚜렷하게 구별된다. 따라서 부계 부재의 공통점에도 불구하고 이에 대한 대처 방식과 인간관계를 통해 드러나는 지향점은 매우 상이하다.

『청백운』 속 혈연에 구속되지 않는 친밀한 인간관계는 봉건 시대의 전통적 가족제도와는 차별화되는 새로운 가족의 관점에서 이해될 만하다. 앤서니 기든스에 의하면 근대 가족관계의 변화를 야기한 주요 변수로 친밀성의 등장을 꼽을 수 있다.[46] 가족을 정의하는 데 있어서 구조나 제도적 구속력보다 정서적 연대감이 중요하게 대두된 것이다. 이 경우 가족

---

45 선행 연구에서도 이 작품이 일상의 재현에 관심을 기울임으로써 세태를 반영하고 구체적 생활문화를 보여준다는 점에 주목한 바 있다. 전진아, 「장편 한문소설 『청백운』의 일상 재현 방식의 의미」, 『이화어문논집』 24·25, 이화여대, 2007.
46 앤서니 기든스, 배은경·황정미 역, 『현대사회의 성, 사랑, 에로티시즘-친밀성의 구조 변동』, 새물결, 1996, 103면.

구성원들은 스스로 변화에 대응해 나가며 더 적극적으로는 변화를 주도해 나가는 감성적 주체로서 재해석될 수 있다. 이와 같이 사회적 친연성을 바탕으로 한 적극적 관계의 정립이 가능해질 경우 "가족 혹은 친족이란 혈연관계와 동의어"라는 고정관념을 벗어나 가족을 사회적 구성물로서 좀 더 유연하게 재사유할 수 있게 된다. 이와 관련하여 '상상적 친족'이라는 개념을 참고할 수 있을 듯하다. 다수의 인류학자들이 가족처럼 가까운 친구 등의 사례를 들어 '상상적 친족'이라고 명명함으로써 친족을 혈연관계에 구속되지 않는 가변적이고 유연한 사회적 의미와 상징의 체계로서 이해하고자 하는데,[47] 『청백운』의 인물들이 보여주는 관계가 바로 그러한 개념에 부합한다.

이처럼 가족에 대해 유연한 태도를 지니게 되면 전통적 가족주의에 의해 왜곡되었거나 배제되었던 것들을 제대로 인식하고 포용할 수 있는 길이 열린다. 특히 혈연 가족에 집착하여 그 이외의 관계들에 배타성을 보이는 사회 문화적 환경에서는 이와 같은 인식의 전환이 더욱 중요할 것이다. 조선 사회는 부계 혈족 중심의 이념적이고 폐쇄적인 가족관을 지속적으로 강화시켜 나간 것으로 파악되어 왔다.[48] 이러한 과정에서 가장권을 행사할 수 있는 가속家屬의 범주는 상대적으로 포괄적이었던 데 비해 가족으로 인정받을 수 있는 존재들은 혈연관계의 소수 친족으로 한정되었다.[49] 따라서 한집안에 살며 일상을 공유하는 존재들 안에서도 배타

---

47 다이애너 기틴스, 안호용·김홍주·배선희 역, 앞의 책, 101~102면.

48 고려의 친족제도도 기본적으로는 부계를 중심으로 하는 제도였으나 여계도 남계와 함께 중시되었던 반면 조선에 들어오면 사정이 달라진다. 특히 조선 중기 이후 부계에 일방적으로 편중된 제도가 정착되어 감으로써 모계 친족과의 관계가 축소, 약화되어 가족 구성원을 예시할 때 여계를 배제하고 있다. 최홍기, 앞의 책, 62~65면.

49 노비나 고공 등은 주인의 자손과 함께 생활하며 그 호적에 등재되어 가장의 관할하에 있는 가족의 일원으로 분류되었으나 혈족관계의 구성원들과는 구분되는 예속적 존재

적 경계가 분명할 수밖에 없었다. 첩이나 서자, 그리고 다수의 노비들이 대표적인 배제 대상이었다. 그러나 이와 같은 배타적 혈족주의를 지양하고 유연한 가족관을 적용할 경우 그동안 배제되었던 존재들을 포용해 내면서 가족의 진정한 의미를 재구성할 수 있다. 『청백운』은 바로 그와 같은 반성적 사유를 가능케 하는 작품으로서 시대적 의미를 지닌다. 유교적 질서가 전 사회적으로 균열의 조짐을 보이던 조선 후기 사회상을 부계 중심 가족 질서의 붕괴와 이를 헤쳐 나가는 새로운 가족의 형상화를 통해 상징적으로 담아냄으로써 유의미한 인식 전환을 보여주기 때문이다. 『청백운』의 새로운 가족관계를 통해 "가족이란 태어나면서 갖게 되는 운명 공동체가 아니라 살면서 맺어지는 인연 공동체"[50]라는 언술처럼 가족이 상호 작용을 통해 구성되는 역사적 산물임을 확인할 수 있다.

뿐만 아니라 『청백운』의 친밀성에 기반한 새로운 인간관계는 최근의 대안적 가족 모색에도 시사점을 제공한다. 전통적 가족 개념에 포함되지 않는 다양한 가족의 형태가 존재하는 현실 속에서는 '가족'이 더 이상 엄격한 규정력을 지닌 정의항으로서 상정되기 어렵다. 대신 '유사 가족'이라는 개념이 더 유용할 수 있다. 가족과 비슷한 인간관계를 형성하고 있는 집단이라는 뜻의 유사 가족은 혈족관계로 보자면 타인이지만 함께 거주하면서 깊은 유대관계를 형성하고 서로를 가족처럼 아껴 주는 경우를 말한다.[51] 이 작품에서 형상화하고 있는 독특한 인간관계가 바로 그와 같은 유사 가족의 개념과 일치한다고 할 수 있다. 파편화된 인간관계와 이

에 불과했다. 첩도 마찬가지 처지이다. 박병호, 「한국의 전통 가족과 가장권」, 『한국학보』 2, 일지사, 1976, 71면.

50　김기봉, 「정상 가족은 없다－영화로 보는 우리 시대 가족」, 『가족의 빅뱅』, 서해문집, 2009, 28면.

51　"유사가족", https://namu.wiki/w/, 접속일자 2021.10.1.

기적 가족주의의 양극단을 지양하며 어떻게 바람직한 가족을 구성해 나갈 것인가는 현재에도 중요한 화두이다. 이 점에서 조선 후기의 과도기적 모습을 담아낸다고 평가받아 온 『청백운』이 문제적으로 재현한 새로운 가족에 대한 상상 가능성은 당대만이 아니라 현재에도 유의미하다.

4. 맺음말

『청백운』은 한문으로 창작된 장편소설로서 청운과 백운을 아우르는 남성 주인공의 성공담과 처첩 갈등으로 인한 여성 주인공의 고난담을 그린다는 점에서는 국문 장편소설의 서사 관습을 계승하고 있다. 그러나 여러 면에서 근대로 이행해 가는 과도기적 성격을 노출하고 있다고 논의되어 왔다. 이 글 역시 이 소설이 전통적 소설 관습을 따르면서도 봉건 말기의 시대 현실을 반영하고 있다고 보면서 가부장적 질서의 와해와 새로운 인간관계의 모색에서 핵심적 문제의식을 확인하고자 했다.

이 작품에서는 가문주의에 입각한 이념적 가족의 모습이 약화된 대신 일상적 경험의 공유와 정서적 소통을 중시하는 인간 교류가 부각되고 있다. 핵심 인물들의 집안에 모두 가장이 존재하지 않는 것은 유교적 가부장제의 근간이 흔들리는 현실에 대한 상징일 수 있을 것이다. 가장이 부재한 탓에 이 집안들이 겪게 되는 고난상을 통해 일차적으로 가부장제의 구조적 취약성이 노출된다. 그러나 이 소설의 의의는 그러한 제도적 한계를 드러내는 데 머물지 않는다. 가부장제의 종속적 질서를 대신하는 새로운 관계들을 통해 낙관적 전망을 제시한다는 점이 더 중요하기 때문이다.

가장을 비롯한 남성적 권위가 지워진 자리에 여성들의 이야기가 채워진다. 가부장제 사회에서 공적인 지위를 획득하지 못했던 타자적 특성으로 인해 여성들이 만들어 가는 관계는 남성적 관계와는 다른 모습을 보일 수밖에 없다. 여성들의 관계 맺기에서는 구체적 일상에 기반한 사적 교류와 정서적 소통이 중시된다. 이와 같이 개개인의 친밀함을 바탕으로 형성된 관계에서는 수직적 위계가 약화됨으로써 보다 평등한 관계 맺기가 가능해진다.

물론 이 작품에도 처첩 구도를 비롯하여 당대 사회의 보수적 자장을 완전히 탈피하지 못한 부분들이 존재한다. 그러나 『청백운』에서 그리는 여성적 교류와 이를 기반으로 한 가족 관계망의 재구축은 새로운 가족의 형성 가능성을 상상할 수 있도록 한다는 점에서 새롭게 평가될 만하다. 이처럼 혈연이라는 생물학적 지표와 가문이라는 이념 공간의 구속력을 벗어나 개인의 친밀감을 바탕으로 가족의 개념을 재구성하는 일은 유교적 가부장제의 대안이 필요했던 조선 후기 당대만이 아니라 대안적 가족 제도를 모색하는 현재적 시점에서도 유의미하다.

김은주, 「육체와 주체화의 문제−브라이도티의 페미니즘적 주체의 모색」, 『여/성이론』 20, 여이연, 2009.

김재웅, 「가문소설에 나타난 도가 사상−『천수석』을 중심으로」, 『국문학과 도교』, 한국고전문학회, 1998.

김정녀, 「『방한림전』의 두 여성이 선택한 삶과 작품의 지향」, 『반교어문연구』 21, 반교어문학회, 2006.

심성숙, 「『천수석』에 나타난 인물 형상화의 양상과 그 의미」, 영남대 석사논문, 1994.

_____, 「조선 후기 대하소설의 서사 구조−『천수석』과 『화산선계록』을 중심으로」, 『반교어문연구』 34, 반교어문학회, 2013.

김종철, 「19세기 중반기 장편 영웅소설의 한 양상−『옥수기』, 『옥루몽』, 『육미당기』를 중심으로」, 『한국학보』 40, 일지사, 1985.

_____, 「『게우사』 자료 소개」, 『한국학보』 17-4, 일지사, 1991.

_____, 「17세기 소설사의 전환과 '가(家)'의 등장」, 『국어교육』 112, 한국어교육학회, 2003.

김종회·최혜실 편, 『문학으로 보는 성』, 김영사, 2001.

김지연, 「『현씨양웅쌍린기』의 단일 갈등 구조와 인물 형상의 관계」, 『민족문학사연구』 28, 민족문학사학회, 2005.

김지영, 「조선시대 애정소설에 나타난 사랑과 성」, 『한국고전여성문학연구』 10, 한국고전여성문학회, 2005.

김하라, 「『방한림전』에 나타난 지기 관계의 변모」, 『관악어문연구』 27, 서울대 국어국문학과, 2002.

김현숙, 「한국 여성 소설문학과 모성」, 『여성학논집』 14·15, 이화여대 한국여성연구원, 1998.

김현주, 「구활자본 소설에 나타난 '가정 담론'의 대중 미학적 원리」, 『반교어문연구』 27, 반교어문학회, 2009.

김혈조, 「과장의 안과 밖−18세기 한 지식인이 본 과장의 백태」, 『대동한문학』 38, 대동한문학회, 2013.

김혜정, 「『방한림전』 연구−여성 영웅소설의 변모 양상과 '여-여 결연'의 소설적 전통을 중심으로」, 『동양고전연구』 20, 동양고전학회, 2004.

남상득, 「『청백운』의 고소설사적 위상−『구운몽』, 『사씨남정기』와의 서사 구조 대비 및 발전적 양상을 중심으로」, 공주대 석사논문, 1996.

노정은, 「『소현성록』의 인물 형상화 변이 양상−이대본과 서울대 21권본을 중심으로」, 고려대 석사논문, 2004.

다이애너 기틴스, 안호용·김흥주·배선희 역, 『가족은 없다-가족 이데올로기의 해부』, 일신
　　사, 1997.

로지 브라이도티, 박미선 역, 『유목적 주체』, 여이연, 2004.

류병환, 「『청백운』 연구-분석과 발전적 ß수 검출」, 『한국문학연구』 6·7, 동국대 한국문하
　　연구소, 1984.

미셸 바렛·매리 매킨토시, 김혜경 역, 『가족은 반사회적인가』, 여성사, 1994.

미야자키 이치사다(宮崎市定), 임중혁·박선희 역, 『중세 중국사』, 신서원, 1996.

민　찬, 「여성 영웅소설의 출현과 후대적 변모」, 서울대 석사논문, 1986.

박　경, 「자매문기(自賣文記)를 통해 본 조선 후기 하층민의 가족 질서」, 『고문서연구』 33, 한
　　국고문서학회, 2008.

＿＿＿, 「조선 전기 기처 규제 정책의 영향과 한계」, 『사학연구』 98, 한국사학회, 2010.

박길희, 「『방한림전』에 나타난 동성 결혼과 지기 그리고 입양에 담긴 의미와 그 위험성」, 『배
　　달말』 61, 배달말학회, 2017.

박대복·강우규, 「『소현성록』의 요괴 퇴치담에 나타난 초월성 연구」, 『한민족어문학』 57, 한
　　민족어문학회, 2010.

박명희, 「고소설의 여성 중심적 시각 연구」, 이화여대 박사논문, 1990.

박미선, 「조선시대 '가족'의 등장과 성리학」, 『민족문화연구』 82, 고려대 민족문화연구원, 2019.

박미숙, 「조선왕조실록에 나타난 이혼 양상에 관한 연구」, 호남대 석사논문, 2006.

박병호, 「한국의 전통 가족과 가장권」, 『한국학보』 2, 일지사, 1976.

＿＿＿, 「한국에 있어서의 가부장제의 형성」, 『한일법학연구』, 한일법학회, 1988.

박상익, 「근대계몽기 가족 내 부권의 변동과 외국 유학-신소설 『은세계』, 『혈의 누』, 『추월
　　색』을 중심으로」, 『한민족문화연구』 32, 한민족문화학회, 2010.

박순임, 「『천수석』 연구」, 한국정신문화연구원 석사논문, 1981.

박영희, 「『소현성록』 연작 연구」, 이화여대 박사논문, 1994.

＿＿＿, 「장편 가문소설에 나타난 모(母)의 성격과 의미」, 『한국 고전소설과 서사문학』, 집문
　　당, 1998.

박일용, 「『유효공선행록』의 형상화 방식과 작가 의식 재론」, 『관악어문연구』 20, 서울대 국문
　　과, 1995.

＿＿＿, 「『현몽쌍룡기』의 창작 방법과 작가 의식」, 『정신문화연구』 26, 한국학중앙연구원,
　　2003.

＿＿＿, 「『소현성록』의 서술 시각과 작품에 투영된 이념적 편견」, 『한국고전연구』 14, 한국고
　　전연구학회, 2006.

박재연,「조선시대 재자가인 소설의 전래와 수용 – 새로 발굴된『백규지』를 중심으로」,『중국 어문학논집』51, 중국어문학연구회, 2008.

박주,「병자호란과 이혼」,『조선사연구』10, 조선사연구회, 2001.

박차민정,『조선의 퀴어』, 현실문화, 2018.

박현순,『조선 후기의 과거』, 소명출판, 2014.

박혜숙,「여성 영웅소설과 평등, 차이, 정체성의 문제」,『민족문학사연구』31, 민족문학사학 회, 2006.

백순철,「『소현성록』의 여성들」,『여성문학연구』1, 한국여성문학학회, 1999.

변우복,「『천수석』의 설화 수용 양상」,『청람어문교육』7-1, 청람어문학회 1992.

사마광, 권중달 역,『자치통감』26, 삼화, 2009,

섀리 엘 서러, 박미경 역,『어머니의 신화』, 까치, 1995.

서강여성문학연구회 편,『한국문학과 모성성』, 태학사, 1998.

서경희,「『소현성록』의 석파 연구」,『한국고전연구』12, 한국고전연구학회, 2005.

서대석,『군담소설의 구조와 배경』, 이화여대 출판부, 1985.

_____,「하진양문록」,『한국고전소설작품론』, 집문당, 1990.

서신혜,「개인의 아픔으로 읽는『방한림전』」,『한국고전여성문학연구』20, 한국고전여성문 학회, 2010.

서정민,「『천수석』과『화산선계록』의 대응적 성격과 연작 양상 연구」, 서울대 석사논문, 1999.

_____,「가권 승계로 본『소현성록』가문 의식의 지향」,『국문학연구』30, 국문학회, 2014.

서정현,「『소현성록』의 유불 대립에 나타난 조선조 여성 신앙의 현실과 그 의미」,『어문논총』 58, 한국문학언어학회, 2013.

설석규,『조선 중기 사림의 도학과 정치철학』, 경북대 출판부, 2009.

손승영,『한국 가족과 젠더』, 집문당, 2011.

송성욱,「고전소설에 나타난 부(父)의 양상과 그 세계관 –『뉴효공선행록』·『뉴씨삼대록』을 중심으로」,『관악어문연구』15, 서울대 국문과, 1990.

_____,「『명주기봉』에 나타난 규방에 대한 관심」,『고전문학연구』7, 한국고전문학회, 1992.

_____,「『천수석』의 텍스트 결합에 대하여」,『한국고전연구』10, 한국고전연구학회, 2004.

송호진,「『방한림전』에 나타난 갈등 양상과 여성 의식」, 숙명여대 석사논문, 2004.

신동흔,「『현씨양웅쌍린기』에 그려진 귀족사회의 허와 실」,『서사문학과 현실 그리고 꿈』, 소 명출판, 2009.

앤서니 기든스, 배은경·황정미 역,『현대사회의 성, 사랑, 에로티시즘 – 친밀성의 구조 변동』, 새물결, 1996.

야마다 교코, 「한국과 일본의 17~19세기 서사문학에 나타난 남녀 애정관계 비교 연구」, 서울대 박사논문, 2006.

양민정, 「『소현성록』에 나타난 여가장의 역할과 사회적 의미」, 『외국문학연구』 12, 한국외대 외국문학연구소, 2002.

양윤모, 「1930년대 소설에 나타난 한국의 사회 문제 연구-가족 문제를 중심으로」, 『극동복지저널』 6, 극동대 사회복지연구소, 2010.

양혜란, 「고소설에 나타난 조선조 후기 사회의 성차별 의식 고찰-『방한림전』을 중심으로」, 한국고전연구 4, 한국고전연구학회, 1998.

_____, 「『유효공선행록』에 나타난 전통적 가족 윤리의 제 문제」, 『고소설연구』 4, 한국고소설학회, 1998.

엄태웅, 「『방한림전』에 나타난 가부장의 부재와 재현의 양상」, 『우리어문연구』 39, 우리어문학회, 2011.

옥지희, 「『현씨양웅쌍린기』에 나타난 여성 의식 연구」, 한국외대 석사논문, 2009.

우인수, 「조선 숙종조 과거 부정의 실상과 그 대응책」, 『한국사연구』 130, 한국사연구회, 2005.

유광수, 「활판본 『하진양문록』 동미서시본에 대하여」, 『열상고전연구』 42, 열상고전연구회, 2014.

_____, 「『하진양문록』의 작가 의식과 이데올로기적 재생산」, 『열상고전연구』 47, 열상고전연구회, 2015.

육완정, 「소혜왕후의 내훈이 강조하는 여성상」, 『우리문학의 여성성 · 남성성』, 월인, 2001.

윤분희, 「『방한림전』에 나타난 모권제 가족」, 『숙명어문논집』 4, 숙명여대, 2002.

윤택림, 『한국의 모성』, 미래인력연구원, 2001.

윤혜영, 「혼인과 상속제도를 통해 본 한국 중세사회의 여성 지위 변화」, 목포대 석사논문, 2007.

이경림, 「연애의 시대 이전-1910년대 신소설에 나타난 사랑의 표상」, 『한국현대문학연구』 51, 한국현대문학회, 2017.

이경하, 「『하진양문록』의 애정 갈등과 여성 독자의 자기 검열-남자 주인공을 위한 변」, 『인문논총』 65, 서울대 인문학연구원, 2011.

이광규, 『한국 가족의 구조 분석』, 일지사, 1984.

이규필, 「18~19세기 과거제 문란과 부정행위」, 『한문고전연구』 27, 한국한문고전학회, 2013.

이능화, 『조선해어화사』, 동문선, 1992.

이다원, 「『현씨양웅쌍린기』 연구-연대본 『현씨양웅쌍린기』를 중심으로」, 연세대 석사논문, 2000.

이대형, 「19세기 장편소설 『하진양문록』의 대중적 변모」, 『민족문학사연구』 39, 민족문학사학회, 2009.

이상택, 「『천수석』 해제」, 이화여대 한국어문학연구소, 『영인교주 고대소설 총서』 2, 이화여대 출판부, 1972.

_____ 외, 『한국 고전소설의 세계』, 돌베개, 2005.

이수경, 「『천수석』의 인물 성격 연구」, 충북대 석사논문, 2013.

이순형, 「조선시대 가부장제의 유학적 재해석」, 『한국학보』 71, 일지사, 1993.

이승복, 「『유효공선행록』에 나타난 효우(孝友)의 의미와 작가 의식」, 『선청어문』 19, 서울대 국어교육과, 1991.

_____, 「『옥환기봉』 연작의 여성 담론과 소설사적 의미」, 『고전문학과 교육』 12, 한국고전문학교육학회, 2006.

이영택, 「『현씨양웅쌍린기』 연작 연구」, 한국외대 박사논문, 2012.

이원수, 「조선 후기 소설에 나타난 전통적 가족 의식의 변모」, 『가라문화』 10, 경남대 가라문화연구소, 1993.

이유리, 「『방한림전』의 소수자 가족 연구」, 『한국문학논총』 75, 한국문학회, 2017.

이윤재, 「18세기 화폐경제의 발전과 전황(錢荒)」, 『학림』 18, 연세대 사학연구회, 1997.

이이효재, 『조선조 사회와 가족 — 신분 상승과 가부장제 문화』, 한울, 2003.

이종하, 「여행에 관한 문화 철학적 시론」, 『철학연구』 112, 대한철학회, 2009.

이주영, 「『소현성록』 인물 형상의 변화와 의미 — 규장각 소장 21장본을 중심으로」, 『국어교육』 98, 한국국어교육연구회, 1998.

_____, 「『소현성록』의 농담 기제와 그 의의」, 『개신어문연구』 32, 개신어문학회, 2010.

_____, 「『소현성록』의 유불 대립과 공간 구성의 함의」, 『국문학연구』 23, 국문학회, 2011.

이지하, 「『현씨양웅쌍린기』 연작 연구」, 서울대 석사논문, 1992.

_____, 「『옥원재합기연』 연작 연구」, 서울대 박사논문, 2001.

_____, 「『창란호연록』의 갈등 구조와 의미」, 『한국문학연구』 4, 고려대 민족문화연구원 한국문학연구소, 2003.

_____, 「여성 주체적 소설과 모성 이데올로기의 파기」, 『한국고전여성문학연구』 9, 한국고전여성문학회, 2004.

_____, 「고전 장편소설과 여성의 효 의식 — 『유효공선행록』과 『옥원재합기연』을 중심으로」, 『한국고전여성문학연구』 10, 한국고전여성문학회, 2005.

_____, 「『위씨절행록』의 여성소설적 성격」, 『고소설연구』 19, 한국고소설학회, 2005.

_____, 「고전소설에 나타난 19세기 서울의 향락상과 그 의미」, 『서울학연구』 36, 서울시립대 서울학연구소, 2009.

이지하, 「18세기 대하소설의 멜로드라마적 성격과 소설사적 의미」, 『국제어문』 66, 국제어문학회, 2015.

_____, 『옥원재합기연 연작 연구』, 보고사, 2015.

_____, 「대하소선 속 여주인공의 요절과 그 함의—『천수서』과 『유씨삼대록』의 경우」, 『어문연구』 176, 한국어문교육연구회, 2017.

_____, 「『숙향전』의 차별적 서사와 소설사적 의미」, 『고전문학연구』 51, 한국고전문학회, 2017.

이창기, 「성리학의 도입과 한국 가족제도의 변화」, 『민족문화논총』 46, 영남대 민족문화연구소, 2010.

이태진, 「18세기 한국사에서의 민의 사회적·정치적 위상」, 『진단학보』 88, 진단학회, 1999.

이혜숙, 「젠더 정체성과 페미니즘」, 『젠더를 말한다』, 박이정, 2003.

임치균, 「『유효공선행록』 연구」, 『관악어문연구』 14, 서울대 국문과, 1989.

_____, 「『소현성록』 연구」, 『한국문화』 16, 서울대 한국문화연구소, 1995.

_____, 『조선조 대장편소설 연구』, 태학사, 1996.

_____, 「『소현성록』에 나타난 혼인의 양상과 의미」, 『한국고전연구』 13, 한국고전연구학회, 2006.

임형택, 「17세기 규방소설의 성립과 『창선감의록』」, 『동방학지』 57, 연세대 국학연구원, 1988.

임홍배, 「사회소설로서의 괴테의 『친화력』—부권의 해체와 구체제의 몰락」, 『독일문학』 111, 한국독어독문학회, 2009.

장기정, 「『청백운』 연구」, 서울대 석사논문, 1987.

장병인, 『조선 전기 혼인제와 성차별』, 일지사, 1997.

_____, 「조선시대 이혼에 대한 규제와 그 실상」, 『민속학연구』 6, 국립민속박물관, 1999.

_____, 「조선 중후기 사대부의 혼례 방식」, 『한국사연구』 169, 한국사연구회, 2015.

장시광, 「『방한림전』에 나타난 동성 결혼의 의미」, 『국문학연구』 6, 국문학회, 2001.

_____, 「『천수석』 여성 반동인물의 행동 양상과 그 서사적 의미」, 『동양고전연구』 18, 동양고전학회, 2003.

_____, 「『소현성록』 여성 반동인물의 행위 양상과 그 의미」, 『여성문학연구』 11, 한국여성문학학회, 2004.

_____, 「『성현공숙렬기』에 나타난 부부 갈등의 성격과 여성 독자」, 『동양고전연구』 27, 동양고전학회, 2007.

_____, 「『소현성록』 연작의 여성 수난담과 그 의미」, 『우리문학연구』 28, 우리문학연구회, 2009.

장시광, 「『현몽쌍룡기』 연작에 형상화된 여성 수난담의 성격」, 『국어국문학』 152, 국어국문학회, 2009.

_____, 「『하진양문록』에 나타난 여성 영웅의 정서와 이중적 정체성 – 장르 결합과의 관련을 중심으로」, 『온지논총』 49, 온지학회, 2016.

_____, 「애착의 갈망과 분리 불안의 발현 – 『하진양문록』 진세백의 경우」, 『동양고전연구』 66, 동양고전학회, 2017.

장징(張競), 임수빈 역, 『근대 중국과 언에의 발견』, 소나무, 2007.

전미경, 「1920~1930년대 '남편'을 통해 본 가족의 변화 – 『신여성』과 『별건곤』을 중심으로」, 『한민족문화연구』 29, 한민족문화학회, 2009.

전성운, 「『소현성록』에 나타난 성적 태도와 그 의미」, 『순천향 인문과학논총』 16, 순천향대 인문학연구소, 2005.

전진아, 「『청백운』의 한문본과 국문본 비교 연구」, 『한국고전연구』 11, 한국고전연구학회, 2005.

_____, 「장편 한문소설 『청백운』의 일상 재현 방식의 의미」, 『이화어문논집』 24 · 25, 이화여대, 2007.

_____, 「『청백운』 연구」, 이화여대 박사논문, 2007.

정만조, 「18세기 조선의 사회체제 동요와 그 대응론」, 『한국학논총』 27, 국민대 한국학연구소, 2005.

정병설, 『완월회맹연 연구』, 태학사, 1998.

_____, 「조선 후기 정치 현실과 장편소설에 나타난 소인의 형상 – 『완월회맹연』과 『옥원재합기연』을 중심으로」, 『국문학연구』 4, 국문학회 2000.

_____, 「조선 후기 성(性)의 실상과 배경 – 『기이재상담』을 중심으로」, 『인문논총』 64, 2010.

정병욱, 「낙선재문고 목록 및 해제를 내면서」, 『국어국문학』 44 · 45, 국어국문학회, 1969.

_____, 『한국 고전의 재인식』, 홍성사, 1979.

정병헌, 「『방한림전』의 비극성과 타자 인식」, 『고전문학과 교육』 17, 한국고전문학교육학회, 2009.

정선희, 「가부장제하 여성으로서의 삶과 좌절되는 행복 – 『소현성록』의 화부인을 중심으로」, 『동방학』 20, 동방학회, 2001.

_____, 「『소현성록』에서 드러나는 남편들의 폭력성과 서술 시각」, 『한국고전여성문학연구』 14, 한국고전여성문학회, 2007.

_____, 「삼대록계 국문 장편 고전소설 속 여성들의 길 떠나는 양상과 그 의미」, 『한국고전여성문학연구』 34, 한국고전여성문학회, 2017.

정종대, 「『천수석』의 가정소설적 성격」, 『국어교육』 85, 한국국어교육연구회, 1994.

정지원, 「조선시대 이후 한국의 이혼제도에 대한 일 고찰-이혼 원인과 양성평등을 중심으로」, 『가족법연구』 27-2, 한국가족법학회, 2013.

정창권, 「『소현성록』의 여성주의적 성격과 의의」, 『고소설연구』 4, 한국고소설학회, 1998.

_____, 「조선 후기 주자학적 가부장제의 정착과 장편 여성소설의 태동」, 『여성문학연구』 1, 한국여성문학학회, 1999.

정출헌, 「조선 후기 우화소설의 사회적 성격」, 고려대 박사논문, 1992.

정하영, 「낙선재본 소설의 서술문체 서설-『천수석』을 중심으로」, 『정신문화연구』 14-3, 한국정신문화연구원, 1991.

_____, 「고소설에 나타난 모성상」, 『한국고전여성문학연구』 4, 한국고전여성문학회, 2002.

정해은, 「조선 후기 이혼의 실상과 대명률의 적용」, 『역사와 현실』 75, 한국역사연구회, 2010.

정혜경, 「『현씨양웅쌍린기』의 서사적 힘-웃음」, 『한민족문화연구』 37, 한민족문화학회, 2011.

조광국, 「『소현성록』의 벌열 성향에 관한 고찰」, 『온지논총』 7, 온지학회, 2001.

_____, 「『청백운』에 구현된 기첩 나교란·여섬요의 자의식」, 『정신문화연구』 26-2, 한국학중앙연구원, 2003.

_____, 「『청백운』 한문본 연구-서지 연구와 서문 분석을 중심으로」, 『고소설연구』 18, 한국고소설학회, 2004.

_____, 「『하진양문록』-여성 중심의 효 담론」, 『어문연구』 38, 한국어문교육연구회, 2010.

_____, 「『천수석』에 구현된 에로스의 양상과 작가의 비판 의식」, 『고소설연구』 43, 한국고소설학회, 2017.

조동일, 『신소설의 문학사적 성격』, 한국문화연구소, 1973.

_____, 「동아시아 소설이 보여준 가부장의 종말」, 『국제지역연구』 10-2, 서울대 국제학연구소, 2001.

조성숙, 『'어머니'라는 이데올로기-어머니의 경험 세계와 자아 찾기』, 한울, 2002.

조옥라, 「가부장제에 대한 이론적 고찰」, 『한국여성학』 2, 한국여성학회, 1986.

조춘호, 「고소설에 나타난 형제간의 갈등 양상과 의미」, 『국어교육연구』 18, 국어교육연구회, 1986.

조현우, 「『방한림전』에 나타난 '갈등'과 '우울'의 정체」, 『한국고전여성문학연구』 33, 한국고전여성문학회, 2016.

조혜란, 「『소현성록』의 보여주기 서술과 그 의미」, 『한국고전연구』 17, 한국고전연구학회, 2008.

_____, 「『소현성록』에 나타난 가문 의식의 이면-반복 서술을 중심으로」, 『고소설연구』 27, 한국고소설학회, 2009.

조혜란, 「악행의 서사화 방식과 진지성의 문제」, 『한국고전연구』 23, 한국고전연구학회, 2011.

_____, 「소현성과 유교적 삶의 진정성」, 『고소설연구』 36, 고소설학회, 2013.

_____, 「한국 고전문학에 나타난 불륜의 사랑」, 『일본학연구』 49, 단국대 일본학연구소, 2016.

조혜정, 「가부장제의 변형과 극복 ‒ 한국 가족의 경우」, 『한국여성학』 2, 한국여성학회, 1986.

_____, 『한국의 남성과 여성』, 문학과지성사, 1988.

조희선, 「전통 가족에서 여성의 생활」, 『생활문화연구』 2, 성신여대 생활문화연구소, 1988.

주디스 핼버스탬, 유강은 역, 『여성의 남성성』, 이매진, 2015.

_____, 이화여대 여성학과 퀴어·LGBT 번역 모임 역, 『가가 페미니즘 ‒ 섹스, 젠더, 그리고 정상성의 종말』, 이매진, 2014.

주형예, 「매체와 서사의 연관성으로 본 19세기 대중소설 시장의 성격」, 『고소설연구』 27, 한국고소설학회, 2009.

지연숙, 「『소현성록』의 공간 구성과 역사 인식」, 『한국고전연구』 13, 한국고전연구학회, 2006.

진경환, 「『천수석』 소고」, 『어문논집』 29, 안암어문학회, 1990.

차옥덕, 「『방한림전』의 구조와 의미 ‒ 페미니즘적 시각을 중심으로」, 『고소설연구』 4, 한국고소설학회, 1998.

차용주, 「고소설의 갈등 양상에 대한 고찰 ‒ 형제간의 갈등을 중심으로」, 『동아시아문화연구』 4, 한양대 한국학연구소, 1983.

채윤미, 「『천수석』에 나타난 영웅의 문제적 형상」, 『국문학연구』 27, 국문학회, 2013.

최강현, 『조선시대 우리 어머니』, 박이정, 1997.

최기숙, 「여성 인물의 정체성 구현 방식을 통해 본 젠더 수사의 경계와 여성 독자의 취향 ‒ 서울 지역 세책본 『하진양문록』의 서사와 수사 분석을 중심으로」, 『한국고전여성문학연구』 19, 한국고전여성문학회, 2009.

_____, 「『현씨양웅쌍린기』에 나타난 '부부관계'와 '결혼생활'의 상상적 조율과 문화적 재배치 ‒ '현경문-주소저' 부부 관련 서사 분석 중심으로」, 『한국고전여성문학연구』 20, 한국고전여성문학회, 2010.

최수경, 「재자가인 서사에 나타난 욕망 표현 방식에 대한 고찰 ‒ 청대 재자가인 소설을 중심으로」, 『중국어문논역총간』 12, 중국어문논역학회, 2004.

최어진, 「고전 장편소설의 복장 전환 화소 연구」, 서울대 석사논문, 2013.

최윤희, 「『유효공선행록』이 보이는 유연 형상화의 두 양상」, 『한국문학논총』 41, 한국문학회, 2005.

최은숙, 「친정 방문 관련 여성 가사에 나타난 유람의 양상과 의미」, 『동방학』 36, 한서대 동양고전연구소, 2017.

최재석,『한국 가족제도사 연구』, 일지사, 1983.

최지녀, 「여성 영웅소설의 서사와 이념 연구」, 서울대 박사논문, 2015.

최지우, 「『현씨양웅쌍린기』와 『하진양문록』의 비교 연구」, 대전대 석사논문, 2004.

최홍기,『한국 가족 및 친족제도의 이해』, 서울대 출판부, 2006.

_____ 외,『조선 전기 가부장제와 여성』, 아카넷, 2004.

한길연, 「『백계양문선행록』의 작가와 그 주변―전주 이씨 가문 여성의 대하소설 창작 가능성
　　　을 중심으로」,『고전문학연구』27, 한국고전문학회, 2005.

_____,『조선 후기 대하소설의 다층적 세계』, 소명출판, 2009.

한아름, 「『현씨양웅쌍린기』에 나타난 규방소설적 성격 연구」, 인천대 석사논문, 2004.

한희숙, 「조선 후기 양반 여성의 생활과 여성 리더십―17세기 행장을 중심으로」,『여성과 역
　　　사』9, 한국여성사학회, 2008.

허순우, 「『현몽쌍룡기』 연작 연구」, 이화여대 박사논문, 2009.

_____, 「고전소설『방한림전』의 교육적 함의」,『영주어문』29, 영주어문학회, 2015.

처음 실린 곳

제1장 「고전소설 속 긍정적 가부장의 형상화를 통해 본 담당층의 인식 차이」, 『정신문화연구』 37-4, 한국학중앙연구원, 2014, 191~220면

제2장 「고전소설 속 가부장적 권위의 추락과 가치관의 변모」, 『한국문화』 68, 서울대 규장각한국학연구원, 2014, 85~109면.

제3장 「여성 주체적 소설과 모성 이데올로기의 파기」, 『한국고전여성문학연구』 9, 한국고전여성문학회, 2004, 137~168면.

제4장 「『소현성록』의 이중성에 내재된 욕망의 실체」, 『반교어문연구』 40, 반교어문학회, 2015, 237~269면.

제5장 「가족관계를 통해 본 『천수석』의 특징과 의미」, 『고소설연구』 46, 한국고소설학회, 2018, 249~282면.

제6장 「조선시대 이혼법에 비추어 본 『현씨양웅쌍린기』의 여성 의식」, 『진단학보』 124, 진단학회, 2015, 87~111면.

제7장 「대하소설 속 친동기간 선악 구도와 그 의미」, 『한국문화』 64, 서울대 규장각한국학연구원, 2013, 339~361면.

제8장 「동서 갈등 전개 양상을 통해 본 『위씨절행록』과 『반씨전』의 비교 연구」, 『고전문학연구』 30, 한국고전문학회, 2006, 323~350면.

제9장 「조선 후기 상층 가문의 성 문화와 '연애'의 발견 – 『하진양문록』을 중심으로」, 『반교어문연구』 52, 반교어문학회, 2019, 167~199면.

제10장 「욕망 주체로서의 방관주와 자기애의 미덕 – 『방한림전』에 대한 새로운 독법의 모색」, 『국제어문』 82, 국제어문학회, 2019, 219~243면.

제11장 「가부장제하 여성연대와 새로운 가족의 상상 가능성 – 『청백운』의 사례를 중심으로」, 『반교어문연구』 59, 반교어문학회, 2021, 95~126면.